围绕青少年学习之需

围绕青少年学习之需，提升和拓展他们的阅读空间，这是在考试与题海之外，最值得珍视的学习领地。信息化、智能化的生活方式，已经让世界和生活过度"扁平化"，人们获取信息的方式也更为便捷，捧书阅读很容易被划列为"传统"和"过时"，并以考试和作业之名而被忽略。事实上，青少年的思维和想象譬如朝露，需要呵护，思想与情感又似璞玉，甚需打磨。想得到阅读的滋养，与古今中外的文学名家大师在阅读中"面对面"，正是最好的途径。古今有成就者的经历也都证明，崇尚经典，阅读经典，必须"从娃娃抓起"。通过阅读而激发挚爱文化、自主学习的热情，即使对应试本身，也一样大有裨益。本丛书从中外文学史上，选择了适合相应年龄小读者的经典作品若干部（篇），集合起来，是一套有针对性的当代"万有文库"。本丛书引导学生从纷乱而无穷尽的网络信息中抽离出来，潜心阅读，愉快阅读，养成良好的学习和生活习惯，使他们获益多多。也真心希望当代的学生家长能因势利导，为孩子的成长寻找正确的道路，培养他们把课外阅读视作值得痴迷、不知疲倦的常态，同时也为课内学习铺架精神的桥梁，以通向更加广阔的美好未来。

中国作家协会副主席　阎晶明
2019年4月

边城

沈从文小说菁华

沈从文 ◎ 著

湖南文艺出版社　博集天卷

出 版 说 明

本书所辑录的作品出自20世纪80年代沈从文先生在世时出版的《沈从文文集》，主要出自其中的《边城》《虎雏》《雪晴》《新与旧》《都市一妇人》《沈从文子集》《沈从文甲集》《如蕤集》《八骏图》等代表子集，重新进行编排。在本书的编校过程中，编者参阅相关文献对原文进行了少量的勘误和修订，最大限度地保持了沈从文作品原文的风貌，希望能为读者呈现原汁原味的沈从文作品版本。

喜欢读书，受益一生

我今年已七十六岁。回首既往，有两次"意外"的成功，对我此生影响很大。

一次是高考。

中小学时期，我的各科学习成绩还是不错的。到高中时，数理化比文史还好些，因为数理化得高分比较容易：对错分明，不似作文那样，见仁见智，可高可低。所以，我是准备报考理工科大学的。老师们也希望我能考取好点儿的大学，为母校争光。可惜，高二体检时，我被检出色弱，这是先天缺陷，医治不了的。而我有此缺陷，报考理工医农的大多专业，都要受限。天生如此，我也只好退而求其次，准备报考文科。

我参加高考是在一九六三年。那时全国的大学录取率都很低，只有百分之十左右。所以，那时高考的压力也远没有现在这么大：反正大部分人考不上。我呢，据老师们估计，如考理工大学，考上的可能性较大，发挥好的话，还有希望考取好一点儿的院校；考文科，就难说了。那时，文科录取名额少，考高分又不容易。我明白了，就是落榜的可能性大吧。既如此，我倒觉得轻松了许多，备考文科，起码不用做那么多习题了。有时，还能看些功课外的闲书。

高考的结果，出乎我的预料，也出乎老师们的预料：我居然考取了我所报考的一类院校（现在所谓的"一本"）的第一志愿——南开大学中文系。那时，没有"高考状元"之类的称号，只是说，考取文科名校不常见。

另一次是小说得奖。

那时，大学是五年制，毕业时我被分配到社会基层锻炼。我来到山西北部一个小县城里，在农村锻炼了一年多。因为是中文系出身，所以被调入县委机关，先是做新闻报道，后当了文字秘书。当时多是写新闻稿件，或起草公文，写多了，便觉得无兴味。想调动工作，又不被允许。多年后，改革开放启幕，文坛最早显出春色。我在闭塞的基层，读到陆续复刊的几种文学期刊，既感到一种久违的清新，又像见到久别的旧友。想到自己中文系毕业十年，所作所为与文学几乎不沾边，心血来潮，就想尝试写写小说。

于是，在一九七七年夏天，利用一次下乡的机会，我写出一篇小说样的稿子，因想不出好的篇名，就借用一句农业技术语：顶凌下种（本意是春小麦须早春尚寒时播种）。稿子投给了省里复刊不久的《汾水》杂志。我的最大愿望，当然是能被刊用，但又觉得不大可能。因为我没有怎么练习过写小说，也没怎么投过稿，更不认识编辑部的人。

结果，又出乎预料。编辑部不久即来信，告知我稿子还不错，决定刊出。杂志出版后，我写的小说还上了头条。后来，竟然获得了全国首届优秀短篇小说奖。

高考之难，众人皆知，我降格以求，轻松备考，居然考上了名校。写作成名，亦非易事，我心血来潮，写了篇习作，竟然得了大奖。乍对这两次"意外"的成功，我也有些怀疑：你是不是个天才？不过冷静细想，哪有这么简单！其中有各种原因，我从小喜欢读书，显然是一个很重要的原因。

我喜欢读书，是小学五年级时，与图书馆结缘开始的。

那是二十世纪五十年代，我生活在山西中部一个繁华的小城。那时小学的功课，与现在相比，似乎简单轻松得不值一提。我们发愁的从来不是功课和作业，而是充裕的课外、校外时间，尤其是漫长的寒暑假，该如何度过。玩腻了各种游戏，跑遍了城里城外，仍有不竭的精力、难尽的渴求。少年时代，大概都是这样吧。

五年级的时候，在常去的县文化馆的阅览室里，我开始注意到"大人"能从四壁高大的书橱里借走书籍，带回家阅读。我问管理员："我也能借吗？"管理员居然没有回绝，说得办借书证。我问怎么办，管理员说得去街公所（类似现在的居委会）开证明。于是，我与一位同学结伴，开始跑街公所。街公所的文书是位老大爷，只和我们逗趣，并不当真。也不知跑了多少次，终于开到了证明，如愿办到了借书证。从此，这里就成为我课余去得最多的地方了，读借来的书籍，就成了我课外最主要的娱乐。因为我很快就发现，读书不像玩游戏那样容易玩腻，不同的书有不同的趣味，乐趣层出不穷。读书，也不像在城里城外疯跑那样可以跑遍，书中的世界太大，也太神奇了。

就这样，我在小学五六年级，成了读书"发烧友"。半懂不懂而又如饥似渴地读了许多"闲书"，大多是文学作品。其中就有《水浒传》《三国演义》《西游记》《封神演义》《镜花缘》《聊斋志异》等古典小说，还有当时流行的《铁道游击队》《吕梁英雄传》等。

说来也巧，升入初中不久，我又与学校的图书室结缘。初一，我们的语文老师口才不好，又有很重的山西方言口音，大家反映老师讲课听不懂。后来，学校就将他调到了图书室。我与几个语文学得较好的同学，常被他招去帮忙整理、修补图书。我当然很乐意，这等于图书室为我们打开了方便之门。就这样，我在中学时代也继续了读书"发烧友"的课余生活。这一时期，我读书已比较广泛了，对文学作品中小说以外的体裁，有了涉猎的兴趣。外国文学作品、名人传记、历史读物、科普作品等，也都读出了兴趣。

大学图书馆，可以说是一所大学的学术"重镇"。我因为中小学喜欢读书，又屡尝结缘图书馆的甜头，进入大学泡图书馆，就自然而然，如鱼得水。即便在大学后期，发生"文革"动乱，教学中断，我及喜欢读书的同学，还是想方设法，明里暗里，持续了读书度日的活法。

大学读了文科，因此一生从文。写小说得了奖，又因此走上专业创作的道路。这得益于自己喜欢读书。自己喜欢读书，始于读文学作品，读得较多的也是文学作品。但读书，读文学作品，也并不是仅仅有益于学文、从文。

我小学时代，各科成绩较为突出。正是在五六年级的时候，我课余沉浸于读"闲书"，可不仅没有影响学习，反倒像开了窍似的，只要不偷懒，功课很少有犯难的时候。

中学时代，课外读书的时间，依然远大于做作业的时间。而数理化成绩也不错，我觉得与读书多关系更大。读书多，除了知识积累多，视野开阔，更对你的感悟能力、审题能力、解题思路有潜移默化的影响。强攻不成，可以智取。至今记得，高中时做数学、物理的计算难题，忽有灵感，看穿堂奥，那是一种怎样的愉悦！

我一生从事的几种职业，不敢说有多大的成绩，但读书多，尽快做到称职，总不是那么难。因为读书对人的影响，不仅仅是职业技能的提升，更是综合素养的培养。读书修德、益智，影响你的心志、抱负、胸怀、品位，当然还有你的行为能力。无论是学业，还是事业，能否成功，能否优秀，说到底还在于一个人的综合素养。

这套阅读丛书，比起我中小学时代所依赖的图书来，所选书目要丰富得多，更优秀得多。这些读本都是经历代优选出来的名作，也是人文学者必读的基础书目。如果能把这套丛书作为自己的图书馆，阅读出兴趣来，那无疑将会长久受益。

山西文学院原院长　成　一
2019 年 4 月

边城　沈从文小说菁华

目录
Contents

导读 _001

边城 _007

三三 _091

黔小景 _116

雪晴 _126

巧秀和冬生 _132

萧萧 _148

三个男人和一个女人 _162

贵生 _183

丈夫 _204

绅士的太太 _222

都市一妇人 _249

会明 _270

泥涂 _281

如蕤 _308

八骏图 _334

边城　沈从文小说菁华

导读

1. 读出作品背后的情感

　　沈从文笔下的世界是一个充满乡土气息的抒情诗的世界。阅读这本书，清新和朴实的气息会扑面而来，你或许会对沈从文笔下充满诗情画意的湘西心生向往。但是，这还不够。沈从文曾在《从文小说习作选》的题记里说："你们都欣赏我的故事的清新，照例那作品背后蕴藏的热情却忽略了，你们能欣赏我文字的朴实，照例那作品背后隐伏的悲痛却忽略了。"他说他的作品在市场上流行，实际上近于"买椟还珠"。所以，希望你在阅读这十多部中短篇小说的时候能够读出文字后面的"热情"和"悲痛"。

2.《边城》

这本书精选了沈从文的小说代表作十五篇。《边城》在《亚洲周刊》与来自全球各地的学者作家联合评选出的"20世纪中文小说一百强"中位列第二。

在题材选择上,沈从文喜欢用微笑来表现人类的痛苦。他最擅长讲述富有田园牧歌因素的爱情故事,比如《三三》《边城》等。

在结构安排上,沈从文常常故意淡化情节,用清新的散文笔法抒写自然之美。比如《边城》中对酉水边的吊脚楼、茶峒的码头、绳渡、碧溪边的竹篁、白塔等都做了形象细致的描绘,为我们描绘出了一幅幅湘西风景图和风俗画。丰富多样的结构形式,是沈从文小说的又一个特征。他的文体不拘常法,故事也不拘常规。他的小说在结构上追求自由,随物赋形,采用过对话体、书信体、日记体、童话、神话等多种体式。

在人物塑造上,沈从文重视主观情感的投入,追求小说的抒情性。他习惯于把自己的情绪直接投入人物形象中,使之具备鲜明的感情色彩。比如《萧萧》就是一篇有很强的写实性的小说,沈从文把自我情绪投注到萧萧等人物的身上,使之着"我"之色彩。

在艺术风格上,沈从文的小说具有很强的浪漫主义色彩。为了追求理想的人生形式,沈从文给他的小说加入了"梦"的因素,同时他还善用象征手法。比如,《八骏图》中的大海,其内涵已经远远超越了形象本身。《边城》更是一种整体的象征,白塔的坍塌和重修分别象征着古老湘西的终结和新的人际关系的重造,翠翠的爱情波折和无望等待也从整体上成为人类生存处境的象征。

在语言运用上,沈从文的小说形成了古朴简约的语言风格。沈从文小说的语言是在杂糅古典文学的句式和提炼湘西方言的基础上形成的:少修饰，不铺张，单纯而且厚实，朴讷却又灵动。

沈从文以其独特的风格为"京派小说"（"京派"的基本特征是关注人生，但和政治斗争保持距离，强调艺术的独特品格。他们的思想是讲求"纯正的文学趣味"所体现出的文学本体观，以"和谐""节制""恰当"为基本原则的审美意识。沈从文是京派作家的第一人。使小说诗化、散文化，现实主义中又带有浪漫主义气息）的发展做出了重要贡献。

3. 沈从文是一个怎样的人

沈从文（1902—1988），原名沈岳焕，字崇文，笔名休芸芸、甲辰、上官碧、璇若等。湖南凤凰县（今属湘西土家族苗族自治州）人，中国著名作家、历史文物研究者。代表作有小说《边城》《八骏图》《长河》《月下小景》等，散文《从文自传》《湘行散记》《湘西》等。沈从文是20世纪30年代"京派"的重要作家。他所独辟的"湘西世界"，是20世纪中国文学的永恒意象和美好回忆之一。

1902年，沈从文出生在一个军旅家庭。他的祖父沈洪富是曾国藩统领的湘军的一员，官至贵州提督；这使沈家人长期抱着"再出一个将军"的愿望。

沈从文是一个天性贪玩、有些惰性又不爱读书的乡下孩子，因家境贫寒，13岁时才从私塾转到凤凰县立二小继续念高小，半年后又转到文昌阁小学读书。因为经常逃学去看木偶戏，他多次被班主任责罚。1917年小学毕业后，沈从文跟着本乡土著部队浪迹在湘、川、黔、鄂四省边境地区。在土著部队里，他从预备兵做到了上士司书。这段军旅生活，让沈从文阅读了一本内容丰富多彩的大书。沅水和它的五条支流、十多个县的城镇和几百个大大小小码头、生活在那片水土上的人们的喜怒哀乐和风俗景物，都深深地铭刻在了沈从文的记忆深处。

1923年，沈从文受"五四"运动余波的影响来到了北京，开始了在北大旁听读书的经历。他在北京大学孜孜不倦地刻苦求学，聆听大师级的专家教授们的讲座，打下了深厚的文学基础，为日后步入文坛积累了"第一桶金"。

从1924年起，沈从文开始在北京《晨报副刊》《现代评论》以及胡也频编辑的《京报·民众文艺》周刊上发表作品。

1928年，沈从文与胡也频、丁玲在上海共同编辑杂志《红与黑》，进入了他创作上的第一个高潮。1929年，在"新月派"浪漫诗人徐志摩的举荐下，沈从文到吴淞中国公学任教。

1931年后，沈从文来到青岛大学教"小说习作"课。青岛的天云海水让他心境虚廓，眼明气爽，于是他创作了《月下小景》《八骏图》《从文自传》等作品。他的艺术创作在这个阶段臻于成熟。

1934年以后，沈从文先后编辑了北平和天津《大公报》的文艺副刊，并创作了小说《边城》，成为京派小说的中流砥柱。抗战爆发后，沈从文南下昆明去西南联合大学教授写作课程。抗战胜利后，沈从文回到北平，在北京大学执教。

解放后，沈从文就职于中国历史博物馆和中国社会科学院历史研究所，从事出土文物和中国古代服饰的研究工作。在年过半百之际，他毅然转行挑战陌生的领域，并且取得了累累硕果。他先后发表了《龙凤艺术》《唐宋铜镜》《战国漆器》《从文赏玉》等极有价值的学术专著，成为知名的历史学家、考古学家。沈从文是我国服饰史学科的奠基人，其晚年的专著《中国古代服饰研究》填补了物质文化史上的一页空白。

1988年5月10日，沈从文病逝于北京，享年86岁。

沈从文是一个自始至终以"对政治无信仰对生命极关心的乡下人"自居的作家,他的创作多聚焦于远离时代旋涡的汉苗杂居边远山区富于中古遗风的世态人情。沈从文在文坛上取得了巨大成就,是成书最多的现代作家之一,其代表作《边城》《长河》赢得了广大读者的喜爱。因此,他在1987年、1988年两度获得诺贝尔文学奖提名。

如果你想更全面、更深入地了解沈从文,我推荐你阅读四篇文章——《从文自传》、汪曾祺的《我的老师沈从文》、黄永玉(沈从文的表侄)的《平常的沈从文》和沈红(沈从文先生的孙女)的《湿湿的想念》。

4. 名家眼中的沈从文

胡适说:"他是个天才,是中国小说家里最有希望的。"

徐志摩说沈从文的作品"值得读者们再读三读乃至四读五读"。

聂绀弩说:"我看了《丈夫》,对沈从文认识得太迟了。一个刚刚二十一岁的青年写出中国农民这么创痕渊深的感情,真像普希金说过的'伟大的、俄罗斯的悲哀',那么成熟的头脑和技巧!……"

刘西渭在评论《边城》时,说沈从文的个性品质:"不仅仅是一个小说家,而且是一个艺术家。"

汪曾祺说:"除了鲁迅,还有谁的文学成就比他高呢?"

金介甫说:"可以设想,非西方国家的评论家包括中国的在内,总有一天会对沈从文作出公正的评价:把沈从文、福楼拜、斯特恩、普罗斯特看成成就相等的作家。"

5.《边城》的创作背景

《边城》成书于1934年,正是沈从文爱情事业双丰收的季节。当时社会虽然动荡不安,但总体上还是稍显和平。这个时候,有良知的文人都在思考人性的本质。沈从文自然是走在前沿的,于是,他希望通过自己对湘西的印象,描写一个近似于桃花源的湘西小城,给都市文明中迷茫的人性指一条明路。人间尚有纯洁自然的爱,人生需要皈依自然的本性。

20世纪30年代,是中国社会、历史发生巨大变动的时代。封建王朝的结束、"五四"运动兴起、中西文明的冲突、现代工业文明与传统农业文明的较量,以及战争造成的不安定的时局,让中国人重新思索两千年的文明,重新审视人性,思考国家命运。这一切也给文学思想的繁荣发展带来了前所未有的契机。此时的中国涌现了大批风格各异的优秀作家,比如茅盾、巴金、老舍等等。从湘西凤凰来的沈从文是一位创作风格独特的作家,他作为一个走进大都市的湘西"乡下人",用自己敏感、细腻、多情的笔写下了几十部作品,描绘出都市的罪恶和农村的凋敝,思索着中国传统农业文明下诞生的美好的人性该何去何从。

边城 沈从文小说菁华

边城

导读：这部中篇小说是沈从文描绘湘西世界的代表作，是一首田园牧歌式的小说。它既真实，又理想化；既温暖，又带着浓浓的悲剧感。让我们走进《边城》，走进湘西苗族的桃花源，去品味那里的风土人情，倾听沅水河畔茶峒人的故事吧。

题记

对于农人与兵士，怀了不可言说的温爱，这点感情在我一切作品中，随处都可以看出。我从不隐讳这点感情。我生长于作品中所写到的那类小乡城，我的祖父、父亲以及兄弟，全列身军籍：死去的莫不在职务上死去，不死的也必然的将在职务上终其一生。就我所接触的世界一面，来叙述他们的爱憎与哀乐，即或这支笔如何笨拙，或尚不至于离题太远。因为他们是正直的、诚实的，生活有些方面极其伟大，有些方面又极其平凡，性情有些方面极其美丽，有些方面又极其琐碎，——我动手写他们时，为了使其更有人性、更近人情，自然便老老实实的写下去。但因此一来，这作品或者便不免成为一种无益之业了。

照目前风气说来，文学理论家，批评家及大多数读者，对于这种作品是极容易引起不愉快的感情的。前者表示"不落伍"，告给人中国不需要这类作品，后者"太担心落伍"，目前也不愿意读这类作品。这自然是真事。"落伍"是什么？一个有点理性的人，也许就永远无法明白，但多数人谁不害怕"落伍"？我有句话想说："我这本书不是为这种多数人而写的。"念了三五本关于文学理论文学批评问题的洋装书籍，或同时还念过一大堆古典与近代世界名作的人，他们生活的经验，却常常不许可他们在"博学"之外，还知道一点点中国另外一个地方另外一种事情。因此这个作品即或与某种文学理论相符合，批评家便加以各种赞美，这种批评其实仍然不免成为作者的侮辱。他们既并不想明白这个民族真正的爱憎与哀乐，便无法说明这个作品的得失，——这本书不是为他们而写的。至于文艺爱好者呢，他们或是大学生，或是中学生，分布于国内人口较密的都市中，常常很诚实天真的把一部分极可宝贵的时间，来阅读国内新近出版的文学书籍。他们为一些理论家、批评家、聪明出版家，以及习惯于说谎造谣的文坛消息家，通力协作造成一种习气所控制所支配，他们的生活，同时又实在与这个作品所提到的世界相去太远了。他们不需要这种作品，这本书也就并不希望得到他们。理论家有各国出版物中的文学理论可以参证，不愁无话可说；批评家有他们欠了点儿小恩小怨的作家与作品，够他们去毁誉一世。大多数的读者，不问趣味如何，信仰如何，皆有作品可读。正因为关心读者大众，不是便有许多人，据说为读者大众，永远如陀螺在那里转变吗？这本书的出版，即或并不为领导多数的理论家与批评家所弃，被领导的多数读者又并不完全放弃它，但本书作者，却早已存心把这个"多数"放弃了。

我这本书只预备给一些"本身已离开了学校，或始终就无从接近学校，还认识些中国文字，置身于文学理论、文学批评以及说谎造谣消息所达不到的那种职务上，在那个社会里生活，而且极关心全个民族在空间与时间下所有的好处与坏处"的人去看。他们真知道当前农村是什么，想知道过去农村是什么，他们必也愿意从这本书上同时还知道点世界一小角隅的农村与军人。我所写到的世界，即或在他们全然是一个陌生的世界，然而他们的宽容，他们向一本书去求取安慰与知识的热忱，却一定使他们能够把这本书很从容读下去的。我并不即此而止，还预备给他们一种对照的机会，将在另外一个作品里，来提到二十年来的内战，使一些首当其冲的农民，性格灵魂被大力所压，失去了原来的质朴、勤俭、和平、正直的型范以后，成了一个什么样子的新东西。他们受横征暴敛以及鸦片烟的毒害，变成了如何穷困与懒惰！我将把这个民族为历史所带走向一个不可知的命运中前进时，一些小人物在变动中的忧患，与由于营养不足所产生的"活下去"以及"怎样活下去"的观念和欲望，来作朴素的叙述。我的读者应是有理性，而这点理性便基于对中国现社会变动有所关心，认识这个民族的过去伟大处与目前堕落处，各在那里很寂寞的从事与民族复兴大业的人。这作品或者只能给他们一点怀古的幽情，或者只能给他们一次苦笑，或者又将给他们一个噩梦，但同时说不定，也许尚能给他们一种勇气同信心！

一九三四年四月二十四日记

一

由四川过湖南去,靠东有一条官路。这官路将近湘西边境到了一个地方名为"茶峒"的小山城时,有一小溪,溪边有座白色小塔,塔下住了一户单独的人家。这人家只一个老人,一个女孩子,一只黄狗。

"白塔"是小说中富于代表性的意象,具有丰富的艺术价值与思想价值。"白塔"的永恒性与人事的变化莫测形成对比,在审美上强化了小说的"命运感"。白塔同时也象征着湘西的"历史",背后暗含的是沈从文先生对湘西世界未来的担忧。

小溪流下去,绕山岨流,约三里便汇入茶峒的大河。人若过溪越小山走去,则只一里路就到了茶峒城边。溪流如弓背,山路如弓弦,故远近有了小小差异。小溪宽约二十丈,河床为大片石头作成。静静的水即或深到一篙不能落底,却依然清澈透明,河中游鱼来去皆可以计数。小溪既为川湘来往孔道,水常有涨落,限于财力不能搭桥,就安排了一只方头渡船。这渡船一次连人带马,约可以载二十位搭客过河,人数多时则反复来去。渡船头竖了一枝小小竹竿,挂着一个可以活动的铁环,溪岸两端水槽牵了一段废缆,有人过渡时,把铁环挂在废缆上,船上人就引手攀缘那条缆索,慢慢的牵船过对岸去。船将拢岸了,管理这渡船的,一面口中嚷着"慢点慢点",自己霍的跃上了岸,拉着铁环,于是人货牛马全上了岸,翻过小山不见了。渡头为公家所有,故过渡人不必出钱。有人心中不安,抓了一把钱掷到船板上时,管渡船的必为一一拾起,依然塞到那人手心里去,俨然吵嘴时的认真神气:"我有了口粮,三斗米,七百钱,够了。谁要这个!"

但不成,凡事求个心安理得,出气力不受酬谁好意思,不管如何还是有人把钱的。管船人却情不过,也为了心安起见,便把这些钱托人到茶峒去买茶叶和草烟,将茶峒出产的上等草烟,一扎一扎挂在自己腰带边,过渡的谁需要这东西必慷慨奉赠。有时从神气上估计那远路人对于身边草烟引起了相当的注意时，便把一小束草烟扎到那人包袱上去，一面说："不吸这个吗，这好的，这妙的，味道蛮好，送人也合式！"茶叶则在六月里放进大缸里去，用开水泡好，给过路人解渴。

管理这渡船的，就是住在塔下的那个老人。活了七十年，从二十岁起便守在这小溪边，五十年来不知把船来去渡了若干人。年纪虽那么老了，本来应当休息了，但天不许他休息，他仿佛便不能够同这一分生活离开。他从不思索自己的职务对于本人的意义，只是静静的很忠实的在那里活下去。代替了天，使他在日头升起时，感到生活的力量，当日头落下时，又不至于思量与日头同时死去的，是那个伴在他身旁的女孩子。他唯一的朋友为一只渡船与一只黄狗，唯一的亲人便只那个女孩子。

女孩子的母亲，老船夫的独生女，十五年前同一个茶峒军人，很秘密的背着那忠厚爸爸发生了暧昧关系。有了小孩子后，这屯戍军士便想约了她一同向下游逃去。但从逃走的行为上看来，一个违背了军人的责任，一个却必得离开孤独的父亲。经过一番考虑后，军人见她无远走勇气，自己也不便毁去作军人的名誉，就心想：一同去生既无法聚首，一同去死当无人可以阻拦，首先服了毒。女的却关心腹中的一块肉，不忍心，拿不出主张。事情业已为作渡船夫的父亲知道，父亲却不加上一个有分量的字眼儿，只作为并不听到过这事情一样，仍然把日子很平静的过下去。女儿一面怀了羞惭一面却怀了怜悯，仍守在父亲身边，待到腹中小孩生下后，却到溪边吃了许多冷水死去了。在一种近于奇迹中，这遗孤居然已长大成人，一转眼间便十三岁了。为了住处两山多篁竹，翠色逼人而来，老船夫随便为这可怜的孤雏拾取了一个近身的名字，叫作"翠翠"。

翠翠在风日里长养着，把皮肤变得黑黑的，触目为青山绿水，一对眸子清明如水晶。自然既长养她且教育她，为人天真活泼，处处俨然如一只小兽物。人又那么乖，如山头黄麂一样，从不想到残忍事情，从不发愁，

从不动气。平时在渡船上遇陌生人对她有所注意时,便把光光的眼睛瞅着那陌生人,作成随时皆可举步逃入深山的神气,但明白了人无机心后,就又从从容容的在水边玩耍了。

老船夫不论晴雨,必守在船头。有人过渡时,便略弯着腰,两手缘引了竹缆,把船横渡过小溪。有时疲倦了,躺在临溪大石上睡着了,人在隔岸招手喊过渡,翠翠不让祖父起身,就跳下船去,很敏捷的替祖父把路人渡过溪,一切皆溜刷在行,从不误事。有时又和祖父黄狗一同在船上,过渡时和祖父一同动手,船将近岸边,祖父正向客人招呼"慢点,慢点"时,那只黄狗便口衔绳子,最先一跃而上,且俨然懂得如何方为尽职似的,把船绳紧衔着拖船拢岸。

风日清和的天气,无人过渡,镇日长闲,祖父同翠翠便坐在门前大岩石上晒太阳。或把一段木头从高处向水中抛去,嗾(sǒu)使身边黄狗自岩石高处跃下,把木头衔回来。或翠翠与黄狗皆张着耳朵,听祖父说些城中多年以前的战争故事。或祖父同翠翠两人,各把小竹作成的竖笛,逗在嘴边吹着迎亲送女的曲子。过渡人来了,老船夫放下了竹管,独自跟到船边去,横溪渡人,在岩上的一个,见船开动时,于是锐声喊着:

"爷爷,爷爷,你听我吹,你唱!"

爷爷到溪中央便很快乐的唱起来,哑哑的声音同竹管声振荡在寂静空气里,溪中仿佛也热闹了一些。(实则歌声的来复,反而使一切更寂静一些了。)

有时过渡的是从川东过茶峒的小牛,是羊群,是新娘子的花轿,翠翠必争着作渡船夫,站在船头,懒懒的攀引缆索,让船缓缓的过去。牛羊花轿上岸后,翠翠必跟着走,站到小山头,目送这些东西走去很远了,方回转船上,把船牵靠近家的岸边。且独自低低的学小羊叫着,学母牛叫着,或采一把野花缚在头上,独自装扮新娘子。

茶峒山城只隔渡头一里路,买油买盐时,逢年过节祖父得喝一杯酒时,祖父不上城，黄狗就伴同翠翠入城里去备办东西。到了卖杂货的铺子里，有大把的粉条，大缸的白糖，有炮仗，有红蜡烛，莫不给翠翠很深的印象，回到祖父身边，总把这些东西说个半天。那里河边还有许多上行船，百十船夫忙着起卸百货。这种船只比起渡船来全大得多，有趣味得多，翠翠也不容易忘记。

二

　　茶峒地方凭水依山筑城，近山的一面，城墙如一条长蛇，缘山爬去。临水一面则在城外河边留出余地设码头，湾泊小小篷船。船下行时运桐油青盐，染色的梧子[1]。上行则运棉花棉纱以及布匹杂货同海味。贯串各个码头有一条河街，人家房子多一半着陆，一半在水，因为余地有限，那些房子莫不设有吊脚楼。河中涨了春水，到水逐渐进街后，河街上人家，便各用长长的梯子，一端搭在屋檐口，一端搭在城墙上，人人皆骂着嚷着，带了包袱、铺盖、米缸，从梯子上进城里去，水退时方又从城门口出城。某一年水若来得特别猛一些，沿河吊脚楼必有一处两处为大水冲去，大家皆在城上头呆望。受损失的也同样呆望着，对于所受的损失仿佛无话可说，与在自然安排下，眼见其他无可挽救的不幸来时相似。涨水时在城上还可望着骤然展宽的河面，流水浩浩荡荡，随同山水从上流浮沉而来的有房子、牛、羊、大树。于是在水势较缓处，税关趸（dǔn）船前面，便常常有人驾了小舢板，一见河心浮沉而来的是一匹牲畜，一段小木，或一只空船，船

---

1 五梧（bèi）子，即五倍子。

上有一个妇人或一个小孩哭喊的声音,便急急的把船桨去,在下游一些迎着了那个目的物,把它用长绳系定,再向岸边桨去。这些诚实勇敢的人,也爱利,也仗义,同一般当地人相似。不拘救人救物,却同样在一种愉快冒险行为中,做得十分敏捷勇敢,使人见及不能不为之喝彩。

那条河水便是历史上知名的酉水,新名字叫作白河。白河下游到辰州与沅水汇流后,便略显浑浊,有出山泉水的意思。若溯流而上,则三丈五丈的深潭皆清澈见底。深潭为白日所映照,河底小小白石子,有花纹的玛瑙石子,全看得明明白白。水中游鱼来去,全如浮在空气里。两岸多高山,山中多可以造纸的细竹,长年作深翠颜色,逼人眼目。近水人家多在桃杏花里,春天时只需注意,凡有桃花处必有人家,凡有人家处必可沽酒。夏天则晒晾在日光下耀目的紫花布衣裤,可以作为人家所在的旗帜。秋冬来时,房屋在悬崖上的,滨水的,无不朗然入目。黄泥的墙,乌黑的瓦,位置则永远那么妥帖,且与四围环境极其调和,使人迎面得到的印象,实在非常愉快。一个对于诗歌图画稍有兴味的旅客,在这小河中,蜷伏于一只小船上,作三十天的旅行,必不至于感到厌烦,正因为处处有奇迹,自然的大胆处与精巧处,无一处不使人神往倾心。

河水汇流的某一段会有浑浊的地方,但是经过河石的过滤与洗刷就变得清澈无比、摄人心魄;沈从文细心观察的功夫由此可见一斑。

白河的源流,从四川边境而来,从白河上行的小船,春水发时可以直达川属的秀山。但属于湖南境界的,则茶峒为最后一个水码头。这条河水的河面,在茶峒时虽宽约半里,当秋冬之际水落时,河床流水处还不到二十丈,其余只是一滩青石。小船到此后,既无从上行,故凡川东的进出口货物,皆由这地方落水起岸。出口货物俱由脚夫用杉木扁担压在肩膊上挑抬而来,入口货物也莫不从这地方成束成担的用人力搬去。

这地方城中只驻扎一营由昔年绿营屯丁改编而成的戍兵,及五百家左右的住户。(这些住户中,除了一部分拥有了些山田同油坊,或放账屯油、屯米、屯棉纱的小资本家外,其余多数皆为当年屯戍来此有军籍的人家。)地方还有个厘金局,办事机关在城外河街下面小庙里,经常挂着一面长长的幡信。局长则住在城中。一营兵士驻扎老参将衙门,除了号兵每天上城吹号玩,使人知道这里还驻有军队以外,其余兵士皆仿佛并不存在。冬天的白日里,到城里去,便只见各处人家门前皆晾晒有衣服同青菜。红薯多带藤悬挂在屋檐下。用棕衣作成的口袋,装满了栗子榛子和其他硬壳果,也多悬挂在屋檐下。屋角隅各处有大小鸡叫着玩着。间或有什么男子,占据在自己屋前门限上锯木,或用斧头劈树,把劈好的柴堆到敞坪里去一座一座如宝塔。又或可以见到几个中年妇人,穿了浆洗得极硬的蓝布衣裳,胸前挂有白布扣花围裙,弓着腰在日光下一面说话一面作事。一切总永远那么静寂,所有人民每个日子皆在这种单纯寂寞里过去。一分安静增加了人对于"人事"的思索力,增加了梦。在这小城中生存的,各人也一定皆各在分定一份日子里,怀了对于人事爱憎必然的期待。但这些人想些什么?谁知道。住在城中较高处,门前一站便可以眺望对河以及河中的景致,船来时,远远的就从对河滩上看着无数纤夫。那些纤夫也有从下游地方,带了细点心洋糖之类,拢岸时却拿进城中来换钱的。船来时,小孩子的想象,当在那些拉船人一方面。大人呢,孵一巢小鸡,养两只猪,托下行船夫打副金耳环,带两丈官青布或一坛好酱油、一个双料的美孚灯罩回来,便占去了大部分作主妇的心了。

　　这小城里虽那么安静和平,但地方既为川东商业交易接头处,因此城外小小河街,情形却不同了一点。也有商人落脚的客店,坐镇不动的理发馆。此外饭店、杂货铺、油行、盐栈、花衣庄,莫不各有一种地位,装点了这条河街。还有卖船上用的檀木活车、竹缆与罐锅铺子,介绍水手职业吃码头饭的人家。小饭店门前长案上,常有煎得焦黄的鲤鱼豆腐,身上装饰了红辣椒丝,卧在浅口钵头里,钵旁大竹筒中插着大把红筷子,不拘谁个愿意花点钱,这人就可以傍了门前长案坐下来,抽出一双筷子到手上,那边一个眉毛扯得极细脸上擦了白粉的妇人就走过来问:"大哥,副爷,要甜酒?要烧酒?"男子火焰高一点的,谐趣的,对内掌柜有点意思的,必装成生气似的说:"吃甜酒?又不是小孩,还问人吃甜酒!"那么,酽洌的烧酒,从大瓮里用竹筒舀出,倒进土碗里,即刻就来到身边案桌上了。杂货铺卖美孚油及点美孚油的洋灯,与香烛纸张。油行屯桐油。盐栈堆火井出的青盐。花衣庄则有白棉纱、大布、棉花以及包头的黑绉绸出卖。卖船上用物的,百物罗列,无所不备,且间或有重至百斤以外的铁锚搁在门外路旁,等候主顾问价的。专以介绍水手为事业,吃水码头饭的,则在河街的家中,终日大门敞开着,常有穿青羽缎马褂的船主与毛手毛脚的水手进出,地方像茶馆却不卖茶,不是烟馆又可以抽烟。来到这里的,虽说所谈的是船上生意经,然而船只的上下,划船拉纤人大都有一定规矩,不必作数目上的讨论。他们来到这里大多数倒是在"联欢"。以"龙头管事"作中心,谈论点本地时事,两省商务上情形,以及下游的"新事"。邀会的,集款时大多数皆在此地,扒骰子看点数多少轮作会首时,也常常在此举行。真真成为他们生意经的,有两件事:买卖船只,买卖媳妇。

　　大都市随了商务发达而产生的某种寄食者,因为商人的需要,水手的需要,这小小边城的河街,也居然有那么一群人,聚集在一些有吊脚楼的人家。这种妇人不是从附近乡下弄来,便是随同川军来湘流落后的妇人,穿了假洋绸的衣服,印花标布的裤子,把眉毛扯得成一条细线,大大的发髻上敷了香味极浓俗的油类。白日里无事,就坐在门口做鞋子,在鞋尖上用红绿丝线挑绣双凤,或为情人水手挑绣花抱兜,一面看过往行人,消磨长日。或靠在临河窗口上看水手起货,听水手爬桅子唱歌。到了晚间,则轮流的接待商人同水手,切切实实尽应尽的义务。

　　由于边地的风俗淳朴,遇不相熟的人,做生意时得先交钱,再关门撒野,人既相熟后,钱便在可有可无之间了。感情好的,互相发了誓,约好了"分手后各人皆不许胡闹",四十天或五十天,在船上浮着的那一个,同留在岸上的这一个,便皆呆着打发这一堆日子,尽把自己的心紧紧缚定远远的一个人。尤其是妇人感情真挚,痴到无可形容,男子过了约定时间不回来,做梦时,就总常常梦船拢了岸,一个人摇摇荡荡的从船跳板到了岸上,直向身边跑来。或日中有了疑心,则梦里必见男子在桅上向另一方面唱歌,却不理会自己。性格弱一点儿的,接着就在梦里投河吞鸦片烟,性格强一点儿的便手执菜刀,直向那水手奔去。他们生活虽那么同一般社会疏远,但是眼泪与欢乐,在一种爱憎得失间,揉进了这些人生活里时,也便同另外一片土地另外一些年轻生命相似,全个身心为那点爱憎所浸透,见寒作热,忘了一切。若有多少不同处,不过是这些人更真切一点,也更近于糊涂一点罢了。短期的包定,长期的嫁娶,一时间的关门,这些关于一个女人的交易,由于民情的淳朴,身当其事的不觉得如何下流可耻,旁观者也就从不用读书人的观念,加以指摘与轻视。这些人既重义轻利,又能守信自约,即便是娼妓,也常常较之讲道德知羞耻的城市中人还更可信任。

掌水码头的名叫顺顺,一个前清时便在营伍中混过日子来的人物,革命时在著名的陆军四十九标做个什长。同样做什长的,有因革命成了伟人名人的,有杀头碎尸的,他却带少年喜事得来的脚疯痛,回到了家乡,把所积蓄的一点钱,买了一条六桨白木船,租给一个穷船主,代人装货在茶峒与辰州之间来往。气运好,半年之内船不坏事,于是他从所赚的钱上,又讨了一个略有产业的白脸黑发小寡妇。数年后,在这条河上,他就有了大小四只船,一个铺子,两个儿子了。

但这个大方洒脱的人,事业虽十分顺手,却因欢喜交朋结友,慷慨而又能济人之急,便不能同贩油商人一样大大发作起来。自己既在粮子里混过日子,明白出门人的甘苦,理解失意人的心情,故凡因船只失事破产的船家,过路的退伍兵士,游学文墨人,凡到了这个地方闻名求助的,莫不尽力帮助。一面从水上赚来钱,一面就这样洒脱散去。这人虽然脚上有点小毛病，还能泅水；走路难得其平，为人却那么公正无私。水面上各事原本极其简单，一切皆为一个习惯所支配，谁个船碰了头，谁个船妨害了别一个人别一只船的利益，皆照例有习惯方法来解决。惟运用这种习惯规矩排调一切的，必需一个高年硕德的中心人物。某年秋天，那原来执事人死去了，顺顺作了这样一个代替者。那时他还只五十岁，为人既明事明理，正直和平，又不爱财，故无人对他年龄怀疑。

到如今，他的儿子大的已十八岁，小的已十六岁。两个年青人皆结实如小公牛，能驾船，能泅水，能走长路。凡从小乡城里出身的年青人所能够作的事，他们无一不作，作去无一不精。年纪较长的，如他们爸爸一样，豪放豁达，不拘常套小节。年幼的则气质近于那个白脸黑发的母亲，不爱说话，眼眉却秀拔出群，一望即知其为人聪明而又富于感情。

两兄弟既年已长大，必需在各种生活上来训练他们，作父亲的就轮流派遣两个小孩子各处旅行。向下行船时，多随了自己的船只充伙计，甘苦与人相共。荡桨时选最重的一把，背纤时拉头纤二纤，吃的是干鱼、辣子、臭酸菜，睡的是硬邦邦的舱板。向上行从旱路走去，则跟了川东客货，过秀山、龙潭、酉阳作生意，不论寒暑雨雪，必穿了草鞋按站赶路。且佩了短刀，遇不得已必需动手，便霍的把刀抽出，站到空阔处去，等候对面的一个，接着就同这个人用肉搏来解决。帮里的风气，既为"对付仇敌必需用刀，联结朋友也必需用刀"，故需要刀时，他们也就从不让它失去那点机会。学贸易，学应酬，学习到一个新地方去生活，且学习用刀保护身体同名誉，教育的目的，似乎在使两个孩子学得做人的勇气与义气。一分教育的结果，弄得两个人皆结实如老虎，却又和气亲人，不骄惰，不浮华，不倚势凌人，故父子三人在茶峒边境上为人所提及时，人人对这个名姓无不加以一种尊敬。

作父亲的当两个儿子很小时，就明白大儿子一切与自己相似，却稍稍见得溺爱那第二个儿子。由于这点不自觉的私心，他把长子取名天保，次子取名傩（nuó）送。意思是天保佑的在人事上或不免有龃龉处，至于傩神所送来的，照当地习气，人便不能稍加轻视了。傩送美丽得很，茶峒船家人拙于赞扬这种美丽，只知道为他取出一个诨名为"岳云"。虽无什么人亲眼看到过岳云，一般的印象，却从戏台上小生岳云，得来一个相近的神气。

二

两省接壤处，十余年来主持地方军事的，注重在安辑保守，处置还得法，并无变故发生。水陆商务既不至于受战争停顿，也不至于为土匪影响，一切莫不极有秩序，人民也莫不安分乐生。这些人，除了家中死了牛、翻了船，或发生别的死亡大变，为一种不幸所绊倒觉得十分伤心外，中国其他地方正在如何不幸挣扎中的情形，似乎就永远不会为这边城人民所感到。

边城所在一年中最热闹的日子，是端午、中秋和过年。三个节日过去三五十年前如何兴奋了这地方人，直到现在，还毫无什么变化，仍能成为那地方居民最有意义的几个日子。

端午日，当地妇女小孩子，莫不穿了新衣，额角上用雄黄蘸酒画了个王字。任何人家到了这天必可以吃鱼吃肉。大约上午十一点钟，全茶峒人就吃了午饭，把饭吃过后，在城里住家的，莫不倒锁了门，全家出城到河边看划船。河街有熟人的，可到河街吊脚楼门口边看，不然就站在税关门口与各个码头上看。河中龙船以长潭某处作起点，税关前作终点。作比赛竞争。因为这一天军官税官以及当地有身分的人，莫不在税关前看热闹。划船的事各人在数天以前就早有了准备，分组分帮各自选出了若干身体结实手脚伶俐的小伙子，在潭中练习进退。船只的形式，与平常木船大不相同，形体一律又长又狭，两头高高翘起，船身绘着朱红颜色长线，平常时节多搁在河边干燥洞穴里，要用它时，拖下水去。每只船可坐十二个到十八个桨手，一个带头的，一个鼓手，一个锣手。桨手每人持一支短桨，随了鼓声缓促为节拍，把船向前划去。坐在船头上，头上缠裹着红布包头，手上拿两支小令旗，左右挥动，指挥船只的进退。擂鼓打锣的，多坐在船只的中部，船一划动便即刻蓬蓬铛铛把锣鼓很单纯的敲打起来，为划桨水手调理下桨节拍。一船快慢既不得不靠鼓声，故每当两船竞赛到剧烈时，鼓声如雷鸣，加上两岸人呐喊助威，便使人想起梁红玉老鹳河水战擂鼓，牛皋水擒杨幺时也是水战擂鼓。凡把船划到前面一点的，必可在税关前领赏，一匹红，一块小银牌，不拘缠挂到船上某一个人头上去，皆显出这一船合作的光荣。好事的军人，且当每次某一只船胜利时，必在水边放些表示胜利庆祝的五百响鞭炮。

赛船过后，城中的戍军长官，为了与民同乐，增加这节日的愉快起见，便把三十只绿头长颈大雄鸭，颈脖上缚了红布条子，放入河中，尽善于泅水的军民人等，下水追赶鸭子。不拘谁把鸭子捉到，谁就成为这鸭子的主人。于是长潭换了新的花样，水面各处是鸭子，各处有追赶鸭子的人。

船与船的竞赛，人与鸭子的竞赛，直到天晚方能完事。

掌水码头的龙头大哥顺顺，年青时节便是一个泅水的高手，入水中去追逐鸭子，在任何情形下总不落空。但一到次子傩送年过十二岁时，已能入水闭气汆着到鸭子身边，再忽然从水中冒水而出，把鸭子捉到，这作爸爸的便解嘲似的说："好，这种事有你们来作，我不必再下水了。"于是当真就不下水与人来竞争捉鸭子。但下水救人呢，当作别论。凡帮助人远离患难，便是入火，人到八十岁，也还是成为这个人一种不可逃避的责任！

顺顺是当地掌水码头的龙头大哥，是边城中财富的代表者之一。他虽然在逐利的道路上闯荡多年，却没有被自私自利蒙蔽了眼睛，依然教导儿子们要在能帮助他人之时竭尽全力，这也是淳朴民风的体现。

天保傩送两人皆是当地泅水划船好选手。

端午又快来了,初五划船,河街上初一开会,就决定了属于河街的那只船当天入水。天保恰好在那天应向上行,随了陆路商人过川东龙潭送节货,故参加的就只傩送。十六个结实如牛犊的小伙子,带了香烛、鞭炮,同一个用生牛皮蒙好绘有朱红太极图的高脚鼓,到了搁船的河上游山洞边,烧了香烛,把船拖入水后,各人上了船,燃着鞭炮,擂着鼓,这船便如一支箭似的,很迅速的向下游长潭射去。

那时节还是上午,到了午后,对河渔人的龙船也下了水,两只龙船就开始预习种种竞赛的方法。水面上第一次听到了鼓声,许多人从这鼓声中,感到了节日临近的欢悦。住临河吊脚楼对远方人有所等待有所盼望的,也莫不因鼓声想到远人。在这个节日里,必然有许多船只可以赶回,也有许多船只只合在半路过节,这之间,便有些眼目所难见的人事哀乐,在这小山城河街间,让一些人嬉事,也让一些人皱眉。

蓬蓬鼓声掠水越山到了渡船头那里时,最先注意到的是那只黄狗。那黄狗汪汪的吠着,受了惊似的绕屋乱走,有人过渡时,便随船渡过河东岸去,且跑到那小山头向城里一方面大吠。

翠翠正坐在门外大石上用棕叶编蚱蜢蜈蚣玩,见黄狗先在太阳下睡着,忽然醒来便发疯似的乱跑,过了河又回来,就问它骂它:

"狗,狗,你做什么!不许这样子!"

可是一会儿那声音被她发现了,她于是也绕屋跑着,且同黄狗一块儿渡过了小溪,站在小山头听了许久,让那点迷人的鼓声,把自己带到一个过去的节日里去。

四

还是两年前的事。五月端阳,渡船头祖父找人作了代替,便带了黄狗同翠翠进城,过大河边去看划船。河边站满了人,四只朱色长船在潭中划着,龙船水刚刚涨过,河中水皆豆绿色,天气又那么明朗,鼓声逢逢响着,翠翠抿着嘴一句话不说,心中充满了不可言说的快乐。河边人太多了一点,各人皆尽张着眼睛望河中,不多久,黄狗还在身边,祖父却挤得不见了。

河水的"豆绿色"象征了纯洁、原始和无污染。青天碧水、落日白云构成了一幅色彩明丽的风景画。

翠翠一面注意划船,一面心想"过不久祖父总会找来的"。但过了许久,祖父还不来,翠翠便稍稍有点儿着慌了。先是两人同黄狗进城前一天,祖父就问翠翠:"明天城里划船,倘若一个人去看,人多怕不怕?"翠翠就说:"人多我不怕,但自己只是一个人可不好玩。"于是祖父想了半天,方想起一个住在城中的老熟人,赶夜里到城里去商量,请那老人来看一天渡船,自己却陪翠翠进城玩一天。且因为那比渡船老人更孤单,身边无一个亲人,也无一只狗,因此便约好了那人早上过家中来吃饭,喝一杯雄黄酒。第二天那人来了,吃了饭,把职务委托那人以后,翠翠等便进了城。到路上时,祖父想起什么似的,又问翠翠:"翠翠,翠翠,人那么多,好热闹,你一个人敢到河边看龙船吗?"翠翠说:"怎么不敢?可是一个人有什么意思。"到了河边后,长潭里的四只红船,把翠翠的注意力完全占去了,身边祖父似乎也可有可无了。祖父心想:"时间还早,到收场时,至少还得三个时刻。溪边的那个朋友,也应当来看看年青人的热闹,回去一趟,换换地位还赶得及。"因此就告翠翠:"人太多了,站在这里看,不要动,我到别处去有事情,无论如何总赶得回来伴你回家。"翠翠正为两只竞速并进的船迷着,祖父说的话毫不思索就答应了。祖父知道黄狗在翠翠身边,也许比他自己在她身边还稳当,于是便回家看船去了。

祖父到了那渡船处时,见代替他的老朋文,正站在白塔下注意听远处鼓声。

祖父喊他,请他把船拉过来,两人渡过小溪仍然站到白塔下去。那人问老船夫为什么又跑回来,祖父就说想替他一会儿故把翠翠留在河边,自己赶回来,好让他也过河边去看看热闹,且说:"看得好,就不必再回来,只须见了翠翠告她一声,翠翠到时自会回家的。小丫头不敢回家,你就伴她走走!"但那替手对于看龙船已无什么兴味,却愿意同老船夫在这溪边大石上各自再喝两杯烧酒。老船夫十分高兴,把酒葫芦取出,推给城中来的那一个。两人一面谈些端午旧事,一面喝酒,不到一会儿,那人却在岩石上为烧酒醉倒了。

看赛龙舟时,爷爷数次拜托别人送翠翠回家,对翠翠的疼爱之情溢于言表。两个有一辈子交情的老人,在别人都去看热闹时找了个清静之地,无拘无束地喝着雄黄酒,来个一醉方休。俗话说"酒逢知己千杯少",他们之间的纯朴友情令人羡慕!

人既醉倒了,无从入城,祖父为了责任又不便与渡船离开,留在河边的翠翠便不能不着急了。

河中划船的决了最后胜负后,城里军官已派人驾小船在潭中放了一群鸭子,祖父还不见来。翠翠恐怕祖父也正在什么地方等着她,因此带了黄狗各处人丛中挤着去找寻祖父,结果还是不得祖父的踪迹。后来看看天快要黑了,军人扛了长凳出城看热闹的,皆已陆续扛了那凳子回家。潭中的鸭子只剩下三五只,捉鸭人也渐渐的少了。落日向上游翠翠家中那一方落去,黄昏把河面装饰了一层薄雾。翠翠望到这个景致,忽然起了一个怕人的想头,她想:"假若爷爷死了?"

"黄昏"意象的第一次出现是在第一年端午节的龙舟赛上,翠翠刚刚遇到傩送,其爱情找到了归属,整个人都沉浸在幸福和快乐之中,再加上龙

舟赛在一片火热中进行着，可以说当时的氛围是愉悦的、欢快的。然而此时，"落日向上游翠翠家中那一方落去，黄昏把河面装饰了一层薄雾"。与爷爷走散的翠翠看到此景，忽然生出一个可怕的念头——"假若爷爷死了？"虽然这个想法只是一瞬，但也足以给这欢快的情境增添不少忧愁。

　　她记起祖父嘱咐她不要离开原来地方那一句话，便又为自己解释这想头的错误，以为祖父不来必是进城去或到什么熟人处去，被人拉着喝酒，故一时不能来的。正因为这也是可能的事，她又不愿在天未断黑以前，同黄狗赶回家去，只好站在那石码头边等候祖父。

　　再过一会儿，对河那两只长船已泊到对河小溪里去不见了，看龙船的人也差不多全散了。吊脚楼有娼妓的人家，已上了灯，且有人敲小斑鼓弹月琴唱曲子。另外一些人家，又有划拳行酒的吵嚷声音。同时停泊在吊脚楼下的一些船只，上面也有人在摆酒炒菜，把青菜萝卜之类，倒进滚热油锅里去时发出"吵——"的声音。河面已朦朦胧胧，看去好像只有一只白鸭在潭中浮着，也只剩一个人追着这只鸭子。

　　边城的环境美，不仅体现在自然风景上，还体现在风俗美和人情美上。比如官民同乐的龙舟赛，展现的就是湘西民众的热血性格、团结精神和对生活的热爱。赛船和捉鸭子的活动虽然简单，但从字里行间能看出这个活动在边城持续时间之久。生活在边城的人们正是通过这样的活动密切着与彼此的联系，对淳朴民风的产生与保持也发挥了独特的作用。这些习俗中都蕴含着一个"和"字，所以这里的人们"莫不安分乐生"。这种氛围是否让你想起了《桃花源记》中的诗意生活？

　　翠翠还是不离开码头，总相信祖父会来找她，同她一起回家。

　　吊脚楼上唱曲子声音热闹了一些，只听到下面船上有人说话，一个水手说："金亭，你听你那婊子陪川东庄客喝酒唱曲子，我赌个手指，说这是她的声音！"另一个水手就说："她陪他们喝酒唱曲子，心里可想我。她知道我在船上！"先前那一个又说："身体让别人玩着，心还想着你；你有什么凭据？"另一个说："有凭据。"于是这水手吹着唿哨，作出一个古怪的记号，一会儿，楼上歌声便停止了。歌声停止后，两个水手皆笑了。两人接着便说了些关于那个女人的一切，使用了不少粗鄙字眼，翠翠很不习惯把这种话听下去，但又不能走开。且听水手之一说，楼上妇人的爸爸是在棉花坡被人杀死的，一共杀了十七刀。翠翠心中那个古怪的想头："爷爷死了呢？"便仍然占据到心里有一忽儿。

两个水手还正在谈话，潭中那只白鸭慢慢的向翠翠所在的码头边游来，翠翠想："再过来些我就捉住你！"于是静静的等着，但那鸭子将近岸边三丈远近时，却有个人笑着，喊那船上水手。原来水中还有个人，那人已把鸭子捉到手，却慢慢的"踹水"[1]游近岸边的。船上人听到水面的喊声，在隐约里也喊道："二老，二老，你真干，你今天得了五只吧。"那水上人说："这家伙狡猾得很，现在可归我了。""你这时捉鸭子，将来捉女人，一定有同样的本领。"水上那一个不再说什么，手脚并用的拍着水傍着码头。湿淋淋的爬上岸时，翠翠身旁的黄狗，仿佛警告水中人似的，汪汪的叫了几声，那人方注意到翠翠。码头上已无别人，那人问：

"是谁？"

"是翠翠！"

"翠翠又是谁？"

"是碧溪岨撑渡船的孙女。"

"你在这儿做什么？"

"我等我爷爷。我等他来好回家去。"

"等他来他可不会来，你爷爷一定到城里军营里喝了酒，醉倒后被人抬回去了！"

---

[1] 一种水中运动方式，人垂直于水中，双脚快速蹬动，以免身体下沉。

"他不会。他答应来,他就一定会来的。"

"这里等也不成。到我家里去,到那边点了灯的楼上去,等爷爷来找你好不好?"

翠翠误会邀她进屋里去那个人的好意,正记着水手说的妇人丑事,她以为那男子就是要她上有女人唱歌的楼上去,本来从不骂人,这时正因等候祖父太久了,心中焦急得很,听人要她上去,以为欺侮了她,就轻轻的说:

"你个悖时砍脑壳的!"

话虽轻轻的,那男的却听得出,且从声音上听得出翠翠年纪,便带笑说:"怎么,你骂人!你不愿意上去,要呆在这儿,回头水里大鱼来咬了你,可不要叫喊!"

翠翠说:"鱼咬了我也不关你的事。"

那黄狗好像明白翠翠被人欺侮了,又汪汪的吠起来。那男子把手中白鸭举起,向黄狗吓了一下,便走上河街去了。黄狗为了自己被欺侮还想追过去,翠翠便喊:"狗,狗,你叫人也看人叫!"翠翠意思仿佛只在告给狗"那轻薄男子还不值得叫",但男子听去的却是另外一种好意,男的以为是她要狗莫向好人叫,放肆的笑着,不见了。

又过了一阵,有人从河街拿了一个废缆做成的火炬,喊叫着翠翠的名字来找寻她,到身边时翠翠却不认识那个人。那人说:老船夫回到家中,不能来接她,故搭了过渡人口信来,告翠翠要她即刻就回去。翠翠听说是祖父派来的,就同那人一起回家,让打火把的在前引路,黄狗时前时后,一同沿了城墙向渡口走去。翠翠一面走一面问那拿火把的人,是谁告他就知道她在河边。那人说是二老告他的,他是二老家里的伙计,送翠翠回家后还得回转河街。

翠翠说:"二老他怎么知道我在河边?"

那人便笑着说:"他从河里捉鸭子回来,在码头上见你,他说好意请你上家里坐坐，等候你爷爷，你还骂过他！"

翠翠带了点儿惊讶轻轻的问："二老是谁？"

那人也带了点儿惊讶说："二老你都不知道？就是我们河街上的傩送二老！就是岳云！他要我送你回去！"

傩送二老在茶峒地方不是一个生疏的名字！

翠翠想起自己先前骂人那句话，心里又吃惊又害羞，再也不说什么，默默的随了那火把走去。

翻过了小山岨，望得见对溪家中火光时，那一方面也看见了翠翠方面的火把，老船夫即刻把船拉过来，一面拉船一面哑声儿喊问："翠翠，翠翠，是不是你？"翠翠不理会祖父，口中却轻轻的说："不是翠翠，不是翠翠，翠翠早被大河里鲤鱼吃去了。"翠翠上了船，二老派来的人，打着火把走了，祖父牵着船问："翠翠，你怎么不答应我，生我的气了吗？"

翠翠站在船头还是不作声。翠翠对祖父那一点儿埋怨，等到把船拉过了溪，一到了家中，看明白了醉倒的另一个老人后，就完事了。但另一件事，属于自己不关祖父的，却使翠翠沉默了一个夜晚。

当翠翠知道是二老特意派的人送她回家时，她"想起自己先前骂人那句话，心里又吃惊又害羞，再也不说什么，默默的随了那火把走去"。"吃惊"的是傩送对自己不但不记仇，还派人把自己送回去；"害羞"的是自己得到了一个陌生男子的照顾，在仅仅十三岁的翠翠心里有几分羞涩和难为情。"但另一件事，属于自己不关祖父的，却使翠翠沉默了一个晚上"的心理描写，把翠翠对傩送的朦胧的爱含蓄地表达了出来。作者在这里着重通过语言、心理、神态刻画了一个情窦初开的少女形象和一个宽厚热情的少年形象。正所谓"不打不相识"，在边城的青山绿水中，两个拌嘴的年轻人却给彼此留下了深刻的印象，这种朦胧纯洁的初恋情节令人怦然心动。

五

两年日子过去了。

这两年来两个中秋节,恰好都无月亮可看,凡在这边城地方,因看月而起整夜男女唱歌的故事,皆不能如期举行,故两个中秋留给翠翠的印象,极其平淡无奇。两个新年却照例可以看到军营里与各乡来的狮子龙灯,在小校场迎春,锣鼓喧阗(tián)很热闹。到了十五夜晚,城中舞龙耍狮子的镇筸[1]兵士,还各自赤裸着肩膊,往各处去欢迎炮仗烟火。城中军营里,税关局长公馆,河街上一些大字号,莫不预先截老毛竹筒,或镂空棕榈树根株,用洞硝拌和矿炭钢砂,一千捶八百捶把烟火做好。好勇取乐的军士,光赤着个上身,玩着灯打着鼓来了,小鞭炮如落雨的样子,从悬到长竿尖端的空中落到玩灯的肩背上,锣鼓催动急促的拍子,大家皆为这事情十分兴奋。鞭炮放过一阵后,用长凳绑着的大筒灯火,在敞坪一端燃起了引线,先是咝咝的流泻白光,慢慢的这白光便吼啸起来,作出如雷如虎惊人的声音,白光向上空冲去,高至二十丈,下落时便洒散着满天花雨。玩灯的兵士,在火花中绕着圈子,俨然毫不在意的样子。翠翠同她的祖父,也看过这样的热闹,留下一个热闹的印象,但这印象不知为什么原因,总不如那个端午所经过的事情甜而美。

翠翠为了不能忘记那件事,上年一个端午又同祖父到城边河街去看了半天船,一切玩得正好时,忽然落了行雨,无人衣衫不被雨湿透。为了避雨,祖孙二人同那只黄狗,走到顺顺吊脚楼上去,挤在一个角隅里。有人扛凳子从身边过去,翠翠认得那人是去年打了火把送她回家的人,就告给祖父:

---

[1] 镇筸(gān),地名,在湖南。

"爷爷,那个人去年送我回家,他拿了火把走路时,真像个喽罗!"

祖父当时不作声,等到那人回头又走过面前时,就一把抓住那个人,笑嘻嘻说:

"嗨嗨,你这个人!要你到我家喝一杯也不成,还怕酒里有毒,把你这个真命天子毒死!"

那人一看是守渡船的,且看到了翠翠,就笑了。"翠翠,你长大了!二老说你在河边大鱼会吃你,我们这里河中的鱼,现在可吞不下你了。"

翠翠一句话不说,只是抿起嘴唇笑着。

这一次虽在这喽罗长年[1]口中听到个"二老"名字,却不曾见及这个人。从祖父与那长年谈话里,翠翠听明白了二老是在下游六百里外青浪滩过端午的。但这次不见二老却认识了"大老",且见着了那个一地出名的顺顺。大老把河中的鸭子捉回家里后,因为守渡船的老家伙称赞了那只肥鸭两次,顺顺就要大老把鸭子给翠翠。且知道祖孙二人所过的日子十分拮据,节日里自己不能包粽子,又送了许多尖角粽子。

那水上名人同祖父谈话时,翠翠虽装作眺望河中景致,耳朵却把每一句话听得清清楚楚。那人向祖父说翠翠长得很美,问过翠翠年纪,又问有不有人家。祖父则很快乐的夸奖了翠翠不少,且似乎不许别人来关心翠翠的婚事,故一到这件事便闭口不谈。

回家时,祖父抱了那只白鸭子同别的东西,翠翠打火把引路。两人沿城墙走去,一面是城,一面是水。祖父说:"顺顺真是个好人,大方得很。大老也很好。这一家人都好!"翠翠说:"一家人都好,你认识他们一家人吗?"祖父不明白这句话的意思所在,因为今天太高兴一点,便笑着说:"翠翠,假若大老要你做媳妇,请人来做媒,你答应不答应?"翠翠就说:"爷爷,你疯了!再说我就生你的气!"

---

[1] 方言,指长工。

祖父话虽不说了,心中却很显然的还转着这些可笑的不好的念头。翠翠着了恼,把火炬向路两旁乱晃着,向前怏怏的走去了。

"翠翠,莫闹,我摔到河里去,鸭子会走脱的!"

"谁也不希罕那只鸭子!"

祖父明白翠翠为什么事不高兴,祖父便唱起摇橹人驶船下滩时催橹的歌声,声音虽然哑沙沙的,字眼儿却稳稳当当毫不含糊。翠翠一面听着一面向前走去,忽然停住了发问:

"爷爷,你的船是不是正在下青浪滩呢?"

祖父不说什么,还是唱着,两人皆记顺顺家二老的船正在青浪滩过节,但谁也不明白另外一个人的记忆所止处。祖孙二人便沉默的一直走还家中。到了渡口,那代理看船的,正把船泊在岸边等候他们。几人渡过溪到了家中,剥粽子吃,到后那人要进城去,翠翠赶即为那人点上火把,让他有火把照路。人过了小溪上小山时,翠翠同祖父在船上望着,翠翠说:

"爷爷,看喽罗上山了啊!"

祖父把手攀引着横缆,注目溪面的薄雾,仿佛看到了什么东西,轻轻的吁了一口气。祖父静静的拉船过对岸家边时,要翠翠先上岸去,自己却守在船边,因为过节,明白一定有乡下人上城里看龙船,还得乘黑赶回家去。

白日里,老船夫正在渡船上同个卖皮纸的过渡人有所争持。一个不能接受所给的钱,一个却非把钱送给老人不可。正似乎因为那个过渡人送钱气派,使老船夫受了点压迫,这撑渡船人就俨然生气似的,迫着那人把钱收回,使这人不得不把钱捏在手里。但船拢岸时,那人跳上了码头,一手铜钱向船舱里一撒,却笑眯眯的匆匆忙忙走了。老船夫手还得拉着船让别人上岸,无法去追赶那个人,就喊小山头的孙女:

"翠翠,翠翠,帮我拉着那个卖皮纸的小伙子,不许他走!"

翠翠不知道是怎么回事,当真便同黄狗去拦那第一个下山人。那人笑着说:

"不要拦我!……"

正说着,第二个商人赶来了,就告给翠翠是什么事情。翠翠明白了,更拉着卖纸人衣服不放,只说:"不许走!不许走!"黄狗为了表示同主人的意见一致,也便在翠翠身边汪汪汪的吠着。其余商人皆笑着,一时不能走路。祖父气吁吁的赶来了,把钱强迫塞到那人手心里,且搭了一大束草烟到那商人担子上去,搓着两手笑着说:"走呀!你们上路走!"那些人于是全笑着走了。

翠翠说:"爷爷,我还以为那人偷你东西同你打架!"

祖父就说:

"他送我好些钱。我才不要这些钱!告他不要钱,他还同我吵,不讲道理!"

翠翠说:"全还给他了吗?"

祖父抿着嘴把头摇摇,装成狡猾得意神气笑着,把扎在腰带上留下的那枚单铜子取出,送给翠翠。且说:

"他得了我们那把烟叶,可以吃到镇筸城!"

商人一定要给钱,爷爷却坚持不肯收,为此两人还起了争执。通过细致入微的语言描写、动作描写、神态描写,生动描摹了爷爷与商人因为钱而起的"争执",逼真传神地刻画出老人不贪慕钱财、不斤斤计较、善良热情、质朴淳厚、乐于助人、热爱生活、开朗豁达的形象。沈从文在不知不

觉中带领我们走进湘西老百姓无争无斗、互帮互助、闲适悠然的生活画卷中，让我们真真切切地感受到了令人感动并向往的淳厚朴实的生活。

远处鼓声又蓬蓬的响起来了，黄狗张着两个耳朵听着。翠翠问祖父，听不听到什么声音。祖父一注意，知道是什么声音了，便说：

"翠翠，端午又来了。你记不记得去年天保大老送你那只肥鸭子。早上大老同一群人上川东去，过渡时还问你。你一定忘记那次落的行雨。我们这次若去，又得打火把回家；你记不记得我们两人用火把照路回家？"

翠翠还正想起两年前的端午一切事情哪。但祖父一问，翠翠却微带点儿恼着的神气，把头摇摇，故意说："我记不得，我记不得。"其实她那意思就是："我怎么记不得？！"

祖父明白那话里意思，又说："前年还更有趣，你一个人在河边等我，差点儿不知道回来，我还以为大鱼会吃掉你！"

提起旧事翠翠嗤的笑了。

"爷爷，你还以为大鱼会吃掉我？是别人家说我，我告给你的！你那天只是恨不得让城中的那个爷爷把装酒的葫芦吃掉！你这种记性！"

"我人老了，记性也坏透了。翠翠，现在你人长大了，一个人一定敢上城看船不怕鱼吃掉你了。"

"人大了就应当守船哩。"

"人老了才当守船。"

"人老了应当歇憩！"

"你爷爷还可以打老虎，人不老！"祖父说着，于是，把膀子弯曲起来，努力使筋肉在局束[1]中显得又有力又年青，且说，"翠翠，你不信，你咬。"

翠翠睨着腰背微驼白发满头的祖父，不说什么话。远处有吹唢呐的声音，她知道那是什么事情，且知道唢呐方向，要祖父同她下了船，把

---

1 窘迫拘束。

船拉过家中那边岸旁去。为了想早早的看到那迎婚送亲的喜轿，翠翠还爬到屋后塔下去眺望。过不久，那一伙人来了，两个吹唢呐的，四个强壮乡下汉子，一顶空花轿，一个穿新衣的团总儿子模样的青年，另外还有两只羊，一个牵羊的孩子，一坛酒，一盒糍粑，一个担礼物的人。一伙人上了渡船后，翠翠同祖父也上了渡船，祖父拉船，翠翠却傍花轿站定，去欣赏每一个人的脸色与花轿上的流苏。拢岸后，团总儿子模样的人，从扣花抱肚里掏出了一个小红纸包封，递给老船夫。这是规矩，祖父再不能说不接收了。但得了钱祖父却说话了，问那个人，新娘是什么地方人，明白了，又问姓什么，明白了，又问多大年纪，一起皆弄明白了。吹唢呐的一上岸后又把唢呐呜呜喇喇吹起来，一行人便翻山走了。祖父同翠翠留在船上，感情仿佛皆追着那唢呐声音走去，走了很远的路方回到自己身边来。

当爷爷说翠翠长大了时，翠翠说"人大了就应当守船哩""人老了应当歇憩"，这些话传达了翠翠对爷爷的关心。随后还有一句"翠翠睨着腰背微驼白发满头的祖父，不说什么话"，说明翠翠看到爷爷越来越老，已经想着替爷爷分担家事了。

祖父据着那红纸包封的分量说："翠翠，宋家堡子里新嫁娘只十五岁。"

翠翠明白祖父这句话的意思所在，不作理会，静静的把船拉动起来。

到了家边，翠翠跑回家去取小小竹子做的双管唢呐，请祖父坐在船头吹"娘送女"曲子给她听，她却同黄狗躺到门前大岩石上荫处看天上的云。白日渐长，不知什么时节，祖父睡着了，翠翠同黄狗也睡着了。

七

到了端午。祖父同翠翠在三天前业已预先约好，祖父守船，翠翠同黄狗过顺顺吊脚楼去看热闹。翠翠先不答应，后来答应了。但过了一天，翠翠又翻悔回来，以为要看两人去看，要守船两人守船。祖父明白那个意思，是翠翠玩心与爱心相战争的结果。为了祖父的牵绊，应当玩的也无法去玩，这不成！祖父含笑说："翠翠，你这是为什么？说定了的又翻悔，同茶峒人平素品德不相称。我们应当说一是一，不许三心二意。我记性并不坏到这样子，把你答应了我的即刻忘掉！"祖父虽那么说，很显然的事，祖父对于翠翠的打算是同意的。但人太乖了，祖父有点愀然不乐了。见祖父不再说话，翠翠就说："我走了，谁陪你？"

祖父说："你走了，船陪我。"

翠翠把眉毛皱拢去苦笑着："船陪你，嗨，嗨，船陪你。爷爷，你真是……"

祖父心想："你总有一天会要走的。"但不敢提这件事。祖父一时无话可说，于是走过屋后塔下小圃里去看葱，翠翠跟过去。

"爷爷，我决定不去，要去让船去，我替船陪你！"

"好，翠翠，你不去我去，我还得戴了朵红花，装刘老老[1]进城去见世面！"

两人都为这句话笑了许久。

祖父理葱，翠翠却摘了一根大葱呜呜吹着。有人在东岸喊过渡，翠翠不让祖父占先，便忙着跑下去，跳上了渡船，援着横溪缆子拉船过溪去接人。一面拉船一面喊祖父：

---

[1] 同"姥姥"。

"爷爷，你唱，你唱！"

祖父不唱，却只站在高岩上望翠翠，把手摇着，一句话不说。

祖父有点心事。心事重重的，翠翠长大了。

翠翠一天比一天大了，无意中提到什么时会红脸了。时间在成长她，似乎正催促她，使她在另外一件事情上负点儿责。她欢喜看扑粉满脸的新嫁娘，欢喜说到关于新嫁娘的故事，欢喜把野花戴到头上去，还欢喜听人唱歌。茶峒人的歌声，缠绵处她已领略得出。她有时仿佛孤独了一点，爱坐在岩石上去，向天空一片云一颗星凝眸。祖父若问："翠翠，想什么？"她便带着点儿害羞情绪，轻轻的说："在看水鸭子打架！"照当地习惯意思就是"翠翠不想什么"。但在心里却同时又自问："翠翠，你真在想什么？"同是自己也在心里答着："我想的很远，很多。可是我不知想些什么。"她的确在想，又的确连自己也不知在想些什么。这女孩子身体既发育得很完全，在本身上因年龄自然而来的一件"奇事"，到月就来，也使她多了些思索，多了些梦。

祖父明白这类事情对于一个女子的影响，祖父心情也变了些。祖父是一个在自然里活了七十年的人，但在人事上的自然现象，就有了些不能安排处。因为翠翠的长成，使祖父记起了些旧事，从掩埋在一大堆时间里的故事中，重新找回了些东西。

翠翠的母亲，某一时节原同翠翠一个样子。眉毛长，眼睛大，皮肤红红的。也乖得使人怜爱——也懂在一些小处，起眼动眉毛，使家中长辈快乐。也仿佛永远不会同家中这一个分开。但一点不幸来了，她认识了那个兵。到末了丢开老的和小的，却陪那个兵死了。这些事从老船夫说来谁也无罪过，只应"天"去负责。翠翠的祖父口中不怨天，心却不能完全同意这种不幸的安排。摊派到本身的一份，说来实在不公平！说是放下了，也正是不能放下的莫可奈何容忍到的一件事！

那时还有个翠翠。如今假若翠翠又同妈妈一样，老船夫的年龄，还能把小雏儿再抚育下去吗?人愿意神却不同意!人太老了,应当休息了,凡是一个良善的乡下人,所应得到的劳苦与不幸,全得到了。假若另外高处有一个上帝,这上帝且有一双手支配一切,很明显的事,十分公道的办法,是应把祖父先收回去,再来让那个年青的在新的生活上得到应分接受那幸或不幸,才合道理。

可是祖父并不那么想。他为翠翠担心。他有时便躺到门外岩石上,对着星子想他的心事。他以为死是应当快到了的,正因为翠翠人已长大了,证明自己也真正老了。无论如何,得让翠翠有个着落。翠翠既是她那可怜母亲交把他的,翠翠大了,他也得把翠翠交给一个人,他的事才算完结!交给谁?必需什么样的人方不委屈她?

前几天顺顺家天保大老过溪时,同祖父谈话,这心直口快的青年人,第一句话就说:

"老伯伯,你翠翠长得真标致,像个观音样子。再过两年,若我有闲空能留在茶峒照料事情,不必像老鸦到处飞,我一定每夜到这溪边来为翠翠唱歌。"

祖父用微笑奖励这种自白。一面把船拉动,一面把那双小眼睛瞅着大老。

于是大老又说:

"翠翠太娇了,我担心她只宜于听点茶峒人的歌声,不能作茶峒女子做媳妇的一切正经事。我要个能听我唱歌的情人,却更不能缺少个照料家务的媳妇。'又要马儿不吃草,又要马儿走得好',唉,这两句话恰是古人为我说的!"

祖父慢条斯理把船掉了头,让船尾傍岸,就说:

"大老,也有这种事儿!你瞧着吧。"究竟是什么事,祖父可并不明白说下去。

那青年走去后,祖父温习着那些出于一个男子口中的真话,实在又愁又喜。翠翠若应当交把一个人,这个人是不是适宜于照料翠翠?当真交把了他,翠翠是不是愿意?

八

初五大清早落了点毛毛雨,上游且涨了点"龙船水",河水全变作豆绿色。祖父上城买办过节的东西,戴了个粽粑叶"斗篷",携带了一个篮子,一个装酒的大葫芦,肩头上挂了个褡裢,其中放了一吊六百钱,就走了。因为是节日,这一天从小村小寨带了铜钱担了货物上城去办货掉货的极多,这些人起身也极早,故祖父走后,黄狗就伴同翠翠守船。翠翠头上戴了一个崭新的斗篷,把过渡人一趟一趟的送来送去。黄狗坐在船头,每当船拢岸时必先跳上岸边去衔绳头,引起每个过渡人的兴味。有些过渡乡下人也携了狗上城,照例如俗话说的,"狗离不得屋",一离了自己的家,即或傍着主人,也变得非常老实了。到过渡时,翠翠的狗必走过去嗅嗅,从翠翠方面讨取了一个眼色,似乎明白翠翠的意思,就不敢有什么举动。直到上岸后,把拉绳子的事情作完,眼见到那只陌生的狗上小山去了,也必跟着追去。或者向狗主人轻轻吠着,或者逐着那陌生的狗,必得翠翠带点儿嗔恼的嚷着:"狗,狗,你狂什么?还有事情做,你就跑呀!"于是这黄狗赶快跑回船上来,且依然满船闻嗅不已。翠翠说:"这算什么轻狂举动!跟谁学得的!还不好好蹲到那边去!"狗俨然极其懂事,便即刻到它自己原来地方去,只间或又像想起什么似的,轻轻的吠几声。

雨落个不止,溪面一片烟。翠翠在船上无事可作时,便算着老船夫的行程。她知道他这一去应到什么地方碰到什么人,谈些什么话,这一天城门边应当是些什么情形,河街上应当是些什么情形,"心中一本册",她完全如同眼见到的那么明明白白。她又知道祖父的脾气,一见城中相熟粮子上人物,不管是马夫火夫,总会把过节时应有的颂祝说出。这边说:"副爷,你过节吃饱喝饱!"那一个便也将说:"划船的,你吃饱喝饱!"这边若说着如上的话,那边人说:"有什么可以吃饱喝饱?四两肉,两碗酒,既不会饱也不会醉!"那么,祖父必很诚实邀请这熟人过碧溪岨喝个够量。倘若有人当时就想喝一口祖父葫芦中的酒,这老船夫也从不吝啬,必很快的就把葫芦递过去。酒喝过了,那兵营中人卷舌子舔着嘴唇,称赞酒好,于是又必被勒迫着喝第二口。酒在这种情形下少起来了,就又跑到原来铺上去,加满为止。翠翠且知道祖父还会到码头上去同刚拢岸一天两天的上水船水手谈谈话,问问下河的米价盐价,有时且弯着腰钻进那带有海带鱿鱼味,以及其他油味、醋味、柴烟味的船舱里去,水手们从小坛中抓出一把红枣,递给老船夫,过一阵,等到祖父回家被翠翠埋怨时,这红枣便成为祖父与翠翠和解的东西。祖父一到河街上,且一定有许多铺子上商人送他粽子与其他东西,作为对这个忠于职守的划船人一点敬意,祖父虽嚷着"我带了那么一大堆,回去会把老骨头压断",可是不管如何,这些东西多少总得领点情。走到卖肉案桌边去,他想"买肉"人家却不愿接钱,屠户若不接钱,他却宁可到另外一家去,决不想沾那点便宜。那屠户说:"爷爷,你为人那么硬算什么?又不是要你去做犁口耕田!"但不行,他以为这是血钱,不比别的事情,你不收钱他会把钱预先算好,猛的把钱掷到大而长的钱筒里去,攫了肉就走去的。卖肉的明白他那种性情,到他称肉时总选取最好的一处,且把分量故意加多,他见及时却将说:"喂喂,大老板,我不要你那些好处!腿上的肉是城里人炒鱿鱼肉丝用的肉,莫同我开玩笑!我要夹项肉,我要浓的糯的,我是个划船人,我要拿去炖胡萝卜喝酒的!"得了肉,把钱交过手时,自己先数一次,又嘱咐屠户再数,屠户却照例不理会他,把一手钱哗的向长竹筒口丢去,他于是简直是妩媚的微笑着走了。

屠户与其他买肉人，见到他这种神气，必笑个不止……

翠翠还知道祖父必到河街上顺顺家里去。

翠翠温习着两次过节两个日子所见所闻的一切，心中很快乐，好像目前有一个东西，同早间在床上闭了眼睛所看到那种捉摸不定的黄葵花一样，这东西仿佛很明朗的在眼前，却看不准，抓不住。

翠翠想："白鸡关真出老虎吗？"她不知道为什么忽然想起白鸡关。白鸡关是酉水中部一个地名，离茶峒两百多里路！

于是又想："三十二个人摇六匹橹，上水走风时张起个大篷，一百幅白布拼成的一片东西，先在这样大船上过洞庭湖，多可笑……"她不明白洞庭湖有多大，也就从没见过这种大船，更可笑的，还是她自己也不知道为什么却想到这个问题！

一群过渡人来了，有担子，有送公事跑差模样的人物，另外还有母女二人。母亲穿了新浆洗得硬朗的蓝布衣服，女孩子脸上涂着两饼红色，穿了不甚合身的新衣，上城到亲戚家中去拜节看龙船的。等待众人上船稳定后，翠翠一面望着那小女孩，一面把船拉过溪去。那小孩从翠翠估来年纪也将十三四岁了，神气却很娇，似乎从不曾离开过母亲。脚下穿的是一双尖头新油过的钉鞋，上面沾污了些黄泥。裤子是那种泛紫的葱绿布做的。见翠翠尽是望她，她也便看着翠翠，眼睛光光的如同两粒水晶球。有点害羞，有点不自在，同时也有点不可言说的爱娇。那母亲模样的妇人便问翠翠年纪有几岁。翠翠笑着，不高兴答应，却反问小女孩今年几岁。听那母亲说十三岁时，翠翠忍不住笑了。那母女显然是财主人家的妻女，从神气上就可看出的。翠翠注视那女孩，发现了女孩子手上还戴得有一副麻花绞的银手镯，闪着白白的亮光，心中有点儿歆羡。船傍岸后，人陆续上了岸，妇人从身上摸出一铜子，塞到翠翠手中，就走了。翠翠当时竟忘了祖父的规矩了，也不说道谢，也不把钱退还，只望着这一行人中那个女孩子身后发痴。一行人正将翻过小山时，翠翠忽又忙匆匆的追上去，在山头上把钱还给那妇人。那妇人说:"这是送你的!"翠翠不说什么,只微笑把头尽摇,且不等妇人来得及说第二句话,就很快的向自己渡船边跑去了。

到了渡船上,溪那边又有人喊过渡,翠翠把船又拉回去。第二次过渡是七个人,又有两个女孩子,也同样因为看龙船特意换了干净衣服,相貌却并不如何美观,因此使翠翠更不能忘记先前那一个。

今天过渡的人特别多,其中女孩子比平时更多,翠翠既在船上拉缆子摆渡,故见到什么好看的,极古怪的,人乖的,眼睛眶子红红的,莫不在记忆中留下个印象。无人过渡时,等着祖父祖父又不来,便尽只反复温习这些女孩子的神气。且轻轻的无所谓的唱着:

"白鸡关出老虎咬人,不咬别人,团总的小姐派第一。……大姐戴副金簪子,二姐戴副银钏子,只有我三妹没得什么戴,耳朵上长年戴条豆芽菜。"

城中有人下乡的,在河街上一个酒店前面,曾见及那个撑渡船的老头子,把葫芦嘴推让给一个年青水手,请水手喝他新买的白烧酒,翠翠问及时,那城中人就告给她所见到的事情。翠翠笑祖父的慷慨不是时候,不是地方。过渡人走了,翠翠就在船上又轻轻的哼着巫师十二月里为人还愿迎神的歌玩——

> 你大仙,你大神,睁眼看看我们这里人!
> 他们既诚实,又年青,又身无疾病。
> 他们大人会喝酒,会作事,会睡觉;
> 他们孩子能长大,能耐饥,能耐冷;
> 他们牯(gǔ)牛肯耕田,山羊肯生仔,鸡鸭肯孵卵;
> 他们女人会养儿子,会唱歌,会找她心中欢喜的情人!
>
> 你大神,你大仙,排驾前来站两边。

关夫子身跨赤兔马,
尉迟公手拿大铁鞭!
你大仙,你大神,云端下降慢慢行!
张果老驴得坐稳,
铁拐李脚下要小心!

福禄绵绵是神恩,
和风和雨神好心,
好酒好饭当前陈,
肥猪肥羊火上烹!

洪秀全,李鸿章,
你们在生是霸王,
杀人放火尽节全忠各有道,
今来坐席又何妨!

慢慢吃,慢慢喝,
月白风清好过河。
醉时携手同归去,
我当为你再唱歌!

  那首歌声音既极柔和,快乐中又微带忧郁。唱完了这歌,翠翠觉得心上有一丝儿凄凉。她想起秋末酬神还愿时田坪中的火燎同鼓角。

  远处鼓声已起来了,她知道绘有朱红长线的龙船这时节已下河了,细雨还依然落个不止,溪面一片烟。

九

祖父回家时,大约已将近平常吃早饭时节了,肩上手上全是东西,一上小山头便喊翠翠,要翠翠拉船过小溪来迎接他。翠翠眼看到多少人皆进了城,正在船上急得莫可奈何,听到祖父的声音,精神旺了,锐声答着:"爷爷,爷爷,我来了!"老船夫从码头边上了渡船后,把肩上手上的东西搁到船头上,一面帮着翠翠拉船,一面向翠翠笑着,如同一个小孩子,神气充满了谦虚与羞怯。"翠翠,你急坏了,是不是?"翠翠本应埋怨祖父的,但她却回答说:"爷爷,我知道你在河街上劝人喝酒,好玩得很。"翠翠还知道祖父极高兴到河街上去玩,但如此说来,将更使祖父害羞乱嚷了,因此话到口边却不提出。

翠翠把搁在船头的东西一一估计在眼里,不见了酒葫芦。翠翠嗤的笑了。

"爷爷,你倒大方,请副爷同船上人吃酒,连葫芦也吃到肚里去了!"

祖父笑着忙作说明:

"哪里,哪里,我那葫芦被顺顺大伯扣下了,他见我在河街上请人喝酒,就说:'喂,喂,摆渡的张横,这不成的。你不开槽坊,如何这样子!把你那个放下来,请我全喝了吧。'他当真那么说,'请我全喝了吧。'我把葫芦放下了。但我猜想他是同我闹着玩的。他家里还少烧酒吗?翠翠,你说,……"

"爷爷,你以为人家真想喝你的酒,便是同你开玩笑吗?"

"那是怎么的?"

"你放心,人家一定因为你请客不是地方,所以扣下你的葫芦,不让你请人把酒喝完。等等就会为你送来的,你还不明白,真是!——"

"唉,当真会是这样的!"

说着船已拢了岸,翠翠抢先帮祖父搬东西,但结果却只拿了那尾鱼,那个花褡裢;褡裢中钱已用光了,却有一包白糖,一包小芝麻饼子。

两人刚把新买的东西搬运到家中,对溪就有人喊过渡,祖父要翠翠看着肉菜免得被野猫拖去,争着下溪去做事,一会儿,便同那个过渡人嚷着到家中来了。原来这人便是送酒葫芦的。只听到祖父说:"翠翠,你猜对了。人家当真把酒葫芦送来了!"

翠翠来不及向灶边走去,祖父同一个年纪青青的脸黑肩膊宽的人物,便进到屋里了。

翠翠同客人皆笑着,让祖父把话说下去。客人又望着翠翠笑,翠翠仿佛明白为什么被人望着,有点不好意思起来,走到灶边烧火去了。溪边又有人喊过渡,翠翠赶忙跑出门外船上去,把人渡过了溪。恰好又有人过溪。天虽落小雨,过渡人却分外多,一连三次。翠翠在船上一面作事一面想起祖父的趣处。不知怎么的,从城里被人打发来送酒葫芦的,她觉得好像是个熟人。可是眼睛里像是熟人,却不明白在什么地方见过面。但也正像是不肯把这人想到某方面去,方猜不着这来人的身分。

祖父在岩坎上边喊:"翠翠,翠翠,你上来歇歇,陪陪客!"本来无人过渡便想上岸去烧火,但经祖父一喊,反而不上岸了。

来客问祖父"进不进城看船",老渡船夫就说"应当看守渡船"。两人又谈了些别的话。到后来客方言归正传:

"伯伯,你翠翠像个大人了,长得很好看!"

撑渡船的笑了。"口气同哥哥一样,倒爽快呢。"这样想着,却那么说:"二老,这地方配受人称赞的只有你,人家都说你好看!'八面山的豹子,地地溪的锦鸡',全是特为颂扬你这个人好处的警句!"

"但是,这很不公平。"

"很公平的!我听船上人说,你上次押船,船到三门下面白鸡关滩出了事,从急浪中你援救过三个人。你们在滩上过夜,被村子里女人见着了,人家在你棚子边唱歌一整夜,是不是真有其事?"

"不是女人唱歌一夜,是狼嗥。那地方著名多狼,只想得机会吃我们!我们烧了一大堆火,吓住了它们,才不被吃掉!"

老船夫笑了:"那更妙!人家说的话还是很对的。狼是只吃姑娘,吃小孩,吃十八岁标致青年,像我这种老骨头,它不要吃的!"

那二老说:"伯伯,你到这里见过两万个日头,别人家全说我们这个地方风水好,出大人,不知为什么原因,如今还不出大人?"

"你是不是说风水好应出有大名头的人?我以为这种人不生在我们这个小地方,也不碍事。我们有聪明、正直、勇敢、耐劳的年青人,就够了。像你们父子兄弟,为本地也增光彩已经很多很多!"

"伯伯,你说得好,我也是那么想。地方不出坏人出好人,如伯伯那么样子,人虽老了,还硬朗得同棵楠木树一样,稳稳当当的活到这块地面,又正经,又大方,难得的啊。"

"我是老骨头了,还说什么。日头,雨水,走长路,挑分量沉重的担子,大吃大喝,挨饿受寒,自己分上的都拿过了,不久就会躺到这冰凉土地上喂蛆吃的。这世界有得是你们小伙子分上的一切,好好的干,日头不辜负你们,你们也莫辜负日头!"

"伯伯,看你那么勤快,我们年青人不敢辜负日头!"

说了一阵,二老想走了,老船夫便站到门口去喊叫翠翠,要她到屋里来烧水煮饭,掉换他自己看船。翠翠不肯上岸,客人却已下船了,翠翠把船拉动时,祖父故意装作埋怨神气说:

"翠翠,你不上来,难道要我在家里做媳妇煮饭吗?"

翠翠斜睨了客人一眼,见客人正盯着她,便把脸背过去,抿着嘴儿,很自负的拉着那条横缆,船慢慢拉过对岸了。客人站在船头同翠翠说话:

"翠翠,吃了饭,同你爷爷去看划船吧?"

翠翠不好意思不说话,便说:"爷爷说不去,去了无人守这船!"

"你呢?"

"爷爷不去我也不去。"

"你也守船吗?"

"我陪我爷爷。"

"我要一个人来替你们守渡船,好不好?"

砰的一下船头已撞到岸边土坎上了,船拢岸了。二老向岸上一跃,站在斜坡上说:

"翠翠,难为你!……我回去就要人来替你们,你们快吃饭,一同到我家里去看船,今天人多咧,热闹咧!"

翠翠不明白这陌生人的好意,不懂得为什么一定要到他家中去看船,抿着小嘴笑笑,就把船拉回去了。到了家中一边溪岸后,只见那个人还正在对溪小山上,好像等待什么,不即走开。翠翠回转家中,到灶口边去烧火,一面把带点湿气的草塞进灶里去,一面向正在把客人带回的那一葫芦酒试着的祖父询问:

"爷爷,那人说回去就要人来替你,要我们两人去看船,你去不去?"

"你高兴去吗?"

"两人同去我高兴。那个人很好,我像认得他,他是谁?"

祖父心想:"这倒对了,人家也觉得你好!"祖父笑着说:"翠翠,你不记得你前年在大河边时,有个人说要让大鱼咬你吗?"

翠翠明白了,却仍然装不明白问:"他是谁?"

"你想想看,猜猜看。"

"一本《百家姓》好多人,我猜不着他是张三李四。"

"顺顺船总家的二老,他认识你你不认识他啊!"他抿了一口酒,像赞美酒又像赞美人,低低的说:"好的,妙的,这是难得的。"

过渡的人在门外坎下叫唤着,老祖父口中还是"好的,妙的……"匆匆下船做事去了。

十

吃饭时隔溪有人喊过渡,翠翠抢着下船,到了那边,方知道原来过渡的人,便是船总顺顺家派来作替手的水手,一见翠翠就说道:"二老要你们一吃了饭就去,他已下河了。"见了祖父又说:"二老要你们吃了饭就去,他已下河了。"

张耳听听,便可听出远处鼓声已较密,从鼓声里使人想到那些极狭的船,在长潭中笔直前进时,水面上画着如何美丽的长长的线路!

新来的人茶也不吃,便在船头站妥了,翠翠同祖父吃饭时,邀他喝一杯,只是摇头推辞。祖父说:

"翠翠,我不去,你同小狗去好不好?"

"要不去,我也不想去!"

"我去呢?"

"我本来也不想去,但我愿意陪你去。"

祖父微笑着:"翠翠,翠翠,你陪我去,好的,你陪我去!"

祖父同翠翠到城里大河边时河边早站满了人。细雨已经停止,地面还是湿湿的。祖父要翠翠过河街船总家吊脚楼上去看船,翠翠却以为站在河边较好。两人在河边站定不多久,顺顺便派人把他们请去了。吊脚楼上已有了很多的人。早上过渡时,为翠翠所注意的乡绅妻女,受顺顺家的款待,占据了最好窗口,一见到翠翠,那女孩子就说:"你来,你来!"翠翠带着点儿羞怯走去,坐在他们身后条凳上,祖父便走开了。

祖父并不看龙船竞渡,却为一个熟人拉到河上游半里路远近,到一个新碾坊看水碾子去了。老船夫对于水碾子原来就极有兴味的。倚山滨水来一座小小茅屋,屋中有那么一个圆石片子,固定在一个横轴上,斜斜的搁在石槽里。当水闸门抽去时,流水冲激地下的暗轮,上面的石片便飞转起来。作主人的管理这个东西,把毛谷倒进石槽中去,把碾好的米弄出放在屋角隅筛子里,再筛去糠灰。地上全是糠灰,主人头上包着块白布帕子,头上肩上也全是糠灰。天气好时就在碾坊前后隙地里种些萝卜、青菜、大蒜、四季葱。水沟坏了,就把裤子脱去,到河里去堆砌石头修理泄水处。水碾坝若修筑得好,还可装个小小鱼梁,涨小水时就自会有鱼上梁来,不劳而获!在河边管理一个碾坊比管理一只渡船多变化有趣味,情形一看也就明白了。但一个撑渡船的若想有座碾坊,那简直是不可能的妄想。凡碾坊照例是属于当地小财主的产业。那熟人把老船夫带到碾坊边时,就告给他这碾坊业主为谁。两人一面各处视察一面说话。

那熟人用脚踢着新碾盘说:

"中寨人自己坐在高山砦子上,却欢喜来到这大河边置产业;这是中寨王团总的,大钱七百吊!"

老船夫转着那双小眼睛,很羡慕的去欣赏一切,估计一切,把头点着,且对于碾坊中物件一一加以很得体的批评。后来两人就坐到那还未完工的白木条凳上去,熟人又说到这碾坊的将来,似乎是团总女儿陪嫁的妆奁。那人于是想起了翠翠,且记起大老托过他的事情来了,便问道:

"伯伯,你翠翠今年十几岁?"

"满十四进十五岁。"老船夫说过这句话后,便接着在心中计算过去的年月。

"十四岁多能干!将来谁得她真有福气!"

"有什么福气?又无碾坊陪嫁,一个光人。"

"别说一个光人,一个有用的人,两只手抵得五座碾坊!洛阳桥也是鲁般[1]两只手造的!……"这样那样的说着,说到后来,那人笑了。

老船夫也笑了,心想:"翠翠有两只手将来也去造洛阳桥吧,新鲜事!"

---

[1] 中国古代建筑工匠,相传姓公输,名般,亦作班、盘。

那人过了一会儿又说：

"茶峒人年青男子眼睛光，选媳妇也极在行。伯伯，你若不多我的心时，我就说个笑话给你听。"

老船夫问："是什么笑话。"

那人说："伯伯你若不多心时，这笑话也可以当真话去听咧。"

接着说的下去就是顺顺家大老如何在人家赞美翠翠，且如何托他来探听老船夫口气那么一件事。末了同老船夫来转述另一回会话的情形。"我问他：'大老，大老，你是说真话还是说笑话？'他就说：'你为我去探听探听那老的，我欢喜翠翠，想要翠翠，是真话！'我说：'我这口钝得很，说出了口老的一巴掌打来呢？'他说：'你怕打，你先当笑话去说，不会挨打的！'所以，伯伯，我就把这件真事情当笑话来同你说了。你试想想，他初九从川东回来见我时，我应当如何回答他？"

老船夫记前一次大老亲口所说的话，知道大老的意思很真，且知道顺顺也欢喜翠翠，心里很高兴。但这件事照规矩得这个人带封点心亲自到碧溪岨家中去说，方见得慎重起事，老船夫就说："等他来时你说：老家伙听过了笑话后，自己也说了个笑话，他说：'车是车路，马是马路，各有走法。大老走的是车路，应当由大老爹爹作主，请了媒人来正正经经同我说。走的是马路，应当自己作主，站在渡口对溪高崖上，为翠翠唱三年六个月的歌。'"

"伯伯，若唱三年六个月的歌动得了翠翠的心，我赶明天就自己来唱歌了。"

"你以为翠翠肯了我还会不肯吗？"

"不咧，人家以为这件事你老人家肯了，翠翠便无有不肯呢。"

"不能那么说，这是她的事呵！"

"便是她的事，可是必需老的作主，人家也仍然以为在日头月光下唱三年六个月的歌，还不如得伯伯说一句话好！"

"那么，我说，我们就这样办，等他从川东回来时要他同顺顺去说明白。我呢，我也先问问翠翠；若以为听了三年六个月的歌再跟那唱歌人走去有意思些，我就请你劝大老走他那弯弯曲曲的马路。"

"那好的。见了他我就说：'大老，笑话吗，我已说过了。真话呢，看你自己的命运去了。'当真看他的命运去了，不过我明白他的命运，还是在你老人家手上捏着的。"

"不是那么说！我若捏得定这件事，我马上就答应了。"

这里两人把话说妥后，就过另一处看一只顺顺新近买来的三舱船去了。河街上顺顺吊脚楼方面，却有了如下事情。

翠翠虽被那乡绅女孩喊到身边去坐，地位非常之好，从窗口望出去，河中一切朗然在望，然而心中可不安宁。挤在其他几个窗口看热闹的人，似乎皆常常把眼光从河中景物挪到这边几个人身上来。还有些人故意装成有别的事情样子，从楼这边走过那一边，事实上却全为得是好仔细看看翠翠这方面几个人。翠翠心中老不自在，只想借故跑去。一会儿河下的炮声响了，几只从对河取齐的船只，直向这方面划来。先是四条船皆相去不远，如四支箭在水面射着，到了一半，已有两只船占先了些，再过一会子，那两只船中间便又有一只超过了并进的船只而前。看看船到了税局门前时，第二次炮声又响，那船便胜利了。这时节胜利的已判明属于河街人所划的一只，各处便皆响着庆祝的小鞭炮。那船于是沿了河街吊脚楼划去，鼓声蓬蓬作响，河边与吊脚楼各处，都同时呐喊表示快乐的祝贺。翠翠眼见在船头站定摇动小旗指挥进退头上包着红布的那个年青人，便是送酒葫芦到碧溪岨的二老，心中便印着三年前的旧事。"大鱼吃掉你！""吃掉不吃掉，不用你管！""狗，狗，你也看人叫！"想起狗，翠翠才注意到自己身边那只黄狗，已不知跑到什么地方去，便离了座位，在楼上各处找寻她的黄狗，把船头人忘掉了。

她一面在人丛里找寻黄狗，一面听人家正说些什么话。

一个大脸妇人问:"是谁家的人,坐到顺顺家当中窗口前的那块好地方?"

一个妇人就说:"是砦子上王乡绅家大姑娘,今天说是来看船,其实来看人,同时也让人看!人家命好,有福分坐那好地方!"

"看谁人?被谁看?"

"嗨,你还不明白,那乡绅想同顺顺打亲家呢。"

"那姑娘配什么人?是大老,还是二老?"

"说是二老呀,等等你们看这岳云,就会上楼来看他丈母娘的!"

另一个女人便插嘴说:"事弄妥了,好得很呢!人家有一座崭新碾坊陪嫁,比十个长年还好一些。"

有人问:"二老怎么样?可乐意?"

有人就轻轻的说:"二老已说过了,这不必看。第一件事我就不想作那个碾坊的主人!"

"你听岳云二老亲口说吗?"

"我听别人说的。还说二老欢喜一个撑渡船的。"

"他又不是傻小二,不要碾坊,要渡船吗?"

"那谁知道。横顺人是'牛肉炒韭菜,各人心里爱',只看各人心里爱什么就吃什么。渡船不会不如碾坊!"

当时各人眼睛对着河里,口中说着这些闲话,却无一个人回头来注意到身后边的翠翠。

翠翠脸发火发烧走到另外一处去,又听有两个人提到这件事。且说:"一切早安排好了,只须要二老一句话。"又说:"只看二老今天那么一股劲儿,就可以猜想得出这劲儿是岸上一个黄花姑娘给他的!"

谁是激动二老的黄花姑娘?听到这个,翠翠心中不免有点儿乱。

翠翠人矮了些,在人背后已望不见河中情形,只听到敲鼓声渐近渐激越,岸上呐喊声自远而近,便知道二老的船恰恰经过楼下。楼上人也大喊着,杂夹叫着二老的名字,乡绅太太那方面,且有人放小百子鞭炮。忽然又用另外一种惊讶声音喊着,且同时便见许多人出门向河下走去。翠翠不知出了什么事,心中有点迷乱,正不知走回原来座位边去好,还是依然站在人背后好。只见那边正有人拿了个托盘,装了一大盘粽子同细点心,在请乡绅太太小姐用点心,不好意思再过那边去,便想也挤出大门外到河下去看看。从河街一个盐店旁边甬道下河时,正在一排吊脚楼的梁柱间,迎面碰头一群人,拥着那个头包红布的二老来了。原来二老因失足落水,已从水中爬起来了。路太窄了一些,翠翠虽闪过一旁,与迎面来的人仍然得肘子触着肘子。二老一见翠翠就说:

"翠翠,你来了,爷爷也来了吗?"

翠翠脸还发着烧不便作声,心想:"黄狗跑到什么地方去了呢?"

二老又说:

"怎不到我家楼上去看呢?我已要人替你弄了个好位子。"

翠翠心想:"碾坊陪嫁,希奇事情咧。"

二老不能逼迫翠翠回去,到后便各自走开了。翠翠到河下时,小小心中充满了一种说不分明的东西。是烦恼吧,不是!是忧愁吧,不是!是快乐吧,不,有什么事情使这个女孩子快乐呢?是生气了吧,——是的,她当真仿佛觉得自己是在生一个人的气,又像是在生自己的气。河边人太多了,码头边浅水中,船桅船篷上,以至于吊脚楼的柱子上,也莫不有人。翠翠自言自语说:"人那么多,有什么三脚猫好看?"先还以为可以在什么船上发现她的祖父,但搜寻了一阵,各处却无祖父的影子。她挤到水边去,一眼便看到了自己家中那条黄狗,同顺顺家一个长年,正在去岸数丈一只空船上看热闹。翠翠锐声叫喊了两声,黄狗张着耳叶昂头四面一望,便猛的扑下水中,向翠翠方面泅来了。到了身边时狗身上已全是水,把水抖着且跳跃不已,翠翠便说:"得了,装什么疯。你又不翻船,谁要你落水呢?"

翠翠同黄狗找祖父去,在河街上一个木行前恰好遇着了祖父。

老船夫说:"翠翠,我看了个好碾坊,碾盘是新的,水车是新的,屋上稻草也是新的!水坝管着一绺水,急溜溜的,抽水闸时水车转得如陀螺。"

翠翠带着点做作问:"是什么人的?"

"是什么人的?住在山上的王团总的。我听人说是那中寨人为女儿作嫁妆的东西,好不阔气,包工就是七百吊大钱,还不管风车,不管家什!"

"谁讨那个人家的女儿?"

祖父望着翠翠干笑着:"翠翠,大鱼咬你,大鱼咬你。"

翠翠因为对于这件事心中有了个数目,便仍然装着全不明白,只询问祖父:"爷爷,谁个人得到那个碾坊?"

"岳云二老!"祖父说了又自言自语的说,"有人羡慕二老得到碾坊,也有人羡慕碾坊得到二老!"

"谁羡慕呢,爷爷?"

"我羡慕。"祖父说着便又笑了。

翠翠说:"爷爷,你喝醉了。"

"可是二老还称赞你长得美呢。"

翠翠说:"爷爷,你醉疯了。"

祖父说:"爷爷不醉不疯……去,我们到河边看他们放鸭子去。"他还想说,"二老捉得鸭子,一定又会送给我们的。"话不及说,二老来了,站在翠翠面前微笑着。翠翠也微笑着。

于是三个人回到吊脚楼上去。

<u>小说中提到的"车路"是汉族风俗,就是指托媒人说亲,一切由双方家长做主;这就意味着"车路"代表着"父母之命,媒妁之言"。而"马路"则是当地苗族的风俗,即男女青年唱歌求爱,一切由年轻人自己做主;"马路"在小说中代表了"自由恋爱"。在具有少数民族风情的湘西地区,用对唱山歌的方式求爱在当时极为盛行,小说中描述唱歌听歌的情景极为生动感人。翠翠的父母都爱唱歌,这就告诉我们崇尚"马路"的湘西</u>

人在婚姻选择上是多么宽容、自由，彰显出了自然、率真的人性。小说中"碾坊与车路"代表着"封建礼教"，意味着"爱的自由丧失"；"渡船与马路"代表着"自然率真"，意味着"生命的自主自由"，两者互相冲击，说明"固有的传统与价值体系正在一点点地消失"。

有人带了礼物到碧溪岨，掌水码头的顺顺，当真请了媒人为儿子向渡船的攀亲戚起来了。老船夫慌慌张张把这个人渡过溪口，一同到家里去。翠翠正在屋门前剥豌豆，来了客并不如何注意。但一听到客人进门说"贺喜贺喜"，心中有事，不敢再呆在屋门边，就装作追赶菜园地的鸡，拿了竹响篙唰唰的摇着，一面口中轻轻喝着，向屋后白塔跑去了。

来人说了些闲话，言归正传转述到顺顺的意见时，老船夫不知如何回答，只是很惊惶的搓着两只茧结的大手，好像这不会真有其事，而且神气中只像在说："那好，那好。"其实这老头子却不曾说过一句话。

马兵把话说完后，就问作祖父的意见怎么样。老船夫笑着把头点着说："大老想走车路，这个很好。可是我得问问翠翠，看她自己主意怎么样。"来人走后，祖父在船头叫翠翠下河边来说话。

翠翠拿了一簸箕豌豆下到溪边，上了船，娇娇的问她的祖父："爷爷，你有什么事？"祖父笑着不说什么，只偏着个白发盈颠的头看着翠翠，看了许久。翠翠坐到船头，低下头去剥豌豆，耳中听着远处竹篁（huáng）里的黄鸟叫。翠翠想："日子长咧，爷爷话也长了。"翠翠心轻轻的跳着。

过了一会儿祖父说："翠翠，翠翠，先前来的那个伯伯来作什么，你知道不知道?"

翠翠说:"我不知道。"说后脸同颈脖全红了。

祖父看看那种情景,明白翠翠的心事了,便把眼睛向远处望去,在空雾里望见了十五年前翠翠的母亲,老船夫心中异常柔和了,轻轻的自言自语说:"每一只船总要有个码头,每一只雀儿得有个巢。"他同时想起那个可怜的母亲过去的事情,心中有了一点隐痛,却勉强笑着。

翠翠呢,正从山中黄鸟杜鹃叫声里,以及山谷中伐竹人吵(shā)吵一下一下的砍伐竹子声音里,想到许多事情。老虎咬人的故事,与人对骂时四句头的山歌,造纸作坊中的方坑,铁工厂熔铁炉里泄出的铁汁……耳朵听来的,眼睛看到的,她似乎都要去温习温习。她其所以这样作,又似乎全只为了希望忘掉眼前的一桩事而起。但她实在有点误会了。

祖父说:"翠翠,船总顺顺家里请人来作媒,想讨你作媳妇,问我愿不愿。我呢,人老了,再过三年两载会过去的,我没有不愿的事情。这是你自己的事,你自己想想,自己来说。愿意,就成了;不愿意,也好。"

翠翠不知如何处理这个问题,装作从容,怯怯的望着老祖父。又不便问什么,当然也不好回答。

祖父又说:"大老是个有出息的人,为人又正直,又慷慨,你嫁了他,算是命好!"

翠翠明白了,人来做媒的大老!不曾把头抬起,心忡忡的跳着,脸烧得厉害,仍然剥她的豌豆,且随手把空豆荚抛到水中去,望着它们在流水中从从容容的流去,自己也俨然从容了许多。

见翠翠总不作声,祖父于是笑了,且说:"翠翠,想几天不碍事。洛阳桥并不是一个晚上造得好的,要日子哟。前次那人来的就向我说到这件事,我已经就告诉他:车是车路,马是马路,各有规矩。想爸爸作主,请媒人正正经经来说是车路;要自己作主,站到对溪高崖竹林里为你唱三年六个月的歌是马路,——你若欢喜走马路,我相信人家会为你在日头下唱热情的歌,在月光下唱温柔的歌,一直唱到吐血喉咙烂!"

翠翠不作声,心中只想哭,可是也无理由可哭。祖父再说下去,便引到死去了的母亲来了。老人说了一阵,沉默了。翠翠悄悄把头搁过一些,祖父眼中业已酿了一汪眼泪。翠翠又惊又怕怯生生的说:"爷爷,你怎么的?"祖父不作声,用大手掌擦着眼睛,小孩子似的咕咕笑着,跳上岸跑回家中去了。

翠翠心中乱乱的,想赶去却不赶去。

雨后放晴的天气,日头炙到人肩上背上已有了点儿力量。溪边芦苇水杨柳,菜园中菜蔬,莫不繁荣滋茂,带着一分有野性的生气。草丛里绿色蚱蜢各处飞着,翅膀搏动空气时窸(xī)窸作声。枝头新蝉声音已渐渐洪大。两山深翠逼人竹篁中,有黄鸟与竹雀杜鹃鸣叫。翠翠感觉着,望着,听着,同时也思索着:

"爷爷今年七十岁……三年六个月的歌——谁送那只白鸭子呢?……得碾子的好运气,碾子得谁更是好运气?……"

痴着,忽地站起,半簸箕豌豆便倾倒到水中去了。伸手把那簸箕从水中捞起时,隔溪有人喊过渡。

翠翠第二天在白塔下菜园地里,第二次被祖父询问到自己主张时,仍然心儿忡忡的跳着,把头低下不作理会,只顾用手去掐葱。祖父笑着,心想:"还是等等看,再说下去这一坪葱会全掐掉了。"同时似乎又觉得这其间有点古怪处,不好再说下去,便自己按捺到言语,用一个做作的笑话,把问题引到另外一件事情上去了。

天气渐渐的越来越热了。近六月时，天气热了些，老船夫把一个满是灰尘的黑陶缸子从屋角隅里搬出，自己还匀出闲工夫，拼了几方木板作成一个圆盖。又锯木头作成一个三脚架子，且削刮了个大竹筒，用葛藤系定，放在缸边作为舀茶的家具。自从这茶缸移到屋门溪边后，每早上翠翠就烧一大锅开水，倒进那缸子里去。有时缸里加些茶叶，有时却只放下一些用火烧焦的锅巴，乘那东西还燃着时便抛进缸里去。老船夫且照例准备了些发痧肚痛治疱疮痒子的草根木皮，把这些药搁在家中当眼处，一见过渡人神气不对，就忙匆匆的把药取来，善意的勒迫这过路人使用他的药方，且告人这许多救急丹方的来源（这些丹方自然全是他从城中军医同巫师学来的）。他终日裸着两只膀子，在方头船上站定，头上还常常是光光的，一头短短白发，在日光下如银子。翠翠依然是个快乐人，屋前屋后跑着唱着，不走动时就坐在门前高崖树荫下吹小竹管儿玩。爷爷仿佛把大老提婚的事早已忘掉，翠翠自然也早忘掉这件事情了。

可是那做媒的不久又来探口气了，依然是同从前一样，祖父把事情成否全推到翠翠身上去，打发了媒人上路。回头又同翠翠谈了一次，也依然不得结果。

老船夫猜不透这事情在这什么方面有个疙瘩，解除不去，夜里躺在床上便常常陷入一种沉思里去，隐隐约约体会到一件事情——翠翠爱二老不爱大老，想到了这里时，他笑了，为了害怕而勉强笑了。其实他有点忧愁，因为他忽然觉得翠翠一切全像那个母亲，而且隐隐约约便感觉到这母女二人共同的命运。一堆过去的事情蜂拥而来，不能再睡下去了，一个人便跑出门外，到那临溪高崖上去，望天上的星辰，听河边纺织娘以及一切虫类如雨的声音，许久许久还不睡觉。

这件事翠翠是毫不注意的，这小女孩子日里尽管玩着，工作着，也同时为一些很神秘的东西驰骋她那颗小小的心，但一到夜里，却甜甜的睡眠了。

不过一切皆得在一份时间中变化。这一家安静平凡的生活，也因了一堆接连而来的日子，在人事上把那安静空气完全打破了。

船总顺顺家中一方面，则天保大老的事已被二老知道了，傩送二老同时也让他哥哥知道了弟弟的心事。这一对难兄难弟原来同时爱上了那个撑渡船的外孙女。这事情在本地人说来并不希奇，边地俗话说："火是各处可烧的，水是各处可流的，日月是各处可照的，爱情是各处可到的。"有钱船总儿子，爱上一个弄渡船的穷人家女儿，不能成为希罕的新闻，有一点困难处，只是这两兄弟到了谁应娶得这个女人作媳妇时，是不是也还得照茶峒人规矩，来一次流血的挣扎？

兄弟两人在这方面是不至于动刀的，但也不作兴有"情人奉让"如大都市懦怯男子爱与仇对面时作出的可笑行为。

那哥哥同弟弟在河上游一个造船的地方，看他家中那一只新船，在新船旁把一切心事全告给了弟弟，且附带说明，这点爱还是两年前植下根基的。弟弟微笑着，把话听下去。两人从造船处沿了河岸又走到王乡绅新碾坊去，那大哥就说：

"二老，你倒好，作了团总女婿，有座碾坊；我呢，若把事情弄好了，我应当接那个老的手来划渡船了。我欢喜这个事情，我还想把碧溪岨两个山头买过来，在界线上种大南竹，围着这一条小溪作为我的砦（zhài）[1]子！"

那二老仍然的听着，把手中拿的一把弯月形镰刀随意斫（zhuó）削路旁的草木，到了碾坊时，却站住了向他哥哥说：

"大老，你信不信这女子心上早已有了个人？"

"我不信。"

"大老，你信不信这碾坊将来归我？"

---

[1] 同"寨"。

"我不信。"

两人于是进了碾坊。

二老说:"你不必——大老,我再问你,假若我不想得这座碾坊,却打量要那只渡船,而且这念头也是两年前的事,你信不信呢?"

那大哥听来真着了一惊,望了一下坐在碾盘横轴上的傩送二老,知道二老不是开玩笑,于是站近了一点,伸手在二老肩上拍打了一下,且想把二老拉下来。他明白了这件事,他笑了。他说:"我相信的,你说的是真话!"

二老把眼睛望着他的哥哥,很诚实的说:

"大老,相信我,这是真事。我早就那么打算到了。家中不答应,那边若答应了,我当真预备去弄渡船的!——你告我,你呢?"

"爸爸已听了我的话,为我要城里的杨马兵做保山,向划渡船说亲去了!"大老说到这个求亲手续时,好像知道二老要笑他,又解释要保山去的用意,只是因为老的说车有车路,马有马路,我就走了车路。

"结果呢?"

"得不到什么结果。老的口上含李子,说不明白。"

"马路呢?"

"马路呢,那老的说若走马路,得在碧溪岨对溪高崖上唱三年六个月的歌。把翠翠心唱软,翠翠就归我了。"

"这并不是个坏主张!"

"是呀,一个结巴人话说不出还唱得出。可是这件事轮不到我了。我不是竹雀,不会唱歌。鬼知道那老的存心是要把孙女儿嫁个会唱歌的水车,还是预备规规矩矩嫁个人!"

"那你怎么样?"

"我想告那老的,要他说句实在话。只一句话。不成,我跟船下桃源去了;成呢,便是要我撑渡船,我也答应了他。"

"唱歌呢？"

"这是你的拿手好戏，你要去做竹雀你就去吧，我不会检[1]马粪塞你嘴巴的。"

二老看到哥哥那种样子，便知道为这件事哥哥感到的是一种如何烦恼了。他明白他哥哥的性情，代表了茶峒人粗卤爽直一面，弄得好，掏出心子来给人也很慷慨作去；弄不好，亲舅舅也必一是一二是二。大老何尝不想在车路上失败时走马路；但他一听到二老的坦白陈述后，他就知道马路只二老有分[2]，自己的事不能提了。因此他有点气恼，有点愤慨，自然是无从掩饰的。

二老想出了个主意，就是两兄弟月夜里同到碧溪岨去唱歌，莫让人知道是弟兄两个，两人轮流唱下去，谁得到回答，谁便继续用那张唱歌胜利的嘴唇，服侍那划渡船的外孙女。大老不善于唱歌，轮到大老时也仍然由二老代替。两人凭命运来决定自己的幸福，这么办可说是极公平了。提议时，那大老还以为他自己不会唱，也不想请二老替他作竹雀。但二老那种诗人性格，却使他很固执的要哥哥实行这个办法。二老说必需这样作，一切才公平一点。

大老把弟弟提议想想，作了一个苦笑。"×娘的，自己不是竹雀，还请老弟做竹雀！好，就是这样子，我们各人轮流唱，我也不要你帮忙，一切我自己来吧。树林子里的猫头鹰，声音不动听，要老婆时，也仍然是自己叫下去，不请人帮忙的！"

两人把事情说妥当后，算算日子，今天十四，明天十五，后天十六，接连而来的三个日子，正是有大月亮天气。气候既到了中夏，半夜里不冷不热，穿了白家机布汗褂，到那些月光照及的高崖上去，遵照当地的习惯，很诚实与坦白去为一个"初生之犊"的黄花女唱歌。露水降了，歌声涩了，

---

1 旧同"捡"。

2 旧同"份"。

到应当回家了时,就趁残月赶回家去。或过那些熟识的整夜工作不息的碾坊里去,躺到温暖的谷仓里小睡,等候天明。一切安排皆极其自然,结果是什么,两人虽不明白,但也看得极其自然。两人便决定了从当夜起始,来作这种为当地习惯所认可的竞争。

十三

  黄昏来时翠翠坐在家中屋后白塔下,看天空为夕阳烘成桃花色的薄云。十四中寨逢场,城中生意人过中寨收买山货的很多,过渡人也特别多,祖父在渡船上忙个不息。天快夜了,别的雀子似乎都在休息了,只杜鹃叫个不息。石头泥土为白日晒了一整天,草木为白日晒了一整天,到这时节皆放散一种热气。空气中有泥土气味,有草木气味,且有甲虫类气味。翠翠看着天上的红云,听着渡口飘乡生意人的杂乱声音,心中有些薄薄的凄凉。

  黄昏照样的温柔,美丽,平静。但一个人若体念到这个当前一切时,也就照样的在这黄昏中会有点儿薄薄的凄凉。于是,这日子成为痛苦的东西了。翠翠觉得好像缺少了什么。好像眼见到这个日子过去了,想在一件新的人事上攀住它,但不成。好像生活太平凡了,忍受不住。

  "我要坐船下桃源县过洞庭湖,让爷爷满城打锣去叫我,点了灯笼火把去找我。"

  她便同祖父故意生气似的,很放肆的去想到这样一件事,她且想象她出走后,祖父用各种方法寻觅全无结果,到后如何无可奈何躺在渡船上。

  人家喊:"过渡,过渡,老伯伯,你怎么的,不管事!""怎么的!翠翠走了,下桃源县了!""那你怎么办?""怎么办吗?拿把刀,放在包袱里,搭下水船去杀了她！"……

翠翠仿佛当真听着这种对话，吓怕起来了，一面锐声喊着她的祖父，一面从坎上跑向溪边渡口去。见到了祖父正把船拉在溪中心，船上人喁喁[1]说着话，小小心子还依然跳跃不已。

"爷爷，爷爷，你把船拉回来呀！"

那老船夫不明白她的意思，还以为是翠翠要为他代劳了，就说：

"翠翠，等一等，我就回来！"

"你不拉回来了吗？"

"我就回来！"

翠翠坐在溪边，望着溪面为暮色所笼罩的一切，且望到那只渡船上一群过渡人，其中有个吸旱烟的打着火镰吸烟，且把烟杆在船边剥剥的敲着烟灰，就忽然哭起来了。

祖父把船拉回来时，见翠翠痴痴的坐在岸边，问她是什么事，翠翠不作声。祖父要她去烧火煮饭，想了一会儿，觉得自己哭得可笑，一个人便回到屋中去，坐在黑黝黝的灶边把火烧燃后，她又走到门外高崖上去，喊叫她的祖父，要他回家里来，在职务上毫不儿戏的老船夫，因为明白过渡人皆是赶回城中吃晚饭的人，来一个就渡一个，不便要人站在那岸边呆等，故不上岸来。只站在船头告翠翠，且让他做点事，把人渡完事后，就回家里来吃饭。

翠翠第二次请求祖父，祖父不理会，她坐在悬崖上，很觉得悲伤。

天夜了，有一匹大萤火虫尾上闪着蓝光，很迅速的从翠翠身旁飞过去，翠翠想："看你飞得多远！"便把眼睛随着那萤火虫的明光追去。杜鹃又叫了。

"爷爷，为什么不上来？我要你！"

---

[1] 喁喁（yúyú），形容说话的声音（多用于小声说话）。

在船上的祖父听到这种带着娇有点儿埋怨的声音，一面粗声粗气的答道："翠翠，我就来，我就来！"一面心中却自言自语："翠翠，爷爷不在了，你将怎么样？"

老船夫回到家中时，见家中还黑黝黝的，只灶间有火光，见翠翠坐在灶边矮条凳上，用手蒙着眼睛。

走过去才晓得翠翠已哭了许久。祖父一个下半天来，皆弯着个腰在船上拉来拉去，歇歇时手也酸了，腰也酸了，照规矩，一到家里就会嗅到锅中所焖瓜菜的味道，且可见到翠翠安排晚饭在灯光下跑来跑去的影子。今天情形竟不同了一点。

祖父说："翠翠，我来慢了，你就哭，这还成吗？我死了呢？"

翠翠不作声。

祖父又说："不许哭，做一个大人，不管有什么事都不许哭。要硬扎一点，结实一点，才配活到这块土地上！"

翠翠把手从眼睛边移开，靠近了祖父身边去："我不哭了。"

两人吃饭时，祖父为翠翠说到一些有趣味的故事。因此提到了死去了的翠翠的母亲。两人在豆油灯下把饭吃过后，老船夫因为工作疲倦，喝了半碗白酒，因此饭后兴致极好，又同翠翠到门外高崖上月光下去说故事。说了些那个可怜母亲的乖巧处，同时且说到那可怜母亲性格强硬处，使翠翠听来神往倾心。

翠翠抱膝坐在月光下，傍着祖父身边，问了许多关于那个可怜母亲的故事。间或吁一口气，似乎心中压上了些分量沉重的东西，想挪移得远一点，才吁着这种气，可是却无从把那东西挪开。

月光如银子，无处不可照及，山上篁竹在月光下皆成为黑色。身边草丛中虫声繁密如落雨。间或不知道从什么地方，忽然会有一只草莺"落落落落嘘！"嗾着它的喉咙，不久之间，这小鸟儿又好像明白这是半夜，不应当那么吵闹，便仍然闭着那小小眼儿安睡了。

祖父夜来兴致很好，为翠翠把故事说下去，就提到了本城人二十年前唱歌的风气，如何驰名于川黔边地。翠翠的父亲，便是唱歌的第一手，能用各种比喻解释爱与憎的结子，这些事也说到了。翠翠母亲如何爱唱歌，且如何同父亲在未认识以前在白日里对歌，一个在半山上竹篁里砍竹子，一个在溪面渡船上拉船，这些事也说到了。

翠翠问："后来怎么样？"

祖父说："后来的事长得很，最重要的事情，就是这种歌唱出了你。"

老船夫做事累了睡了，翠翠哭倦了也睡了。翠翠不能忘记祖父所说的事情，梦中灵魂为一种美妙歌声浮起来了，仿佛轻轻的各处飘着，上了白塔，下了菜园，到了船上，又复飞窜过悬崖半腰——去作什么呢？摘虎耳草！白日里拉船时，她仰头望着崖上那些肥大虎耳草已极熟悉。崖壁三五丈高，平时攀折不到手，这时节却可以选顶大的叶子作伞。

一切皆像是祖父说的故事，翠翠只迷迷糊糊的躺在粗麻布帐子里草荐上，以为这梦做得顶美顶甜。祖父却在床上醒着，张起个耳朵听对溪高崖上的人唱了半夜的歌。他知道那是谁唱的，他知道是河街上天保大老走马路的第一着，又忧愁又快乐的听下去。翠翠因为日里哭倦了，睡得正好，他就不去惊动她。

第二天天一亮，翠翠就同祖父起身了，用溪水洗了脸，把早上说梦的忌讳去掉了，翠翠赶忙同祖父去说昨晚所梦的事情。

"爷爷，你说唱歌，我昨天就在梦里听到一种顶好听的歌声，又软又缠绵,我像跟了这声音各处飞,飞到对溪悬崖半腰,摘了一大把虎耳草,得到了虎耳草,我可不知道把这个东西交给谁去了。我睡得真好,梦的真有趣!"

祖父温和悲悯的笑着,并不告给翠翠昨晚上的事实。

祖父心里想:"做梦一辈子更好,还有人在梦里作宰相中状元咧。"

昨晚上唱歌的,老船夫还以为是天保大老,日来便要翠翠守船,借故到城里去送药,探听情况。在河街见到了大老,就一把拉住那小伙子,很快乐的说:

"大老,你这个人,又走车路又走马路,是怎样一个狡猾东西!"

但老船夫却作错了一件事情,把昨晚唱歌人"张冠李戴"了。这两弟兄昨晚上同时到碧溪岨去,为了作哥哥的走车路占了先,无论如何也不肯先开腔唱歌,一定得让那弟弟先唱。弟弟一开口,哥哥却因为明知不是敌手,更不能开口了。翠翠同她祖父晚上听到的歌声,便全是那个傩送二老所唱。大老伴弟弟回家时,就决定了同茶峒地方离开,驾家中那只新油船下驶,好忘却了上面的一切。这时正想下河去看新船装货。老船夫见他神情冷冷的,不明白他的意思,就用眉眼做了一个可笑的记号,表示他明白大老的冷淡是装成的,表示他有消息可以奉告。

他拍了大老一下,轻轻的说:

"你唱得很好,别人在梦里听着你那个歌,为那个歌带得很远,走了不少的路!你是第一号,是我们地方唱歌第一号。"

大老望着弄渡船的老船夫涎皮的老脸,轻轻的说:

"算了吧,你把宝贝女儿送给了会唱歌的竹雀吧。"

这句话使老船夫完全弄不明白它的意思。大老从一个吊脚楼甬道走下河去了,老船夫也跟着下去。到了河边,见那只新船正在装货,许多油篓子搁到岸边。一个水手正在用茅草扎成长束,备作船舷上挡浪用的茅把,还有人在河边用脂油擦桨板。老船夫问那个坐在大太阳下扎茅把的水手,

这船什么日子下行,谁押船。那水手把手指着大老。老船夫搓着手说:

"大老,听我说句正经话,你那件事走车路,不对;走马路,你有分的!"

那大老把手指着窗口说:"伯伯,你看那边,你要竹雀做孙女婿,竹雀在那里啊!"

老船夫抬头望到二老,正在窗口整理一个渔网。

回碧溪岨到渡船上时,翠翠问:

"爷爷,你同谁吵了架,脸色那样难看!"

祖父莞尔而笑,他到城里的事情,不告给翠翠一个字。

大老坐了那只新油船向下河走去了,留下傩送二老在家。老船夫方面还以为上次歌声既归二老唱的,在此后几个日子里,自然还会听到那种歌声。一到了晚间就故意从别样事情上,促翠翠注意夜晚的歌声。两人吃完饭坐在屋里,因屋前滨水,长脚蚊子一到黄昏就嗡嗡的叫着,翠翠便把艾蒿束成的烟包点燃,向屋中角隅各处晃着驱逐蚊子。晃了一阵,估计全屋子里已为艾蒿烟气熏透了,才搁到床前地上去,再坐在小板凳上来听祖父说话。从一些故事上慢慢的谈到了唱歌,祖父话说得很妙。祖父到后发问道:

"翠翠,梦里的歌可以使你爬上高崖去摘那虎耳草,若当真有谁来在对溪高崖上为你唱歌,你怎么样?"祖父把话当笑话说着的。

翠翠便也当笑话答道:"有人唱歌我就听下去,他唱多久我也听多久!"

"唱三年六个月呢?"

"唱得好听,我听三年六个月。"

"这不公平吧。"

"怎么不公平?为我唱歌的人,不是极愿意我长远听他的歌吗?"

"照理说:炒菜要人吃,唱歌要人听。可是人家为你唱,是要你懂他歌里的意思!"

"爷爷,懂歌里什么意思?"

"自然是他那颗想同你要好的真心!不懂那点心事,不是同听竹雀唱歌一样了吗?"

"我懂了他的心又怎么样?"

祖父用拳头把自己腿重重的捶着,且笑着:"翠翠,你人乖,爷爷笨得很,话也不说得温柔,莫生气。我信口开河,说个笑话给你听。你应当当笑话听。河街天保大老走车路,请保山来提亲,我告给过你这件事了,你那神气不愿意,是不是?可是,假若那个人还有个兄弟,走马路,为你来唱歌,向你求婚,你将怎么说?"

翠翠吃了一惊,低下头去。因为她不明白这笑话有几分真,又不清楚这笑话是谁诌的。

祖父说:"你告诉我,愿意哪一个?"

翠翠便微笑着轻轻的带点儿恳求的神气说:

"爷爷莫说这个笑话吧。"翠翠站起身了。

"我说的若是真话呢?"

"爷爷你真是个……"翠翠说着走出去了。

祖父说:"我说的是笑话,你生我的气吗?"

翠翠不敢生祖父的气,走近门限边时,就把话引到另外一件事情上去:"爷爷看天上的月亮,那么大!"说着,出了屋外,便在那一派清光的露天中站定。站了一忽儿,祖父也从屋中出到外边来了。翠翠于是坐到那白日

里为强烈阳光晒热的岩石上去,石头正散发日间所储的余热。祖父就说:

"翠翠,莫坐热石头,免得生坐板疮。"

但自己用手摸摸后,自己便也坐到那岩石上了。

月光极其柔和,溪面浮着一层薄薄白雾,这时节对溪若有人唱歌,隔溪应和,实在太美丽了。翠翠还记着先前祖父说的笑话。耳朵又不聋,祖父的话说得极分明,一个兄弟走马路,唱歌来打发这样的晚上,算是怎么回事?她似乎为了等着这样的歌声,沉默了许久。

她在月光下坐了一阵,心里却当真愿意听一个人来唱歌。久之,对溪除了一片草虫的清音复奏以外别无所有。翠翠走回家里去,在房门边摸着了那个芦管,拿出来在月光下自己吹着。觉吹得不好,又递给祖父要祖父吹。老船夫把那个芦管竖在嘴边,吹了个长长的曲子,翠翠的心被吹柔软了。

翠翠依傍祖父坐着,问祖父:

"爷爷,谁是第一个做这个小管子的人?"

"一定是个最快乐的人,因为他分给人的也是许多快乐;可又像是个最不快乐的人作的,因为他同时也可以引起人不快乐!"

"爷爷,你不快乐了吗?生我的气了吗?"

"我不生你的气。你在我身边,我很快乐。"

"我万一跑了呢?"

"你不会离开爷爷的。"

"万一有这种事,爷爷你怎么样?"

"万一有这种事,我就驾了这只渡船去找你。"

翠翠嗤的笑了。"凤滩、茨滩不为凶,下面还有绕鸡笼;绕鸡笼也容易下,青浪滩浪如屋大。爷爷,你渡船也能下凤滩、茨滩、青浪滩吗?那些地方的水,你不说过像疯子吗?"

祖父说:"翠翠,我到那时可真像疯子,还怕大水大浪?"

翠翠俨然极认真的想了一下,就说:"爷爷,我一定不走。可是,你会不会走?你会不会被一个人抓到别处去?"

祖父不作声了,他想到被死亡抓走那一类事情。

老船夫打量着自己被死亡抓走以后的情形,痴痴的看望天南角上一颗星子,心想:"七月八月天上方有流星,人也会在七月八月死去吧?"又想起白日在河街上同大老谈话的经过,想起中寨人陪嫁的那座碾坊,想起二老,想起一大堆事情,心中有点儿乱。

翠翠忽然说:"爷爷,你唱个歌给我听听,好不好?"

祖父唱了十个歌,翠翠傍在祖父身边,闭着眼睛听下去,等到祖父不作声时,翠翠自言自语说:"我又摘了一把虎耳草了。"

祖父所唱的歌便是那晚上听来的歌。

二老有机会唱歌却从此不再到碧溪岨唱歌。十五过去了,十六也过去了,到了十七,老船夫忍不住了,进城往河街去找寻那个年青小伙子,到城门边正预备入河街时,就遇着上次为大老作保山的杨马兵,正牵了一匹骡马预备出城,一见老船夫,就拉住了他:

"伯伯,我正有事情告你,碰巧你就来城里!"

"什么事?"

"天保大老坐下水船到茨滩出了事,闪不知这个人掉到滩下漩水里就淹坏了。早上顺顺家里得到这个信,听说二老一早就赶去了。"

这消息同有力巴掌一样重重的捆了他那么一下,他不相信这是当真的消息。他故作从容的说:

"天保大老淹坏了吗？从不听说有水鸭子被水淹坏的！"

"可是那只水鸭子仍然有那么一次被淹坏了……我赞成你的卓见，不让那小子走车路十分顺手。"

从马兵言语上，老船夫还十分怀疑这个新闻，但从马兵神气上注意，老船夫却看清楚这是个真的消息了。他惨惨的说：

"我有什么卓见可言？这是天意！一切都有天意……"老船夫说时心中充满了感情。

特为证明那马兵所说的话有多少可靠处，老船夫同马兵分手后，于是匆匆赶到河街上去。到了顺顺家门前，正有人烧纸钱，许多人围在一处说话。走近去听听，所说的便是杨马兵提到的那件事。但一到有人发现了身后的老船夫时，大家便把话语转了方向，故意来谈下河油价涨落情形了。老船夫心中很不安，正想找一个比较要好的水手谈谈。

一会儿船总顺顺从外面回来了，样子沉沉的，这豪爽正直的中年人，正似乎为不幸打倒努力想挣扎爬起的神气，一见到老船夫就说：

"老伯伯，我们谈的那件事情吹了吧。天保大老已经坏了，你知道了吧？"

老船夫两只眼睛红红的，把手搓着："怎么的，这是真事！是昨天，是前天？"

另一个像是赶路同来报信的，插嘴说道："十六中上，船搁到石包子上，船头进了水，大老想把篙撇着，人就弹到水中去了。"

老船夫说："你眼见他下水吗？"

"我还与他同时下水！"

"他说什么？"

"什么都来不及说！这几天来他都不说话！"

老船夫把头摇摇，向顺顺那么怯怯的瞄了一眼。船总顺顺像知道他心中不安处，就说："伯伯，一切是天，算了吧。我这里有大兴场人送来的好烧酒,你拿一点去喝罢。"一个伙计用竹筒上了一筒酒,用新桐木叶蒙着筒口,交给了老船夫。

老船夫把酒拿走,到了河街后,低头向河码头走去,到河边天保大前天上船处去看看。杨马兵还在那里放马到沙地上打滚,自己坐在柳树荫下乘凉。老船夫就走过去请马兵试试那大兴场的烧酒,两人喝了点酒后,兴致似乎皆好些了,老船夫就告给杨马兵,十四夜里二老过碧溪岨唱歌那件事情。

那马兵听到后便说:

"伯伯,你是不是以为翠翠愿意二老应该派归二老……"

话没说完,傩送二老却从河街下来了。这年青人正像要远行的样子,一见了老船夫就回头走去。杨马兵就喊他说:"二老,二老,你来,有话同你说呀!"

二老站定了,很不高兴神气,问马兵"有什么话说"。马兵望望老船夫,就向二老说:"你来,有话说!"

"什么话?"

"我听人说你已经走了——你过来我同你说,我不会吃掉你!"

那黑脸宽肩膊、样子虎虎有生气的傩送二老,勉强笑着,到了柳荫下时,老船夫想把空气缓和下来,指着河上游远处那座新碾坊说:"二老,听人说那碾坊将来是归你的!归了你,派我来守碾子,行不行?"

二老仿佛听不惯这个询问的用意,便不作声。杨马兵看风头有点儿僵,便说:"二老,你怎么的,预备下去吗?"那年青人把头点点,不再说什么,就走开了。

老船夫讨了个没趣,很懊恼的赶回碧溪岨去,到了渡船上时,就装作把事情看得极随便似的,告给翠翠。

"翠翠,今天城里出了件新鲜事情,天保大老驾油船下辰州,运气不好,掉到茨滩淹坏了。"

翠翠因为听不懂，对于这个报告最先好像全不在意。祖父又说：

"翠翠，这是真事。上次来到这里做保山的杨马兵，还说我早不答应亲事，极有见识！"

翠翠瞥了祖父一眼，见他眼睛红红的，知道他喝了酒，且有了点事情不高兴，心中想："谁撩你生气？"船到家边时，祖父不自然的笑着向家中走去。翠翠守船，半天不闻祖父声息，赶回家去看看，见祖父正坐在门槛上编草鞋耳子。

翠翠见祖父神气极不对，就蹲到他身前去。

"爷爷，你怎么的？"

"天保当真死了！二老生了我们的气，以为他家中出这件事情，是我们分派的！"

有人在溪边大声喊渡船过渡，祖父匆匆出去了。翠翠坐在那屋角隅稻草上，心中极乱，等等还不见祖父回来，就哭起来了。

祖父似乎生谁的气，脸上笑容减少了，对于翠翠方面也不大注意了。翠翠像知道祖父已不很疼她，但又像不明白它的原因。但这并不是很久的事，日子一过去，也就好了。两人仍然划船过日子，一切依旧，惟对于生活，却仿佛什么地方有了个看不见的缺口，始终无法填补起来。祖父过河街去仍然可以得到船总顺顺的款待，但很明显的事，那船总却并不忘掉死去者死亡的原因。二老出北河下辰州走了六百里，沿河找寻那个可怜哥哥的尸骸，毫无结果，在各处税关上贴下招字，返回茶峒来了。过不久，他又过川东去办货,过渡时见到老船夫。老船夫看看那小伙子,好像已完全忘掉了从前的事情,就同他说话。

"二老,大六月日头毒人,你又上川东去,不怕辛苦?"

"要饭吃,头上是火也得上路!"

"要吃饭!二老家还少饭吃!"

"有饭吃,爹爹说年青人也不应该在家中白吃不作事!"

"你爹爹好吗?"

"吃得做得,有什么不好。"

"你哥哥坏了,我看你爹爹为这件事情也好像萎悴多了!"

二老听到这句话,不作声了,眼睛望着老船夫屋后那个白塔。他似乎想起了过去那个晚上那件旧事,心中十分惆怅。

老船夫怯怯的望了年青人一眼,一个微笑在脸上漾开。

"二老,我家翠翠说,五月里有天晚上,做了个梦……"说时他又望望二老,见二老并不惊讶,也不厌烦,于是又接着说,"她梦得古怪,说在梦中被一个人的歌声浮起来,上悬岩摘了一把虎耳草!"

二老把头偏过一旁去作了一个苦笑,心中想到"老头子倒会做作"。这点意思在那个苦笑上,仿佛同样泄露出来,仍然被老船夫看到了,老船夫就说:"二老,你不信吗?"

那年青人说:"我怎么不相信?因为我做傻子在那边岩上唱过一晚的歌!"

老船夫被一句料想不到的老实话窘住了,口中结结巴巴的说:"这是真的……这是假的……"

"怎么不是真的?天保大老的死,难道不是真的!"

"可是,可是……"

老船夫的做作处,原意只是想把事情弄明白一点,但一起始自己叙述这段事情时,方法上就有了错处,因此反被二老误会了。他这时正想把那夜的情形好好说出来，船已到了岸边。二老一跃上了岸，就想走去。老船夫在船上显得更加忙乱的样子说：

"二老，二老，你等等，我有话同你说，你先前不是说到那个——你做傻子的事情吗？你并不傻，别人才当真叫你那歌弄成傻相！"

那年青人虽站定了，口中却轻轻的说："得了够了，不要说了。"

老船夫说："二老，我听人说你不要碾子要渡船，这是杨马兵说的，不是真的吧？"

那年青人说："要渡船又怎样？"

老船夫看看二老的神气，心中忽然高兴起来了，就情不自禁的高声叫着翠翠，要她下溪边来。可是，不知翠翠是故意不从屋里出来，还是到别处去了，许久还不见到翠翠的影子，也不闻这个女孩子的声音。二老等了一会儿，看看老船夫那副神气，一句话不说，便微笑着，大踏步同一个挑担粉条白糖货物的脚夫走去了。

过了碧溪岨小山，两人应沿着一条曲曲折折的竹林走去，那个脚夫这时节开了口：

"傩送二老，看那弄渡船的神气，很欢喜你！"

二老不作声，那人就又说道：

"二老，他问你要碾坊还是要渡船，你当真预备做他的孙女婿，接替他那只渡船吗？"

二老笑了，那人又说：

"二老，若这件事派给我，我要那座碾坊。一座碾坊的出息，每天可收七升米，三斗糠。"

二老说："我回来时向我爹爹去说，为你向中寨人做媒，让你得到那座碾坊吧。至于我呢，我想弄渡船是很好的。只是老家伙为人弯弯曲曲，不利索，大老是他弄死的。"

老船夫见二老那么走去了，翠翠还不出来，心中很不快乐。走回家去看看,原来翠翠并不在家。过一会儿,翠翠提了个篮子从小山后回来了,方知道大清早翠翠已出门掘竹鞭笋去了。

"翠翠,我喊了你好久,你不听到!"

"喊我做什么?"

"一个过渡……一个熟人,我们谈起你……我喊你你可不答应!"

"是谁?"

"你猜,翠翠。不是陌生人……你认识他!"

翠翠想起适间从竹林里无意中听来的话,脸红了,半天不说话。

老船夫问:"翠翠,你得了多少鞭笋?"

翠翠把竹篮向地下一倒,除了十来根小小鞭笋外,只是一大把虎耳草。

老船夫望了翠翠一眼,翠翠两颊绯红跑了。

日子平平的过了一个月,一切人心上的病痛,似乎皆在那份长长的白日下医治好了。天气特别热,各人只忙着流汗,用凉水淘江米酒吃,不用什么心事,心事在人生活中,也就留不住了。翠翠每天皆到白塔下背太阳的一面去午睡,高处既极凉快,两山竹篁里叫得使人发松的竹雀和其他鸟类又如此之多,致使她在睡梦里尽为山鸟歌声所浮着,做的梦也便常是顶荒唐的梦。

这并不是人的罪过。诗人们会在一件小事上写出整本整部的诗,雕刻家在一块石头上雕得出骨血如生的人像,画家一撇儿绿、一撇儿红、一撇儿灰,画得出一幅一幅带有魔力的彩画,谁不是为了惦着一个微笑的影子,或是一个皱眉的记号，方弄出那么些古怪成绩？翠翠不能用文字、不能用石头、不能用颜色把那点心头上的爱憎移到别一件东西上去，却只让她的心，在一切顶荒唐事情上驰骋。她从这分隐秘里，常常得到又惊又喜的兴奋。一点儿不可知的未来，摇撼她的情感极厉害，她无从完全把那种痴处不让祖父知道。

大老的死去虽然是因求婚失败而起，两者却没有直接联系，那只是一个偶然事件。然而在现实世界，偶然事件往往成了改变人命运的决定性因素，人们难以抵抗命运的摆布。

祖父呢，可以说一切都知道了的。但事实上他又却是个一无所知的人。他明白翠翠不讨厌那个二老，却不明白那小伙子二老怎么样。他从船总处与二老处，皆碰过了钉子，但他并不灰心。

"要安排得对一点，方合道理，一切有个命！"他那么想着，就更显得好事多磨起来了。睁着眼睛时，他做的梦比那个外孙女翠翠便更荒唐更寥阔。

虽然天保的死让祖父惋惜，但他还是想在自己死前为翠翠谈好婚事，船总和傩送都认为天保的死与老人有关，因此对他冷漠相待。尽管"命"始终是老人对人事变幻的解释，他面对命运的播弄无时不感到惧怕和无力，但他同时又在努力与命运抗争。老人力图避免女儿的悲剧在翠翠身上重演，既出于他感受到命运无处不在的威胁，又出于他对命运的抗拒。

他向各个过渡本地人打听二老父子的生活，关切他们如同自己家中人一样。但也古怪，因此他却怕见到那个船总同二老了。一见他们他就不知说些什么，只是老脾气把两只手搓来搓去，从容处完全失去了。二老父子方面皆明白他的意思，但那个死去的人，却用一个凄凉的印象，镶嵌到父子心中，两人便对于老船夫的意思，俨然全不明白似的，一同把日子打发下去。

明明白白夜来并不做梦，早晨同翠翠说话时，那作祖父的会说：

"翠翠，翠翠，我昨晚上做了个好不怕人的梦！"

翠翠问："什么怕人的梦？"

就装作思索梦境似的，一面细看翠翠小脸长眉毛，一面说出他另一时张着眼睛所做的好梦。不消说，那些梦原来都并不是当真怎样使人吓怕的。

一切河流皆得归海，话起始说得纵极远，到头来总仍然是归到使翠翠红脸那件事情上去。待到翠翠显得不大高兴，神气上露出受了点小窘时，这老船夫又才像有了一点儿吓怕，忙着解释，用闲话来遮掩自己所说到那问题的原意。

"翠翠，我不是那么说，我不是那么说。爷爷老了，糊涂了，笑话多咧。"

但有时翠翠却静静的把祖父那些笑话糊涂话听下去，一直听到后来还抿着嘴儿微笑。

翠翠也会忽然说道：

"爷爷，你真是有一点儿糊涂！"

<mark>翠翠面对自己所要经历的爱情时，给人的印象不是一个积极的参与者，更像是一个沉默的旁观者，她有对爱情的幻想却不付诸行动。所以，她在故事中的态度表现为懵懂、羞怯和逃避。</mark>

祖父听过了不再作声，他将说，"我有一大堆心事"，但来不及说，恰好就被过渡人喊走了。

天气热了，过渡人从远处走来，肩上挑的是七十斤担子，到了溪边，贪凉快不即走路，必蹲在岩石下茶缸边喝凉茶，与同伴交换"吹吹棒"烟管，且一面与弄渡船的攀谈。许多子虚乌有的话皆从此说出口来，给老船夫听到了。过渡人有时还因溪水清洁，就溪边洗脚抹澡的，坐得更久话也就更多。祖父把些话转说给翠翠，翠翠也就学懂了许多事情。货物的价钱涨落呀，坐轿搭船的用费呀，放木筏的人把他那个木筏从滩上流下时，十来把大桡子[1]如何活动呀，在小烟船上吃荤烟，大脚娘如何烧烟呀……无一不备。

傩送二老从川东押物回到了茶峒。时间已近黄昏了，溪面很寂静，祖父同翠翠在菜园地里看萝卜秧子。翠翠白日中觉睡久了些，觉得有点寂寞，好像听人嘶声喊过渡，就争先走下溪边去。下坎时，见两个人站在码头边，斜阳影里背身看得极分明，正是傩送二老同他家中的长年！翠翠大吃一惊，同小兽物见到猎人一样，回头便向山竹林里跑掉了。但那两个在溪边的人，听到脚步响时，一转身，也就看明白这件事情了。等了一下再也不见人来，那长年又嘶声音喊叫过渡。

小说看似描写的是一个感人的爱情故事，实则写的是一段尚未展开的爱情。沈从文有意识地将傩送和翠翠两人"拉开"，使这个爱情的幻梦还没开始就走向了灭亡，其目的是通过悲痛来引导读者对人和生命的存在展开思考。

老船夫听得清清楚楚，却仍然蹲在萝卜秧地上数菜，心里觉得好笑。他已见到翠翠走去，他知道必是翠翠看明白了过渡人是谁，故蹲在那高岩上不理会。翠翠人小不管事，过渡人求她不干，奈何她不得，故只好嘶着个喉咙叫过渡了。那长年叫了几声，见无人来，就停了，同二老说："这是什么玩意儿，难道老的害病弄翻了，只剩下翠翠一个人了吗？"二老说："等等看，不算什么！"就等了一阵。因为这边在静静的等着，园地上老船夫却在心里想："难道是二老吗？"他仿佛担心搅恼了翠翠似的，就仍然蹲着不动。

但再过一阵，溪边又喊起过渡来了，声音不同了一点，这才真是二老的声音。生气了吧？等久了吧？吵嘴了吧？老船夫一面胡乱估着一面跑到溪边去。到了溪边，见两个人业已上了船，其中之一正是二老。老船夫惊讶的喊叫：

"呀，二老，你回来了！"

---

1 船桨。

年青人很不高兴似的:"回来了。——你们这渡船是怎么的,等了半天也不来个人!"

"我以为——"老船夫四处一望,并不见翠翠的影子,只见黄狗从山上竹林里跑来,知道翠翠上山了,便改口说,"我以为你们过了渡。"

"过了渡!不得你上船,谁敢开船?"那长年说着,一只水鸟掠着水面飞去,"翠鸟儿归窠了,我们还得赶回家去吃夜饭!"

"早咧,到河街早咧。"说着,老船夫已跳上了船,且在心中一面说着,"你不是想承继这只渡船吗!"一面把船索拉动,船便离岸了。

"二老,路上累得很!……"

老船夫说着,二老不置可否不动感情听下去。船拢了岸,那年青小伙子同家中长年挑担子翻山走了。那点淡漠印象留在老船夫心上,老船夫于是在两个人身后,捏紧拳头威吓了三下,轻轻的吼着,把船拉回去了。

这一章没有激烈复杂的矛盾冲突,风格深远自然、清灵纯朴、和谐隽永,如一幅美丽的乡村图画。沈从文用细致入微、逼真传神的心理刻画揭示了人物内心的隐秘性。"向各个过渡本地人打听二老父子的生活",为了孙女,祖父愿意献出一切;那些欲言又止的梦,形象地表现了他内心的矛盾。翠翠情窦初开,感情纯洁真挚,但少女的羞涩又使她难以明确表达爱意。小说细腻逼真地刻画出了一个情窦初开的边城少女丰富美好的内心世界,给人一种初恋的美好感受。

十九

翠翠向竹林里跑去,老船夫半天还不下船,这件事从傩送二老看来,前途显然有点不利。虽老船夫言词之间，无一句话不在说明"这事有边"，但那畏畏缩缩的说明，极不得体，二老想起他的哥哥，便把这件事曲解了。他有一点愤愤不平，有一点儿气恼。回到家里第三天，中寨有人来探口风，在河街顺顺家中住下，把话问及顺顺，想明白二老是不是还有意接受那座新碾坊，顺顺就转问二老自己意见怎么样。

二老说："爸爸，你以为这事为你，家中多座碾坊多个人，你可以快活，你就答应了。若果为的是我，我要好好去想一下，过些日子再说它吧。我还不知道我应当得座碾坊，还是应当得一只渡船；我命里或只许我撑个渡船！"

探口风的人把话记住，回中寨去报命，到碧溪岨过渡时，见到了老船夫，想起二老说的话，不由得不眯眯的笑着。老船夫问明白了他是中寨人，就又问他过茶峒作什么事。

那心中有分寸的中寨人说：

"什么事也不作，只是过河街船总顺顺家里坐了一会儿。"

"无事不登三宝殿，坐了一定就有话说！"

"话倒说了几句。"

"说了些什么话？"那人不再说了，老船夫却问道，"听说你们中寨人想把大河边一座碾坊连同家中闺女送给河街上顺顺，这事情有不有了点眉目？"

那中寨人笑了："事情成了。我问过顺顺，顺顺很愿意同中寨人结亲家，又问过那小伙子……"

"小伙子意思怎么样？"

"他说：我眼前有座碾坊，有条渡船，我本想要渡船，现在就决定要碾坊吧。渡船是活动的，不如碾坊固定。这小子会打算盘呢。"

中寨人是个米场经纪人，话说得极有斤两，他明知道"渡船"指的是什么，但他可并不说穿。他看到老船夫口唇嚅动，想要说话，中寨人便又抢着说道：

"一切皆是命，半点不由人。可怜顺顺家那个大老，相貌一表堂堂，会淹死在水里！"

老船夫被这句话在心上戳了一下，把想问的话咽住了。中寨人上岸走去后，老船夫闷闷的立在船头，痴了许久。又把二老日前过渡时落漠神气温习一番，心中大不快乐。

翠翠在塔下玩得极高兴，走到溪边高岩上想要祖父唱唱歌，见祖父不理会她，一路埋怨赶下溪边去，到了溪边方见到祖父神气十分沮丧，不明白为什么原因。翠翠来了，祖父看看翠翠的快活黑脸儿，粗卤的笑笑。对溪有扛货物过渡的，便不说什么，沉默的把船拉过溪，到了中心却大声唱起歌来了。把人渡了过溪，祖父跳上码头走近翠翠身边来，还是那么粗卤的笑着，把手抚着头额。

翠翠说：

"爷爷怎么的，你发痧了？你躺到荫下去歇歇，我来管船！"

"你来管船，好，这只船归你管！"

老船夫似乎当真发了痧，心头发闷，虽当着翠翠还显出硬扎样子，独自走回屋里后，找寻得到一些碎瓷片，在自己臂上腿上扎了几下，放出了些乌血，就躺到床上睡了。

翠翠自己守船，心中却古怪的快乐，心想："爷爷不为我唱歌，我自己会唱！"

她唱了许多歌，老船夫躺在床上闭着眼睛，一句一句听下去，心中极乱。但他知道这不是能够把他打倒的大病，他明天就仍然会爬起来的。他想明天进城，到河街去看看，又想起许多旁的事情。

但到了第二天，人虽起了床，头还沉沉的。祖父当真已病了。翠翠显得懂事了些，为祖父煎了一罐大发药，逼着祖父喝，又在屋后菜园地里摘取蒜苗泡在米汤里作酸蒜苗。一面照料船只，一面还时时刻刻抽空赶回家里来看祖父，问这样那样。祖父可不说什么，只是为一个秘密痛苦着。躺了三天，人居然好了。屋前屋后走动了一下，骨头还硬硬的，心中惦念到一件事情，便预备进城过河街去。翠翠看不出祖父有什么要紧事情必须当天进城，请求他莫去。

老船夫把手搓着，估量到是不是应说出那个理由。翠翠一张黑黑的瓜子脸，一双水汪汪的眼睛，使他吁了一口气。

他说："我有要紧事情，得今天去！"

翠翠苦笑着说："有多大要紧事情，还不是……"

老船夫知道翠翠脾气，听翠翠口气已有点不高兴，不再说要走了，把预备带走的竹筒，同扣花裢褡搁到条几上后，带点儿谄媚笑着说："不去吧，你担心我会摔死，我就不去吧。我以为早上天气不很热，到城里把事办完了就回来——不去也得，我明天去！"

翠翠轻声的温柔的说："你明天去也好，你腿还软，好好的躺一天再起来。"

老船夫似乎心中还不甘服，洒着两手走出去，门限边一个打草鞋的棒槌，差点儿把他绊了一大跤。稳住时翠翠苦笑着说："爷爷，你瞧，还不服气！"老船夫拾起那棒槌，向屋角隅摔去，说道："爷爷老了！过几天打豹子给你看！"

到了午后，落了一阵行雨，老船夫却同翠翠好好商量，仍然进了城。翠翠不能陪祖父进城，就要黄狗跟去。老船夫在城里被一个熟人拉着谈了许久的盐价米价，又过守备衙门看了一会儿新买的骡马，才到河街顺顺家里去。到了那里，见到顺顺正同三个人打纸牌，不便谈话，就站在身后看了一阵牌，后来顺顺请他喝酒，借口病刚好点不敢喝酒，推辞了。牌既不散场，老船夫又不想即走，顺顺似乎并不明白他等着有何话说，却只注意手中的牌。后来老船夫的神气倒为另外一个人看出了，就问他是不是有什么事情。老船夫方忸忸怩怩照老方子搓着他那两只大手，说别的事没有，只想同船总说两句话。

那船总方明白在看牌半天的理由,回头对老船夫笑将起来。

"怎不早说?你不说,我还以为你在看我牌学张子!"

"没有什么,只是三五句话,我不便扫兴,不敢说出。"

船总把牌向桌上一撒,笑着向后房走去了,老船夫跟在身后。

"什么事?"船总问着,神气似乎先就明白了他来此要说的话,显得略微有点儿怜悯的样子。

"我听一个中寨人说,你预备同中寨团总打亲家,是不是真事?"

船总见老船夫的眼睛盯着他的脸,想得一个满意的回答,就说:"有这事情。"那么答应,意思却是:"有了你怎么样?"

老船夫说:"真的吗?"

那一个又很自然的说:"真的。"意思却依旧包含了:"真的又怎么样?"

老船夫装得很从容的问:"二老呢?"

船总说:"二老坐船下桃源好些日子了!"

二老下桃源的事,原来还同他爸爸吵了一阵才走的。船总性情虽异常豪爽,可不愿意间接把第一个儿子弄死的女孩子,又来作第二个儿子的媳妇,这是很明白的事情。若照当地风气,这些事认为只是小孩子的事,大人管不着,二老当真欢喜翠翠,翠翠又爱二老,他也并不反对这种爱怨纠缠的婚姻。但不知怎么的,老船夫对于这件事的关心,使二老父子对于老船夫反而有了一点误会。船总想起家庭间的近事,以为全与这老而好事的船夫有关。虽不见诸形色,心中却有个疙瘩。

船总不让老船夫再开口了,就语气略粗的说道:

"伯伯,算了吧,我们的口只应当喝酒了,莫再只想替儿女唱歌!你的意思我全明白,你是好意。可是我也求你明白我的意思,我以为我们只应当谈点自己分上的事情,不适宜于想那些年青人的门路了。"

老船夫被一个闷拳打倒后,还想说两句话,但船总却不让他再有说话机会,把他拉出到牌桌边去。

老船夫无话可说,看看船总时,船总虽还笑着谈到许多笑话,心中却似乎很沉郁,把牌用力掷到桌上去。老船夫不说什么,戴起他那个斗笠,自己走了。

天气还早,老船夫心中很不高兴,又进城去找杨马兵。那马兵正在喝酒,老船夫虽推病,也免不了喝个三五杯。回到碧溪岨,走得热了一点,又用溪水去抹身子。觉得很疲倦,就要翠翠守船,自己回家睡去了。

黄昏时天气十分郁闷,溪面各处飞着红蜻蜓。天上已起了云,热风把两山竹篁吹得声音极大,看样子到晚上必落大雨。翠翠守在渡船上,看着那些溪面飞来飞去的蜻蜓,心也极乱。看祖父脸上颜色惨惨的,放心不下,便又赶回家中去。先以为祖父一定早睡了,谁知还坐在门限上打草鞋!

"爷爷,你要多少双草鞋,床头上不是还有十四双吗?怎么不好好的躺一躺?"

老船夫不作声,却站起身来昂头向天空望着,轻轻的说:"翠翠,今晚上要落大雨响大雷的!回头把我们的船系到岩下去,这雨大哩。"

翠翠说:"爷爷,我真吓怕!"翠翠怕的似乎并不是晚上要来的雷雨。

老船夫似乎也懂得那个意思,就说:"怕什么?一切要来的都得来,不必怕!"

夜间果然落了大雨,夹以吓人的雷声。电光从屋脊上掠过时,接着就是訇的一个炸电。翠翠在暗中抖着。祖父也醒了,知道她害怕,且担心她

着凉,还起身来把一条布单搭到她身上去。祖父说:

"翠翠,不要怕!"

翠翠说:"我不怕!"说了还想说:"爷爷你在这里我不怕!"

訇的一个大雷,接着是一种超越雨声而上的洪大闷重倾圮声。两人都以为一定是溪岸悬崖崩塌了,担心到那只渡船会压在崖石下面去了。

祖孙两人便默默的躺在床上听雨声雷声。

但无论如何大雨,过不久,翠翠却依然睡着了。醒来时天已亮了,雨不知在何时业已止息,只听到溪两岸山沟里注水入溪的声音。翠翠爬起身来,看看祖父还似乎睡得很好,开了门走出去。门前已成为一个水沟,一股水便从塔后哗哗的流来,从前面悬崖直堕而下。并且各处都是那么一种临时的水道。屋旁菜园地已为山水冲乱了,菜秧皆掩在粗砂泥里了。再走过前面去看看溪里,才知道溪中也涨了大水,已漫过了码头,水脚快到茶缸边了。下到码头去的那条路,正同一条小河一样,哗哗的泄着黄泥水。过渡的那一条横溪牵定的缆绳,也被水淹没了,泊在崖下的渡船,已不见了。

翠翠看看屋前悬崖并不崩坍,故当时还不注意渡船的失去。但再过一阵,她上下搜索不到这东西,无意中回头一看,屋后白塔已不见了。一惊非同小可,赶忙向屋后跑去,才知道白塔业已坍倒,大堆砖石极凌乱的摊在那儿。翠翠吓慌得不知所措,只锐声叫她的祖父。祖父不起身,也不答应,就赶回家里去,到得祖父床边摇了祖父许久,祖父还不作声。原来这个老年人在雷雨将息时已死去了。

翠翠于是大哭起来。

过一阵,有从茶峒过川东跑差事的人,到了溪边,隔溪喊过渡,翠翠正在灶边一面哭着一面烧水预备为死去的祖父抹澡。

那人以为老船夫一家还不醒,急于过河,喊叫不应,就抛掷小石头过溪,打到屋顶上。翠翠鼻涕眼泪成一片的走出来,跑到溪边高崖前站定。

"喂，不早了！把船划过来！"

"船跑了！"

"你爷爷做什么事情去了呢？他管船，有责任！"

"他管船，管五十年的船——他死了啊！"

翠翠一面向隔溪人说着一面大哭起来。那人知道老船夫死了，得进城去报信，就说：

"真死了吗？不要哭吧，我回去通知他们，要他们弄条船带东西来！"

那人回到茶峒城边时，一见熟人就报告这件事，不多久，全茶峒城里外都知道这个消息了。河街上船总顺顺，派人找了一只空船，带了副白木匣子，即刻向碧溪岨撑去。城中杨马兵却同一个老军人，赶到碧溪岨去，砍了几十根大毛竹，用葛藤编作筏子，作为来往过渡的临时渡船。筏子编好后，撑了那个东西，到翠翠家中那一边岸下，留老兵守竹筏来往渡人，自己跑到翠翠家去看那个死者，眼泪湿莹莹的，摸了一会儿躺在床上硬僵僵的老友，又赶忙着做些应做的事情。到后帮忙的人来了，从大河船上运来棺木也来了，住在城中的老道士，还带了许多法器，一件旧麻布道袍，并提了一只大公鸡，来尽义务办理念经起水诸事，也从筏上渡过来了。家中人出出进进，翠翠只坐在灶边矮凳上呜呜的哭着。

到了中午，船总顺顺也来了，还跟着一个人扛了一口袋米、一坛酒、一腿猪肉。见了翠翠就说：

"翠翠，爷爷死了我知道了，老年人是必需死的，不要发愁，一切有我！"各方面看看，就回去了。

到了下午入了殓，一些帮忙的回的回家去了，晚上便只剩下了那老道士、杨马兵同顺顺家派来的两个年青长年。黄昏以前老道士用红绿纸剪了一些花朵，用黄泥作了一些烛台。天断黑后，棺木前小桌上点起黄色九品蜡，燃了香，棺木周围也点了小蜡烛，老道士披上那件蓝麻布道服，开始了丧事中绕棺仪式。老道士在前拿着小小纸幡引路，孝子第二，马兵殿后，绕着那寂寞棺木慢慢转着圈子。两个长年则站在灶边空处,胡乱的打着锣钹。老道士一面闭了眼睛走去,一面且唱且哼,安慰亡灵。提到关于亡魂所到西方极乐世界花香四季时,老马兵就把木盘里的纸花,向棺木上高高撒去,象征西方极乐世界情形。

到了半夜,事情办完了,放过爆竹,蜡烛也快熄灭了,翠翠泪眼婆娑的,赶忙又到灶边去烧火,为帮忙的人办宵夜。吃了宵夜,老道士歪到死人床上睡着了。剩下几个人还得照规矩在棺木前守灵,老马兵为大家唱丧堂歌,用个空的量米木升子,当作小鼓,把手剥剥剥的一面敲着一面唱下去——唱"王祥卧冰"[1]的事情,唱"黄香扇枕"[2]的事情。

翠翠哭了一整天,同时也忙了一整天,到这时已倦极,把头靠在棺前眯着了。两长年同马兵吃了宵夜,喝过两杯酒,精神还虎虎的,便轮流把丧堂歌唱下去。但只一会儿,翠翠又醒了,仿佛梦到什么,惊醒后明白祖父已死,于是又幽幽的哭起来。

"翠翠,翠翠,不要哭啦,人死了哭不回来的!"

秃头陈四四接着就说了一个做新嫁娘的人哭泣的笑话,话语中夹杂了三五个粗野字眼儿,因此引起两个长年咕咕的笑了许久。黄狗在屋外吠着,翠翠开了大门,到外面去站了一下,耳听到各处是虫声,天上月色极好,大星子嵌进透蓝天空里,非常沉静温柔。翠翠想:

"这是真事吗?爷爷当真死了吗?"

老马兵原来跟在她的后边,因为他知道女孩子心门儿窄,说不定一炉火闷在灰里,痕迹不露,见祖父去了,自己一切无望,跳崖悬梁,想跟着祖父一块儿去,也说不定!故随时小心监视到翠翠。

老马兵见翠翠痴痴的站着,时间过了许久还不回头,就打着咳叫翠翠说:

---

[1]《二十四孝》里卧冰求鲤的故事。
[2]《二十四孝》里黄香温席的故事。

"翠翠，露水落了，不冷吗？"

"不冷。"

"天气好得很！"

"呀……"一颗大流星使翠翠轻轻的喊了一声。

接着南方又是一颗流星划空而下。对溪有猫头鹰叫。

"翠翠，"老马兵业已同翠翠并排一块块儿站定了，很温和的说，"你进屋里睡去吧，不要胡思乱想！"

翠翠默默的回到祖父棺木前面，坐在地上又呜咽起来。守在屋中两个长年已睡着了。

杨马兵便幽幽的说道："不要哭了！不要哭了！你爷爷也难过咧，眼睛哭胀喉咙哭嘶有什么好处。听我说，爷爷的心事我全都知道，一切有我。我会把一切安排得好好的，对得起你爷爷。我会安排，什么事都会。我要一个爷爷欢喜你也欢喜的人来接收这渡船！不能如我们的意，我老虽老，还能拿镰刀同他们拼命。翠翠，你放心，一切有我！……"

远处不知什么地方鸡叫了，老道士在那边床上糊糊涂涂的自言自语："天亮了吗？早咧！"

大清早，帮忙的人从城里拿了绳索杠子赶来了。

老船夫的白木小棺材，为六个人抬着到那个倾圮了的塔后山岨上去埋葬时，船总顺顺、马兵、翠翠、老道士、黄狗皆跟在后面。到了预先掘就的方阱边，老道士照规矩先跳下去，把一点朱砂颗粒同白米安置到阱中四隅及中央，又烧了一点纸钱，爬出阱时就要抬棺木的人动手下窆。翠翠哑着喉咙干号，伏在棺木上不起身。经马兵用力把她拉开，方能移动棺木。一会儿，那棺木便下了阱，拉去绳子，调整了方向，被新土掩盖了，翠翠还坐在地上呜咽。老道士要回城去替人做斋，过渡走了。船总把一切事托给老马兵，也赶回城去了。帮忙的皆到溪边去洗手，家中各人还有各人的事，且知道这家人的情形，不便再叨扰，也不再惊动主人，过渡回家去了。于是碧溪岨便只剩下三个人，一个是翠翠，一个是老马兵，一个是由船总家派来暂时帮忙照料渡船的秃头陈四四。黄狗因被那秃头打了一石头，对于那秃头仿佛很不高兴，尽是轻轻的吠着。

翠翠从小父母双亡，与祖父相依为命。对没有经历过父母之爱的翠翠来说，祖父成了她唯一的依靠，现在她唯一的亲人也离开了，"干号""不起身"等词表现出了翠翠对祖父离去的悲痛之情。沈从文在这里明写黄狗"仿佛很不高兴"，"吠"的对象是秃头。可依照黄狗与老船夫的亲近关系，此刻黄狗面对老船夫的坟头，它的不高兴的轻吠更像是对主人离去的悲伤，黄狗决不是作者平铺直叙的对象，它具有人的灵性，通晓人的情感，是小说中独特的叙事视角。祖父去世、傩送出走，翠翠的情感世界就像白塔的坍塌一样，既必然又偶然。白塔代表着茶峒人的风水，是茶峒人的象征，在某种意义上也是父性的象征。白塔的坍塌与傩送的离去、祖父的逝世相互对照，突出了小说的悲剧性。

到了下午，翠翠同老马兵商量，要老马兵回城去把马托给营里人照料，再回碧溪岨来陪她。老马兵回转碧溪岨时，秃头陈四四被打发回城去了。

翠翠仍然自己同黄狗来弄渡船，让老马兵坐在溪岸高崖上玩，或嘶着个老喉咙唱歌给她听。

沈从文多次在小说中提及唱歌，翠翠让祖父唱歌，天保、傩送两兄弟以歌求婚，此刻又让老马兵唱歌给她听，等等。《边城》不仅是诗性的，也是音乐性的，音乐与艺术相融合正是小说的魅力所在。

过三天后船总来商量接翠翠过家里去住，翠翠却想看守祖父的坟山，不愿即刻进城。只请船总过城里衙门去为说句话，许杨马兵暂时同她住住，船总顺顺答应了这件事，就走了。

　　杨马兵既是个上五十岁了的人，说故事的本领比翠翠祖父高一筹，加之凡事特别关心，做事又勤快又干净，因此同翠翠住下来，使翠翠仿佛去了一个祖父，却新得了一个伯父。过渡时有人问及可怜的祖父，黄昏时想起祖父，皆使翠翠心酸，觉得十分凄凉。但这分凄凉日子过久一点，也就渐渐淡薄些了。两人每日在黄昏中同晚上，坐在门前溪边高崖上，谈点那个躺在湿土里可怜祖父的旧事，有许多是翠翠先前所不知道的，说来便更使翠翠心中柔和。又说到翠翠的父亲，那个又要爱情又惜名誉的军人，在当时按照绿营军勇的装束，如何使女孩子动心。又说到翠翠的母亲，如何善于唱歌，而且所唱的那些歌在当时如何流行。

　　时候变了，一切也自然不同了，皇帝已不再坐江山，平常人还消说！杨马兵想起自己年青作马夫时，牵了马匹到碧溪岨来对翠翠母亲唱歌，翠翠母亲不理会，到如今这自己却成为这孤雏的唯一靠山唯一信托人，不由得不苦笑。

　　因为两人每个黄昏必谈祖父以及这一家有关系的事情，后来便说到了老船夫死前的一切，翠翠因此明白了祖父活时所不提到的许多事。二老的唱歌，顺顺大儿子的死，顺顺父子对于祖父的冷淡，中寨人用碾坊作陪嫁妆奁诱惑傩送二老，二老既记忆着哥哥的死亡，且因得不到翠翠理会，又被家中逼着接受那座碾坊，意思还在渡船，因此赌气下行，祖父的死因，又如何与翠翠有关……凡是翠翠不明白的事，如今可全明白了。翠翠把事弄明白后，哭了一个夜晚。

　　过了四七，船总顺顺派人来请马兵进城去，商量把翠翠接到他家中去，作为二老的媳妇。但二老人既在辰州，先就莫提这件事，且搬过河街去住，等二老回来时再看二老意思。马兵以为这件事得问翠翠。回来时，把顺顺的意思向翠翠说过后,又为翠翠出主张,以为名分既不定妥,到一个生人家里去不好,还是不如在碧溪岨等,等到二老驾船回来时,再看二老意思。

这办法决定后,老马兵以为二老不久必可回来的,就依然把马匹托营上人照料,在碧溪岨为翠翠作伴,把一个一个日子过下去。

碧溪岨的白塔,与茶峒风水有关系,塔圮坍了,不重新作一个自然不成。除了城中营管,税局以及各商号各平民捐了些钱以外,各大寨子也有人拿册子去捐钱。为了这塔成就并不是给谁一个人的好处,应尽每个人来积德造福,尽每个人皆有捐钱的机会,因此在渡船上也放了个两头有节的大竹筒,中部锯了一口,尽过渡人自由把钱投进去,竹筒满了马兵就捎进城中首事人处去,另外又带了个竹筒回来。过渡人一看老船夫不见了,翠翠辫子上扎了白线,就明白那老的已作完了自己分上的工作,安安静静躺到土坑里去了,必一面用同情的眼色瞧着翠翠,一面就摸出钱来塞到竹筒中去。"天保佑你,死了的到西方去,活下的永保平安。"翠翠明白那些捐钱人的意思,心里酸酸的,忙把身子背过去拉船。

到了冬天,那个圮坍了的白塔,又重新修好了。可是那个在月下唱歌,使翠翠在睡梦里为歌声把灵魂轻轻浮起的年青人,还不曾回到茶峒来。

…………

这个人也许永远不回来了,也许"明天"回来!

一九三三年冬至一九三四年春完成。

小说读完了,不知你心中是否和我一样喜忧参半。喜的是,这篇小说中充满了爱的温馨,小说中的人们为着爱生活,为着爱逝去,为着爱离开,为着爱等待;忧的是,命运的无情,爱的人相继离世,爱的人无奈出走,爱的人苦苦等待。你的思绪是否和我一样飘向过去、飘向远方、飘到翠翠的身边……希望有情人终成眷属。

边城　沈从文小说菁华

三三

导读："三三"是这篇小说主人公的名字。少女三三是一个在简单的环境中成长起来的清纯可爱的女孩。父亲在她幼年时去世，母亲做了碾坊的主人。三三每天"吃米饭同青菜小鱼鸡蛋过日子"，生活没有什么改变，就这样"在哭里笑里慢慢的长大了"。生活在如画如诗的湘西水乡的三三，在单纯天真的孩童世界里怡然自得，简单的生活环境给了她天真质朴的童心。

跟我们在《边城》中遇到的翠翠一样，三三也有她的烦恼，只不过她们生活的世界都很干净。所以，在我们看来很麻烦的事情，于她们而言根本算不上烦恼。她们生活在自己简单干净的世界里，纯粹得令人神往。

这篇小说语言朴实简洁、含蓄自然，描写了自然美和人性美。沈从文没有把过多的精力放在设计情节和塑造人物上，而是注重情感、意绪在小说中的作用。三三的故事看似戏剧化，实际上却是沈从文对湘西人民生存状态最真实的描述。三三是沈从文用真善美的理念塑造的少女形象，是沈从文向往的美好人性与人情的化身。

杨家碾坊在堡子外一里路的山嘴路旁。堡子位置在山弯里，溪水沿到山脚流过去，平平的流到山嘴折弯处忽然转急，因此很早就有人利用到它，在急流处筑了一座石头碾坊,这碾坊,不知从什么时候起,就叫杨家碾坊了。

从碾坊往上看,看到堡子里比屋连墙,嘉树成荫,正是十分兴旺的样子。往下看,夹溪有无数山田,如堆积蒸糕,因此种田人借用水力,用大竹扎了无数水车,用桩木做成横轴同撑柱,圆圆的如一面锣,大小不等竖立在水边。这一群水车,就同一群游手好闲的人一样,成日成夜不知疲倦的咿咿呀呀唱着意义含糊的歌。

一个堡子里只有这样一座碾坊,所以凡是堡子里碾米的事都归这碾坊包办,成天有人轮流挑了仓谷来,把谷子倒到石槽里去后,抽去水闸的板,枧槽里水冲动了下面的暗轮,石磨盘带着动情的声音,即刻就转动起来了。于是主人一面谈着一件事情,一面清理到簸箩筛子,到后头上包了一块白布,拿着个长把的扫帚,追逐着磨盘,跟着打圈儿,扫除溢出槽外的谷米,再到后,谷子便成白米了。

到米碾好了,筛好了,把米糠挑走以后,主人全身是灰,常常如同一个滚到豆粉里的汤圆。然而这生活,是明明白白比堡子里许多人生活还从容,而为一堡子中人所羡慕的。

凡是到杨家碾坊碾过谷子的,都知道杨家三三。妈妈十年前嫁给守碾坊的杨,三三五岁,爸爸就丢下碾坊同母女,什么话也不说死去了。爸爸死去后,母亲作了碾坊的主人,三三还是活在碾坊里,吃米饭同青菜小鱼鸡蛋过日子,生活毫无什么不同处。三三先是望到爸爸成天全身是糠灰,到后爸爸不见了,妈妈又成天全身是糠灰,……于是三三在哭里笑里慢慢的长大了。

妈妈随着碾槽转,提着小小油瓶,为碾盘的木轴铁心上油,或者很兴奋的坐在屋角拉动架上的筛子时,三三总很安静的自己坐在另一角玩。热天坐到有风凉处吹风,用包谷秆子作小笼,冬天则伴同猫儿蹲到火桶里,剥灰煨栗子吃。或者有时候从碾米人手上得到一个芦管作成的唢呐,就学着打大傩的法师神气，屋前屋后吹着，半天还玩不厌倦。

这磨坊外屋上墙上爬满了青藤，绕屋全是葵花同枣树，疏疏的树林里，常常有三三葱绿衣裳的飘忽。因为一个人在屋里玩厌了，就出来坐在废石槽上洒米头子给鸡吃。在这时，什么鸡欺侮了另一只鸡，三三就得赶逐那横蛮无理的鸡，直等到妈妈在屋后听到鸡声代为讨情时才止。

这磨坊上游有一潭，四面有大树覆荫，六月里阳光照不到水面。碾坊主人在这潭中养得有几只白鸭子，水里的鱼也比上下溪里多。照一切习惯，凡靠自己屋前的水，也算是自己财产的一份。水坝既然全为了碾坊而筑成的，一乡公约不许毒鱼下网，所以这小溪里鱼极多。遇到有不甚面熟的人来钓鱼，看到潭边幽静，想蹲一会儿，三三见到了时，总向人说："不行，这鱼是我家潭里养的，你到下面去钓罢。"人若顽皮一点，听到这个话等于不听到，仍然拿着长长的竿子，搁到水面上去安闲的吸着烟管，望到这小姑娘发笑，使三三急了，三三便喊叫她的妈，高声的说："娘，娘，你瞧，有人不讲规矩，钓我们的鱼，你来折断他的竿子，你快来！"娘自然是不会来干涉别人钓鱼的。

母亲就从没有照到女儿意思折断过谁的竿子，照例将说："三三，鱼多咧，让别人钓吧。鱼是会走路的，上面总爷家塘里的鱼，因为欢喜我们这里的水，都跑来了。"三三照例应当还记得夜间做梦，梦到大鱼从水里跃起来吃鸭子，听到这个话，也就没有什么可说了，只静静的看着，看这不讲规矩的人，究竟钓了多少鱼去。她心里记着数目，回头好告给妈妈。

有时因为鱼太大了一点，上了钓，拉得不合式，撅断了钓竿，三三可乐极了，仿佛娘不同自己一伙，鱼反而同自己是一伙了的神气，那时就应当轮到三三向钓鱼人咧着嘴发笑了。但三三却常常急忙跑回去，把这事告给母亲，母女两人同笑。

有时钓鱼的人是熟人，人家来钓鱼时，见到了三三，知道她的脾气，就照例不忘记问："三三，许我钓鱼吧。"三三便说："鱼是各处走动的，又不是我们养的，怎么不能钓。"

　　钓鱼的是熟人时，三三常常搬了小小木凳子，坐到旁边看鱼上钩，且告给这人，另一时谁个把钓竿撇断的故事。到后这熟人回到碾坊时，把所得的大鱼分一些给三三家。三三看着母亲用刀剖鱼，掏出白色的鱼脬[1]来，就放到地下用脚去踹，发声如放一枚小爆竹，听来十分快乐。鱼洗好了，揉了些盐，三三就忙取麻线来把鱼穿好，挂到太阳下去晒。到有客时，这些干鱼同辣子炒在一个碗里待客，母亲如想到折钓竿的话，将说："这是三三的鱼。"三三就笑，心想着："怎么不是三三的鱼？潭里的鱼若不是我照管，早被看牛小孩捉完了。"

　　三三如一般小孩，换几回新衣，过几回节，看几回狮子龙灯，就长大了。熟人都说看到三三是在糠灰里长大的。一个堡子里的人，都愿意得到这糠灰里长大的女孩子作媳妇，因为人人都知道这媳妇的妆奁是一座石头作成的碾坊。照规矩，十五岁的三三，要招郎上门也应当是时候了。但妈妈有了一点私心，记得一次签上的话语，不大相信媒人的话语，所以这磨坊还是只有母女二人，不曾有谁添入。

　　三三大了，还是同小孩子一样，一切得傍着妈妈。母女两人把饭吃过后，在流水里洗了脸，望到行将下沉的太阳，一个日子就打发走了。有时听到堡子里的锣鼓声音，或是什么人接亲，或是什么人做斋事。"娘，带我去看。"又像是命令又像是请求的说着，若无什么别的理由推辞时，娘总得答应同去。去一会儿，或停顿在什么人家喝一杯蜜茶，荷包里塞满了榛子胡桃，预备回家时，有月亮天什么也不用，就可以走回家。遇到夜色晦黑，燃了一把油柴！毕毕剥剥的响着爆着，什么也不必害怕。若到总爷家寨子里去玩时，总爷家还有长工打了灯笼送客，一直送到碾坊外边。只有这类事是顶有趣味的事。在雨里打灯笼走夜路，三三不能常常得到这机会，

---

[1] 即鱼鳔。

却常常梦到一人那么拿着小小红纸灯笼，在溪旁走着，好像只有鱼知道这回事。

当真说来，三三的事，鱼知道的比母亲应当还多一点，也是当然的。三三在母亲身旁，说的是母亲全听得懂的话，那些凡是母亲不明白的，差不多都在溪边说的。溪边除了鸭子就只有那些水里的鱼，鸭子成天自己哈哈哈的叫个不休，哪里还有耳朵听别人说话！

这个夏天，母女两人一吃了晚饭，不到黄昏，总常常过堡子里一个人家去，陪一个将远嫁的姑娘谈天，听一个从小寨来的人唱歌。有一天，照例又进堡子里去，却因为谈到绣花，使三三回碾坊来取样子，三三就一个人赶忙跑回碾坊来，快到屋边时，黄昏里望到溪边有两个人影子，有一个人到树下，拿着一枝竿子，好像要下钓的神气，三三心想这一定是来偷鱼的，照规矩喊着："不许钓鱼，这鱼是有主人的！"一面想走上前去看是什么人。

就听到一个人说："谁说溪里的鱼也有主人？难道溪里活水也可养鱼吗？"

另一人又说："这是碾坊里小姑娘说着玩的。"

那先一个人就笑了。

旋即又听到第二个人说："三三，三三，你来，你鱼都捉完了！"

三三听到人家取笑她，声音好像是熟人，心里十分不平！就冲过去，预备看是谁在此撒野，以便回头告给母亲。走过去时，才知道那第二回说话的人是总爷家管事先生，另外同一个从没见过面的年青男人。那男人手里拿的原来只是一个拐杖，不是什么钓竿。那管事先生是一个堡子里知名人物，他认得三三，三三也认识他，所以当三三走近身时，就取笑说：

"三三，怎么鱼是你家养的？你家养了多少鱼呀！"

三三见是总爷家管事先生，什么话也不说了，只低下头笑。头虽低低的，却望到那个好像从城里来的人白裤白鞋，且听到那个男子说："女孩很聪明,很美,长得不坏。"管事的又说:"这是我堡里美人。"两人这样说着,那男子就笑了。

到这时,她猜到男子是对她望着发笑!三三心想:"你笑我干吗?"又想:"你城里人只怕狗,见了狗也害怕,还笑人,真亏你不羞。"她好像这句话已说出了口,为那人听到了,故打量跑去。管事先生知道她要害羞跑了,故说:"三三,你别走,我们是来看你碾坊的。你娘呢?"

"娘不在。"

"到堡子里听小寨人唱歌去了,是不是?"

"是的。"

"你怎么不欢喜听那个?"

"你怎么知道我不欢喜?"

管事先生笑着说:"因为看你一个人回来,还以为你是听厌了那歌,担心这潭里鱼被人偷尽,所以……"

三三同管事先生说着,慢慢的把头抬起,望到那生人的脸目了,白白的脸好像在什么地方看到过,就估计莫非这人是唱戏的小生,忘了擦去脸上的粉,所以那么白……那男子见到三三不再怕人了,就问三三:

"这是你的家里吗?"

三三说:"怎么不是我家里?"

因为这答话很有趣味,那男子就说:

"你住在这个山沟边,不怕大水把你冲去吗?"

"嗨,"三三抿着小小的美丽嘴唇,狠狠的望了这陌生男子一眼,心里想:"狗来了,狗来了,你这人吓倒落到水里,水就会冲去你。"想着当真冲去的情形,一定很是好笑,就不理会这两个人,笑着跑去了。

从碾坊取了花样子回向堡子走去的三三,在潭边再上游一点,望到那两个白色影子还在前面,不高兴又同这管事先生打麻烦,于是故意跟到这两个人身后,慢慢的走着。听到两个人说到城里什么人什么事情,听到说开河,又听到说学务局要总爷办学校,因为这两人全都不知道有人在后面,所以自己觉得很有趣味。到后又听到管事先生提起碾坊,提起妈妈怎么人好,更极高兴。再到后,就听到那城里男人说:

"女孩子倒真俏皮,照你们乡下习惯,应当快放人了。"

那管事的先生笑着说:"少爷欢喜,要总爷做红叶,可以去说说。不过这碾坊是应当由姑爷管业的。"

三三轻轻的呸了一口,停顿了一下,把两个指头紧紧的塞了耳朵。但仍然听到那两人的笑声,想知道那个由城里来好像唱小生的人还说些什么,所以不久就仍然跟上前去。

那小生说些什么可听不明白,就只听那个管事先生一人说话,那管事先生说:"少爷做了碾坊主人,别的不说,成天可有新鲜鸡蛋吃,也是很值得的!"话一说完,两人又笑了。

三三这次可再不能跟上去了,就坐在溪边的石头上,脸上发着烧,十分生气。心里想:"你要我嫁你,我偏不嫁你!我家里的鸡纵成天下二十个蛋,我也不会给你一个蛋吃。"坐了一会儿,凉凉的风吹脸上,水声淙淙使她记忆起先一时估计中那男子为狗吓倒跌在溪里的情形,可又快乐了,就望到溪里水深处,一人自言自语说:"你怎么这样不中用!管事的救你,你可以喊他救你!"

到宋家时,宋家婶子正说起一件已经说了一会儿的事情,只听宋家妇人说:

"……他们养病倒希奇,说是养病,日夜睡在廊下风里让风吹,……脸儿白得如闺女,见了人就笑,……谁说是总爷的亲戚,总爷见他那种恭敬样子,你还不见到。福音堂洋人还怕他,他要媳妇有多少!"

母亲就说:"那么他养什么病?"

"谁知道是什么病?横顺成天吃那些甜甜的药,什么事情不做在床上躺着。在城里是享福,到乡里也是享福。老庚说,害第三期的病,又说是痨病,说也说不清楚。谁清楚城里人那些病名字。依我想,城里人欢喜害病,所以病的名字特别多;我们不能因害病耽搁事情,所以除打摆子就只发烧肚泻,别的名字的病,也就从不到乡下来了。"

另外一个妇人因为生过瘰疬[1],不大悦服宋家妇人武断的话,就说:"我不是城里人,可是也害城里人的病。"

"你舅妈是城里人!"

"舅妈关我什么事?"

"你文雅得像城里人,所以才生疬子!"

这样说着,大家全笑了起来。

母女两人回去时,在路上三三问母亲:"谁是白白脸庞的人?"母亲就照先前一时听人说过的话,告给三三,堡子里总爷家中,如何来了一位城里的病人,样子如何美,性情如何怪。一个乡下人,对于城中人隔膜的程度,在那些描写里是分明易见的,自然说得十分好笑。在平常时节,三三对于母亲在叙述中所加的批评与稍稍过分的形容,总觉得母亲说得极其俨然,十分有味,这时不知如何却不大相信这话了。

走了一会儿,三三忽问:

"娘,娘,你见到那个城里白脸人没有呢?"

母亲说:"我怎么见到他?我这几天又不到总爷家里去。"

三三心想:"你不见到怎么说了那么半天。"

三三知道母亲不见到的,自己倒早见到了,便把这件事保守着秘密,却十分高兴,以为只有自己明白这件事情,此外凡是说到城里人的都不甚可靠。

两人到潭边,三三又问:

---

[1] 瘰疬(luǒ lì),病,多发生在颈部,有时也在腋窝部,因结核杆菌侵入淋巴结而引起,症状是局部发生硬块,溃烂后经常流脓,不易愈合。

"娘，你见到总爷家管事先生没有？"

若是娘说没有见过，反问她一句，那么，三三就预备把先前遇到总爷家那两个人的一切，都说给母亲听了。但母亲这时正想起别一个问题，完全不关心三三的话，所以三三把方才的事瞒着母亲，一个字不提。

第二天，三三的母亲到堡子里去，在总爷家门前，碰到那个从城里来的白脸客人，同总爷的管事先生。那管事先生告她，说他们昨天曾到碾坊前散步，见到三三，又告给三三母亲说，这客人是从城里来养病的客人。到后就又告给那客人，说这个人就是碾坊的主人杨伯妈。那人说，真很同三小姐相像。那人又说三三长得很好，很聪敏，做母亲的真福气。说了一阵话，把这老妇人说快乐了，在心中展开了一个幻景，想起自己觉得有些近于糊涂的事情，忙匆匆的回到碾坊去，望到三三痴笑。

三三不知母亲为什么今天特别乐，就问母亲到了什么地方，遇到了谁。

母亲想，应当怎么说才好，想了许久才说：

"三三，昨天你见到谁？"

三三说："我见到谁？没有。"

娘就笑了："三三你记记，晚上天黑时，你不看见两个人吗？"

三三以为是娘知道一切了，就忙说："人是有两个的，一个是总爷家管事的先生，一个是生人……怎么？"

"不怎么。我告你，那个生人就是城里来的先生，今天我见到他们，他们说已经同你认识了，我们说了许多话。那少爷像个姑娘样子。"母亲说到这里时，想起一件事好笑。

三三以为母亲是在笑她，偏过头去看土地上灶马，不理母亲。

母亲说："他们问我要鸡蛋，你下半天送二十个去，好不好？"

三三听到说鸡蛋，打量昨天两个男人说的笑话都为母亲知道了，心里很不高兴，说道："谁去送他们鸡蛋，娘，娘，我说……他们是坏人！"

母亲奇怪极了，问："怎么是坏人？什么地方坏？"

三三红了脸不愿答应,母亲说:

"三三,你说什么事?"

迟了许久,三三才说:"他们背地里要找总爷做媒,把我嫁给那个白脸人。"

母亲听到这天真话什么也不说,笑了好一阵。到后看到三三要跑了,才拉着三三说:"小报应,管事先生他们说笑话,这也生气吗?谁敢欺侮你?……"

说到后来三三也被说笑了。

她到后来就告给娘城里人如何怕狗的话,母亲听到不作声,好久以后,才说:"三三,你真是还像小丫头,什么也不懂。"

第二天,母亲要三三送鸡子到砦子里去,三三不说什么,只摇头。母亲既然答应了人家,就只好亲自送去。母亲走后,三三一个人在碾坊里玩,玩厌了又到潭边去看白鸭,看了一会儿鸭子,等候母亲还不回来,心想莫非管事先生同母亲吵了架,或者天热到路上发了痧?……心里老不自在,回到碾坊里去。

但是过了一会儿,母亲可仍然回来了。回到碾坊一脸的笑,跨着脚如一个男子神气,坐到小凳上,告给三三如何见到那先生,那先生如何要她坐到那个用粗布做成的软椅子上去,摇着荡着像一个摇篮。又说到城里人说的三三为何不念书,城里女人全念书。又说到……

三三正因为等了母亲半天,十分不高兴,如今听到母亲说到的话,莫名其妙,不愿意再听,所以不让母亲说完就走了。走到外边站到溪岸旁,望着清清的溪水,记起从前有人告诉她的话,说这水流下去,一直从山里流一百里,就流到城里了。她这时忖想……什么时候我一定也不让谁知道,就要流到城里去,一到城里就不回来了。但若果当真要流去时,她愿意那碾坊,那些鱼,那些鸭子,以及那一匹花猫,同她在一处流去。同时还有,她很想母亲永远和她在一处,她才能够安安静静的睡觉。

母亲看不见三三,站在碾坊门前喊着:

"三三,三三,天气热,你脸上晒出油了,不要远走,快回来!"

三三一面走回来,一面就自己轻轻的说:"三三不回来了!"

下午天气较热,倦人极了,躺到屋角竹凉床上的三三,耳中听着远处水车陆续的懒懒的声音,眯着眼睛望到母亲头上的髻子,仿佛一个瘦人的脸,越看越活,朦朦胧胧便睡着了。

她还似乎看到母亲包了白帕子,拿着扫帚追赶碾盘,绕屋打着圈儿,就听到有人在外面说话,提到她的名字。

只听到说:"三三到什么地方去了,怎么不出来?"

她奇怪这声音很熟,又想不起是谁的声音,赶忙走出去,站在门边打望,才望到原来又是那个白脸的人,规规矩矩坐在那儿钓鱼。过细看了一下,却看到那个钓竿,是总爷家管事先生的烟杆,一头还冒烟。

拿一根烟杆钓鱼,倒是极新鲜的事情,但身旁似乎又已经得到了许多鱼,所以三三非常奇怪。正想去告母亲,忽然管事先生也从那边来了。

好像又是那一天的那种情景,天上全是红霞,妈妈不在家,自己回来原是忘了把鸡关到笼子里,因此赶忙跑回来捉鸡的。如今碰到这两个人,管事先生同那白脸城里人,都站在那石礅子上,轻轻的在商量一件事情。这两人声音很轻,三三却听得出,是一件关于不利于己的行为。因为听到说这些话,又不能嗾人走开,又不能自己走开,三三就非常着急,觉得自己的脸上也像天上的霞一样。

那个管事先生装作正经人样子说:"我们是来买鸡蛋的,要多少钱把多少钱。"

那个城里人,也像唱戏小生那么把手一扬,就说:"你说错了,要多少金子把多少金子。"

三三因为人家用金子恐吓她,所以说:"可是我不卖给你,不想你的钱,你搬你家大块金子来,到场上去买老鸦蛋吧。"

管事先生于是又说:"你不卖行吗,你舍不得鸡蛋为我做人情,你想想,妈妈以后写庚帖,还少得了管事先生吗?"

那城里人于是又说:"向小气的人要什么鸡蛋,不如算了吧。"

三三生气似的大声说:"就算我小气也行。我把鸡蛋喂虾米,也不卖给人!我们不羡慕别人的金子宝贝。你同别人去说金子,恐吓别人吧。"

可是两个人还不走,三三心里就有点着急,很愿意来一只狗向两个人扑去。正那么打量着,忽然从家里就扑出来一条大狗,全身是白色,大声汪汪的吠着,从自己身边冲过去,即刻这两个恶人就落到水里去了。

于是溪里的水起了许多水花,起了许多大泡,管事先生露出一个光光的头在水面,那城里人则长长的头发,缠在贴近水面的柳树根上,情景十分有趣。

可是一会儿水面什么也没有了,原来那两个人在水里摸了许多鱼,全拿走了。

三三想去告给母亲,一滑就跌下了。

刚才的事原来是做一个梦。母亲似乎是在灶房煮午饭,因为听到三三梦里说话,才赶出来的。见三三醒了,摇着她问:"三三,三三,你同谁吵闹。"

三三定了一会儿神,望母亲笑着,什么也不说。

母亲说:"起来看看,我今天为你焖芋头吃。你去照照镜子,脸睡得一片红!"虽然照到母亲说的,去照了镜子,还是一句话不说。人虽早清醒,还记得梦里一切的情景,到后来又想起母亲说的同谁吵闹的话,才反去问母亲,究竟听到吵闹些什么话。母亲自然是不注意这些的,所以说听不分明,三三也就不再问什么了。

直到吃饭时,母亲还说到脸上睡得发红,所以三三就告给老人家先前做了些什么梦,母亲听来笑了半天。

第二次送鸡蛋去时,三三也去了。那时是下午。吃过饭后,两人进了总爷家的大院子。在东边偏院里,看到城里来的那个客,正躺在廊下藤椅上,望到天上飞的鸽子。管事的不在家,三三认得那个男子,不大好意思上前去,就让母亲过去,自己站在月门边等候。母亲上前去时节,三三又为出主意,要母亲站在门边大声说"送鸡蛋的来了",好让他知道。母亲自然什么都照到三三主意作去,三三听到母亲说这句话,说到第三次,才引起那个白白脸庞的城里人注意,自己就又急又笑。

三三这时是站在月门外边的。从门罅里向里面窥看,只见到那白脸人站起身来,又坐下去,正像梦里那种样子。同时就听到这个人同母亲说话,说到天气和别的事情,母亲一面说话一面尽掉过头来,望到三三所在的一边。白脸人以为她就要走去了,便说:

"老太太,你坐坐,我同你说话很好。"

母亲于是坐下了,可是同时那白脸城里人也注意到那一面门边有一个人等候了:"谁在那里,是不是你的小姑娘?"

看到情形不好,三三就想跑。可是一回头,却望到管事先生站在身后,不知已站了多久。打量逃走自然是难办到的,到后就被管事先生拉着袖子,牵进小院子来了。

听到那个人请自己坐下,听到那个人同母亲说那天在溪边见到自己的情形,三三眼望到另一边,傍到母亲身旁,一句话不说,巴不得即刻离开,可是想不出怎样就可以离开。

坐了一会儿,出来了一个穿白袍戴白帽装扮古怪的女人。三三先还以为是男子,不敢细细的望。到后听到这女人说话,且看她站到城里人身旁,用一根小小管子塞到那白脸男子口里去,又抓了男子的手捏着,捏了好一会儿,拿一支好像笔的东西,在一张纸上写了些什么记号。那先生问"多少豆",就听到回答说:"同昨天一样。"且因为另外一句话听到这个人笑,才晓得那是一个女人。这时似乎母亲那一方面,也刚刚才明白这是一个女人,且听到说"多少豆",以为奇怪,所以两人望望,都抿着嘴笑了起来。

看到这母女生疏的情形，那白袍子女人也觉得好笑，就不即走开。

那白脸城里人说："周小姐，你到这地方来一个朋友也没有，就同这个小姑娘做个朋友吧。她家有个好碾坊，在那边溪头，有一个动人的水车，前面一点还有一个好堰坝，你同她做朋友，就可到那儿去玩，还可以钓些鱼回来。你同她去那边林子里玩玩吧，要这小姑娘告你那些花名草名。"

这周小姐就笑着过来，拖了三三的手，想带她走去。三三想不走，望到母亲，母亲却做样子努嘴要她去，不能不走。

可是到了那一边，两人即刻就熟了。那看护把关于乡下的一切，这样那样问了她许多，她一面答着，一面想问那女人一些事情，却找不出一句可问的话，只很稀奇的望到那一顶白帽子发笑。觉得好奇怪，怎么顶在头上不怕掉下来。

过后听到母亲在那边喊自己的名字，三三也不知道还应当同看护告别，还应当说些什么话，只说"母亲喊我回去，我要走了"，就一个人忙忙的跑回母亲身边，同母亲走了。

母女两人回到路上走过了一个竹林，竹林里正当到晚霞的返照，满竹林是金色的光。三三把一个空篮子戴在头上，扮作钓鱼翁的样子，同时想起总爷家养病服侍病人那个戴白帽子的女人，就和母亲说：

"娘，你看那个女人好不好？"

母亲说："哪一个女人？"

三三好像以为这答复是母亲故意装作不明白的样子，因此稍稍有点不高兴，向前走去。

母亲在后面说："三三，你说谁？"

三三就说："我说谁，我问你先前那个女子，你还问我！"

"我怎么知道你是说谁？你说那姑娘，脸庞红红白白的，是说她吗？"

三三才停着了脚，等着她的母亲。且想起自己无道理处，悄悄的笑了。

母亲赶上了三三，推着她的背："三三，那姑娘长得好体面，你说是不是？"

三三本来就觉得这人长得体面,听到母亲先说,所以就故意说:"体面什么?人高得像一条菜瓜,也是体面!"

"人家是读过书来的,你不看她会写字吗?"

"娘,那你明天要她拜你做干娘吧。她读过书,娘近来只欢喜读书的。"

"嗨,你瞧你!我说读书好,你就生气。可是……你难道不欢喜读书的吗?"

"男人读书还好,女人读书讨厌咧。"

"你以为她讨厌,那我们以后讨厌她得了。"

"不,干吗说'讨厌她得了'?你并不讨厌她!"

"那你一人讨厌她好了。"

"我也不讨厌她!"

"那是谁该讨厌她?三三,你说。"

"我说,谁也不该讨厌她。"

母亲想着这个话就笑,三三想着也笑了。

三三于是又匆匆的向前走去,因为黄昏太美,三三不久又停顿在前面枫树下了,还要母亲也陪她坐一会儿,送那片云过去再走。母亲自然不会不答应的。两人坐在那石条上了,三三把头上的篮儿取下后,用手整理头发。就又想起那个男人一样短短头发的女人。母亲说:"三三,你用围裙揩揩脸,脸上出汗了。"三三好像不听到母亲的话,眺望到另一方,她心中出奇,为什么有许多人的脸,白得像茶花。她不知不觉又把这个话同母亲说到了,母亲就说,这就是他们称呼为城里人的理由,不必擦粉脸也总是很白的。

三三说:"那不好看。"母亲也说:"那自然不好看。"三三又说:"宋家的黑子姑娘才真不好看。"母亲因为到底不明白三三意思所在,拿不稳风向,所以再不敢搀言,就只貌作留神的听着,让三三自己去作结论。

三三的结论就只是故意不同母亲意见一致,可是母亲若不说话时,自己就不须结论，也闭了口，不再作声了。

是另外一天，有人从大寨里挑谷子来碾坊的，挑谷子的男人走后，留下一个女人在旁边照料到一切。这女人具一种欢喜说话的性格，且不久才从六十里外一个寨上吃喜酒回来，有一肚子的故事，许多乡村消息，得和一个人说说才舒服，所以就拿来与碾坊母女两人说。母亲因为自己有一个女儿，有些好奇的理由，专欢喜问人家到什么地方吃喜酒，看到些什么体面姑娘，看到些什么好嫁妆。她还明白，照例三三也愿意听这些故事，所以就向那个人，问了这样又问那样，要那人一五一十说出来。

三三却静静的坐在一旁，用耳朵听着，一句话不说。有时说的话那女人以为不是女孩子应当听的，声音较低时，三三就装作毫不注意的神气，用绳子结连环玩，实际上仍然听得清清楚楚。因为听到那些怪话，三三忍不住要笑了，却别过头去悄悄的笑，不让那个长舌妇人注意到。

到后那两个老太太，自然而然就说到总爷家中的来客，且说到那个白袍白帽的女人了。那妇人说：她听人说，这白帽白袍女人，是用钱雇来的，雇来照料那个先生，好几两银子一天。但她却又以为这话不十分可靠，她以为这人一定就是城里人的少奶奶，或者小姨太太。

三三的母亲意见却同那人的恰恰相反，她以为那白袍女人，决不是少奶奶。

那妇人就说："你怎么知道不是少奶奶？"

三三的母亲说："怎么会是少奶奶。"

那人说："你告我些道理。"

三三的母亲说："自然有道理，可是我说不出。"

那人说："你又不看见，你怎么会知道。"

三三的母亲说："我怎么不看见？……"

两人争着不能解决，又都不能把理由说得完全一点，尤其是三三的母亲，又忘记说是听到过那一位喊叫过周小姐的话，来用作证据。三三却记到许多话，只是不高兴同那个妇人去说，所以三三就用别种的方法打乱了两人不能说清楚的问题。三三说："娘，莫争这些事情，帮我洗头吧，我去热水。"

到后那妇人把米碾完挑走了。把水热好了的三三，坐在小凳上一面解散头发，一面带着抱怨神气向她娘说：

"娘，你真奇怪，欢喜同老婆子说空话。"

"我说了些什么空话？"

"人家媳妇不媳妇，关你什么事！"

…………

母亲想起什么事来了，抿着口痴了半天，轻轻的叹了一口气。

过几天，那个白帽白袍的女人，却同总爷家一个小女孩子到碾坊来玩了。玩了大半天，说了许多话。母亲因为第一次有这么一个稀客，所以走出走进，只想杀一只肥母鸡留客吃饭，但又不敢开口，所以十分为难。

三三则把客人带到溪下游一点有水车的地方去，玩了好一阵，在水边摘了许多金针花，回来时又取了钓竿，搬了凳子，到溪边去陪白帽子女人钓鱼。

溪里的鱼好像也知道凑趣，那女人一根钓竿，一会儿就得了四条大鲫鱼，使她十分欢喜。到后应当回去了，女人不肯拿鱼回去，母亲可不答应，一定要她拿去。并且听白帽子女人说南瓜子好吃，就又为取了一口袋的生瓜子，要同来的那个小女孩代为拿着。

再过几天，那白脸人同总爷家管事先生，也来钓了一次鱼，又拿了许多礼物回去。

再过几天那病人却同女人在一块儿来了，来时送了一些用瓶子装的糖，还送了些别的东西，使主人不知如何措置手脚。因为不敢留这两个尊贵人吃饭，所以到两人临走时，三三母亲还捉了两只活鸡，一定要他们带回去。

两人都说留到这里生蛋,用不着捉去,还不行,到后说等下一次来再杀鸡,那两只鸡才被开释放下了。

自从这两个客人到来后,碾坊里有点不同过去的样子,母女两人说话,提到"城里"的事情就渐渐多了。城里是什么样子,城里有些什么好处,两人本来全不知道。两人只从那个白脸男子、白袍女人的神气,以及平常从乡下人听来的种种,作为想象的根据,摹拟到城里的一切景况,都以为城里是那么一种样子:一座极大的用石头垒就的城,这城里就有许多好房子。每一栋好房子里面住了一个老爷同一群少爷;每一个人家都有许多成天穿了花绸衣服的女人,装扮得同新娘子一样,坐在家里,什么事也不必作。每一个人家,屋子里一定还有许多跟班同丫头,跟班的坐在大门前接客人的名片,丫头便为老爷剥莲心去燕窝毛。城里一定有很多条大街,街上全是车马。城里有洋人,脚干直直的,就在这类大街上走来走去。城里还有大衙门,许多官如包龙图一样,威风凛凛,一天审案到夜,夜了还得点了灯审案。城里还有好些铺子,卖的是各样稀奇古怪的东西。城里一定还有许多大庙小庙,庙里成天有人唱戏,成天也有人看戏。看戏的全是坐在一条板凳上,一面看戏一面剥黑瓜子。坏女人想勾引人就向人打瞟瞟眼。城门口有好些屠户,都长得胖墩墩的。城门口还有个王铁嘴,专门为人算命打卦。

这些情形自然都是实在的。这想象中的都市,像一个故事一样动人,保留在母女两人心上,却永远不使两人痛苦。她们在自己习惯生活中得到幸福,却又从幻想中得到快乐,所以若说过去的生活是很好的,那到后来可说是更好了。

但是,从另外一些记忆上,三三的母亲却另外还想起了一些事情,因此有好几回同三三说话到城里时,却忽然又住了口不说下去。三三问到这是什么意思,母亲就笑着,仿佛意思就只是想笑一会儿,什么别的意思也没有。

三三可看得出母亲笑中有原因，但总没有方法知道这另外原因究竟是什么。或者是母亲预备要搬到城里，或者是做梦到过城里，或者是因为三三长大了，背影子已像一个新娘子了，母亲惊讶着，这些躲在老人家心上一角儿的事可多着呐。三三自己也常常发笑，且不让母亲知道那个理由。每次到溪边玩，听母亲喊"三三你回来吧"，三三一面走一面总轻轻的说："三三不回来了，三三永不回来了。"为什么说不回来，不回来又到些什么地方来落脚，三三并不曾认真打量过。

有时候两人都说到前一晚上梦中到过的城里，看到大衙门大庙的情形，三三总以为母亲到的是一个城里，她自己所到又是一个城里。城里自然有许多，同寨子差不多一样，这个是三三早就想到了的。三三所到的城里，一定比母亲那个还远一点，因为母亲凡是梦到城里时，总以为同总爷家那堡子差不多，只不过大了一点，却并不很大。三三因为听到那白帽子女人说过，一个城里看护至少就有两百，所以她梦到的，就是两百个白帽子女人的城里！

母亲每次进寨子送鸡蛋去，总说他们问三三，要三三去玩，三三却怪母亲不为她梳头。但有时头上辫子很好，却又说应当换干净衣服才去。一切都好了，三三却常常临时又忽然不愿意去了。母亲自然是不强着三三的。但有几次母亲有点不高兴了，三三先说不去，到后又去；去到那里，两人是都很快乐的。

人虽不去大寨，等待母亲回来时，三三总很愿意听听说到那一面的事情。母亲一面说，一面望到三三的眼睛，这老人家懂得到三三心事。她自己以为十分懂得三三，所以有时话说得也稍多了一点，譬如关于白帽子的女人，如何照料白脸的男子那一类事，母亲说时总十分温柔，同时看三三的眼睛，也照样十分温柔，于是，这母亲，忽然又想到了远远的什么一件事，不再说下去；三三也想到了另外一件事，不必母亲说话了，这母女就沉默了。

砦子里人有次又过碾坊来了,来时三三已出到外边往下溪水车边采金针花去了。三三回碾坊时,望到母亲同那个管事先生商量什么似的在那里谈话,管事一见到三三,就笑着什么也不说。三三望望母亲的脸,从母亲脸上颜色,她看出像有些什么事,很有点蹊跷。

那管事先生见到三三就说:"三三,我问你,怎么不到堡子里去玩,有人等你!"

三三望到自己手上那一把黄花,头也不抬说:"谁也不等我。"

管事先生说:"你的朋友等你。"

"没有人是我的朋友。"

"一定有人!想想看,有一个人!"

"你说有就有吧。"

"你今年几岁,是不是属龙的?"

三三对这个谈话觉得有点古怪,就对母亲看着,不即作答。

管事先生却说:"你不说我也知道,你母亲还刚刚告我,四月十七,你看对不对?"

三三心想,四月十七,五月十八你都管不着,我又不希罕你为我拜寿。但因为听说是母亲告的,三三就奇怪,为什么母亲同别人谈这些话。她就对母亲把小小嘴唇扁了一下,怪着她不该同人说到这些,本来折的花应送给母亲,也不高兴了,就把花放在休息着的碾盘旁,跑出到溪边,拾石子打飘飘梭去了。

不到一会儿,听到母亲送那管事先生出来了,三三赶忙用背对到大路,装着望到溪对岸那一边牛打架的样子,好让管事先生走去。管事先生见三三在水边,却停顿到路上,喊三姑娘,喊了好几声,三三还故意不理会,又才听到那管事先生笑着走了。

管事先生走后,母亲说:"三三,进屋里来,我同你说话。"三三还是装作不听到,并不回头,也不作答。因为她似乎听到那个管事先生,临走时还说:"三三你还得请我喝酒。"这喝酒意思,她是懂得到的,所以不知为什么,今天却十分不高兴这个人。同时因为这个人同母亲一定还说了许多话,所以这时对母亲也似乎不高兴了。

到了晚上,母亲因为见到三三不说话,与平时完全不同了,母亲说:"三三,怎么,是不是生谁的气?"

三三口上轻轻的说:"没有。"心里却想哭一会儿。

过两天,三三又似乎仍然同母亲讲和了,把一切事都忘掉了,可是再也不提到大寨里去玩,再也不提醒母亲送鸡蛋给人了。同时母亲那一面,似乎也因为了一件事情,不大同三三提到城里的什么,不说是应当送鸡蛋到大寨去了。

日子慢慢的过着,许多人家田堤的新稻,为了好的日头同恰当的雨水,长出的禾穗皆垂了头。有些人家的新谷已上了仓,有些人家摘着早熟的禾线,春出新米各处送人尝新了。

因为寨子里那家嫁女的好日子快到了,搭了信来接母女两人过去陪新娘子。母亲正新为三三缝了一件葱绿布围裙要三三去住两天。三三没有什么理由可以说不去,所以母女二人就带了些礼物到寨子里来了。到了那个嫁女的家里,因为一乡的风气,在女人未出阁以前,有展览妆奁的习惯,一寨子的女人都可来看,就见到了那个白帽子的女人。她因为在乡下除了照料病人就无什么事情可作,所以一个月来在乡下就成天同乡下女人玩玩,如今随了别的女人来看嫁妆,所以就碰到了这母女两人。

一见面,这白帽子女人就用城里人的规矩,怪三三母亲,问为什么多久不到总爷家里来看他们;又问三三为什么忘了她。这母女两人自然什么也不好说,只按照到一个乡下人的方法,望到略显得黄瘦了的白帽子女人笑着。后来这白帽子的女人,就告给三三母亲,说病人的病还不什么好,城里医生来了一次,以为秋天还要换换地方,预备八月里就回城去,再要到一个顶远的有海的地方养息。因为不久就要走了,所以她自己同病人,都很想母女两人,同那个小小碾坊。

这白帽子女人又说:曾托过人带信要她们来玩的,不知为什么她们不来。又说她很想再来碾坊那小潭边钓鱼,可是因为天气热了一点,不好出门。

这白帽子女人,望到三三的新围裙,裙上还扣了朵小花,式样秀美,就说:

"三三,你这个围腰真美,母亲自己作的是不是?"

三三却因为这女人一个月以来脸晒红多了,就望到这个人的红脸好笑,笑中包含了一种纯朴的友谊。

母亲说:"我们乡下人,要什么讲究东西,只要穿得上身就好了。"因为母亲的话不大实在,三三就轻轻的接下去说:"可是改了三次。"

那白帽子女人听到这个话,向母女笑着:"老太太你真有福气,做你女儿的也真有福气。"

"这算福气吗?我们乡下人哪里比得城里人好。"

因为有两个人正抬了一盒礼过去,三三追了过去想看看是什么时,白帽子女人望着三三的背影:"老太太,你三姑娘陪嫁的,一定比这家还多。"

母亲也望那一方说:"我们是穷人,姑娘嫁不出去的。"

这些话三三都听到,所以看完了那一抬礼,还不即过来。

说了一阵话,白帽子女人想邀母女两人进砦子里去看看病人,母亲看到三三有点不高兴,同时且想起是空手,乡下人照例又不好意思空手进人家大门,所以就答应过两天再去。

又过了几天,母女二人在碾坊,因为谈到新娘子敷水粉的事情,想到白帽子女人的脸,一到乡下后就晒红了许多的情形,且想起那天曾答应人家的话了,所以母亲问三三,什么时候高兴去寨子里看"城里人"。三三先是说不高兴,到后又想了一下,去也不什么要紧,就答应母亲不拘哪一天去都行。既然不拘什么时候,那么,自然第二天就可以去了。

因为记起那白帽子女人说的话,很想来碾坊玩,故三三要母亲早上同去,好就便邀客来,到了晚上再由三三送客回去。母亲却因为想到前次送那两只鸡,客人答应了下次来吃,所以还预备早早的回来,好杀鸡款客。

一早上,母女两人就提了一篮鸡蛋,向大砦走去。过桥,过竹林,过小小山坡,道旁露水还湿湿的,金铃子像敲钟一样,叮叮的从草里发出声音来,喜鹊喳喳的叫着从头上飞过去。母亲走在三三的后面,看到三三苗条如一根笋子,拿着棍儿一面走一面打道旁的草,记起从前总爷家管事先生问过她的话,不知道究竟是些什么意思。又想到几天以前,白帽子女人说及的话,就觉得这些从三三日益长大快要发生的事,不知还有许多。

她零零碎碎就记起一些属于别人的印象来了……一顶凤冠,用珠子穿好的,搁到谁的头上?二十抬贺礼,金锁金鱼,这是谁?……床上撒满了花,同百果莲子枣子,这是谁?……那三三是不是城里人?……

若不是滑了一下,向前一蹿,这梦还不知如何放肆做下去。

因为听到母亲口上连作呕呕,三三才回过头来:"娘,你怎么,想些什么,差点儿把鸡蛋篮子也摔了。你想些什么?"

"我想我老了,不能进城去看世界了。"

"你难道欢喜城里吗?"

"你将来一定是要到城里去的!"

"怎么一定?我偏不上城里去!"

"那自然好极了。"

两人又走着,三三忽然又说:"娘,娘,为什么你说我要到城里去?你怎么想起这件事?"

母亲忙分辩说:"你不去城里,我也不去城里。城里天生是为城里人预备的,我们有我们的碾坊,自然不会离开。"

不到一会儿,就望到大寨那门楼了,门前有许多大榆树和梧桐。两人进了寨门向南走,快要走到时,就望见榆树下面,有许多人站立,好像在看热闹，其中还有一些人，忙手忙脚的搬移一些东西，看情形好像是发生了什么事情，或者来了远客，或者还是别的原因。母女两人也不什么出奇，依然慢慢的走过去。三三一面走一面说："莫非是衙门的委员来了，娘，我在这里等你，你先过去看看吧。"母亲随随便便答应着，心里觉得有点蹊跷，就把篮子放下要三三等着，自己赶上前去了。

这时恰巧有个妇人抱了自己孩子向北走，预备回家去，看到三三了，就问："三三，怎么你这样早，有些什么事？"但同时却看到了三三篮里的鸡蛋了，"三三，你送谁的礼呢？"

三三说："随便带来的。"因为不想同这人说别的话，于是低下头去，用手盘弄那个盘云的绿围腰扣子。

那妇人又说："你娘呢？"

三三还是低着头用手向南方指着："过那边去了。"

那女人说："那边死了人。"

"是谁死了？"

"就是上个月从城中搬来在总爷家养病的少爷，只说是病，前一些日子还常常出外面玩，谁知忽然就死了。"

三三听到这个，心里一跳，心想，难道是真话吗？

这时节，母亲从那边也知道消息了，匆匆忙忙的跑回来，心门冬冬跳着，脸儿白白的，到了三三跟前，什么话也不说，拉着三三就走，好像是告三三，又像是自言自语的说："就死了，就死了，真不像会死！"

但三三却立定了，问："娘，那白脸先生死了吗？"

"都说是死了的。"

"我们难道就回去吗？"

母亲想想，真的，难道就回去？

因此母女两人又商量了一下，还是到过去看看，好知道究竟是些什么原因。三三且想见见那白帽子女人，找到白帽子女人，一切就明白了。但一走进大门边，望见许多人站在那里，大门却敞敞的开着，两人又像怕人家知道她们是来送礼的，不敢进去。在那里就听到许多人说到这个白脸人的一切，说到那个白帽子女人，称呼她为病人的媳妇，又说到别的，都显然证明这些人并不和这两个城里人有什么熟识。

三三脸白白的拉着母亲的衣角，低声的说："娘，走。"两人就走了。

到了碾坊，因为有人挑了谷子来在等着碾米，母亲提着蛋篮子进去了，三三站立溪边，望到一泓碧流，心里好像掉了什么东西，极力去记忆这失去的东西的名称，却数不出。

母亲想起三三了，在里面喊着三三的名字，三三说："娘，我在看虾米呢。"

"来把鸡蛋放到坛子里去，虾米在溪里可以成天看！"因为母亲那么说着，三三只好进去了。水闸门的闸板已提起，磨盘正开始在转动，母亲各处找寻油瓶，为碾盘轴木加油，三三知道那个油瓶挂在门背后，却不作声，尽母亲各处去找。三三望着那篮子，就蹲到地下去数着那篮里的鸡蛋，数了半天，到后碾米的人，问为什么那么早拿鸡蛋到别处去，送谁，三三好像不曾听到这个话，站起身来又跑出去了。

一九三一年八月五日至九月十七日作于青岛
（选自《虎雏》）

边城　沈从文小说菁华

黔小景

导读："黔小景"是"贵州某处风景一角"的意思。小说写的是两个客商遇雨，一起躲在一户道路旁人家（客栈）里的小事。沈从文以细致的生活描写做铺垫，生死、离别的大事就这么波澜不惊地发生了。生活的轮子在平淡中碾过，各人还要继续各人的生活。小说标题为"黔小景"，沈从文虽然只截取了贵州深山一个小客栈里发生的故事，却表现了当时贵州特定人群的生活面貌。

三月间的贵州深山里，小小雨总是特别多，快出嫁时乡下姑娘们的眼泪一样，用不着什么特殊机会，也常常可以见到。春雨落过后，大小路上烂泥如膏，远山近树全躲藏在烟里雾里，各处有崩坏的土坎，各处有挨饿太久全身黑黢黢的老鸦，天气早晚估计到时常常容易发生错误，许多小屋子里，都有面色憔悴的妇人，望到屋檐外的景致发愁。

小说多次写到春雨，但这"贵如油"的春雨并没有带给人们希望与惬意，反而使故事一开篇就笼罩在阴沉压抑的色调中。春雨也是小说人物内心孤独凄凉的折射。

官路上，这时节正有多少人在泥里雨里奔走。这些人中有作兵士打扮送递文件的公门中人,有向远亲奔差事的人,有骑了马回籍的小官,有行法事的男女巫师,别忘记,这种人有时是穿了鲜明红色缎袍,一边走路一边吹他手中所持镶银的牛角,招领到一群我们看不见的天兵天将鬼神走路的。单独的或结伴的走着。最多的是小商人,这些活动分子,似乎为了一种行路的义务,长年从不休息,在这官路上来往。他们从前一辈父兄传下的习惯,用一百八十的资本,同一具强健结实的身体,如云南小马一样,性格是忍劳耐苦的,耳目是聪明适用的;凭了并不有十分把握的命运,只按照那个时节的需要,三五成群的扛负了棉纱,水银,白蜡,桴子,官布,棉纸,以及其他两地所必需交换的出产,长年用这条长长有名无实的官路,折磨他们那两只脚,消磨到他们的每一个日子中每人的生命。

小说在主要情节展开之前,先介绍了在深山官路上往来奔走的各色人等,为下文两个商人的见闻呈现了清晰的背景。

因为新年的过去,新货物在节候替移中,有了巨量的吞吐出纳,各处春货都快要上市了,加之雪后的春晴,行路方便,这些人,各在家中先吃得饱饱的,睡得足足的,选了好的日子上路。官路上商人增加了许多,每一个小站上,也就热闹了许多。

但吹花送寒的风,却很容易把春雨带来。春雨一落后,路上难走了。在这官路上作长途跋涉的人,因此就有了一种灾难。落了雨,日子短了许多,许多心急的人,也不得不把每日应走的里数缩短,把到达目的地的日子延长了。

于是许多小站上的小客舍里,天黑以前都有了商人落脚。这些人一到了站上,便像军队从远处归了营,纪律总不大整齐,因此客舍主人便忙碌起来了。他得为他们预备水,预备火,照料一切,若客人多了一点,估计坛子里余米不大敷用时,还得忙匆匆的到别一家去借些米来。客人好吃喝时,还得为他们备酒杀鸡。主人为客烧汤洗脚,淘米煮饭,忙了一阵,到后在灶边矮脚台凳上,辣子豆腐牛肉干鱼排了一桌子,各人喝着滚热的烧酒，嚼着粗粝的米饭。把饭吃过后，就有了许多为雨水泡得白白的脚，在火堆边烘着，那些善于说话的人，口中不停说着各样在行的言语，谈到各样撒野粗糙故事。火光把这些饶舌的或沉默的人影，各拉得长短不一，映照到墙上去。过一会儿，说话的沉默了。有人想到明早上路的事，打了哈欠，有人打了盹，低下头时几几乎把身子栽到火中去。火光也渐渐熄灭了，什么人用铁火箸搅和着，便骤然向上卷起通红的火焰。外面雨声或者更大了一点，或者已结束了，于是这些人，觉得应当到了睡觉时候了。

到睡时，主人必在屋角的柱上，高高的悬着一盏桐油灯，站到一个凳子上去把灯芯爬亮了一点，这些人，到门外去方便了一下。因为看到外面极黑，便说着什么地方什么时节豹狼吃人的旧话，虽并不畏狼，总问及主人，这地方是不是也有狼把双脚搭在人背后咬人颈项的事情。一面说着，各在一个大床铺的草荐上，拣了自己所需要的一部分，拥了发硬微臭的棉絮，就这样倒下去睡了。

半夜后，或者忽然有人为什么声音吼醒了。这声音一定还继续短而洪大的吼着，山谷相应，谁个听来也明白这是老虎的声音。这老虎为什么发吼，占据到什么地方，生谁的气？这些人是不会去猜想的。商人中或者有贩卖虎皮狼皮的人，听到这个声音时，他就估计到这东西的价值，每一张虎皮到了省会客商处，能值多少钱。或者所听到的只是远远的火炮同打锣声音，人可想得出，这时节一定有什么人攻打什么村子，各处是明亮的火把，各处是锋利的刀，无数用锅烟涂黑的脸，在各处大声喊着。一定有砍杀的事，一定有妇人惊惊惶惶哭哭啼啼抱了孩子，忙匆匆的向屋后竹园茨棚跑去的事，一定还有其他各样事情。因为人类的仇怨，使人类作愚蠢事情的机会，实在太多了。但这类事同商人又有什么关系？这事是决不会到他们头上来的。一切抢掠焚杀的动机，在夜间发生的，多由于冤仇而来。听一会儿，锣声止了，他们也仍然又睡着了。

有一天，有那么两个人，落脚到一个孤单的客栈里。一个扛了一担作账簿用的棉纸,一个扛了一担染色用的五棓子。他们因为在路上耽误了些时间,掉在大帮商人后面了几里路,不能追赶上去。落雨的天气照例断黑又极早,年纪大一点的那个人,先一日腹中作泻,这时也不愿意再走路了,所以不到黄昏,两人就停顿下来了。

他们照平常规矩,到了站,放下了担子,等候烧好了水,就脱下草鞋,一同在灶边一个木盆里洗脚。主人是一个孤老,头上发全是白的,走路腰弯弯的如一匹白鹤。今天是他的生日,这老年人白天一个人还念到这生日,想不到晚上就来那么两个客人了。两个客一面洗脚,一面就问有什么吃的。

这老人站到一旁好笑,说:"除了干豇豆,什么也没有了。"

年青那个商人说:"你们开铺子,用豇豆待客吗?"

"平常有谁肯到我们这里住?到我这儿坐坐的,全是接一个火吃一袋烟的过路人。我这干豇豆本来留着自己吃的,你们是我这店里今年第一人客。对不起你们,马马虎虎凑乎吃一顿吧。我们这里买肉,远得很,这里隔寨子,还有二十四里路,要半天工夫。今天本来预备托人买点肉,落了雨,前面村子里就无人上市。"

"除了豇豆就没有别的吗?"客人意思是有没有鸡蛋。

老人说:"还有点红薯。"

红薯在贵州乡下人当饭,在别的什么地方,城里人有时却当菜,两个客人都听人说过,有地方,城里人吃红薯是京派,算阔气的,所以现在听到说红薯当菜就都记起"京派"的称呼,以为非常好笑,两人就很放肆的笑了一阵。

因为客人说饿了,这主人就爬到凳子上去,取那些挂在梁上的红薯,又从一个坛子里抓取干豇豆,坐到大门边,用力在一个小砧上,轧着那些豇豆条。

这时门外边雨似乎已止住了,天上有些地方云开了眼,云开处皆成为桃红颜色,远处山上的烟雾好像极力在凝聚,一切光景在到黄昏里明媚如画，看那样子明天会放晴了。

坐在门边的主人，看到天气放了晴，好像十分快乐，拿了筛子放到灶边去，像小孩子的神气自言自语说着："晴了，晴了，我昨天做梦，也梦到今天会晴。"有许多乡下人，在落春雨时都只梦到天晴，所以这时节，一定也有许多人，在向另一个人说他的梦。

他望着客人把脚洗完了，赶忙走到房里去，取出了两双鞋子来给客人。那个年青一点的客，一面穿鞋一面就说："怎么你的鞋子这样同我的脚合式！"

年长商人说："老弟，穿别人的新鞋非常合式，主有酒吃。"

年青人就说："伯伯，那你到了省城一定得请我喝一杯。"

年长商人就笑了："不，我不请你喝。这兆头是中在你讨媳妇的，我应当喝你的喜酒。"

"我媳妇还在吃奶咧。"同时他看到了他伯伯穿那双鞋子，也似乎十分相合，就说："伯伯，你也有喜酒吃。"

两个人于是大声的笑着。

那老人在旁边听到这两个客人的调笑，也笑着。但这两双鞋子，却属于他在冬天刚死去的一个儿子所有的。那时正似乎因为两个商人谈到家庭儿女的事情，年青人看到老头子孤孤单单的在此住下，有点怀疑，生了好奇的心。

"老板，你一个人在这里住吗？"

"我一个人。"说了又自言自语似的，"嗳，就是我一个人。"

<u>年轻商人问老人是不是独居，老人先说"我一个人"，接着又说"嗳，就是我一个人"，这一回答表现了他内心的悲凉。</u>

"你儿子呢？"

这老头子这时节，正因为想到死去的儿子，有些地方很同面前的年青人相像，所以本来要说"儿子死了"，但忽然又说："儿子上云南做生意去了。"

那年长一点的商人,因为自己儿子在读书,就问老板,在前面过身的小村子里,一个学塾,是"洋学堂"还是"老先生"?

这事老板并不明白,所以不作答,就走过水缸边去取水瓢,因为他看到锅中的米汤涨腾溢出,应当取点米汁了。

两个商人鞍了鞋子,到门边凳子上坐下,望到门外黄昏的景致。望到天,望到山,望到对过路旁一些小小菜圃(油菜花开得黄澄澄的,好像散碎金子)。望到踏得稀烂的那条山路(估晴过三天还不会干)。一切调子在这两个人心中引起的情绪,都没同另外任何时节不同,而觉得稍稍惊讶。到后倒是望到路边屋檐下堆积的红薯藤,整整齐齐的堆了许多,才诧异老板的精力,以为在这方面一个生意人比一个农人大大不如。他们于是说,一个跑山路飘乡商人不如一个农人好,一个商人可是比一个农人生活高。因为一个商人到老来,生活较好时,总是坐在家里喝酒,穿了庞大的山狸皮袄子,走路时摇摇摆摆,气派如一个乡绅。但乡下人就完全不同了。两叔侄因为望到这些干藤,到此地一钱不值,还估计这东西到城里能卖多少钱。可是这时节,黄昏景致更美丽了,晚晴正如人病后新愈,柔和而十分脆弱,仿佛在微笑,又仿佛有种忧愁,沉默无言。

写商人看门外的黄昏景致,说盛开的油菜花像散碎的金子,既符合商人的视角,也暗含了沈从文对他们漠视老人不幸遭遇的批评。

这时老板在屋里,本来想走出去,望到那两个客人用手指点对面菜畦,以为正指到那个土堆,就不出去了。那土堆下面,就埋得有他的儿子,是在这人死过一天后,老年人背了那个尸身,埋在自己挖掘的土坑里,再为他加上二十撮箕生土做成小坟,留下个标志的。

慢慢的夜就来了。

屋子里已黑暗得望不分明物件,在门外边的两个商人,回头望到灶边一团火光,老板却痴坐在灶边不动。年青人就喊他点灯:"老板,有灯吗?

点个火吧。"这老人才站起来,从灶边取了一根一端已经烧着的油松树枝子,在空中划着,借着这个微薄闪动的火光去找取屋角的油瓶。因为这人近来一到夜时就睡觉,不用灯火也有好几个月了。找着了贮桐油的小瓶,把油倒到灯盏里去后,他就把这个燃好的灯,放到灶头上预备炒菜。

在屋子里已经非常黑暗的时候,老人却还坐在灶边不动,没有给客人点灯;因为他的生活过于拮据,早已用不起灯火了。

吃过晚饭后,这老人就在锅里洗碗,两个商人坐在灶口前,用干松枝塞到灶肚里去,望到那些松枝着火时,訇然一轰的情形,觉得十分快乐。

到后,洗完了碗,只一会儿,老头子就说,应当去看看睡处,若客人不睡,他想先睡。

把住处看好后,两个商人仍然坐在灶边小凳子上,称赞这个老年人的干净,以为想不到床铺比别处大店里还好。

老人说是要睡,已走到他自己那个用木头隔开的一间房里睡去了。不过一会儿,这人却又走出来,说是不想就睡,傍到两个商人一同在灶边坐下了。

几个人谈起话来,他们问他有六十几,他说应当再加十岁去猜。他们又问他住到这里有了多久,他说,并不多久,只二三十年。他们问他还有多少亲戚,在些什么地方,他就像为哄骗自己原因的样子,把一些多年来已经毫无消息了的亲戚,一一的数着,且告诉他们,这些人在什么地方,做些什么事。他们问他那个上云南做生意的儿子,什么时候回来看他一次,他打量了一下,就说:"冬天过年来过一次,还送了他云南出的大头菜。"

说了许多他自己都不甚明白的话,自己为什么有那么多话可说,使他自己也觉得今天有点奇怪。平常他就从没有想到那些亲戚熟人,也从不想到同谁去谈这些事,但今天很显然的,是不必谈到的也谈到,而且近于自慰的谎话也说得很多了。到后,商人中那个年长的,提议要睡了,这侄儿却以为时间还太早了一点,托故他还不消化,要再缓一点。因此年长商人睡后，年青商人还坐到那条板凳上，又同老头子谈了许久闲话。

年过七旬的老人无依无靠。他失去了相依为命的儿子，孤独地经营着位置偏僻、罕有人到的客栈，他渴望关爱。在生日当天，他幸运地迎来了两位客人。老人本想早睡，又想和客人聊天，但最终并未如实说出自己的情况，这说明他既想把心中苦痛倾诉出来，又不想博取同情。他与他们深夜长谈，编造谎话来安慰自己。因为年轻商人与自己死去的儿子相像，他不忍心讲出儿子已死去的实情。足见他是一个自尊心强且心地善良的人。

到末了，这年青商人也睡去了，老头子一面答应着明天早早的喊叫客人，一面还是坐在灶边，望着灶口的闪烁火光，不即起身。

第二天天明以后，他们起来时，屋子还黑黑的，到灶边去找火媒燃灯，希奇得很，怎么老板还坐在那凳上，什么话也不说。开了大门再看看，才知道原来这人半夜里死了。

老人在生日当夜孤独地死去，反差强烈，突出了他不幸的处境。

这两个商人到后自然又上路了。他们已经跑到邻近小村子里，把这件事告给了村子里人，且在住宿应给的数目以外，另外加了一点钱。那么老了一个孤人，自然也很应当死掉了，如今恰恰在这一天死去，幸好有个人知道，不然死后到全身爬得是蛆时，还恐怕不会被人发现。乡下人那么打算着，这两个商人，自然就不会再有什么理由被人留难了。在路上，他们又还有路上的其他新事情，使他们很自然的也就忘掉那件事了。

他们在路上，在雨后崩坍的土坎旁，新的翻起的土堆上，发现印有巨大的山猫的脚迹，知道白天这地方是人走的路，晚上却是别的东西走的路，望了一会儿，估计了一下那脚迹的大小，过身了。

在什么树林子里，还会出人意外发现一个希奇的东西，悬在迎面的大树枝桠上，这用绳索兜好的人头，为长久雨水所淋，失去一个人头原来的式样，有时非常像一个女人的头。但任何人看看，因为同时想起这人就是先一时在此地抢劫商人的强盗,所以各存戒心,默默的又走开了。

路旁有时躺得有死人,商人模样或军人模样,为什么原因,在什么时候死到这里,无人过问,也无人敢去掩埋。依然是默默的看看,又默默的走开了。

村里人觉得老人去世是自然而然的事情,甚至为他死时能被人发现感到庆幸,表现了底层人群卑微的生存状态,强化了小说的表现力。村里人和商人都把老人的去世看作很平常的事,与小说冷静、克制的叙述方式自然地融合,突显了人们对生命的冷漠和麻木,暗示了当时社会的苦难之深重。商人们上路后因为还有其他新事情要忙,很快就把老人的死忘记了,与开篇"最多的是小商人……长年从不休息,在这官路上来往"呼应。沈从文让老人在向客人们倾诉后死去,而人们的生活还要继续下去,要为了生存继续奔波,作者在这里表达出悲悯的情怀。

在这条官路上,有时还可碰到二十三十的兵士,或者什么县里的警备队,穿了不很整齐的军服,各把长矛子同发锈的快枪扛到肩膊上,押解了一些满脸菜色受伤了的人走着。同时还有些一眼看来尚未成年的小孩子,用稻草扎成小兜,装着四个或两个血淋淋的人头,用桑木扁担挑着,若商人懂得规矩,不必去看那人头,也就可以知道那些头颅就是小孩的父兄,或者是这些俘虏的伙伴。有时这些奏凯而还的武士,还牵得有极膘壮的耕牛,挑得有别的家里杂用东西。这些兵士从什么地方来,到什么地方去,奉谁的命令,杀了那么多人,从什么聪明人领教学得把人家父兄的头割下后,却留下一个活的来服务?这都像早已成为一种习惯,真实情形谁也不明白,也不必须过问的。

商人在路上所见的虽多,他们却只应当记下一件事,是到地时怎么样多赚点钱。因为这个理由,所以他们同税局的稽查验票人,在某一种利益相通的事情上,好像就有一种希奇的"友谊"或谅解必须成立。如何达到目的,一个商人常常在路上也很费思索的。

小说通过客栈老板的悲剧，批判了人们面对死亡的漠然。同时也告诉我们，人与人之间需要彼此关爱，并应以此来驱赶孤独。

一九三一年十月十日

（选自《虎雏》）

边城　沈从文小说菁华

雪晴

导读：这篇小说讲述的是一个叫巧秀的姑娘跟一个吹唢呐的人"跑了"的故事。为了更好地理解小说的主题，建议你把这篇小说和下一篇《巧秀和冬生》合并起来阅读，因为后者追叙了这之前发生的事情。

竹林中一片斑鸠声，浸入我迷蒙意识里。一切都若十分陌生又极端荒唐。这是我初到"高枧"地方第二天一个雪晴的早晨。

我躺在一铺楠木雕花大板床上，包裹在带有干草和干果香味的新被絮里。细白麻布帐子如一座有顶盖的方城，在这座方城中，我已甜甜的睡足了十个钟头。昨天在二尺来深雪中走了四五十里山路的劳累已恢复过来了。房正中那个白铜火盆，昨夜用热灰掩上的炭火，不知什么时候已被人拨开，加上了些新栗炭，从炭盆中小火星的快乐爆炸继续中，我渐次由迷蒙渡到完全清醒。我明白，我又起始活在一种现代传奇中了。

昨天来到这里以前，几个人几只狗在积雪被覆的溪涧中追逐狐狸，共同奔赴蹴起一阵如云如雾雪粉，人的欢呼兽的低噪所形成一种生命的律动，和午后雪晴冷静景物相配衬，那个动人情景再现到我的印象中时，已如离奇的梦魇。加上初初进到村子里，从融雪带泥的小径，绕过了碾坊、榨油坊，以及夹有融雪寒意半涧溪水如奔如赴的小溪河迈过，转入这个有喜庆事的庄宅。在灯火煌煌笳鼓竞奏中，和几个小乡绅同席对杯，参加主人家喜筵的热闹，所得另外一堆印象，增加了我对于现实处境的迷惑。因此各个印象不免重叠起来。印象虽重叠却并不混淆，正如同一支在演奏中的乐曲，兼有细腻和壮丽，每件乐器所发出的每个音响，即使再低微也异常清晰，且若各有位置，独立存在，一一可以摄取。新发酵的甜米酒，照规矩连缸抬到客席前，当众揭开盖覆，一阵子向上泛涌泡沫的滋滋细声，却不曾被院坪中尖锐呜咽的唢呐声音所淹没。屋主人的老太太，银白头发上簪的那朵大红山茶花，在新娘子十二幅大红绉罗裙照映中，也依然异样鲜明。还有那些成熟待年的女客人，共同浸透了青春热情黑而有光的眼睛，亦无不如各有一种不同分量压在我的记忆上。我眼中被屋外积雪返光形成一朵紫茸茸的金黄镶边的葵花，在荡动不居情况中老是变化，想把握无从把握，希望它稍稍停顿，也不能停顿。过去印象也因之随同这个而动荡、鲜明、华丽，闪闪灼灼摇摇晃晃。

眼中的葵花已由紫和金黄转成一片金绿相错的幻画，还正旋转不已。

……筵席上凡是能喝的，都醉倒了。住处还远应走路的，点上火燎唱着笑着回家了。奏乐帮忙的，下到厨房，用烧酒和大肉丸子肥腊肉肿了脖子，补偿疲劳，各自方便，或抱了大捆稻草，钻进空谷仓房里去睡觉，或晃着火把，上油坊玩天九牌过夜去了，我自然也得有个落脚处。一家之主的老太太，站在厅堂前面，张罗周至的打发了许多事情后，就手抖抖的，举起一个芝麻秆扎成的火炬，准备引导我到一个特意为我安排好住处去。面前的火炬照着我，不用担心会滑滚到雪中，老太太白发上那朵大红山茶花，恰如另外一个火炬，使我回想起三十年前祖母辈分老一派贤惠能勤一家之主的种种。但是我最关心的，还是跟随我身后，抱了两床新装钉的棉被，一个年青乡下大姑娘，也好像一个火炬。我还不知道她是什么人。她原来在厅前灯光所不及处,和一个收拾乐器的乡下人说话,老太太在厅中间:"巧秀,巧秀,可是你?""是我!""是你,你就帮帮忙,把铺盖送到后屋里去。"于是三个人从先一时还灯烛煌煌笳鼓竞奏的正厅,转入这所大庄宅最僻静的侧院。两种环境的对照,以及行列的离奇,已增加了我对于处境的迷惑。到住处房中后,四堵白木板壁把一盏灯罩擦得清亮的美孚灯灯光聚拢,我才能够从灯光下,看清楚为我抱衾抱裯的一位面目。十七岁年纪,一双清亮的眼睛,一张两角微向上翘的小嘴,一个在发育中肿得高高的胸脯,一条乌梢蛇似的大发辫。说话时一开口即带点羞怯的微笑,关不住青春生命秘密悦乐的微笑。可是,事实上这时节她却一声不响,不笑,只静静站在那个楠木花板大床边,帮同老太太为我整理被盖。我站在屋正中火盆边,一面烘手,一面游目四瞩,欣赏房中的动静:那个似静实动的白发髻上的大红山茶花,似动实静的十七岁姑娘的眉目和四肢,……那双清明无邪的眼睛,在这个万山环绕不上二百五十户人家的小村落中看过了些什么事情?那张含娇带俏的小嘴,到想唱歌时,应当唱些什么歌?还有那颗心,平时为屋后大山豺狼的长嗥声,盘在水缸边碗口大黄喉蛇的歇凉呼气声,训练得稳定结实,会不会还为什么新事情而剧烈跳跃?我难道还不愿意放弃作一个画家的痴梦?真的画起来,第一笔应捕捉眼睛上的青春光辉,还是应保持这个嘴角边的温情笑意?我还觉得有点不可解,整理床铺,怎么不派个普通长工来帮忙,岂不是大家省事?既要来,怎么不是一个人,还得老太太同来?等等就会走去,难道也必须和老太太两人一道走?倘若不,我又应当怎么样?这一切,对于我真是一份离奇的教育。我不由得不笑了。在这些无头无绪遐想中,我可说是来到乡下的"乡下人"。

我说:"对不起,对不起,我这客人真麻烦老太太!麻烦这位大姐!老太太实在过累了,应当早早休息了吧。"

从那个忍着笑代表十七岁年纪微向上翘的嘴角,我看出一种回答,意思清楚分明。

"哪样对不起？你们城里人就会客气。"

的确是，城里人就会客气，礼貌周到，然而总不甚诚实得体。好像这个批评当真是从对面来的，我无言可回，沉默了。

到两人为我把床铺整理好时，老太太就拍一拍那个绣有"长命富贵"的扣花枕帕的旧式硬枕，口中轻轻的近于祝愿的语气说："好好睡，睡到大亮再醒，不叫你你就莫醒！"且把衣袖中预藏的一个小小红纸包儿，悄悄的塞到枕头下去。我虽看见只装作不曾看见。于是，两个人相对笑笑，有会于心的笑笑，像是办完一件大事，摇摇灯座，油还不少，扭一扭灯头，看机关灵活不灵活。又验看一下茶壶，炖在炭盆边很稳当。一种母性的体贴，把凡是想得到的都注意一下，再就说了几句不相干闲话，一齐走了。我因之陷入一种完全孤寂中。听到两人在院转角处踏雪声和笑语声。这是什么意思？充满好奇的心情，伸手到枕下掏摸，果然就抓住了一样东西，一个被封好的谜。试小心裁开一看，原来是包寸金糖，知道老太太是依照一种乡村古旧的仪式。乡下习惯，凡新婚人家，对于未结婚的陌生男客，照例是不留宿的。若特别客人留在家下住宿时，必祝福他安睡。恐客人半夜里醒来有所见闻，大早不知忌讳，信口胡说，就预先用一包糖甜甜口，封住了嘴。一切离不了象征。唯其象征，简单仪式中即充满牧歌的抒情。我因为记得一句俗话，"入境问俗"，早经人提及过，可绝想不到自己即参加了这一角。我明早上将说些什么？是不是凡这时想起的种种，也近于一种忌讳？五十里的雪中长途跋涉，已把我身体弄得十分疲倦，在灯火煌煌笳鼓竞奏的喜筵上，甜酒和笑谑所酿成的空气中，乡村式的欢乐的流注，再加上那个十七岁乡下大姑娘所能引起我的幻想或联想，似乎把我灵魂也弄得相当疲倦。因此，躺入那个暖和、轻软、有干草干果香味的棉被中，不多久，就被睡眠完全收拾了。

现在我又呼吸于这个现代传奇中了。炭盆中火星还在轻微爆炸。假若我早醒五分钟，是不是会发现房门被一只手轻轻推开时，就有一双眼睛一张嘴随同发现?是不是忍着笑蹑起脚进到房中后,一面整理火盆,一面还向窗口悄悄张望,一种朴质与狡猾的混合,只差开口:"你城里人就会客气。"到这种情形下,我应当忽然跃起,稍微不大客气的惊吓她一下,还是尽含着糖,不声不响?我不能够这样尽躺着。油紫色带锦绶的斑鸠,已在雪中咕咕咕呼朋集伴。我得看看雪晴侵晨的庄宅,办过喜事后的庄宅,那分零乱,那分静。屋外的溪涧、寒林和远山,为积雪掩覆初阳照耀那分调和,那分美。还有雪原中路坎边那些狐兔鸦雀经行的脚迹,象征生命多方的图案画。但尤其使我发生兴趣感到关切的,也许还是另外一件事情。新娘子按规矩就得下厨,经过一系列亲友预先布置的开心笑料,是不是有些狼狈周章?大清早和丈夫到井边去挑水时,是个什么情景?那一双眉毛,是不是当真于一夜中就有了变化,一眼望去即能辨别?有了变化后,和另外那一位年纪十七岁的成熟待时大姑娘比较起来,究竟有什么不同处?……

　　盥洗完毕,走出前院去,尽少开口胡说。且想找寻一个人,带我到后山去望望并证实所想象的种种时,"莫道行人早,还有早行人",不意从前院大胡桃树下,便看见那作新郎的朋友,正蹲在雪地上一大团毛物边,有所检视。才知道新郎还是按照向例,天微明即已起身,带了猎枪和两个长工,上后山绕了一转,把装套处一一看过,把所得的已收拾回来。从这个小小堆积中,我发现了两只麻兔,一只长尾山猫,一只灰獾,两匹黄鼠狼。装置捕机的地面,不出庄宅后山,半里路范围内,一夜中即有这么多触网入彀的生物。而且从那不同的形体,不同的毛色,想想每一个不同的生命,在如何不同情形中,被大石块压住腰部,头尾翘张,动弹不得;或被圈套扣住了前脚高悬半空挣扎得精疲力尽,垂头死去;或是被机关木梁竹签,扎中肢体某一部分,在痛苦惶惧中,先是如何努力挣扎,带着绝望的低嘶,挣扎无从,精疲力尽后,方充满悲苦的激情,沉默下来,等待天明,到末了还是终不免同归于尽。这一摊毛茸茸的野物,陈列在这片雪地上,真如一幅动人的图画。但任何一种图画,却不曾将这个近乎不可思议的生命的复杂与多方，好好表现出来。

后园竹林中的斑鸠呼声，引起了朋友的注意。我们于是一齐向后园跑去。朋友洒了一把绿豆到雪地上，又将另一把绿豆灌入那支旧式猎枪中，藏身在一垛稻草后，有所等待。不到一会儿，枪声响处，那对飞下雪地啄食绿豆的斑鸠，即中了从枪管喷出的绿豆，躺在雪中了。吃早饭时，新娘子第一回下厨做的菜中，就有一盘辣子炒斑鸠。

一面吃饭一面听新郎述说下大围猎虎故事，使我仿佛加入了那个在自然壮丽背景中，人与另外一种生物充满激情的剧烈争斗与游戏过程。新娘子的眉毛还是弯弯的，引起我老想要问一句话，又像因为昨夜晚老太太塞在枕下那一包糖，当真封住了口，无从启齿。可是从外面跑来的一个长工，却代替了我，打破了桌边沉默，在桌前向主人急促陈述：

"老太太，队长，你家巧秀，有人在坳上亲眼看见过。昨天吹唢呐的那个中寨人，把你家大姑娘巧秀拐跑了。一定是向鸦拉营方向跑，要追还追得上。巧秀背了个小小包袱，还笑嘻嘻的！"

"嘻，咦！"一桌吃饭的人，都为这个消息给愣住了。这个集中情绪的一刹那，使我意识到一件事，即眉毛比较已无可希望。

我一个人重新枯寂的坐在这个小房间火盆边，听着炖在火盆上铜壶的白水沸腾，好像失去了一点什么，不经意被那一位收拾在那个小小包袱中，带到一个不可知的小地方去了。不过事实上倒应当说"得到"了一点什么。只是得到的究竟是什么？我问你。算算时间，我来到这个乡下还只是第二天，除掉睡眠，耳目官觉和这里一切接触还不足七小时，生命的丰满、洋溢，把我的感情或理性，已给完全混乱了。

阳光上了窗棂，屋外檐前正滴着融雪水。我年纪刚满十八岁。

一九四六年十月十二日重写

（选自《雪晴》）

边城　沈从文小说菁华

巧秀和冬生

导读：这两篇小说写的是寡妇巧秀娘追求爱情却招致被沉潭的悲剧故事。小说描写了封建宗法制度的残酷和野蛮，表达了对湘西女子忠贞执着爱情的叹惋。巧秀娘这样一个刚烈、正直、忠贞的女子，终究难逃被虚伪、狠毒、心怀鬼胎的族长沉潭的命运。作品对封建专制统治者进行了无情的揭露，他"既为一族之长，又读过圣贤书，实有维持道德风化的责任，当然也并不讨厌那个青春康健光鲜鲜的肉体；讨厌的倒是，'肥水不落外人田'，这肉体被外人享受"。专制统治者和残酷野蛮的封建宗法制度的虚伪与丑恶暴露无遗。沈从文在这两篇小说中探索了乡村社会的腐化现象和伦理道德的转变。

雪在融化。田沟里到处有注入小溪河中的融雪水，正如对于远海的向往，共同作成一种欢乐的奔赴。来自留有残雪溪涧边竹篁丛中的山鸟声，比地面花草占先透露出一点春天消息，对我更俨然是种会心的招邀。就中尤以那个窗后竹园的寄居者，全身油灰、颈脖间围了一条锦带的斑鸠，作成的调子越来越复杂，也越来越离奇，好像在我耳边作成一种对话，代替我和巧秀的对话：

"巧秀,巧秀,你可当真要走?你千万莫走!"

"哥哥,哥哥,喔。你可是叫我?你从不理我,怎么好责备我?"

原本还不过是在晓梦迷蒙里,听到这个古怪荒谬的对答,醒来不免十分惆怅。目前却似乎清清楚楚的,且稍微有点嘲谑意味,近在我耳边诉说。我再也不能在这个大庄院住下了。因此用"欢喜单独"作理由,迁移了个新地方,村外药王宫偏院中小楼上。这也可说正是我自己最如意的选择。因为庙宇和村子有个大田坝隔离,地位完全孤立。生活得到单独也就好像得到一切,为我十八岁年纪时来这里作客所需要的一切。

我一生中到过许多希奇古怪的去处,过了许多式样不同的桥,坐过许多式样不同的船,还睡过许多式样不同的床。可再没有比半月前在满家大庄院中那一晚,躺在那铺楠木雕花大床上,让远近山鸟声和房中壶水沸腾,把生命浮起的情形心境离奇。以及迁到这个小楼上来,躺在一铺硬板床上,让远近更多山鸟声填满心中空虚所形成的一种情绪更幽渺难解!

院子本来不小,大半都已被细叶竹科植物所遮蔽,只余一条青石板砌成的走道可以给我独自散步。在丛竹中我发现有宜于作手杖的罗汉竹和棕竹,有宜于作箫管的紫竹和白竹,还有宜于作钓鱼竿的蛇尾竹。这一切性质不同的竹子,却于微风疏刷中带来一片碎玉倾洒,带来了和雪不相同的冷。更见得幽绝处,还是那个小楼屋脊。因为地方特别高,宜于遥瞻远瞩,几乎随时都有不知名鸟雀在上面歌呼,有些见得分外从容,完全无为的享受它自己的音乐,唱出生命的欢欣。有些又显然十分焦躁,如急于招朋唤侣,而表示对于爱情生活的渴望。那个油灰色斑鸠更是我屋顶的熟客,本若为逃避而来,来到此地却和它有了更多亲近机会。从那个低沉微带忧郁反复嘀咕中,始终像在提醒我一件应搁下终无从搁下的事情——巧秀的出走。即初来这个为大雪所覆盖的村子里,参加朋友家喜筵过后,房主人点上火炬预备送我到偏院去休息时,随同老太太身后,负衾抱裯来到我房中,咬着下唇一声不响为我铺床理被那个十七岁乡下姑娘巧秀。我正想用她那双眉毛和新娘子眉毛作个比较,证实一下传说可不可靠。并在她那条大辫子和发育得壮实完整的四肢上,做了点十八岁年青人的荒唐梦。不意到第二天吃早饭桌边,却听人说她已带了个小小包袱,跟随个吹唢呐的乡下男人逃走了。在那个小小包袱中,竟像是把我所有的一点什么东西,一颗心或一种梦,也于无意中带走了。

巧秀逃走已经半个月,还不曾有回头消息。试用想象追寻一下这个发辫黑、眼睛光、胸脯饱满乡下姑娘的去处,两人过日子的种种,以及明日必然的结局,自不免更加使人茫然若失。因为不仅偶然被带走的东西已找不回来,即这个女人本身,那双清明无邪眼睛所蕴蓄的热情,沉默里所具有的活跃生命力,一切都远了,被一种新的接续而来的生活所腐蚀,遗忘在时间后,从此消失了,不见了。常德府的大西关,辰州府的尤家巷,以及沅水流域大小水码头边许多小船上,经常有成千上万接纳客商的小妓子,脸宽宽的眉毛细弯弯的,坐在舱前和船尾晒太阳,一面唱《十想郎》小曲遣送白日,一面纳鞋底绣花荷包,企图用这些小物事连结水上来去弄船人的恩情。平凡相貌中无不有一颗青春的心永远在燃烧中。一面是如此燃烧,一面又终不免为生活缚住,挣扎不脱,终于转成一个悲剧的结束,恩怨交缚气量窄,投河吊颈之事日有所闻。追源这些女人的出处背景时,有大半和巧秀就差不多。缘于成年前后那份痴处,那份无顾忌的热情,冲破了乡村习惯,不顾一切的跑去。从水取譬,"不到黄河心不死"。但这些从山里流出的一脉清泉,大都却不曾流到洞庭湖,便滞住在什么小城小市边,水码头边,过日子下来。向前不可能,退后办不到,于是如彼如此的完了。

我住处的药王宫,原是一村中最高会议所在地,村保国民小学的校址,和保卫一地治安的团防局办公处。正值年假,学校师生都已回了家。会议平时只有两种:积极的是春秋二季邀木傀儡戏班子酬神还愿,推首事人出份子。消极的便只是县城里有公事来时,集合士绅人民商量对策。地方治安既不大成问题,团防局事务也不多,除了我那朋友满大队长自兼保长,局里固定职员,只有个戴大眼镜读《随园食谱》用小绿颖水笔办公事的师爷,另一个年纪十四岁头脑单纯的局丁。地方所属自卫武力,虽有三十多支杂色枪,平时却分散在村子里大户人家中,以防万一,平时并不需要。换言之,即这个地方经常是冷清清的。因为地方治安无虞,农村原有那分静,表面看也还保持得上好。

搬过药王宫半个月来,除了和大队长赶过几回场,买了些虎豹皮,选了些斗鸡种,上后山猎了几回毛兔,一群人一群狗同在春雪始融湿滑滑的涧谷石崖间转来转去,搅成一团,累得个一身大汗,其余时间居多倒是看看局里老师爷和小局丁对棋。两人年纪一个已过四十六七,一个还不及十五,两面行棋都不怎么高明,却同样十分认真。局里还有半部石印《聊斋志异》。这地方环境和空气,才真宜于读《聊斋志异》!不过更新的发现,却是从局里住屋一角新孵的一窝小鸡上,及床头一束束不知名草药的效用上,和师爷于短时期即成了个忘年交,又从另外一种方式上,和小局丁也成了真正知己。先是翻了几天《聊斋志异》,以为"青凤""黄英"会有一天忽然掀帘而入,来此以前且可听到楼梯间细碎脚步声。事实上雀鼠作成的细碎声音虽多,青凤黄英始终不露面。这种悬想的等待,既混合了恐怖与欢悦,对于十八岁的生命言自然也极受用。可是一和两人相熟,我就觉得抛下那几本残破小书实在大有道理,因为只要我高兴,随意浏览另外一本大书某一章节,都无不生命活跃引人入胜!

巧秀的妈原是溪口人,二十三岁时即守寡,守住那不及两岁大的巧秀和七亩山田。年纪青,不安分甘心如此下去,就和一个黄罗寨打虎匠偷偷相好。族里人知道了这件事,想图谋那片薄田,捉奸捉双,两人终于生生捉住。一窝蜂把两人拥到祠堂里去公开审判。本意也只是大雷小雨的将两人吓一阵,痛打一阵,大家即从他人受难受折磨情形中,得到一种离奇的满足,再把她远远的嫁去,讨回一笔财礼,作为脸面钱,用少数买点纸钱为死者焚化,其余的即按好事出力的程度均分花用。这原是本地旧规矩,凡事照规矩作去,他人无从反对。不意当时作族长的,巧秀妈未嫁时,曾拟为跛儿子讲作儿媳妇,巧秀妈却嫌他一只脚,不答应,族长心中即憋住一腔恨恼。后来又借故一再调戏,反被那有性子的小寡妇大骂一顿,以为老没规矩老无耻。把柄拿在寡妇手上,还随时可以宣布。如今既然出了这种笑话,因此回复旧事,仇人见面分外眼红,极力主张把黄罗寨那风流打虎匠两只脚捶断,且当小寡妇面前捶断。私刑执行时,打虎匠咬定牙齿一声不哼,只把一双眼睛盯看着小寡妇。处罚完事,即预备派两个长年把他抬回二十里外黄罗寨去。事情既有凭有据,黄罗寨人自无话说。可是小寡妇呢,却当着族里人表示她也要跟去。田产女儿通不要,也得跟去。这一来族中人真是面子失尽。尤其是那个一族之长,心怀狠毒,情绪复杂,怕将来还有事情,倒不如一不做二不休连根割断,竟提议把这个不知羞耻的贱妇照老规矩沉潭,免得黄罗寨人说话。族祖既是个读书人,有个小小功名,读过几本"子曰",加之辈分大,势力强,且平时性情又特别顽固专横,即由此种种,同族子弟不信服也得畏惧三分。如今既用维持本族名誉面子为理由,提出这种兴奋人的意见,并附带说事情解决再商量过继香火问题。人多易起哄,大家不甚思索自然即随声附和。合族一经同意,那些年青无知好事者,即刻就把绳索和磨石找来,督促进行。在纷乱下,族中人道德感和虐待狂已混淆不可分。其他女的都站得远远的,又怕又难受,无可奈何,只轻轻的喊着"天",却无从作其他抗议。一些年青族中人,即在祠堂外把那小寡妇两手缚定,背上负了面小石磨,并用藤葛紧紧把石磨扣在颈脖上。大家围住小寡妇,一面无耻放肆的欣赏,一面还狠狠的骂女人无耻。小寡妇却一声不响,任其所为,眼睛湿莹莹的从人丛中搜索那个冤家族祖。深怕揭底的族祖,却作十分生气,上下狠狠的看了小寡妇几眼,口中不住骂"下贱下贱",装作有事不屑再看,躲进祠堂里去了。到祠堂里就和其他几个年长族人商量打公禀禀告县里,准备大家画押,把责任推卸到群众方面去，免得将来出其他事故。也一面安慰安慰那些无可无不可年老怕事的族中长辈，引些圣经贤传除恶务尽的话语，免得中途变化。到了快要下半天时候，族中一群好事者，和那个族祖，把小寡妇拥到溪口，上了一只小船，架起了桨，沉默向溪口上游长潭划去。女的还是低头无语，只看着河中荡荡流水，以及被双桨搅碎水中的云影星光。也许正想起二辈子投生问题，或过去一时被族祖调戏不允许的故事，或是一些生前"欠人""人欠"的小小恩怨。也许只想起打虎匠的过去当前，以及将来如何生活。不及两岁大的巧秀，明天会不会为人扼喉咙谋死？临出发到河边时，一个老表嫂抱了茫然无知的孩子，想近身来让小寡妇喂一口奶。老族祖一见，吼了一声，大骂："老狐狸，你见了鬼，还不赶快给我滚开！"一脚踢开。但很奇怪，从这妇人脸色上，竟看不出恨和惧，看不出特别紧张，一切都若平静异常。至于一族之长的那一位呢，正坐在船尾梢上，似乎正眼也不想看那小寡妇。其实心中却漩起一种极复杂纷乱情感。为去掉良心上那些刺，只反复喃喃以为这事是应当的，全族脸面攸关，不能不如此。自己既为一族之长，又读过圣贤书，实有维持道德风化的责任。当然也并不讨厌那个青春康健光鲜鲜的肉体；讨厌的倒是，"肥水不落外人田"，这肉体被外人享受。妒忌在心中燃烧，道德感益发强，迫虐狂益发旺盛，只催促开船。至于其他族中人呢，想起的或者只是那几亩田将来究竟归谁管业，都不大自然。因为原来那点性冲动已成过去，都有点见输于小寡妇的沉静情势。小船摇到潭中最深处时，荡桨的把桨抽出水，搁在舷边。船停后轻轻向左旋着，又向右旋。大家都知道行将发生什么事。一个年纪稍大的某人说："巧秀的娘，巧秀的娘，冤有头，债有主，你心里明白。好好的去了罢。你有什么话嘱咐，就说了吧。"小寡妇望望那个说话安慰她的人，过一会儿方低声说："三表哥，做点好事，不要让他们捏死我巧秀喔。那是人家的香火！长大了，不要记仇，就够了！"大家静默了。美丽黄昏空气中，一切沉静。先是谁也不肯下手。老族祖貌作雄强，心中实混合了恐怖与矜持，走过女人身边,冷不防一下子把那小寡妇就掀下了水。轻重一失衡,自己忙向另外一边倾坐,把小船弄得摇摇晃晃。人一下水,先是不免有一番小小挣扎,因为颈背上悬系那面石磨相当重,随即打着旋向下直沉。一阵子水泡向上翻,接着是水天平静。船随水势溜着,渐渐离开了原来位置。船上的年青人眼都还直直的一声不响望着水面。因为死亡带走了她个人的耻辱和恩怨,却似乎留念给了每人一份看不见的礼物。虽说是要女儿长大后莫记仇,可是参加的人哪能忘记自己作的蠢事。几个人于是俨然完成了一件庄严重大的工作,把船掉了头。死的已因罪孽而死了,然而"死"的意义却转入生者担负上,还得赶快回到祠堂里去叩头,放鞭炮挂红,驱逐邪气,且表示这种"勇敢"和"决断"兼有真正愚蠢的行为,业已把族中受损失的"荣誉"收复。事实上,却是用这一切来被除那点在平静中能生长,能传染,影响到人灵魂或良心的无形谴责。即因这种恐怖,过四年后,那族祖便在祠堂里发狂自杀了。只因为最后那句嘱咐,巧秀被送到三十里远的高椇满家庄院,活下来了。

巧秀长大了,亲眼看过这一幕把她带大的表叔,团防局的师爷,原本有意让她给满家大队长做小婆娘,有个归依,有个保护。只是老太太年老见事多,加之有个痛苦记忆在心上,以为凡事得从长作计。巧秀对过去事又实在毫无所知,只是不乐意。年龄也还早,因此暂时搁置。

巧秀常到团防局来帮师爷缝补衣袜,和冬生也相熟。冬生的妈杨大娘,一个穷得厚道贤慧的老妇人,在师爷面总称许巧秀。冬生照例常常插嘴提醒他的妈:"我还不到十五岁,娘。""你今年十五明年就十六,会长大的!"两母子于是在师爷面前作些小小争吵,说的话外人照例都不甚容易懂。师爷心中却明白,母子两人意见虽对立,却都欢喜巧秀,对巧秀十分关心。

巧秀的逃亡正如同我的来到这个村子里,影响这个地方并不多,凡是历史上固定存在的,无不依旧存在,习惯上进行的大小事情,无不依旧照常进行。

冬生的母亲一村子里通称为杨大娘。丈夫十年前死去时，只留下一所小小房屋和巴掌大一片菜地。生活虽穷然而为人笃实厚道，不乱取予，如一般所谓"老班人"。也信神，也信人，觉得这世界上有许多事得交把神，又简捷，又省事。不过有些问题神处理不了，可得人来努力了。人肯好好的做下去，天大难事也想得出结果；办不了呢，再归还给神。如其他手足贴近土地的农村人民一样，处处尽人事而信天命，生命处处显出愚而无知，同时也处处见出接近了一个"宿命论"者，照读书人说来就是个"道"字。冬生在这么一个母亲身边，在看牛，割草，捡菌子，和其他农村子弟生活方式中慢慢长大了，却长得壮实健康，机灵聪敏。只读过一年小学校，便会写一笔小楷字，且跟团防局师爷学习，懂得一点公文程式。作公丁收入本不多，惟穿吃住已不必操心。此外每月还有一箩净谷子，一点点钱。这份口粮捎回作家用，杨大娘生活因之也就从容得多。且本村二百五十户人家，团丁是义务性质不拿工薪的。有公职身分公份收入阶层总共不过四五人，除保长队长和那个师爷外，就只那两个小学教员，开支都不大。所以冬生的地位，也就值得同村小伙子羡慕而乐意得到它。职务在收入外还有个抽象价值，即抽丁免役，且少受来自城中军政各方的经常和额外摊派。凡是生长于同式乡村中的人，都知道上头的摊派法令，一年四季如何轮流来去，任何人都招架不住，任何人都不可免，惟有吃公事饭的人，却不大相同。正如村中"一脚踢"凡事承当的大队长，派人筛锣传口信集合父老于药王宫开会时，虽明说公事公办，从大户带头摊起，自己的磨坊、油坊，以及在场上的槽坊，小杂货铺统算在内，一笔数目照例比别人出的多。且愁眉不展的抱怨周转不灵，有时还得出子利举债。可是村子里人却只见到队长上城回来时，总带了些使人开眼的文明玩意儿，或换了顶呢毡帽，或捎了个洋水笔，遇有作公证画押事情，多数公民照例按指纹或画个十字，少数盖章，大队长却从中山装胸间口袋上拔出那亮晃晃圆溜溜宝贝，写上自己的名字，已够使人惊奇。一问价钱数目才更吓人，原来比一只耕牛还贵！像那么做穷人，谁不乐意！冬生随同大队长的大白骡子来去县城里，一年不免有五七次，知识见闻自比其他乡下人丰富。加上母子平时的为人，因此也赢得一种不同地位。而这地位为人承认表示得十分明显，即几个小地主家有十二三岁小闺女的，都乐意招那么一个得力小伙子作上门女婿，以为兴家立业是个好帮手。

村子去县城已四十五里，离官路也在三里外。地方不当冲要，不曾驻过兵。因为有两口好井泉，长年不绝的流，营卫了一坝上好冬水田。田坝四周又全是一列小山围住，山坡上种满桐茶竹漆。村中规约好，不乱砍伐破山，不偷水争水。地方由于长期安定，形成的一种空气，也自然和普通破落农村不同，凡事照例都有个规矩。虽由于这个长远习惯的规矩，在经济上有人占了些优势，于本村成为长期统治者，首事人。也即因此另外有些人就不免世代守住佃户资格，或半流动性的长工资格，生活在被支配状况中，矛盾显明。但两者生活方式，虽有差距还是相隔不太多，同样得手足贴近土地，参加劳动生产，没有人完全袖手过日子。惟由此相互对照生活下，随同大社会的变动，依然产生了一种游离分子。这种人的长成，都若有个公式：凡事由小而大，小时候作顽童野孩子，事事想突破一乡公约，砍砍人家竹子作钓竿，摘摘人家园圃桔柚解渴，偷放人田中水捉鱼，或从他人装置的网罛中取去捉住的野兽。自幼即有个不劳而获的发明，且凡事作来相当顺手，长大后，自然便忘不了随事占点便宜。浪漫情绪一扩张，即必然从农民身分一变而成为"游玩"。社会还稳定，英雄无用武之地，不能成大气候，就在本村子里街头开个小门面，经常摆桌小牌抽点头，放点子母利。相熟方面多，一村子人事心中一本册，知道谁有势力谁无财富，就向那些有钱无后的寡妇施点小讹诈。平时既无固定生计，又不下田，四乡逢场时就飘场放赌。附近四十里每个村子里都有三五把兄弟，平时可以吃吃喝喝，困难时也容易相帮相助。或在猪牛买卖上插了句嘴，成交时便可从经纪方面分点酒钱，落笔小油水。什么村子里有大戏，必参加热闹。

和掌班若有交情，开锣封箱必被邀请坐席吃八大碗，打加官叫出名姓，还得做面子打个红纸包封。新来年青旦角想成名，还得和他们周旋周旋，靠靠灯，方不会凭空为人抛石头打彩。出了事，或得罪了当地要人，或受了别的气扫了面子，不得不出外避风浪换码头，就挟了个小小包袱，向外一跑。更多的是学薛仁贵投军，自然从此就失踪了，居多迟早成了炮灰。若是个女的呢，情形就稍稍不同。生命发展与突变，影响于黄毛丫头时代的较少，大多数却和成年前后的性青春期有关。或为传统压住，挣扎无从，终于发疯自杀。或突过一切有形无形限制，独行其是，即必然是随人逃走。惟结果总不免依然在一悲剧性方式中收场。

但近二十年社会既长在变动中，二十年内战自残自黩的割据局面，分解了农村社会本来的一切。影响到这小地方，也自然明白易见。乡村游侠情绪和某种社会现实知识一接触，使得这个不足三百户人家村子里，多有了三五十支杂色枪，和十来个退伍在役的连长、排长、班长，以及二三更高级更复杂些的人物。这些人多近于崭新的一个阶层，即求生存已脱离手足勤劳方式，而近于一个寄食者。有家有产的可能成为小土豪，无根无柢的又可能转为游民、土匪，而两者又必有个共同的趋势，即越来越与人民土地生产劳作隔绝，却学会了新的世故和残暴。尤其是一些人学得了玩武器的技艺，干大事业既无雄心和机会，也缺少本钱。回转家乡当然就只能作点不费本钱的买卖。且于一种新的生活方式中，产生一套现实哲学。这体系虽不曾有人加以分析叙述，事实上却为极多数会玩那个照环境所许可的人物所采用。永远有个"不得已"作借口，于是绑票种烟都成为不得已。会合了各种不得已而作成的堕落，便形成了后来不祥局面的扩大继续。但是在当时那类乡村中，却激发了另外一方面的自卫本能，即大户人家的对于保全财富进一步的技能。一面送子侄入军校，一面即集款购枪，保家保乡土，事实上也即是保护个人的特别权益。两者之间当然也就有了斗争，随时随地有流血事件发生，而结怨影响到累世。特别是小农村彼此利害不同的矛盾。这二十年一种农村分解形式,亦正如大社会在分解中情形一样,许多问题本若完全对立,却到处又若有个矛盾的调合,在某种情形中,还可望取得一时的平衡。一守固定的土地,和大庄院、油坊或榨坊槽坊,一上山落草;却共同用个"家边人"名词,减少了对立与磨擦,各行其是,而各得所需。这事看来离奇又十分平常,为的是整个社会的矛盾的发展与存在,即与这部分的情形完全一致。国家重造的设计,照例多疏忽了对于这个现实爬梳分析的过程,结果是一例转入悲剧,促成战争。这小村子所在地,既为比较偏远边僻贵州湖南的边土,地方对"特货"一面虽严厉禁止,一面也抽收税捐,在这么一个情形下,地方特权者的对立,乃常常因"利益平分"而消失。地方不当官路,却宜于走私,烟土和盐巴的对流,支持了这个平衡的对立。对立既然是一种事实,各方面武器转而好像都收藏下来不见了。至少出门上路跑差事的人,为求安全,徒手反而比带武器来得更安全。过关入寨,一个有衔名片反而比带一支枪更安全省事。

冬生在局里作事,间或得出出差,不外引导保护小烟贩一二挑烟土下行,或盐巴旁行。路不须出界外,所以对于这个工作也就十分简单。时当下午三点左右,照习惯送了两个带特货客人从界内小路过境。出发前,还正和我谈起巧秀问题。一面用棕衣包脚,一面托我整理草鞋后跟和耳绊。

我逗弄他说:"冬生,巧秀跑了,那清早大队长怎不派你去追她回来?"

"人又不是溪水,用闸门哪关得住。人可是人!我即或是她的舅子,本领不大,也不会起作用!追上了也白追。"

"人正是人,哪能忘了大队长老太太十多年对她的恩情?还有师爷,磨坊,和那个溪水上游的钓鱼堤坝,都像熟亲友,怎么舍得?依我看,你就舍不得!"

"磨坊又不是她的财产。你从城里来,你欢喜,我们可不。巧秀心窍子通了,就跟人跑了。有仇报仇,有恩报恩,这笔账要明天再算去了。"

"她自己会不会回来?"

"回来吗？好马不吃回头草，哪有长江水倒流？"

"我猜想她总在几个水码头边落脚，不会飞到海外天边去。要找她一定找得回来。"

"打破了的坛子，谁也不要！"

"不要了吗？你舍得我倒舍不得，这个人依我看，为人倒很好！不像个横蛮丫头！"

我的结论既似真非真，倒引起了冬生的注意。他于是也似真非真的向我说："你欢喜她，我见她一定告她。她做得一手好针线活，会给你做个绣花抱肚，里面还装满亲口嗑的南瓜子仁。可惜你又早不说，师爷也能帮你忙！"

"早不说吗？我一来就只见过她一面。来到这村子里只一个晚上，第二早天刚亮，她就跟人跑了！我哪里把灯笼火把去找她。"

"那你又怎么不追下去？萧何追韩信，下河码头熟，你追去好了！"

"我原本只是到这里来和你大队长打猎，追麂子狐狸兔子，想不到还有这么一种山里长大的标致东西！"

这一切自然都是笑话，已快五十岁的师爷，听到我说的笑话，比不到十五岁冬生听来的意义，一定深刻得多。原本不开口，因此也搭话说："凡事要慢慢的学，才会懂。我们这地方，草草木木都要慢慢的才认识，性质通通不同的！断肠草有毒，牛也不吃它。火麻草螫手，你一不小心就遭殃。"

冬生走后约一点钟，杨大娘却两脚黄泥到了团防局。师爷和我正在一窠新孵出的小鸡边，点数那二十个小小活动黑白毛毛团。一见杨大娘那两脚黄泥，和提篮中的东西，就知道是从场上回来的。"大娘，可是到新场办年货？你冬生出差去了，今天歇红岩口，明天才能回来。可有什么事情？"

杨大娘摸一摸提篮中那封点心："没有什么事。"

"你那笋壳鸡上了孵没有？"

"我那笋壳鸡上城做客去了。"杨大娘点一点搁在膝头上的提篮中物,计大雪枣一斤,刀头肉一斤,元青鞋面布一双,香烛纸张全份,还加上一封百子头炮仗,一一点数给师爷看。

问一问,才知道原来当天是冬生满十五岁的生日。杨大娘早就弯指头把日子记在心上,恰值鸦拉营逢场,犹自嘀咕了好几个日子,方下狠心,把那预备上孵的二十四个大白鸡蛋从笋筐中一一取出,谨慎小心放入垫有糠壳的提篮里,捉好那只笋壳色母鸡,套上草鞋,赶到场上去,和城里人打交道。虽下决心那么作,走到相去五里的场上,倒像原不过只是去玩玩,看看热闹,并不需要发生别的事情。因为鸡在任何农村都近于那人家属之一员,顽皮处和驯善处,对于生活孤立的老妇人,更不免寄托了一点热爱,作为使生活稍有变化的可怜简单的梦。所以到得人马杂沓黄泥四溅的场坪中转来转去等待主顾时,杨大娘自己即老以为这不会是件真事情。有人问价时,就故意讨个高过市价一倍的数目,且作成"你有钱我有货,你不买我不卖"对立神气,并不希望脱手。因为要价过高,城里来的老鸡贩,稍微揣揣那母鸡背脊,不还价,就走开了。这一来,杨大娘必作成对于购买者有眼不甚识货轻蔑神气,扁扁嘴,掉过头去不作理会。凡是鸡贩子都懂得乡下妇人心理,从卖鸡人的穿着上即可明白,以为明白时间早,不忙收货,见要价特别高,想故意气一气她,就还个起码数目。且激激她说:"什么八宝精,值那样多!"杨大娘于是也提着气,学作厉害十分样子:"你还的价钱只能买豆腐吃。买你的豆腐去吧。"且像那个还价数目不仅侮辱了本人,还侮辱了身边那只体面肥母鸡,怪不过意,因此掉转身,抚抚鸡毛,拍拍鸡头,好像向鸡声明:"不必忙,再过一刻钟我们就回家去。我本来就只是玩玩的,哪舍得你!"那只母鸡也像完全明白自己身分,和杨大娘的情绪,闭了闭小红眼睛,只轻轻的在喉间"骨骨"哼两声,且若完全同意杨大娘的打算。两者之间又似乎都觉得"那不算什么,等等我们就回去,我真乐意回去,凡事一切照旧"。

到还价已够普通标准时,有认得她的熟人,乐于圆成其事,必在旁插嘴:"添一点,就卖了。这鸡是吃绿豆包谷长大的,油水多!"待主顾掉头时,又轻轻的知会杨大娘:"大娘要卖也放得手了。这回城里贩子来得多,也出得起价。若到城里去,还卖不到这个数目!"因为那句"要卖得趁早放手",和杨大娘心情基本冲突,所以回答那个好意却是:

"你卖我不卖,我又不等钱用。"

或者什么人说:"不等钱用你来作什么?没得事作来看水鸭子打架,胜败作个公证人?肩膊发松,怎不扛扇石磨来?"

杨大娘看看,搜寻不出谁那么油嘴油舌,不便发作,只轻轻的骂着:"背时不走运的,你妈你婆才扛石磨上场玩,逗人开心长见识!"

事情相去十五六年,石磨的用处早成典故,本乡人知道的已不多了。

……哪有不等钱用这么十冬腊月抱鸡来场上喝风的人?事倒凑巧,因为办年货城里送礼需要多,临到末了,杨大娘竟意外胜利,只把母鸡出脱,卖的钱比自己所悬想的还多些。钱货两清后,杨大娘转入各杂货棚边去,从鸡、鸭、羊、兔、小猫、小狗,和各种叫嚷、赌咒,争持交易方式中,换回了提篮所有。末了且像自嘲自诅,还买了四块豆腐,心中混合了一点儿平时没有的怅惘、疲劳、喜悦,和朦胧期待,从场上赶回村子里去。在回家路上,看到有村子里人有用葛藤缚住小猪的颈脖赶着小畜生上路的,也看到有人用竹笋背负这些小猪上路的,使她想起冬生的问题。冬生二十岁结婚一定得用四只猪,这是五年后事情。眼前她要到团防局去找冬生,只是给他个大雪枣吃,量一量脚背看鞋面布够不够,并告冬生一同回家去吃饭,吃饭前点香烛向祖宗磕磕头。冬生的爹死去整十年了。

杨大娘随时都只想向人说:"杨家的香火,十五岁。你们以为孵一窝鸡,好容易事!他爹去时留下一把镰刀,一副连枷,……你不明白我好命苦!"到此眼睛一定红红的,心酸酸的。可能有人会劝慰说:"好了,现在好了,杨大娘,八十一难磨过,你苦出头了!冬生有出息,队长答应送他上学堂。回来也会做队长！一子双祧讨两房媳妇，鸦拉营王保长闺女八铺八盖陪嫁，装烟倒茶都有人，享福在后头，你还愁个什么？……"

事实上杨大娘其时却笑笑的站在师爷的鸡窝边，看了一会儿小鸡。可能还关心到卖去的那只鸡和二十四个鸡蛋的命运，因此用微笑覆盖着，不让那个情绪给城里人发现。天气看看已晚下来了。正值融雪，今天赶场人太多，田坎小路已踏得个稀糊子烂，怪不好走。药王宫和村子相对，隔了个半里宽田坝，还有两道灌满融雪水活活流注的小溪，溪上是个独木桥。大娘心想："冬生今天已回不了局里，回不了家。"似乎对于提篮中那包大雪枣"是不是应当放在局里交给师爷"问题迟疑了一会儿，末后还是下了决心，提起篮子走了。我们站在庙门前石栏杆边，看这个肩背已佝偻的老妇人，一道一道田坎走去。还不忘嘱告我："路太滑，会滚到水里面去。那边长工会送饭来的！"

时间大约五点半，村子中各个人家炊烟已高举。先是一条一条孤独直上，各不相乱。随后却于一种极离奇情况下，被寒气一压，一齐崩坍下来，展宽成一片一片的乳白色湿雾。再过不多久，这个湿雾便把村子包围了，占领了。杨大娘如何作她那一顿晚饭，是不易形容的。灶房中冷清了好些，因为再不会有一只鸡跳上砧板争啄菠菜了。到时还会抓一把米头去喂鸡，始明白鸡已卖去。一定更不会料想到，就在这一天，这个时候，离开村子十五里的红岩口，冬生和那两个烟贩，已被人一起掳去。

我那天晚上，却正和团防局师爷在一盏菜油灯下大谈《聊斋志异》，以为那一切都是古代传奇，不会在人间发生，所以他从不怕僵尸不怕精怪。师爷喝了一杯酒话多了点，明白我对青凤黄英的向往，也明白我另外一种弱点，便把巧秀母亲故事源源本本告给我。且为我出主张，不要再读书。并以为住在任何高楼上，固定不动窝，都不如坐在一只简单小小"水上漂"，更容易有机会和那些使二十岁小伙子心跳神往的奇迹碰头！他的本意只是要我各处走走，不必把生活长远固定到一个小地方，或一件小小问题得失上，见闻一开阔，人也就大派多了。不意竟招邀我回忆上了另外那一只他曾坐过久已不存在的小船。

　　我仿佛看到那只向长潭中桨去的小船，仿佛即稳坐在那只小船一头，仿佛有人下了水，随后船已掉了头。……水天平静，什么都完事了。一切东西都不怎么坚牢，只有一样东西能真实的永远存在，即从那个对生命充满了热爱，却被社会带走了爱的二十三岁小寡妇一双明亮、温柔、饶恕了一切的眼睛中看出去，所看到的那一片温柔沉静的黄昏暮色，以及在暮色倏忽中，两个船桨搅碎水中的云影星光。巧秀已经逃走半个月，巧秀的妈颈悬石磨沉在溪口长潭中已十五年。

　　一切事情还并没有完结，只是一个起始。

一九四七年七月末北平

（选自《雪晴》）

边城　沈从文小说菁华

萧萧

导读：这篇小说通过童养媳萧萧的经历批判了旧时代封建制度的愚昧和野蛮。小说中的主人公萧萧温柔如水，恬淡自守。她不仅有美丽的容颜，更有朴实、纯净的心灵。沈从文把萧萧塑造成了追求自由、向往爱情的女性。他为萧萧设计了近乎完美的结局：逃过了被沉潭和发卖的命运，顺利产下了私生子，意外地被夫家重新接受。但是，在小说结尾，家里又给萧萧的儿子牛儿娶了童养媳，又有一个女孩将要重蹈萧萧的覆辙。悲剧似乎又将重新上演，这是小说最让人感到悲哀的地方！

乡下人吹唢呐接媳妇，到了十二月是成天会有的事情。

唢呐后面一顶花轿，四个佚子[1]平平稳稳的抬着。轿中人被铜锁锁在里面，虽穿了平时不上过身的体面红绿衣裳，也仍然得荷荷大哭。在这些小女人心中，做新娘子，从母亲身边离开，且准备作他人的母亲，从此将有许多新事情等待发生。像做梦一样，将同一个陌生男子汉在一个床上睡觉，做着承宗接祖的事情，这些事想起来，当然有些害怕，所以照例觉得要哭

---

[1] 旧时服劳役的人。

哭，于是就哭了。

也有做媳妇不哭的人。萧萧做媳妇就不哭。这小女子没有母亲，从小寄养到伯父种田的庄子上，出嫁只是从这家转到那家。因此到那一天这小女人还只是笑。她又不害羞，又不怕，她是什么事也不知道，就做了人家的媳妇了。

萧萧做媳妇时年纪十二岁，有一个小丈夫，年纪还不到三岁。丈夫比她年少九岁，断奶还不多久。地方规矩如此，过了门，她喊他做弟弟。她每天应作的事是抱弟弟到村前柳树下去玩，到溪边去玩，饿了，喂东西吃，哭了，就哄他，摘南瓜花或狗尾草戴到小丈夫头上，或者亲嘴，一面说："弟弟，哪，再来。"在那肮脏的小脸上亲了又亲，孩子于是便笑了。孩子一欢喜兴奋，行动粗野起来，会用短短的小手乱抓萧萧的头发。那是平时不大能收拾蓬蓬松松在头上的黄发。有时候，垂到脑后那条小辫儿被拉得太久，把红绒线结也弄松了，生气了，就挞那弟弟，弟弟自然哇的哭出声来，萧萧便也装成要哭的样子，用手指着弟弟的哭脸，说："哪，人不讲理，可不行！"

天晴落雨日子混下去，每日抱抱丈夫，也帮家中作点杂事，能动手的就动手。又时常到溪沟里去洗衣，搓尿片，一面还捡拾有花纹的田螺给坐到身边的丈夫玩。到了夜里睡觉，便常常做这种年龄人所做的梦，梦到后门角落或别的什么地方捡得大把大把铜钱，吃好东西，爬树，自己变成鱼到水中各处溜。或一时仿佛身子很小很轻，飞到天上众星中，没有一个人，只是一片白，一片金光，于是大喊："妈！"人就吓醒了。醒来心还只是跳。吵了隔壁的人，不免骂着："疯子，你想什么！白天疯玩，晚上就做梦！"萧萧听着却不作声，只是咕咕的笑。也有很好很爽快的梦，为丈夫哭醒的事。那丈夫本来晚上在自己母亲身边睡，有时吃多了，或因另外情形，半夜大哭，起来放水拉稀是常有的事。丈夫哭到婆婆无可奈何，于是萧萧轻脚轻手爬起床来，睡眼朦胧走到床边，把人抱起，给他看月亮，看星光。或者互相觑着,孩子气的"嗨嗨,看猫呵",那样喊着哄着,于是丈夫笑了,玩了一会儿,慢慢合上眼。人睡了,放上床,站在床边看着,听远处一递一声的鸡叫,知道天快到什么时候了,于是仍然蜷到小床上睡去。天亮了,虽不做梦,却可以无意中闭眼开眼,看一阵在面前空中变幻无端的黄边紫心葵花,那是一种真正的享受。

萧萧嫁过了门,做了拳头大丈夫的小媳妇,一切并不比先前受苦,这只看她半年来身体发育就可明白。风里雨里过日子,像一株长在园角落不为人注意的蓖麻,大叶大枝,日增茂盛。这小女人简直是全不为丈夫设想那么似的,一天比一天长大起来了。

夏夜光景说来如做梦。大家饭后坐到院中心歇凉,挥摇蒲扇,看天上的星同屋角的萤,听南瓜棚上纺织娘子咯咯咯拖长声音纺车,远近声音繁密如落雨,禾花风悠悠吹到脸上,正是让人在各种方便中说笑话的时候。

萧萧好高,一个人常常爬到草料堆上去,抱了已经熟睡的丈夫在怀里,轻轻的轻轻的随意唱着那自编的山歌,唱来唱去却把自己也催眠起来,快要睡去了。

在院坝中,公公婆婆,祖父祖母,另外还有帮工汉子两个,散乱的坐在小板凳上,摆龙门阵学古,轮流下去打发上半夜。

祖父身边有个烟包,在黑暗中放光。这用艾蒿作成的烟包,是驱逐长脚蚊的得力东西,蜷在祖父脚边,就如一条乌梢蛇。间或又拿起来晃那么几下。

想起白天场上的事,那祖父开口说话:

"听三金说,前天又有女学生过身。"

大家就哄然笑了。

这笑的意义何在?只因为大家印象中,都知道女学生没有辫子,留下个鹌鹑尾巴,像个尼姑,又不完全像。穿的衣服像洋人又不像洋人,吃的,用的……总而言之事事不同，一想起来就觉得怪可笑！

萧萧不大明白，她不笑。所以老祖父又说话了。他说：

"萧萧，你长大了，将来也会做女学生！"

大家于是更哄然大笑起来。

萧萧为人并不愚蠢，觉得这一定是不利于己的一件事情，所以接口便说：

"爷爷，我不做女学生！"

"你像个女学生，不做可不行。"

"我不做。"

众人有意取笑，异口同声说："萧萧，爷爷说得对，你非做女学生不行！"

萧萧急得无可如何："做就做，我不怕。"其实做女学生有什么不好，萧萧全不知道。

女学生这东西，在本乡的确永远是奇闻。每年一到六月天，据说放"水假"日子一到，照例便有三三五五女学生，由一个荒谬不经的热闹地方来，到另一个远地方去，取道从本地过身。从乡下人眼中看来，这些人都近于另一世界中活下的人，装扮奇奇怪怪，行为更不可思议。这种女学生过身时，使一村人都可以说一整天的笑话。

祖父是当地一个人物，因为想起所知道的女学生在大城中的生活情形，所以说笑话要萧萧也去做女学生。一面听到这话就感觉一种打哈哈趣味，一面还有那被说的萧萧感觉一种惶恐，说这话的不为无意义了。

女学生由祖父方面所知道的是这样一种人：她们穿衣服不管天气冷热，吃东西不问饥饱，晚上交到子时才睡觉，白天正经事全不作，只知唱歌打球，读洋书。她们都会花钱，一年用的钱可以买十六只水牛。她们在省里京里想往什么地方去时，不必走路，只要钻进一个大匣子中，那匣子就可以带她到地。她们在学校，男女一处上课，人熟了，就随意同那男子睡觉，也不要媒人，也不要财礼，名叫"自由"。她们也做州县官，带家眷上任，男子仍然喊作老爷，小孩子叫少爷。她们自己不喂牛，却吃牛奶羊奶，如小牛小羊；买那奶时是用铁罐子盛的。她们无事时到一个唱戏地方去，那地方完全像个大庙，从衣袋中取出一块洋钱来（那洋钱在乡下可买五只母鸡），买了一小方纸片儿，拿了那纸片到里面去，就可以坐下看洋人扮演影子戏。她们被冤了，不赌咒，不哭。她们年纪有老到二十四岁还不肯嫁人的，有老到三十四十还好意思嫁人的。她们不怕男子，男子不能使她们受委屈，一受委屈就上衙门打官司，要官罚男子的款，这笔钱她们有时独占自己花用，有时同官平分。她们不洗衣煮饭，也不养猪喂鸡；有了小孩子也只花五块钱、十块钱一月，雇人专管小孩，自己仍然整天看戏打牌，读那些没有用处的闲书……

总而言之，说来事事都希奇古怪，和庄稼人不同，有的简直可以说岂有此理。这时经祖父一为说明，听过这话的萧萧，心中却忽然有了一种模模糊糊的愿望，以为倘若她也是个女学生，她是不是照祖父说的女学生一个样子去做那些事？不管好歹，做女学生并不可怕，因此一来却已为这乡下姑娘体念到了。

因为听祖父说起女学生是怎样的人物，到后萧萧独自笑得特别久。笑够了时，她说：

"祖爹，明天有女学生过路，你喊我，我要看看。"

"你看，她们捉你去作丫头。"

"我不怕她们。"

"她们读洋书念经你也不怕？"

"念观音菩萨消灾经，念紧箍咒，我都不怕。"

"她们咬人，和做官的一样，专吃乡下人，吃人骨头渣渣也不吐，你不怕？"

萧萧肯定的回答说："也不怕。"

可是这时节萧萧手上所抱的丈夫,不知为什么,在睡梦中哭了,媳妇于是用作母亲的声势,半哄半吓说:

"弟弟,弟弟,不许哭,不许哭,女学生咬人来了。"

丈夫还仍然哭着,得抱起各处走走。萧萧抱着丈夫离开了祖父,祖父同人说另外一样古话去了。

萧萧从此以后心中有个"女学生"。做梦也便常常梦到女学生,且梦到同这些人并排走路。仿佛也坐过那种自己会走路的匣子,她又觉得这匣子并不比自己跑路更快。在梦中那匣子的形体同谷仓差不多,里面有小小灰色老鼠,眼珠子红红的,各处乱跑,有时钻到门缝里去,把个小尾巴露在外边。

因为有这样一段经过,祖父从此喊萧萧不喊"小丫头",不喊"萧萧",却唤作"女学生"。在不经意中萧萧答应得很好。

乡下的日子也如世界上一般日子,时时不同。世界上人把日子糟蹋,和萧萧一类人家把日子吝惜是同样的,各有所得,各属分定。许多城市中文明人,把一个夏天全消磨到软绸衣服、精美饮料以及种种好事情上面。萧萧的一家,因为一个夏天的劳作,却得了十多斤细麻,二三十担瓜。

作小媳妇的萧萧,一个夏天中,一面照料丈夫,一面还绩了细麻四斤。到秋八月工人摘瓜,在瓜间玩,看硕大如盆上面满是灰粉的大南瓜,成排成堆摆到地上,很有趣味。时间到摘瓜,秋天真的已来了,院子中各处有从屋后林子里树上吹来的大红大黄木叶。萧萧在瓜旁站定,手拿木叶一束,为丈夫编小笠帽玩。

工人中有个名叫花狗,年纪二十三岁,抱了萧萧的丈夫到枣树下去打枣子。小小竹竿打在枣树上,落枣满地。

"花狗大[1],莫打了,太多了吃不完。"

虽听这样喊,还不停手。到后,仿佛完全因为丈夫要枣子,花狗才不听话。萧萧于是又喊她那小丈夫:

"弟弟,弟弟,来,不许捡了。吃多了生东西肚子痛!"

丈夫听话,兜了一堆枣子向萧萧身边走来,请萧萧吃枣子。

"姐姐吃,这是大的。"

"我不吃。"

"要吃一颗!"

她两手哪里有空!木叶帽正在制边,工夫要紧,还正要个人帮忙!

"弟弟,把枣子喂我口里。"

丈夫照她的命令作事,作完了觉得有趣,哈哈大笑。

她要他放下枣子帮忙捏紧帽边,便于添加新木叶。

丈夫照她吩咐作事,但老是顽皮的摇动,口中唱歌。这孩子原来像一只猫,欢喜时就得捣乱。

"弟弟,你唱的是什么?"

"我唱花狗大告我的山歌。"

"好好的唱一个给我听。"

丈夫于是就唱下去,照所记到的歌唱:

天上起云云起花,
包谷林里种豆荚,
豆荚缠坏包谷树,
娇妹缠坏后生家。

---

[1] "大"即"大哥"。

歌中意义丈夫全不明白,唱完了就问好不好。萧萧说好,并且问跟谁学来的。她知道是花狗教的,却故意盘问他。

"花狗大告我,他说还有好歌,长大了再教我唱。"

听说花狗会唱歌,萧萧说:

"花狗大,花狗大,您唱一个好听的歌我听听。"

那花狗,面如其心,生长得不很正气,知道萧萧要听歌,人也快到听歌的年龄了,就给她唱"十岁娘子一岁夫"。那故事说的是妻年大,可以随便到外面作一点不规矩事情,夫年小,只知道吃奶,让他吃奶。这歌丈夫完全不懂,懂到一点儿的是萧萧。把歌听过后,萧萧装成"我全明白"那种神气,她用生气的样子,对花狗说:

"花狗大,这个不行,这是骂人的歌!"

花狗分辩说:"不是骂人的歌。"

"我明白,是骂人的歌。"

花狗难得说多话,歌已经唱过了,错了赔礼,只有不再唱。他看她已经有点懂事了,怕她回头告祖父,会挨一顿臭骂,就把话支开,扯到"女学生"上头去。他问萧萧,看没看过女学生习体操唱洋歌的事情。

若不是花狗提起,萧萧几乎已忘却了这事情。这时又提到女学生,她问花狗近来有没有女学生过路,她想看看。

花狗一面把南瓜从棚架边抱到墙角去,告她女学生唱歌的事,这些事的来源还是萧萧的那个祖父。他在萧萧面前说了点大话,说他曾经到官路上见到四个女学生,她们都拿得有旗子,走长路流汗喘气之中仍然唱歌,同军人所唱的一模一样。不消说,这自然完全是胡诌的笑话。可是那故事把萧萧可乐坏了。因为花狗说这个就叫做"自由"。

花狗是"起眼动眉毛,一打两头翘"会说会笑的一个人。听萧萧带着歆羡口气说:"花狗大,你膀子真大。"他就说:"我不只膀子大。"

"你身个子也大。"

"我全身无处不大。"

到萧萧抱了她的丈夫走去以后,同花狗在一起摘瓜,取名字叫哑巴的,开了平时不常开的口,他说:

"花狗,你少坏点。人家是十三岁黄花女,还要等十年才圆房!"

花狗不作声,打了那伙计一掌,走到枣树下捡落地枣去了。

到摘瓜的秋天,日子计算起来,萧萧过丈夫家有一年了。

几次降霜落雪,几次清明谷雨,一家人都说萧萧是大人了。天保佑,喝冷水,吃粗粝饭,四季无疾病,倒发育得这样快。婆婆虽生来像一把剪子,把凡是给萧萧暴长的机会都剪去了,但乡下的日头同空气都帮助人长大,却不是折磨可以阻拦得住。

萧萧十五岁时高如成人,心却还是一颗糊糊涂涂的心。

人大了一点,家中做的事也多了一点。绩麻、纺车、洗衣、照料丈夫以外,打猪草推磨一些事情也要作,还有浆纱织布。凡事都学,学学就会了。乡下习惯,凡是行有余力的都可从劳作中攒点私房,两三年来仅仅萧萧个人分上所聚集的粗细麻和纺就的棉纱,已够萧萧坐到土机上抛三个月的梭子了。

丈夫早断了奶。婆婆有了新儿子,这五岁儿子就像归萧萧独有了。不论做什么,走到什么地方去,丈夫总跟到身边。丈夫有些方面很怕她,当她如母亲,不敢多事。他们俩"感情不坏"。

地方稍稍进步,祖父的笑话转到"萧萧你也把辫子剪去好自由"那一类事上去了。听着这话的萧萧,某个夏天也看过一次女学生,虽不把祖父笑话认真,可是每一次在祖父说过这笑话以后,她到水边去,必用手捏着辫子梢梢,设想没有辫子的人那种神气,那点趣味。

因为打猪草,带丈夫上螺蛳山的山阴是常有的事。

小孩子不知事,听别人唱歌也唱歌。一唱歌,就把花狗引来了。

花狗对萧萧生了另外一种心,萧萧有点明白了,常常觉得惶恐不安。但花狗是男子,凡是男子的美德恶德都不缺少,劳动力强,手脚勤快,又会玩会说,所以一面使萧萧的丈夫非常欢喜同他玩,一面一有机会即缠在萧萧身边,且总是想方设法把萧萧那点惶恐减去。

山大人小,到处树木蒙茸,平时不知道萧萧所在,花狗就站在高处唱歌逗萧萧身边的丈夫;丈夫小口一开,花狗穿山越岭就来到萧萧面前了。

见了花狗,小孩子只有欢喜,不知其他。他原要花狗为他编草虫玩,做竹箫哨子玩,花狗想方法支使他到一个远处去找材料,便坐到萧萧身边来,要萧萧听他唱那使人开心红脸的歌。她有时觉得害怕,不许丈夫走开;有时又像有了花狗在身边,打发丈夫走去反倒好一点。终于有一天,萧萧就这样给花狗把心窍子唱开,变成个妇人了。

那时节,丈夫走到山下采刺莓去了,花狗唱了许多歌,到后却向萧萧唱:

娇家门前一重坡,
别人走少郎走多,
铁打草鞋穿烂了,
不是为你为哪个?

末了却向萧萧说:"我为你睡不着觉。"他又说他赌咒不把这事情告给人。听了这些话仍然不懂什么的萧萧,眼睛只注意到他那一对粗粗的手膀子,耳朵只注意到他最后一句话。末了花狗大便又唱歌给她听。她心里乱了。她要他当真对天赌咒,赌了咒,一切好像有了保障,她就一切尽他了。到丈夫返身时,手被毛毛虫螫伤,肿了一片,走到萧萧身边。萧萧捏紧这一只小手,且用口去呵它,吮它,想起刚才的糊涂,才仿佛明白自己作了一点不大好的糊涂事。

花狗诱她做坏事情是麦黄四月,到六月,李子熟了,她欢喜吃生李子。她觉得身体有点特别,在山上碰到花狗,就将这事情告给他,问他怎么办。

讨论了多久,花狗全无主意。虽以前自己当天赌得有咒,也仍然无主意。这家伙个子大,胆量小。个子大容易做错事,胆量小做了错事就想不出办法。

到后,萧萧捏着自己那条乌梢蛇似的大辫子,想起城里了,她说:

"花狗大,我们到城里去自由,帮帮人过日子,不好么?"

"那怎么行?到城里去做什么?"

"我肚子大了。"

"我们找药去。场上有郎中卖药。"

"你赶快找药来,我想……"

"你想逃到城里去自由,不成的。人生面不熟,讨饭也有规矩,不能随便!"

"你这没有良心的,你害了我,我想死!"

"我赌咒不辜负你。"

"负不负我有什么用?帮我个忙,赶快拿去肚子里这块肉罢。我害怕!"

花狗不再作声,过了一会儿,便走开了。不久丈夫从他处回来,见萧萧一个人坐在草地上哭,眼睛红红的。丈夫心中纳罕,看了一会儿,问萧萧:

"姐姐,为什么哭?"

"不为什么,灰尘落到眼睛里,痛。"

"我吹吹吧。"

"不要吹。"

"你瞧我,得这些这些。"

他把从溪中捡来的小蚌小石头陈列在萧萧面前,萧萧泪眼婆娑的看了一会儿,勉强笑着说:"弟弟,我们要好,我哭你莫告家中。告我可要生气。"到后这事情家中当真就无人知道。

过了半个月,花狗不辞而行,把自己所有的衣裤都拿去了。祖父问同住的哑巴知不知道他为什么走路,走哪儿去。哑巴只是摇头,说花狗还欠了他两百钱,临走时话都不留一句,为人少良心。哑巴说他自己的话,并没有把花狗走的理由说明。因此这一家希奇一整天,谈论一整天。不过这工人既不偷走物件,又不拐带别的,这事过后不久,自然也就把他忘掉了。

萧萧仍然是往日的萧萧。她能够忘记花狗就好了。但是肚子真有些不同了,肚中东西总在动,使她常常一个人干着急,尽做怪梦。

她脾气坏了一点,这坏处只有丈夫知道,因为她对丈夫似乎严厉苛刻了好些。

仍然每天同丈夫在一处,她的心,想到的事自己也不十分明白。她常想,"我现在死了,什么都好了"。可是为什么要死?她还很高兴活下去,愿意活下去。

家中人不拘谁在无意中提起关于丈夫弟弟的话,提起小孩子,提起花狗,都像使这话如拳头,在萧萧胸口上重重一击。

到八月,她担心人知道更多了,引丈夫庙里去玩,就私自许愿,吃了一大把香灰。吃香灰被她丈夫见到了,丈夫问这是做什么,萧萧就说肚子痛,应当吃这个。虽说求菩萨许愿,菩萨当然没有如她的希望,肚子中长大的东西仍在慢慢的长大。

她又常常往溪里去喝冷水,给丈夫见到了,丈夫问她她就说口渴。

一切她所想到的方法都没有能够使她与自己不欢喜的东西分开。大肚子只有丈夫一人知道,他却不敢告这件事给父母晓得。因为时间长久,年龄不同,丈夫有些时候对于萧萧的怕同爱,比对于父母还深切。

她还记得花狗赌咒那一天里的事情,如同记着其他事情一样。到秋天,屋前屋后毛毛虫都结茧,成了各种好看的蝶蛾,丈夫像故意折磨她一样,常常提起几个月前被毛毛虫所螫的旧话,使萧萧心里难过。她因此极恨毛毛虫,见了那小虫就想用脚去踹。

有一天,又听人说有好些女学生过路,听过这话的萧萧,睁了眼做过一阵梦,愣愣的对日头出处痴了半天。

萧萧步花狗后尘,也想逃走,收拾一点东西预备跟了女学生走的那条路上城。但没有动身,就被家里人发觉了。

家中追究这逃走的根源,才明白这个十年后预备给小丈夫生儿子继香火的萧萧肚子,已被别人抢先下了种。这真是了不得的一件大事。一家人的平静生活,为这一件事全弄乱了。生气的生气,流泪的流泪,骂人的骂人,各按本分乱下去。悬梁,投水,吃毒药,被禁困的萧萧,诸事漫无边际的全想到了,究竟年纪太小,舍不得死,却不曾做。于是祖父从现实出发,想出了个聪明主意,把萧萧关在房里,派人好好看守着,请萧萧本族的人来说话,看是"沉潭"还是"发卖"?萧萧家中人要面子,就沉潭淹死她,舍不得就发卖。萧萧只有一个伯父,在近处庄子里为人种田,去请他时先还以为是吃酒,到了才知道是这样丢脸事情,弄得这老实忠厚家长手足无措。

大肚子作证,什么也没有可说。伯父不忍把萧萧沉潭,萧萧当然应当嫁人作二路亲了。

这处罚好像也极其自然,照习惯受损失的是丈夫家里,然而却可以在改嫁上收回一笔钱,当作赔偿损失的数目。那伯父把这事告给了萧萧,就要走路。萧萧拉着伯父衣角不放,只是幽幽的哭。伯父摇了一会儿头,一句话不说,仍然走了。

一时没有相当的人家来要萧萧,因此暂时就仍然在丈夫家中住下。这件事情既经说明白,照乡下规矩倒又像不什么要紧,只等待处分,大家反而释然了。先是小丈夫不能再同萧萧在一处,到后又仍然如月前情形,姊弟一般有说有笑的过日子了。

丈夫知道了萧萧肚子中有儿子的事情，又知道因为这样萧萧才应当嫁到远处去。但是丈夫并不愿意萧萧去，萧萧自己也不愿意去，大家全莫名其妙，只是照规矩像逼到要这样做，不得不做。

在等候主顾来看人，等到十二月，还没有人来，萧萧只好在这人家过年。

萧萧次年二月间，十月满足坐草生了一个儿子，团头大眼，声响洪壮。大家把母子二人照料得好好的，照规矩吃蒸鸡同江米酒补血，烧纸谢神。一家人都欢喜那儿子。

生下的既是儿子，萧萧不嫁别处了。

到萧萧正式同丈夫拜堂圆房时，儿子已经年纪十岁，能看牛割草，成为家中生产者一员了。平时喊萧萧丈夫做大叔，大叔也答应，从不生气。

这儿子名叫牛儿。牛儿十二岁时也接了亲，媳妇年长六岁。媳妇年纪大，才能诸事作帮手，对家中有帮助。唢呐吹到门前时，新娘在轿中呜呜的哭着，忙坏了那个祖父曾祖父。

这一天，萧萧抱了自己新生的月毛毛，却在屋前榆蜡树篱笆看热闹，同十年前抱丈夫一个样子。

一九二九年冬作
（选自《新与旧》）

边城　沈从文小说菁华

三个男人和一个女人

导读：沈从文在这篇小说中讲述了三个男子和一个女子的故事。他用移防、落雨拉开序幕，带着读者跟军队一同行军、驻扎、开拔，引出下级士兵跟高级绅士之女的爱慕关系；借助两个军人之口，带领我们目击了种种情事：乡绅和官员的政商融合、乡土人情对残疾士兵的包容、沉默的豆腐店青年如何日日推动石磨、三个人时爱慕一位少女。在小说结尾，代表"永恒不变乡土"的豆腐店老板以极端的方式实践了乡土传说，跨越了现实生活中无法逾越的阶级鸿沟，实现了自己的爱情，最后不知所终。而两个士兵继续以一种怯懦、认命的方式生活下去。这篇小说坚持了沈从文一贯的创作风格——将人性中所有的冲突与恶意，都化为淳美的田园诗意，而非简单地隐恶扬善。

因为落雨，朋友逼我说落雨的故事。这是其中最平凡的一个。它若不大动人，只是因为它太真实。我们都知道，凡美丽的都常常不是真实的，天上的虹同睡眠的梦，便为我们作例。

没有什么人知道军队中开差要落雨的理由。

我们自己是找不出那个理由的。或者这事情团部的军需能够知道，因为没有落雨时候，开差的草鞋用得很少，落了雨，草鞋的耗费就多了。落雨开差对于军需也许有些好处。这些事我们并不清楚，照例非常复杂，照例团长也不大知道，因为团长是穿皮靴的。不过每次开拔总同落雨有一种密切关系，这是本年来我们的巧遇。

在大雨中作战，还需要人，在雨里开差，我们自然不应当再有何种怨言了。雨既然时落时止，部队的油布雨衣，都很完全。我们前面办站的副官，从不因为借故落雨，便不把我们的饮食预备妥当。我们的营长，骑在马上，尽雨淋湿全身，也不害怕发生疟疾。我们在雨中穿过竹林，或在河边茅棚下等候渡船，因为落雨，一切景致看来实在比平常日子美丽许多。

落了雨泥浆分外多，但滑滑的走着长路，并不使人十分难过。我们是因为落雨，所以每天才把应走的里数缩短的。我们还可以在方便中，借故走到一个有青年妇人的家里去，说几句俏皮话，打个哈哈，顺便讨取几张棕衣，包到脚上。我们因为落雨，才可以随便一点，同营长在一个小盆里洗脚。一个兵士还能够有机会同营长在一个盆里洗脚，这出乎军纪风纪以上的放肆，在我们那时节，是不什么容易得到的机会！

队伍走了四天，到了我们要到的地点。天气是很有趣味的天气，等到队伍已经达到目的地，忽然放了晴，有太阳了。一定有许多人要笑它，以为太阳在故意同我们作对。好吧，这个我们可管不了许多。我们是移到这里来填防的，原来所驻的军队早已走了，把部队开来补缺，别人做什么无聊事我们还是要继续来做。

乘满天红霞夕阳照人时，我们有一营人留在此地了。另外一营人，今天晚上虽然也留在此地，第二天就得开拔到一个五十里外的镇上去。那些明天还要开拔的，这时节已全驻扎到各小客栈同民房，我们却各处去找寻应当驻宿的地点。因为各个部队已经分配好了，我们的旗子插到杨家祠堂，可是一连人中谁也不知道这杨家祠堂的方向，只是在街中乱抓别一连的兵士询问。

原来杨家祠堂有两个,我们找了许久,找到的还是好像不对。因为这祠堂太小,太坏,内中极其荒凉。但连长有点生气,他那尊贵的脚不高兴再走一步了。他说,这里既然是空的,就歇息一下,再派人去问吧。我们全是走了一整天长路的人,我们还看到许多兵士,在民房里休息,用大木盆洗脚,提干鱼匆匆忙忙的向厨房走去。倦了饿了,都似乎有了着落,得到解决,只有我们还在这市镇街上各处走动,像一队无家可归的游民。现在既然有了个歇脚地方,并且时间又已经快夜了,所以谁也不以为意,都在祠堂外廊下架了枪,许多人都坐在那石狮子下,松解身上的一切负荷。

一个年青号兵不知从什么地方得来了一个葫芦,满葫芦烧酒,一个人很贪婪的躲到墙脚边喝它。有些兵士见到了都去抢这葫芦,到后葫芦打碎,所有酒全泼在还不十分干燥的石地上了。号兵发急,大声的辱骂,而且追打抢劫他的同伴。

连长听到这个吵闹,想起号兵的用处了,就要号兵吹号探问团部。号兵爬到石狮子上去,一手扳着那为夕阳所照及的石狮,一手拿着那支紫铜短小喇叭,吹了一通问答的曲子,声音飘荡到这晚风中,极其抑扬动人。

其时满天是霞,各处人家皆起了白白的炊烟,在屋顶浮动。许多年青妇人带着惊讶好奇的神气,身穿新浆洗过的月蓝布衣裳,胸前挂着扣花围裙,抱了小孩子,远远的站在人家屋檐下看热闹。

那号兵,把喇叭吹过后,就得到了驻在山头庙里团部的回音。连长又要号兵用号声,询问是不是本连就在这祠堂歇脚。那边的答复还是不能使我们的连长满意。于是那号兵,第三次又鼓着那嘴唇,吹他那紫铜喇叭。

在街的南端来了两只狗,有壮伟的身材,整齐的白毛,聪明的眼睛,如两个双生小孩子,站在一些人的面前。这东西显然是也知道了祠堂门前发生了什么事情,特意走来看看的。

这对大狗引起了我们一种幻想。我们的习惯是走到任何地方看到了一只肥狗,心上就即刻有一个杀机兴起,极难遏止的。可是另外还有更使人注意的，是听到有一个女子的声音喊"大白"，"二白"，清朗而又脆弱，喊了两声，那两只狗对我们望望，仿佛极其懂事，知道这里不能久玩，返身飞跑去了。

天快晚了。满天红云。

我们之间忽然发生了一个意外的变故。那号兵，走了一整天的路，到地后，大家皆坐下休息了，这年青人还爬上石狮子去吹了好几次号。到后脚腿一发麻，想从石狮子上跳下时，谁知两脚已毫无支持他那身体的能力，跳到地下就跌倒不能爬起，一双脚皆扭伤了筋，再也不能照平常人的方便走路了。

这号兵是我同乡，我们在一个堡砦里长大，一条河里泅水过着夏天，一个树林子里拾松菌消磨长日。如今便应当轮到我来照料他了。

一个二十岁的人，遭遇这样的不幸，那有什么办法可言！因为连长也是同乡，号兵的职务虽不革去，但这个人却因为这不幸的事情，把事业永远陷到号兵的位置上了。他不能如另外号兵，在机会中改进干部学校再图上进了，他不能再有资格参加作战剿匪的种种事情了，他不能再像其他青年兵士，在半夜里爬过一堵土墙去与本地女子相会了。总而言之，便是这个人做人的权利，因为这无意中一摔，一切皆消灭无余，无从补救了。

我因为同乡缘故，总是特别照料到这个人。我那时是一个什长，我就把他放在我那一棚里。这年青人仍然每早得在天刚发白时候爬起，穿上军衣，弄得一切整齐，走到祠堂外边石阶上去，吹天明起床号一通。过十分钟，又吹点名号一通。到八点又吹下操号一通。到十点又吹收操号一通……此外还有许多次数，都不能疏忽。军队到了这里，半月来完全不下操，但照规矩那号兵总得尽号兵的职务。他每次走到外边去吹他的喇叭时，都得我照扶他。我或者没有空闲，这差事就轮着班上一个火夫。

我们都希望他慢慢的会转好，营部的外科军医，还把十分可信的保证送给这个不幸的人。这年青人两只腿被军医都放过血，揉搓过许久，且用药烧灼过无数次,末了还用杉木板子夹好。日子一天一天的过去,还是得不到少许效验,我们都有点失望了,他自己却不失望。

他说他会好的,他只要过两个月就可以把杉木夹板取去,可以到田里去追赶野兔了。听到这个话老军医便笑着,因为他早知道这件事是青年人永远无可希望的事情,不过他遵守着他做医生的规则,且法律又正许可这类人说谎,所以他约许给这个号兵种种利益,有时比追兔子还夸张得不合事实。

过了两个月,这年青人还是完全不济事。伤处的肿已经消了,血毒症的危险不会有了,伤部也不至于化脓溃烂了,但这个号兵,却已完全是一个瘸脚人了。他已经不要人照料,就可以在职务上尽力了。他仍然住在我那一棚里,因为这样,我们两人之间,成立了一种最好的友谊。

我们所驻在的市镇,并不十分热闹,但比起湘边各小城市,却另有一种风味。这里只四条大街,中央一个鼓楼操纵全城。这里如其他地方一样,有药铺同烟馆,有赌博地方同喝酒地方。我每天差不多都同这个有残疾的号兵在一处过活,出去时总在一块,喝酒两人帮忙,赌博两人拉伴平分。

若果部队不开拔,这年青人仍然有一切当兵人的幸福。凡是一个兵士能做到的事,他仍然可以有分。他要到那些有年青妇人的住处去,妇人们都不敢得罪他。他坐上桌子赌五十文一注的二十一点扑克,别人也不好意思行使欺骗。他要吹号,凡是在过去没有赶得过他的,如今还是不会超过他。大家知道这个号兵的不幸,还不约而同的帮助这个人。

但他的性情,在我看来,有些地方却变了。他是一个号兵,照例一个号兵,对于他的喇叭应当有一种特殊嗜好,无事时到各处走去,喇叭总不能离身。他一定还是一个动作敏捷活泼喜事的人。他可以在晨光熹微中,爬到后山头或城堡上去试音,到了夜里,还要在月光下奏他的曲子,同远远的另一连互相唱和。别的连上的号手,在逢场时节,还各人穿了整齐的制服,排队到场上游行,成列的对本城人有所炫耀,说不定其中就有意外的幸运发生,给那些藏在腰门后面,露出一个白白额角同黑亮眼睛的妇女们注了意。还有,他若是行动自由而且方便,拿喇叭到山上去吹,会有多少小孩子,带着微微的害怕,围拢来欣赏这大人物的艺术,他就可以同那些小孩子成立一种友谊。慢慢地,他就得到许多小朋友了。

属于号兵分外的好处,一切都完了。他仅有的只是一点分内的职务。平时好动喜事的他,有点儿阴郁,有点儿可怜。他的脚已经瘸了。连长当人面前就大声的喊瘸子。为了一种方便,为了在辨别上容易认出,自从这号兵一瘸,大家都在他的号兵名字加上了"瘸子"两字,本连火夫也有了这一种权利对这个人存轻视心,轻轻的互相批评这不幸的人,且背地里学这人的行动作为娱乐。

在先,对于号兵的职务,他仍然如一个好人一样,按时站在祠堂门外,或内面殿堂前石阶上,非常兴奋的吹他的喇叭。后来因为本连补下一个小副手,等到小号兵已经能够较正确的吹完各样曲子时,他就不常按时服务了。

他同我每天都到南街一个卖豆腐的人家去,坐在那大木长凳上,看铺子里年青老板推浆打豆腐。这铺子对面是一个邮政代办所,一家比本城各样铺子还阔气的房子,从对街望去,看得见铺子里油黄大板壁上挂的许多字画,许多贴金洒金的对联。最初来的那一天,我们所见到的那两只白色大狗,就是这人家所豢养的东西。这狗每天蹲在门前,遇熟人就站起身来玩一阵,后来听到一个人的叫唤,便显得匆匆忙忙,走到有金鱼缸的门里天井去了。

我们难道是靠着白吃一碗豆浆,就成天来赖到这铺子里面么?我们难道当真想要同着年青老板结拜兄弟,所以来同这个人要好么?

我们来到这里有别的原因。但是,两个兵士,一个是废人,一个虽然被人家派为什长,站班时能够走出队伍来喊报名,在弟兄中有一种权利,在官长方面也有 种权利,俨然是一个预备军官,更方便处是可以随意用各样希奇古怪的名称,辱骂本班的火夫,作为脾气不好时节的泄气方法。可是一到外面,还有什么威武可说?一个班长,一连有十个或十二个,一营有三十六个,一团就有一百以上。什长的肩领章,在我们这类人身上,只是多加一层责任罢了。一个兵士的许多利益,因为是班长,却无从得到了。一个兵士有许多放肆处,一个班长也不许可了。若有人知道作战时班长同排长的责任,谁也将承认班长的可怜悯了。我到这儿是不以班长自居的,我擅用了一个兵士的权利,来到这豆腐铺。虽然我们每天总不拒绝由那个单身的强健的年青人手里,接过一碗豆浆来喝,我们可不是为吃豆浆而上门的。我们两人原来都看中了那两只白狗,同那狗的女主人了。癞蛤蟆想吃天鹅肉,这句话恰像为我们说的。

说起这女人真是一个标致的动物!在我生来还不曾见到有第二个这样的女子。我看过许多师长的姨太太,许多女学生。第一种人总是娼妓出身,或者做了太太,样子变成娼妓。第二种人壮大得使我们害怕,她们跑路,打球,做一些别的为我们所猜想不到的事情,都变成了水牛。她们都不文雅,不窈窕。至于这个人呢,我说不出完全合意的是些什么地方,可是不说谎,我总觉得这是一朵好花,一个仙人。

我们一面服从营规,来时服从自己的欲望,在这城里我们不敢撒野,我们却每天到这豆腐铺子里来坐下。来时同年青老板谈天,或者帮助他推磨,上浆,包豆腐,一面就盼望那女人出门玩时,看一看那模样。我们常常在那二门天井大鱼缸边,望见白衣一角,心就大跳,血就在全身管子里乱窜乱跑。我们每天想方设法花钱买了东西,送给那两只狗吃,同它们要好。在先,这两个畜生竟像知道我们存心不良,送它们的东西嗅了一会儿就走开了。但到后来这东西由豆腐铺老板丢过去时,两条狗很聪明的望了一下老板,好像看得出这并不是毒药,所以吃下了。

为什么我们要在这无希望的事业上用心,我们自己也不知道。按照我们的身分,我们即或能够同这个人家的两条狗要好,也仍然无从与那狗主人接近。这人家是本地邮政代办所的主人，也就是这小城市唯一的绅士，他是商会的会长，铺子又是本军的兑换机关。时常请客，到此赴席的全是体面有身分的人物，团长同营长，团副官，军法，军需，无不在场。平常时节，也常常见营部军需同书记官到这铺子里来玩，同那主人吃酒打牌。

我们从豆腐铺老板口上，知道那女人是会长最小的姑娘，年纪还只有十五岁。我们知道一切无望了，还是每天来坐到豆腐铺里，找寻方便，等候这娇生惯养的小姑娘出外来，只要看看那明艳照人的女人一面，我们就觉得这一天大快乐了。或者一天没有机会见到，就是单听那脆薄声音，喊叫她家中所豢养狗的名字，叫着大白二白，我们仿佛也得到了一种安慰。我们总是痴痴的注视到那鱼缸，因为从那里常常可见到白色或葱绿色衣角，就知道那个姑娘是在家中天井里玩。

时间略久，那两只狗同我们做了朋友，见我们来时，带着一点谨慎小心的样子，走过豆腐铺来同我们玩。我们又恨这畜生又爱这畜生，因为即或玩得很好，只要听到那边喊叫，就离开我们走去了。可是这畜生是那么驯善，那么懂事！不拘什么狗都永远不会同兵士要好的，任何种狗都与兵士作仇敌，不是乘隙攻击，就是一见飞跑；只有这两只狗竟当真成了我们的朋友。

豆腐铺老板是一个年青人，强健坚实，沉默少言，每天愉快的作工，同一切人做生意，晚上就关了店门睡觉。看样子好像他除了守在铺子面前，什么事情也不理，除了做生意，什么地方也不去，初初看来竟不知道这人什么时候吃饭，什么时候去买办他制豆腐的黄豆。他虽不大说话，可是一个主顾上门时节，他总不至疏忽一切的对答。我们问他所有不知道的事情时，他答应得也非常满意。

我们曾邀约他喝过酒，等到会钞时，走到柜上去算账，却听说豆腐老板已先付了账。第二次我们又请他去，他就毫不客气的让我们出钱了。

我们只知道他是从乡下搬来的，间或也有乡下亲戚来到他的铺子里，看那情形，这人家中一定也不很穷。他生意做得不坏，他告诉我说，他把积下的钱都寄回乡下去。问他是不是预备讨一个太太，他就笑着不说话。他会唱一点歌，嗓子很好，声音调门都比我们营里人高明。他又会玩一盘棋，人并不识字，"车""马""象""士"却分得很清楚。他做生意从未用过账簿，但赊欠来往数目，都能用记忆或别的方法记着，不至于错误。他把我们当成朋友看待，不防备我们，也不谄谀我们。我们来到他的铺子里，虽然好像单为了看望那商会会长的小姑娘，但若没有这样一个同我们合得上的主人，我们也不会不问晴雨到这铺子里混了！

我同到我那同伴瘸脚号兵，在他豆腐铺里谈到对面人家那姑娘，有时免不了要说出一些粗话蠢话，或者对于那两只畜生，常常做出一点可笑的行为，这个年青老板总是微笑着，在他那微笑中我们虽看不出什么恶意，却似乎有点秘密。我便说：

"你笑什么？你不承认她是美人么？你不承认这两只狗比我们有福气么？"照例这种话不会得到回答。即或回答了，他仍然只是忠厚诚实而几几乎还像有点女性害臊神气的微笑。

"为什么还好笑？你们乡下人，完全不懂美！你们一定欢喜妇人，欢喜母猪，欢喜水牛。这是因为你不知道美，不知道好看的东西。"

有时那跛子号兵，也要说："娘个狗，好福气！"且故意窘那豆腐铺老板，问他愿不愿意变成一只狗，好得到每天与那小姑娘亲近的机会。

照例到这些时节，年青人便红着脸一面特别勤快的推磨，一面还是微笑。

谁知道这是什么意思？谁又一定要追寻这意思？

我们的日子可以说是过得很快乐。因为我们除了到这里来同豆腐老板玩，喝豆浆看那个美人以外，还常常去到场坪看杀人。我们的团部，每五天逢场，总得将从各处乡村押解来到的匪犯，选择几个做坏事有凭据的，牵到场头大路上去砍头示众。从前驻扎在怀化，杀人时，若分派到本连护卫，派一排押犯人，号兵还得在队伍前面，在大街上吹号。到场坪时，队伍取跑步向前，吹冲锋号，使情形转为严重。杀过人以后，收队回营，从大街上慢慢通过，又得奏着得胜回营的曲子。如今这事情跛脚号兵已无分了。如今护卫的完全归卫队，就是平常时节团长下乡剿匪时保护团长平安的亲兵，属于杀人的权利也只有这些人占有了。我们只能看看那悲壮的行列，与流血的喜剧了。我也不能再用班长资格，带队押解犯人游街了。可是这并不是我们的损失，却是我们的好处。我们既然不在场护卫，就随时可以走到那里去看那些杀过后的人头，以及灰僵僵的尸体，停顿在那地方很久，不必须即时走开。

有一次，我们把豆腐老板拉去了，因为这个人平素是没有胆量看这件事的。到那血迹殷然的地方，四具死尸躺在土坪里，上衣已完全剥去，恰如四只死猪。许多小兵穿着不相称的军服，脸上显着极其顽皮的神气，拿了小小竹竿，刺拨死尸的喉管。一些饿狗远远的蹲在一旁，眺望到这里一切新奇事情，非常出神。

号兵就问豆腐老板，对于这个东西害不害怕。这年青乡下人的回答，却仍然是那永远神秘永远无恶意的微笑。看到这年青人的微笑，我们为我们的友谊感觉喜悦，正如听到那女子的声音，感觉生命的完全一个样子。

因为非常快乐，我们的日子也极其容易过去了。

一转眼，我们守在这豆腐铺子看望女人的事情就有了半年。

我们同豆腐老板更熟了些，同那两只狗也完全认识了。我们有机会可以把那白狗带到营里去玩，带到江边去玩，也居然能够得到那狗主人的同意了。

因为知道了女人毫无希望（这是同豆腐老板太熟悉了，才从他口中探听到不少事情的），我们都不再说蠢话，也不再做愚蠢的企图了。仍然每天到豆腐铺来玩，帮助这个朋友，做一切事情。我们已完全学会制造豆腐的方法，能辨别豆浆的火候，认识黄豆的好坏了。我们还另外认识了许多本地主顾,他们都愿意同我们谈话,做我们的朋友。主顾是营里兵士时,我们的老板,总要我多多的给他们豆腐,且有时不接受主顾的钱。我们一面把生活同豆腐生意打成一片,一面便同那两只白狗成了朋友,非常亲昵,非常要好。那小姑娘的声音,虽仍然能够把狗从我们身边喊叫回去,可是有时候我们吹着哨子,也依然可以唤使那两条狗飞奔的从家中跑出来。

我们常常看见有年青的军官,穿着极其体面的毛呢军服,白白的脸庞,带着一点害羞的红色,走路时胸部向前直挺,用那有刺马轮的长统黑皮靴子,磕着街石,堂堂的走进那人家二门里去,就以为这其中一定有一些故事发生,充满了难受的妒意。我到底是懂事一点的人,受了这个打击,还知道用别的方法安慰到自己,可是我的同伴瘸脚号兵,却因此大不快乐。我常常见他对那些年青官佐,在那些人背后,捏起拳头来作打下的姿势。又常常见他同豆腐铺老板谈一些我不注意到的事情。

有一次在一个小馆子里,各人皆喝多了一点酒,忘了形,我说过这样的话,我向那跛脚的残废人说:

"你是废人,我的朋友,我的庚兄[1],你是废人!一个小姐是只嫁给我们年青营长的。我们试去水边照照看,就知道这件事我们无分了。我们是什么东西?四块钱一月,开差时在泥浆里跑路,驻扎下来就点名下操,夜间睡到稻草席垫上给大臭虫咬,口是吃牛肉酸菜的口,手只捏那冰冷的枪筒……我们年青,这有什么用!我们只是一些排成队伍的猪狗罢了,为什么对于这姑娘有一种野心?为什么这样不自量?……"

我那时的确已有了点醉意,不知道应当节制语言,只是糊糊涂涂,教训这个平时非常听好话的朋友。我似乎还用了许多比喻,提到他那一只脚。那时只是我们两个人在一处,到后,不知为什么理由,这朋友忽然改变了平常的脾气,完全像一只发疯了的兽物,扑到我的身上来了。我们于是就

---

[1] 旧时同龄人之间尊称对方为庚兄,自称庚弟。多用于名帖。

揪打成一堆，各人扭着对方的耳朵，各人毫不虚伪的痛痛的打了一顿。我实在是醉了，他也是有点醉了。我们都无意思的骂着闹着，到后有兵士从门外过身，听到里面吵闹，像是自己人，才走进来劝解，费了许多方法才把我们拉开。

回到连上，各人呕了许多，半夜里，我们酒醒了，各人皆因为口渴，爬起来到水缸边拿水喝。两人喝了好些冷水，皆恍恍惚惚记起上半夜的事情，两人都哭起来。为什么要这样斗殴？什么事使我们这样切齿？什么事必须要这样作？我们披了新近领下的棉军服，一同走到天井去看快要下落的月亮，如一个死人的脸庞。天空各处有流星下落，作美丽耀目的明光。各处有鸡在叫。我们来到这里驻防，我这个朋友跌坏了腿的那时，还是四月，如今已经是十月了。

第二天，两人各望着对方的浮肿的脸，非常不好意思。连上有人知道了我们的殴打，一定还有人担心我们第二次的争斗，可料不到昨夜醉里的事情，我们两人早已忘记了。我们虽然并不忘却那件事，但我们正因为这样，友谊似乎更好了些。

两人仍然往豆腐铺去，豆腐老板初初见到，非常惊讶，以为我们之间一定发生重大的事故。因为我们两人的脸有些地方抓破了，有些地方还是浮肿，我们自己互相望到也要发笑。

到后还是我来为我们的朋友把事情说明，豆腐老板才清楚这原委。我告诉他说，我恍惚记忆得我说了许多糊涂话，我还骂他是一只瘸脚公狗，到后，不知为什么两人就揉在一处了。幸好是两人都醉了，手脚无力，毫不落实，虽然行动激烈，却不至于打破头。

这时那个姑娘走出门来，站在她的大门前，两只白狗非常谄媚的在女人身边跳跃，绕着女人打圈，又伸出红红的舌头舔女人的小手。

我们暂时都不说话了，三个人望到对面。后来那女人似乎也注意到我们两人脸上有些蹊跷，完全不同往日，便望着我们微笑，似乎毫不害怕我们,也毫不疑心我们对她有所不利。可是,那微笑,竟又俨然像知道我们昨晚上的胡闹,究竟是为了一些什么理由。

我那时简直非常忧郁,因为这个小姑娘竟全不以我们为意,在那小小的心里,说不定还以为我们是为了赚一点钱,同这豆腐老板合股做生意,所以每天才来到这里的。我望了一下那号兵,他的样子也似乎极其忧郁,因为他那只瘸腿是早已为人家所知道了的,他的样子比我又坏了一点,所以我断定他这时心上是很难受的。

至于豆腐老板呢,我不知道他是有意还是无意,这时节正露着强健如铁的一双臂膊,扳着那石磨,检查石磨的中轴有无损坏。这事情似乎第三次了。另一回,也是在这类机会发现时,这年青诚实单纯的男子,也如今天一样检查他的石磨。

我想问他却没有开口的机会。

不到一会儿,人已经消失到那两扇绿色贴金的二门里不见了。如一颗星,如一道虹,一瞬之间即消逝了。留在各人心灵上的是一个光明的符号。我刚要对着我的瘸腿朋友作一个会心的微笑,我那朋友忽然说:

"二哥,二哥,你昨晚上骂得我很对,骂得我很对!我们是猪狗!我们是阴沟里的蛤蟆!……"

因为号兵那惨沮样子,我反而觉得要找寻一些话语,安慰这个不幸的废人了。我说:

"先不要这样说吧,这不是男子应说的话,我们有我们的志气,凭这志气凡事都无有不可以做到。万丈高楼平地起,我们要做总统,做将军,一个女人,算不了什么希奇。"

号兵说:"我不打量做总统,因为那个事情太难办到。我这双脚,娘个东西,我这双脚!……"

"谁不许你做人?你脚将来会想法子弄好的,你还可以望连长保荐到干部学校去念书。你可以同他们许多学生一样,凭本领挣到你的位置。"

"我是比狗都不如的东西。我这时想,如果我的脚好了,我要去要求连长补个正兵名额。我要成天去操坪锻炼……"

"慢慢的自然可以做到,"我转头向豆腐老板望着,因为这年青人已经把石磨安置妥当,又在摇动着长木推手了,"我们活下来真同推磨一样,简直无意思。你的意思以为怎么样?"

这汉子,对于我说的话好像以为同我的身分不大相称,也不大同他的生活相合,还是同别一时节别一事情那样向我微笑。

我明白了,我们三个人同样的爱上了这个女子。

十月十四,我被派到七十里外总部去送一件公文,另外还有些别的工作,在石门候信住了一天,路上来回消磨了两天。

回转本城把回文送过团部,销了差,正因为这一次出差,得六块钱奖赏,非常快乐,预备回连上去打听是不是有人返乡,好把钱寄四块回去办冬天的腊肉。回连上见到瘸子,我还不曾开口,那号兵就说:

"二哥,那个女人死了!"

这是什么话?

我不相信,一面从容俯下身去脱换我的草鞋。瘸子站在我面前,又说是"女人死了",使我不得不认真了。我听清楚这话的意义后,忽然立起,简直可说是非常粗暴的揪着了这人的领子,大声询问这事真伪。到后他要我用耳朵听听,因为这时节远处正有一个人家办丧事敲锣打鼓,一个唢呐非常凄凉的颤动着吹出那高音。我一只脚光着,一只脚还笼在湿草鞋里,就拖了瘸子出门。我们同救火一样向豆腐铺跑去,也不管号兵的跛脚,也不管路人的注意。但没有走到,我已知道那唢呐锣鼓声音,便是由那豆腐铺对面人家传出。我全身发寒,头脑好像被谁重重的打击了一下,耳朵发哄哄的声音。我心想,这才是怪事!才是怪事……

我静静的坐在那豆腐铺的长凳上时,接过了朋友给我的一碗热豆浆。豆腐铺对面这个人家大门前已凭空多了许多人,门前挂了丧事中的白布,许多小孩子头上缠了白包头,在门外购买东西吃。我还看到那大鱼缸边,有人躬身焚着纸钱银锭,火光熊熊向上直冒,纸灰飞得很高。

我知道这些事情都是真实,就全身拘挛,然而笑了。

我看看那豆腐老板,这个人这时却不如往天那样乐观,显然也受了一种打击,有点支持不住了。他作为没有见到我的样子,回过脸去。我又看号兵,号兵却做出一种讨人厌烦的样子。不知道为什么我这时真有点厌烦这跛脚的人,只想打他一拳,可是我到底没有做过这种蠢事。

到后我问,才知道这女子是昨天吞金死的。为什么吞金,同些什么人有关系,我们当时一点也不明白,直到如今也仍然无法明白。(许多人是这样死去,活着的人毫不觉得奇怪。)女人一死,我们各人都觉得损失了一种东西,但先前不会说到,却到这时才敢把这东西的名字提出。我们先是很忧郁的说及,说到后来大家都笑了,分手时,我们简直互相要欢喜到相扑相打了。

为什么使我们这样快乐可说不分明。似乎各人皆知道女人正像一个花盆,不是自己分内的东西;这花盆一碎,先是免不了有小小惆怅,然而当大家讨论到许多花盆被一些混账东西长久占据,凡是花盆终不免被有权势的独占,唯有这花盆却碎到地下,我们自然似乎就得到一点安慰了。

可是,回转营里,我们是很难受的。我们生活破坏无余了。从此再也不会为一些事心跳,在一些梦上发痴了。我们的生活,将永远有了一个看不见的缺口,一处补丁,再也不是完全的了。

其实这样女人活在世界上同死去,对于我们有什么关系?假使人还是好好的活下,开差移防的命令一到,我们还有什么希望可言?我们即或驻扎在这里再久,一个跛脚的号兵,一个什长,这两个宝贝,还有什么机会?除了能够同那两只狗认识以外,有何种伟大企图?

第二天,两人很早的就起来,互相坐在铺上对面,沉默无话可说。各人似乎在努力想把自己安置到空阔处去,不再给过去的记忆困扰。各人都要生气,却不知道为什么忽然脾气就坏到这样子。

"为什么眼睛有点发肿?你这个傻瓜!"

号兵因为我嘲笑他,却不取反攻姿势,只非常可怜的望到我。

我说:"难道人家死了,你还要去做孝子么?"

他还是那样,似乎想用沉默作一种良心的雄辩,使我对于他的行为引起注意。

我了解这点,但是却不放弃我嘲骂他的权利。

"跛子,你真是只癞蛤蟆,吃虫蚁,看天上。"

末了他只轻轻的问我:"二哥,你说,是不是死了的人还会复活?"因为这一句痴话我又数说了他好一顿。

两人到豆腐铺时,却见对面铺门极其冷清,门前地下剩余一些白纸钱。我们的朋友,那个年青老板,人坐在长凳上,用手扶了头,人家来买豆腐时,就请主顾自己用刀铲取板上的豆腐。见我们来了,他有了一点点生气,好像是遮掩自己的伤痕,仍然对我们微笑着。他的笑,说明他还依然有个健康的身体和善良的人格。

"为什么?头痛吗?"

"埋了,埋了,一早就埋了!"

"早上就埋了么?"

"天还不大亮就出门了的。"

"你有了些什么事情,这样不快乐?"

"我什么也不。"

他说了后,忙着为我们去取碗盏,预备盛豆浆给我们吃。

坐在那豆腐铺子里望着对面的铺子,心中总像十分凄凉,我同号兵坐了一会儿,就离开这个豆腐铺子,走向一个本地妇人处打牌去了。我们从那里探听得这女人所埋葬的地点,在离城两里的鲢鱼庄上。

不知为什么我一望到那号兵忧郁样子,就使我非常生气要打他骂他。

好像这个人的不欢喜样子,侮辱我对那小姑娘的倾心一样。好像他这样子,简直是在侮辱我。我实在不愿意再同他坐在一个桌上打牌了,就回到连上躺在草垫上睡了。

这夜里跛子竟没有回到连上来。他曾告我不想回连上去睡,我以为他一定在那妇人处过夜了,也不觉得希奇。第二天,我还是不愿意出门,仍然静静的躺在床上。到下午来我的头有点发烧,全身也像害了病,不想吃喝。吃了点姜糖草药,因为必须蒙头取汗,到全身被汗水透湿人醒来时,天已经夜了。

我起身到大殿后面去小便,正是雨后放晴,夕阳斜挂屋角,留下一片黄色。天空有一片薄云,为落日烘成五彩。望到这个暮景,望到一片在人家屋上淡淡的炊烟,听到鸡声同狗声,军营中喇叭声,我想起了我们初来此地那一天发生的一切事情。我想起我这个朋友的命运,以及我们生活的种种,很有点怅惘,有点悲哀。有一个疑问的符号隐藏在心上,对于这古怪人生,不知作何解释,我的思想自然还可以说是单纯而不复杂。

我到后仍然回去睡了,不想吃饭,不想说话,不想思索。我睡下去,不知道有多久时间,只是把棉被蒙了头颅,隐隐约约听到在楼上兵士打牌吵闹的声音,迷迷糊糊见过许多人,又像是我们已经开了差,已经上了路,已经到了地。过去的事重复侵入我的记忆,使我重新看见号兵跌倒时的神气。醒回时好像有人坐在我的身边。把被甩去,才知道灯已熄灭了,只靠着正殿上的大油灯余光,照得出有一个人影,坐在我身边不动。

"瘸子,是你吗?"

"是我。"

"为什么这时节才回来?"

他把脸藏在黑暗里,没有作声。我因为睡了许久,出了两次汗,头昏昏的,这时候究竟已经是什么时候,也依然不很分明,就问他这是什么时候。他还是好像不曾听到我的话样子,毫无动静。

过了一会儿，他才说："二哥，真是祖宗有灵，天保佑，放哨的差一点一枪把我打死了。"

"你不知道口令么？"

"我哪里会知道口令？"

"难道已经是十二点过了么？"

"我不知道。"

"你今晚到些什么地方去，这时才回来？"

他又不作声了。我看见放在米桶上兵士们为我预备的一个美孚灯，灯头弄得很小，还可以使它光亮，就要他捻一下灯。他先是并不动手，我第二次又请他做这件事。

灯光大了一点，我才望明白这号兵，全身黄泥，极其狼狈。脸上正如刚才不久同人殴打过样子，许多部分都牵掣着显著受伤的痕迹。我奇异而又惊讶，望到这朋友，不知道如何问他这一天来究竟到过些什么地方，做了些什么事情。我的头脑这时也实在还是有点糊涂，因为先一时在迷糊中我还梦到他从石狮上滚下地的情形，所以这时还仿佛只是一个梦。

他轻轻的轻轻的说："二哥，二哥，那坟不知道被谁挖掘了。"

"谁的坟呢？"

"好像是才挖掘不久的，我看得很清楚。"他的话，带着顽固神气，使我疑心他已经发了狂。

"我说，你说的是什么人的坟？在什么地方，你怎么知道？"

"我怎么知道？我听人说那大辫子埋在鲢鱼庄，我要去看看。我昨天到过一次，还是很好的。我今天晚上又去，我很分明记到那一条路，那座坟，不知道已经被谁挖了。"

如不是我有点发狂，一定就是我这个朋友发了狂。我明白他所指的坟是谁埋葬在那里了。我像一个疯人，跳了起来："你到过她的坟上么？你到过她的坟上么？你存什么心？你这畜生……"

这朋友,却毫不惊讶,静静的幽悄的说:"是的!我到过她的坟上,昨天到过,今天又到过。我不是想做坏事的人!我可以赌咒,天王在上,我并不带了什么家伙去。我昨晚上还看到那个土堆,一个上好土馒头,今天晚上全变了。我可以赌咒,看到的是昨晚那座坟,完全不是原来样子。不知谁做了这样事情,不知谁把她从棺木里掏出,背走了。"

我听到这个吓人的报告,却忽然想起一个人来了。但我并不说出口,因为这个人还只在我的心上一闪,就又即刻消失了。我起了一个疑问,以为是这个女子还魂,从棺木中挣扎奔出,这时节或者已经跑回家中同她的爹爹妈妈说话了。我又疑心她的死是假的,所以草草的埋葬,到后另外一个人就又把她掘出,把她救走了。我又疑心这事一定在我这个朋友有了错误,因为神经错乱,忘记了方向和地位,第一次同第二次并不是在同一地方,所以才会发生这种误会,我用许多空想去解释,以为这件事并不完全真实。

后来我问他为什么要到坟边去。他很虚怯,以为我疑心这事他一定已经知道,或者至少事后知道这主谋人是谁,他一连发了七种誓言,要求各样天神作证,分辩他并无劫取女尸的意思。他只是解释他并不预先带有何种铁器作掘墓的人犯。他极力分辩他的行为。他把话说完了,望见我非常阴沉,眼睛里含有一种疑惧神色,如果我当时还不能表示对他的信托,他一定可以发狂把我扼死。

我的病已完全吓走了,我计算应当如何安置这个行将疯狂另一时又必然疯狂的朋友。我用许多别的话为他解说,且找出许多荒唐故事安慰这个破碎心灵。他的血慢慢的冷静,一切兴奋过去后,就不断的喃喃的骂着一句野话。他告给我他实在也有过这种设想,因为听人说吞金死去了的人,如果不过七天,只要得到男子的偎抱,便可以重新复活。他又告我,第一天他还只是想象他到了坟边,听得到有呼救声音,便来作一次侠义事,从墓中把人救出。第二天,他因为听人说到这个话,才又过那里去,预备不必有呼救声音，也把女人掘出。可是到了那里一看坟头已经完全变了样子，棺盖掀在一旁，一个空棺张着大口等候吃人。他曾跳进棺里去看过，除了几件衣服以外什么也不见。一定是有人在稍前一些时候做了这事情，这人一定把坟掘开，便把女子的尸身背走了。

他已经不再请天神作他的伪证了。他诚实而又巨细无遗的同我说到过去一切，我听完了他这些话，找不出任何话来安慰他了。我对于这件事还是不甚相信；我还是在心中打量，以为这事情一定是各人都身在梦中。我以为即或不是完全做梦，到了明天早上，这号兵也一定要追悔今晚所说的话语，因为这种欲望谁也无从禁止，行诸事实仍然不近人情。他因为追悔他的行为，把我杀死灭口也做得出。我这样想着，不免有所预防，可是，这个人现在软弱得如一个妇人，他除了忏悔什么也不能做了。我们有一个问题梗到心上来了，就是我们对于这件事应当如何处置。是不是要去禀告一声，还是尽那个哑谜延长？两人商量了一会儿，靠着简单的理智，认为这发现我们无权利去过问，且等天明到豆腐铺看看。走了许多夜路的号兵，一双瘸腿已经十分疲倦了，回来又谈了许久，所以到后就睡了。我是大白天睡了一整天的人，这时无论如何也不能再睡了。在灯影下望着这个残废苦闷的脸，肮脏的身，我把灯熄了，坐到这朋友身边，等候天明。

到豆腐铺时间已经不早了，却不见那年青老板开门。昨晚上我所想起的那件事，重新在我心上一闪。门既外边反锁，分明不是晏起或在家中发生何等事故了。我的想象或将成为事实，我有点害怕，拉了号兵跑回连上，把这估计告给了那起过非凡野心的他。他不甚相信事情一定就是这样子，一个人又跑出了许久，回来时，脸色哑白，说他已经探听了别一个人家，知道那老板的确是昨天晚上就离开了他的铺子的。

我们有三天不敢出去，只坐在草荐上玩骨牌。到后有人在营里传说一件新闻，这新闻生着无形的翅翼，即刻就全营皆知了。"商会会长女儿新坟刚埋好就被人抛掘，尸骸不知给谁盗了。"另外一个新闻，却是"这少女尸骸有人在去坟墓半里的石洞里发现，赤光着个身子睡在洞中石床上，地下身上各处撒满了蓝色野菊花。"

　　这个消息加上人类无知的枝节，便离去了猥亵转成神奇。

　　我们给这消息愣住了。我们知道我们那个朋友作了一件什么事情。

　　从此以后我们再也不曾到那豆腐铺里去，坐在长凳上喝那年青朋友做成的豆浆，再也不曾见到这个年青诚实的朋友了。至于我那个瘸子同乡，他现在还是第四十七连的号兵，他还是跛脚，但他从不和人提起这件事情。他是不曾犯罪的，但另外一个人的行为，却使他一生悒郁寡欢。至于我，还有什么意见没有？……我有点忧郁，有点不能同年青人合伴的脾气，在军队中不大相容，因此来到都市里，在都市里又像不大合式，可不知再往哪儿跑。我老不安定，因为我常常要记起那些过去事情。一个人有一个人命运，我知道。有些过去的事情永远咬着我的心，我说出来时，你们却以为是个故事，没有人能够了解一个人生活里被这种上百个故事压住时，他用的是一种如何心情过日子。

一九三〇年八月二十四日完成

（选自《新与旧》）

边城　沈从文小说菁华

贵生

导读：一位瑞典学者在采访沈从文时曾问及《贵生》这篇小说，他问沈从文为什么总是描写生活在社会最底层的人们，沈从文的回答是："我一向同情受压迫者。"

这部短篇小说综合了沈从文常写的两个主题：一是对命运、对偶然性的敬畏和思考，一是对边地山民强悍个性的讴歌。小说在刻画贵生这个人物形象时，或运用细腻的笔触描写心理活动，或借用他人的对话来暗示人物心理活动。沈从文借鉴了中国古典小说以行动揭示心理的手法，写出了贵生从麻木懦弱到觉醒反抗的心理过程。如果不被逼得走投无路，谁会走上这样的不归路呢？"一把火两处烧"后的贵生下落如何？是死了，还是跑了？沈从文没有做出明确的交代。但是从小说中的蛛丝马迹来看，贵生去当兵的可能性似乎极大，因为这应该是他远走高飞、离开这块伤心之地的不二选择。

贵生在溪沟边磨他那把镰刀，锋口磨得亮堂堂的。手试一试刀锋后，又向水里随意砍了几下。秋天来溪水清个透亮，活活的流，许多小虾子脚攀着一根草，在水里游荡，有时又躬着个身子一弹，远远的弹去，好像很快乐。贵生看到这个也很快乐。天气极好,正是城市里风雅人所说"秋高气爽"的季节,贵生的镰刀如用得其法,就可以过一个有鱼有肉的好冬天。秋天来,遍山土坎上芭茅草开着白花,在微风里轻轻的摇,都仿佛向人招手似的说:"来,割我,乘天气好磨快了你的刀,快来割我,挑进城里去,捌百钱担,换半斤盐好,换一斤肉也好,随你的意!"贵生知道这些好处。并且知道五担草就能够换个猪头,揉四两盐腌起来,那对猪耳朵,也够下酒两三次!一个月前打谷子时,各家田里放水,人人用鸡笼在田里罩肥鲤鱼,贵生却磨快了他的镰刀,点上火把,半夜里一个人在溪沟里砍了十来条大鲤鱼,全用盐揉了,挂在灶头用柴烟熏得干干的。现在磨刀,就准备割草,挑上城去换年货。正像俗话说的:两手一肩,快乐神仙。村子里住的人,因几年来城里东西样样贵,生活已大不如从前,可是一个单身汉子,年富力强,遇事肯动手,又不胡来乱为,过日子总还容易。

　　贵生住的地方离大城廿里,离张五老爷围子两里。五老爷是当地财主,近边山坡田地大部分归五老爷管业,所以做田种地的人都与五老爷有点关系。五老爷要贵生做长工,贵生以为做长工不是住围子就得守山,行动受管束,大不愿意。自己用镰刀砍竹子,剥树皮,搬石头,在一个小土坡下,去溪水不远处,借五老爷土地砌了一栋小房子,帮五老爷看守两个种桐子的山坡,作为借地住家的交换。住下来他砍柴割草为生。春秋二季农事当忙时,有人要短工帮忙,他邻近五里无处不去帮忙(食量抵两个人,气力也抵两个人)。逢年过节村子里头行人捐钱扎龙灯上城去比赛,他必在龙头前斗宝,把个红布绣球舞得一团火似的,受人喝彩。春秋二季答谢土地,村中人合伙唱戏,他扮王大娘补缸的补缸匠,卖柴扒的程咬金。他欢喜喝一杯酒,可不同人酗酒打架。他会下盘棋,可不像许多人那样变棋迷。间或也说句笑话,可从不口角伤人。为人稍微有点子憨劲,可不至于傻相。虽是个干穷人,可穷得极硬朗自重。有时到围子里去,五老爷送他一件衣服,一条裤子,或半斤盐,他心中不安,必在另外一时带点东西去补偿。

他常常进城去卖柴卖草，就把钱换点应用东西。城里尚有个五十岁的老舅舅，给大户人家作厨子，不常往来，两人倒很要好。进城看望舅舅时，他照例带点礼物，不是一袋胡桃、一袋栗子，就是一只山上装套捕住的黄鼠狼，或是一只野鸡。到城里有时住在舅舅处，那舅舅晚上无事，必带他上河沿天后宫去看夜戏，消夜时还请他吃一碗牛肉面。

在乡下，远近几里村子上的人，都和他相熟，都欢喜他。他却乐意到离住处不远桥头一个小生意人铺子里去。那开杂货铺的老板是沅水中游浦市人，本来飘乡作生意，每月一次，挑货物各个村子里去和乡下人讲买卖，吃的用的全卖。到后来看中了那个桥头，知道官路上往来人多，与其从城里打了货四乡跑，还不如在桥头安个家。一面作各乡生意，一面搭个亭子给过路人歇脚，就近作过路人买卖。因此就在桥头安了家。住处一定，把老婆和一个十三岁的小女孩也接来了。浦市人本来为人和气，加之几年来与附近各村子各大围子都有往来，如今来在桥头开铺子，生意发达是很自然的。那老婆照浦市人中年妇女打扮，头上长年裹一块长长的黑色绉绸首帕，把眉毛拔得细细的。一张口甜甜的，见男的必称大哥，女的称嫂子，待人特别殷勤。因此不到半年，桥头铺子不特成为乡下人买东西地方，并且也成为乡下人谈天歇息地方了。夏天桥头有三株大青树，特别凉爽。冬天铺子里土地上烧的是大树根和油枯饼，火光熊熊——真可谓无往不宜。

贵生和铺子里人大小都合得来，手脚又勤快，几年来，那杂货铺老板娘待他很好，他对那个女儿也很好。山上多的是野生瓜果，栗子榛子不出奇，三月里他给她摘大莓，六月里送她地枇杷，八九月里还有出名当地、样子像干海参、瓤白如玉如雪的八月瓜，尤其逗那女孩子欢喜。女孩子名叫金凤。那老板娘一年前因为回浦市去吃喜酒，害蛇钻心病死掉了，杂货铺充补了个毛伙，全身无毛病，只因为性情活跳，取名叫做癞子。

贵生不知为什么总不大欢喜那癞子，两人谈话常常顶板，癞子却老是对他嘻嘻笑。贵生说："癞子，你若在城里，你是流氓；你若在书上，你是奸臣。"癞子还对他笑。贵生不欢喜癞子，那原因谁也不明白，杂货铺老板倒知道，因为贵生怕癞子招郎上门，从帮手改成驸马。

贵生其时正在溪水边想癞子会不会作"卖油郎"，围子里有人搭口信来，说五爷下乡了，要贵生去看看南山桐子熟了没有。看过后去围子里回话。

贵生听了信，即刻去山上看桐子。

贵生上了山，山上泥土松松的，树根蓬草间，到处有秋虫鸣叫。一下脚，大而黑的油蛐蛐、小头尖尾的金铃子各处乱蹦。几个山头看了一下，只见每株树枝都被饱满坚实的桐木果压得弯弯的，好些已落了地，山脚草里到处都是。因为一个土塍（chéng）[1]上有一片长藤，上面结了许多颜色乌黑的东西，一群山喜鹊喳喳的叫着，知道八月瓜已成熟了，赶忙跑过去。山喜鹊见人来就飞散了。贵生把藤上八月瓜全摘下来，装了半斗笠，预备带回去给桥头金凤吃。

贵生看过桐子，回到家里，晚半天天还早，就往围子去禀告五爷。

到围子时，见院里搁了一顶轿子，几个脚夫正闭着眼蹲在石碌碡[2]上吸旱烟管。贵生一看知道城里另外来了人，转身往仓房去找鸭毛伯伯。鸭毛伯伯是五老爷围子里老长工，每天坐在仓房边打草鞋。仓房不见人，又转往厨房去，才见着鸭毛伯伯正在小桌边同几个城里来的年青伙子坐席，用大提子从黑色瓮缸里舀取烧酒，煎干鱼下酒。见贵生来就邀他坐下，参加他们的吃喝。原来新到围子的是四爷，刚从河南任上回城，赶来看五爷，过几天又得往河南去。几个人正谈到五爷和四爷在任上的种种有趣故事。

一个从城里来的小秃头，老军务神气，一面笑一面说：

"人说我们四老爷实缺骑兵旅长是他自己玩掉的。一个人爱玩，衣禄上有一笔账目，不玩见阎王销不了账，死后来生还是玩。上年军队扎在汝南

---

[1] 方言。田间的土埂。
[2] 碌碡（liù zhou），一种农具，用石头做成，圆柱形，用来轧谷物、平场地。也叫石磙。

地方,一个月他玩了八个,把那地方尖子货全用过了,还说:'这是什么鬼地方,女人都是尿脬[1]做成的,要不得。一身白得像灰面,松塌塌的,一点儿无意思,还装模作态,这样那样。'你猜猜花多少钱。四十块一夜,除王八外快不算数。你说,年青人出外胡闹不得,我问你,我们哥子们想胡闹,成不成?一个月七块六,伙食三块三除外还剩多少?不剃头,不洗衣,留下钱来一年还不够玩一次,我的伯伯,你就让我胡闹我从哪里闹起!"

另一高个儿将爷说:

"五爷人倒好,这门路不像四爷乱花钱。玩也玩得有分寸,一百八十随手撒,总还定个数目。"

鸭毛伯伯说:

"牛肉炒韭菜,各人心里爱。我们五爷花姑娘弄不了他的钱,花骨头可迷住了他。往年同老太太在城里住,一夜输二万八,头家跟五爷上门来取话,老太太爱面子,怕五爷丢丑,以后见不得人,临时要我们从窖里挖银子,元宝一对一对刨出来,点数给头家。还清了债,笑着向五爷说:'上当学乖,下不为例。'手气不好,莫下注给人当活元宝啃,说张家出报应!"

"别人说老太太是怄气死的。"

"可不是。花三万块钱挣了一个大面子,有涵养也不能不心疼!明明白白五爷上了人的当,哑子吃黄连,怎不生气?一包气闷在心中,病了四十天,完了,死了。"

"可是五爷为人有孝心,老太太死时,他办丧事做了七七四十九天道场,花了一万六千块钱,谁不知道这件事!都说老太太心好命好,活时享受不尽,死后还带了万千元宝锞(kè)子,四十个丫头老妈子照管箱笼,服侍她老人家一路往西天,热闹得比段老太太出丧还人多,执事挽联一里路长。有个孝子尽孝,死而无憾。"

---

1 尿脬(suī pao),方言。膀胱。

鸭毛伯伯说：

"五爷怕人笑话，所以做面子给人看。因为老太太生前爱面子，五爷又是过房的，一过来就接收偌大一笔产业。老太太如今归天了，五爷花钱再多也应该。花了钱，不特老太太有面子，五爷也有面子。人都以为五爷傻，他才真不傻！若不是花骨头迷心，他有什么可愁的！"

"不多久在城里听说又输了五千。后来想冲一冲晦气，要在潇湘馆给那南花湘妃挂衣，六百块钱包办一切，还是四爷帮他同那老婊子说妥的。不知为什么，五爷自己临时又变卦，去美孚洋行打那三抬一的字牌，一夜又输八百。六百给那花王开苞他不干，倒花八百去熬一夜，坐一夜三顶拐轿子，完事时给人开玩笑说：谢谢五爷送礼。真气坏了四爷。"

"花脚狗不是白面猫，各有各的脾气。银子到手哗喇哗喇花，你说莫花，这哪成！这些人一事不作偏有钱，钱财像是命里带来的。命里注定它要来，门板挡不住；命里注定它要去，索子链子缚不住。王皮匠捡了锭银子，睡时搂到怀里睡，醒来银子变泥巴。你我是穷人，和黄花姑娘无缘，和银子无缘，就只和酒有点缘分。我们喝完了这碗酒，再喝一碗罢。贵生，同我们喝一碗，都是哥子弟兄，不要拘拘泥泥。"

贵生不想喝酒，捧了一大包板栗子，到灶边去，把栗子放在热灰里煨栗子吃。且告给鸭毛伯伯，五爷要他上山看桐子，今年桐子特别好，过三天就是白露，要打桐子也是时候了。哪一天打，定下日子，他好去帮忙。看五爷还有不有话吩咐，无话吩咐，他回家了。

鸭毛伯伯去见五爷禀白："溪口的贵生已经看过了桐子，山向阳，今年霜降又早，桐子全熟了，要捡桐子差不多了。贵生看五爷还有什么话告他。"

城里来的四爷正同五爷谈卜术相术，说到城里中街一个杨半痴，如何用哲学眼光推人流年吉凶和命根贵贱，把个五爷说得眉飞色舞。听说贵生来了，就要鸭毛叫贵生进来有话说。

贵生进院子里时，担心把五爷地板弄脏，赶忙脱了草鞋，赤着脚去见五爷。

五爷说："贵生，你看过了我们南山桐子吗？今年桐子好得很，城里油行涨了价，挂牌二十二两三钱，上海汉口洋行都大进。报上说欧洲整顿海军，预备世界大战，买桐油漆大战舰，要的油多。洋毛子欢喜充面子，不管国家穷富，军备总不愿落人后。仗让他们打，我们中国可以大发洋财！"

贵生一点不懂五爷说话的用意，只是带着一点敬畏之忱站在堂屋角上。

鸭毛伯伯打圆儿说："五爷，我们什么时候打桐子？"

五爷笑着："要发洋财得赶快，外国人既等着我们中国桐油油船打仗，还不赶快一点？明天打后天都好。我要自己去看看，就便和四爷打两只小毛兔玩。贵生，今年南山兔子多不多。趁天气好，明天去罢。"

贵生说："五爷，您老说明天就明天，我家里烧了茶水，等四爷五爷累了歇个脚。没有事我就走了。"

五爷说："你回去罢。鸭毛，送他一斤盐两斤片糖，让他回家。"

贵生谢了谢五爷，正转身想走出去，四爷忽插口说："贵生，你成了亲没有。"一句话把贵生问得不知如何回答，望着这退职军官私欲过度的瘦脸，把头摇着，只是好笑，他想起几句流行的话语："婆娘婆娘，磨人大王，磨到三年，嘴尖毛长。"

鸭毛接口说："我们劝他看一门亲事，他怕被女人迷住了，不敢办这件事。"

四爷说："贵生，你怕什么？女人有什么可怕？你那样子也不是怕老婆的。我和你说，看中了什么人，尽管把她弄进屋里来。家里有个婆娘，对你有好处，你不明白？尽管试试看，不用怕！"

贵生记起刚才在厨房里几个人的谈话，所以轻轻的说："一个人有一个人的命，勉强不来。"随即同鸭毛走了。

四爷向五爷笑着说："五爷，贵生相貌不错，你说是不是。"

五爷说:"一个大憨子,讨老婆进屋,我恐怕他还不会和老婆做戏!"

贵生拿了糖和盐回家,绕了点路过桥头杂货铺去看看。到桥头才知道当家的已进城办货去了,只剩下金凤坐在酒坛边纳鞋底。见了贵生,很有情致的含着笑看了他一眼,表示欢迎。贵生有点不大自然,站在柜前摸出烟管打火吸烟,借此表示从容:"当家的快回来了?"

金凤说:"贵生,你也上城了吧,手里拿的是什么?"

"一斤盐,两斤糖,五老爷送我的。我到围子里去告他们打桐子。"

"你五老爷待人可好?"

"城里四老爷也来了,还说明天要来山上打兔子……"贵生想起四爷先前说的一番话,咕咕的笑将起来。

金凤不知什么好笑,问贵生:"四爷是个什么样人物。"

"一个大军官,听说做过军长、司令官,一生就是欢喜玩,把官也玩掉了。"

"有钱的总是这样过日子,做官的和开铺子的都一样。我们浦市源昌老板,十个大木簰(paī)从洪江放到桃源县,一个夜里这些木簰就完了。"

贵生知道这个故事,所以贵生说:"都是女人。"

金凤脸绯红,向贵生瞅着,表示抗议:"怎么,都是女人!你见过多少女人!女人也有好有坏,和你们男子一样,不可一概而论!"

"我不是说你!"

"你们男的才真坏,什么四老爷、五老爷,有钱就是大王,糟蹋人,不当数……"

其时,正有三个过路人,过了桥头到铺子前草棚下,把担子从肩上卸下来,取火吸烟,看有什么东西可吃。买了一碗酒,三人共同用包谷花下酒。贵生预备把话和金凤接下去,不知如何说好。三个人不即走路,他就到桥下去洗手洗脚。过一阵走上来时,见三人正预备动身,其中一个顶年青的，打扮得像个玩家，很多情似的，向金凤瞟着个眼睛，只是笑。掏钱时故意露出扣花抱肚上那条大银链子，且自言自语说："银子千千万，难买一颗心。易求无价宝，难得有情郎。"三人走后金凤低下头坐在酒坛上出神，一句话不说。贵生想把先前未完的话接续说下去，无从开口。

到后看天气很好，方说："金凤，你要栗子，这几天山上油板栗全爆口了。我前天装了个套机，早上去看，一只松鼠正拱起个身子，在那木板上嚼栗子吃，见我来了不慌不忙的一溜跑去，好笑。你明天去捡栗子吧，地下多的是！"

金凤不答理他，依然为刚才过路客人几句轻薄话生气。贵生不大明白，于是又说："你记不记得有一年在我砂地上偷栗子，不是跑得快，我会打断你的手！"

金凤说："我记得，我不跑。我不怕你！"

贵生说："你不怕我，我也不怕你！"

金凤笑着："现在你怕我……"

贵生好像懂得金凤话中的意思，向金凤眯眯笑，心里回答说："我一定不怕。"

毛伙割了一大担草回来了，一见贵生就叫唤："贵生，你不说上山割草吗？"

贵生不理会，却告给金凤，在山上找得一大堆八月瓜，她想要，明天自己去拿，因为明天打桐子，他上山去帮忙，五爷四爷又说要来赶兔子，恐怕没空闲。

贵生走后毛伙说："金凤，这憨子，人大空心小。"

金凤说："莫乱说，他生气时会打扁你。"

毛伙说："这种人不会生气。我不是锡酒壶，打不扁。"

第二天，天一亮，贵生带了他的镰刀上山去。山脚雾气平铺，犹如展开一片白毯子,越拉越宽,也越拉越薄。远远的看到张家大围子嘉树成荫,几株老白果树向空挺立,更显得围子里正是家道兴旺。一切都像浮在云雾上头,飘渺而不固定。他想围子里的五爷四爷,说不定还在睡觉做梦,梦里也是五魁八马,白板红中!

可是一会儿田塍上就有马项铃哐啷哐啷响,且闻人语嘈杂,原来五爷四爷居然赶早都来了。贵生慌忙跑下坡去牵马。来的一共是十二个男女工,四个跟随,还有几个围子里捡荒的小孩子。大家一到地即刻就动起手来,从顶上打起,有的爬树,有的用竹竿巴巴的打,草里泥里到处滚着那种紫红果子。

四爷五爷看了一会儿,也各捞一根竹竿打了几下,一会儿就厌烦了,要贵生引他们到家里去。家里灶头锅里的水已沸腾,鸭毛给四爷五爷冲茶喝。四爷见屋角斗笠里那一堆八月瓜,拿起来只是笑。

"五爷,你瞧这像个什么东西?"

"四爷,你真是孤陋寡闻,八月瓜也不认识。"

"我怎么不认识?我说它简直像……"

贵生因为预备送八月瓜给金凤,耳听到四爷说了那么一句粗话,心里不自在,顺口说道:

"四爷五爷欢喜,带回去吃罢。"

五爷取了一枚,放在热灰里煨了一会儿,捡出来剥去那层黑色硬壳,挖心吃了。四爷说那东西腻口甜不吃,却对于贵生家里一支钓鱼竿称赞不已。

四爷因此从钓鱼谈起,溪里、河里、江里、海里以及北方芦田里钓鱼的方法如何不同,无不谈到。忽然一个年轻女人在篱笆边叫唤贵生,声音又清又脆。贵生赶忙跑出去,一会儿又进来,抱了那堆八月瓜走了。

四爷眼睛尖,从门边一眼瞥见了那女的白首帕,大而乌光的发辫,问鸭毛"女人是谁"。鸭毛说:"是桥头上卖杂货浦市人的女儿。内老板去年热天回娘家吃喜酒，在席面上害蛇钻心病死掉了，就只剩下这个小毛头，今年满十六岁，名叫金凤。其实真名字倒应当是'观音'！卖杂货的大约看中了贵生，又憨又强一个好帮手，将来会承继他的家业。贵生倒还拿不定主意，等风向转。真是白等。"

四爷说："老五，你真是宣统皇帝，住在紫禁城傻吃傻喝，围子外什么都不知道。山清水秀的地方一定地贵人贤，为什么不……"

鸭毛搭口说："算命的说女人八字重，克父母，压丈夫，所以人都不敢动她。贵生一定也怕克……"正说到这里，贵生回来了，脸庞红红的，想说一句话可不知说什么好，只是搓手。

五爷说："贵生，你怕什么？"

贵生先不明白这句话意思所指，茫然答应说："我怕精怪。"

一句话引得大家笑将起来，贵生也笑了。

几人带了两只瘦黄狗，去荒山上赶兔子，半天毫无所得。晌午时又回转贵生家过午。五爷问长工今年桐子收多少，知道比往年好，就告给鸭毛，分三担桐子给贵生酬劳，和四爷骑了马回围子去了。回去本不必从溪口过身，四爷却出主张，要五爷同他绕点路，到桥头去看看。在桥头杂货铺买了些吃食东西，和那生意人闲谈了好一阵，也好好的看了金凤几眼，才转回围子。

回到围子里四爷又嘲笑五爷，以为在围子里作皇帝，真正是不知民间疾苦。话有所指，五爷明白意思。

五爷说："四爷你真是，说不得一个人还从狗嘴里抢肉吃。"

四爷在五爷肩头打了一掌说："老五，别说了。我若是你，我就不像你，一块肥羊肉给狗吃。你不看见：眉毛长，眼睛光，一只画眉鸟，打雀儿！"

五爷只是笑，再不说话。一个人有一个人的分定，五爷欢喜玩牌，自己老以为输牌不输理，每次失败只是牌运差，并非功夫不高。五爷笑四爷见不得女人，城市里大鱼大肉吃厌了，注意野味。

这方面发生的事贵生自然全不知道。

贵生只知道今年多得了三担桐子，捡荒还可得两三担，家里有五六担桐子沤在床底下，一个冬天夜里够消磨了。

日月交替，屋前屋后狗尾巴草都白了头在风里摇。大路旁刺梨一球球黄得像金子，已退尽了涩味，由酸转甜。贵生上城卖了十多回草，且卖了几篮刺梨给官药铺，算算日子，已是小阳春的十月了。天气转暖了一点，溪边野桃树有开花的。杂货铺一到晚上，毛伙就地烧一个树根，火光熊熊，用意像在向邻近住户招手，欢迎到桥头来，大家向火谈天。在这时节牲畜草料都上了垛，谷粮收了仓，红薯也落了窖，正好是大家休息休息的时候，所以日里晚上都有人在那里。晚上尤其热闹，因为间或还有告假回家的兵士和大兴场贩朱砂的客人到杂货铺来述说省里新闻，天上地下说来无不令众人神往意移。

贵生到那里，照例坐在火旁不大说话，一面听他们说话，一面间或瞟金凤一眼。眼光和金凤眼光相接时，血行就似乎快了许多。他也帮杜老板作点小事，也帮金凤作点小事。落了雨，铺子里他是唯一客人时，就默默的坐在火旁吸旱烟，听杜老板在美孚灯下打算盘滚账，点数余存的货物。贵生心中的算盘珠也扒来扒去，且数点自己的家私。他知道城里的油价好，二十五斤油可换六斤棉花两斤板盐。他今年有好几担桐子，真是一注小财富！年底鱼呀肉呀全有了，就只差个人。有时候那老板把账结清了，无事可做，便从酒坛间找出一本红纸面的文明历书，来念那些附在历书下的"酬世大全""命相神数"。一排到金凤八字，必说金凤八字怪，斤两重，不是"夫人"就是"犯人"，克了娘不算过关，后来事情多。金凤听来只是抿着嘴笑。

或者正说起这类事，那杂货铺老板会突然发问："贵生，你想不想成家？你要讨老婆，我帮你忙。"

贵生瞅着面前向上的火焰说:"老板,你说真话假话?谁肯嫁我!"

"你要就有人。"

"我不信。"

"谁相信天狗咬月亮?你尽管不信,到时天狗还是把月亮咬了,不由人不信。我和你说,山上竹雀要母雀,还自己唱歌去找。你得留点心,学'归归红,归归红''婆婆酒醉,婆婆酒醉归!'[1]"

话把贵生引到路上来了,贵生心痒痒的,不知如何接口说下去,于是也学杜鹃叫了几声。

毛伙间或多插一句嘴,金凤必接口说:"贵生,你莫听癞子的话,他乱说。他说会装套捉狸子,捉水獭,在屋后边装好套,反把我那只花猫捉住了。"金凤说的虽是毛伙,事实却在用毛伙的话,岔开那杜掌柜提出的问题。

半夜后,贵生晃着个火把走回家去,一面走一面想,卖杂货的也在那里装套,捉女婿,不由得不咕咕笑将起来。一个存心装套,一个甘心上套,事情看来也就简单。困难不在人事在人心。贵生和一切乡下人差不多,心上也有那么一点儿迷信。女的脸儿红中带白,眉毛长,眼角向上飞,是个"克"相;不克别人得克自己,到十八岁才过关!因这点迷信他稍稍退后了一步,杂货商人装的套不灵,不成功了。可是一切风总不会老向南吹,终有个转向时。

一天落大雨,贵生留在家里搓了几条草绳子,扒开床下沤的桐子看看,色已变黑,就倒了半箩桐子剥,一面剥桐子一面却想他的心事。不知哪一阵风吹换了方向,他忽然想起事情有点儿险。金凤长大了,心窍子开了,毛伙随时都可以变成金凤的人。此外在官路上来往卖猪攀乡亲的浦市人,上贵州省贩运黄牛收水银的辰州客人,都能言会说,又舍得花钱,在桥头

---

[1] 指杜鹃、竹雀的叫声。

过身,有个见花不采?闪不知把女人拐走了,那才真是"莫奈何"!人总是人,要有个靠背,事情办好大的小的就都有了靠背了。他想的自然简单一点,粗俗一点,但结论却得到了,就是热米打粑粑,一切得趁早,再耽误不得。

他预备第二天上城去同那舅舅商量商量。

贵生进城去找他的舅舅。恰好那大户人家正办席面请客,另外请得有大厨子掌锅,舅舅当了二把手,在门板上切腰花。他见舅舅事忙,就留在厨房帮同理葱剥毛豆。到了晚上,把席面撤下时,已经将近二更,吃了饭就睡了。第二天那家主人又要办什么婆婆粥,鱼呀肉呀煮了一锅,又忙了一整天,还是不便谈他的事情。第三天舅舅可累病了。贵生到测字摊去测字,为舅舅拈的是一个"爽"字,自己拈了一个"回"字。测字的说:"人逢喜事精神爽,若问病,有喜事病就会好。"又说:"回字喜一半,吉字一半,可是言字也是一半。"要办的事赶早办好,迟了恐不成。他觉得话有道理。

回到舅舅身边时,就说他想成亲了,溪口那个卖杂货的女儿身家正派,为人贤惠,可以做他的媳妇。她帮他喂猪割草好,他帮她推磨打豆腐也好。只要他开口,可拿定七八成。掌柜的答应了,有一点钱就可以趁年底圆亲,多一个人吃饭,也多一个人补衣捏脚,有坏处,有好处,特来和舅舅商量商量。

那舅舅听说有这种好事,岂有不快乐道理。他连年积下了二十块钱,正拿不定主意,不知道把它预先买副棺木好,还是买几只小猪托人喂好。一听外甥有意接媳妇,且将和卖杂货的女儿成对,当然一下就决定了主意,把钱"投资"到这件事上来了。

"你接亲要钱用,我帮你一点钱。"厨子起身把存款全部从床脚下泥土里掏出来后,就放在贵生面前,"你要用,你拿去用。将来养了儿子,有一个算我的小孙子,逢年过节烧三百钱纸,就成了。"

贵生吃吃的说:"我不要那么些钱,开铺子的不会收我财礼的!"

"怎么不要?他不要你总得要。说不得一个穷光棍打虎吃风,没有吃时把裤带紧紧。你一个人草里泥里都过得去,两个人可不成!人都有个面子,讨老婆就得养老婆、养孩子,不能靠桥头杜老板,让人说你吃裙带饭。钱拿去用,舅舅的就是你的。"

两人商量好了,贵生上街去办货物。买了两丈官青布,两丈白布,三斤粉条,一个猪头,又买了些香烛纸张,一共花了将近五块钱。东西办好,贵生高高兴兴带了东西回溪口。

出城时碰到两个围子里的长工,挑了箩筐进城,贵生问他们赶忙进城有什么要紧事。

一个长工说:"五爷不知为什么心血来潮,派我们办货!好像接媳妇似的,开了好长一张单子,一来就是一大堆!"

贵生说:"五爷也真是五爷,人好手松,做什么事都不想想。"

"真是的,好些事都不想想就做。"

"做好事就升天成佛,做坏事可教别人遭殃。"

长工见贵生办货不少,带笑说:"贵生,你样子好像要还愿,莫非快要请我们吃喜酒了?"

另一个长工也说:"贵生,你一定到城里发了洋财,买那么大一个猪头,会有十二斤罢。"

贵生知道两人是打趣他,半认真半说笑的回答道:"不多不少,一个猪头三斤半,正预备焖好请哥们喝一杯!"

分手时一个长工又说:"贵生,我看你脸上气色好,一定有喜事不说,瞒我们。"

几句话把贵生说的心里轻轻松松的。

贵生到晚上下了决心,去溪口桥头找杂货铺老板谈话。到那里才知道杜老板不在家，有事去了。问金凤父亲什么地方去了，什么时候回来，金凤却神气淡淡的说不知道。转问那毛伙，毛伙说老板到围子里去了，不知什么事。贵生觉得情形有点怪，还以为也许两父女吵了嘴，老的赌气走了，所以金凤不大高兴。他依然坐在那条矮凳上，用脚去拨那地炕的热灰，取旱烟管吸烟。

毛伙忍不住忽然失口说："贵生，金凤快要坐花轿了！"

贵生以为是提到他的事情，眼眯着金凤说："不是真事吧？"

金凤向毛伙盯了一眼："癫子，你胡言乱说，我缝你的嘴！"

毛伙萎了下来，向贵生憨笑着："当真缝了我的嘴，过几天要人吹唢呐可没人。"

贵生还以为金凤怕难为情，把话岔开说："金凤，我进城了，在我舅舅那里住了三天。"

金凤低着个头，神气索漠的说："城里好玩！"

"我去城里有事情。我和舅舅打商量……"他不知怎么说下去好，于是转口向毛伙："围子里五爷又办货要请客人。"

"不只请客……"

毛伙正想说下去，金凤却借故要毛伙去瞧瞧那鸭子栅门关好了没有。

坐下来总像是冰锅冷灶的。杜老板很久还不回来，金凤说话要理不理。贵生看风头不大对，话不接头。默默的吹了几筒烟，只好走了。

回到家里从屋后搬了一个树根，捞了一把草，堆地上烧起来，捡了半箩桐子，在火边用小剜刀剥桐子。剥到深夜，总好像有东西咬他的心，可说不清楚是什么。

第二天正想到桥头去找杂货商人谈话，一个从围子里来的人告他说，围子里有酒吃，五爷纳宠，是桥头浦市人的女儿。已看好了日子，今晚进门，要大家杀黑前去帮忙，抬轿子接人！听到这消息，贵生好像头上被一个人重重的打了一闷棍，呆了半天转不过气来。

那人走后，他还不大相信，一口气跑到桥头杂货铺去，只见杜老板正在柜台前低头用红纸封赏号。

那杂货铺商人一眼见是贵生，笑眯眯的说："贵生，你到什么地方去了？好几天不见你，我们还以为你做薛仁贵当兵去了。"

贵生心想："我还要当土匪去！"

杂货铺商人又说："你进城好几天，看戏了罢。"

贵生站在外边大路上结结巴巴的说："大老板，大老板，听人说你家有喜事，是真的吧？"

杜老板举起那些小包封说："你看这个。"一面只是笑，事情不言而喻。

贵生听桥下有人捶衣，知道金凤在桥下洗衣，就走近桥栏杆边去，看见金凤头上孝已撤除，一条乌光辫子上簪了一朵小小红花，正低头捶衣。贵生说："金凤，你有大喜事，贺喜，贺喜！"金凤头也不抬，停了捶衣，不声不响。贵生从神情上知道一切都是真的，自己的事情已完全吹了，完了，一切都完了。再说不出话，对那老板狠狠看了一眼，拔脚走了。

晚半天，贵生依然到围子里去。

贵生到围子里时，见五老爷穿了件春绸薄棉袍子，外罩件蓝缎子夹马褂，正在院子里督促工人扎喜轿，神气异常高兴。五爷一见贵生就说："贵生，你来了，很好。吃了没有？厨房里去喝酒罢。"又说，"你生庚属什么？属龙晚上帮我抬轿子，过溪口桥头上去接新人。属虎就不用去，到时避一避！"

贵生呆呆怯怯的说："我属虎，八月十五寅时生，犯双虎。"说后依然如平常无话可说时那么笑着，手脚无放处。看五爷分派人作事，扎轿杆的不当行，走过去帮了一手忙。到后五爷又问他喝了没有，他不作声。鸭毛伯伯换了一件新毛蓝布短衣，跑出来看轿子，见到贵生，就拉着他向厨房走。

厨房里有五六个长工坐在火旁矮板凳上喝酒，一面喝一面说笑。因为都是派定过溪口上接亲的人，其中有个吹唢呐的，脸喝得红都都的，说："杜老板平时为人慷慨大方，到那里时一定请我们吃城里带来的嘉湖细点，还有包封。"

另一个长工说："我还欠他二百钱，记在水牌上，真怕见他。"

鸭毛伯伯接口打趣他："欠的账那当然免了，你抬轿子小心点就成了。"

一个毛胡子长工说："你们抬轿子，看她哭多远，过了大青树还像猫儿那么哭，要她莫哭了，就和她说，大姐，你再哭，我就抬你回去！她一定不敢再哭。"

"她还是哭你怎么样？"

"我当真抬她回去。"

所有人都哄然大笑起来。

吹唢呐的会说笑话，随即说了一个新娘子三天回门的粗糙笑话，装成女子的声音向母亲诉苦："娘，娘，我以为嫁过去只是服侍公婆，承宗接祖，你哪想到小伙子人小心坏，夜里不许我撒尿！"大家更大笑不止。

贵生不作声，咬着下唇，把手指骨捏了又捏，看定那红脸长鼻子，心想打那家伙一拳。不过手伸出去时，却端起了土碗，咕嘟嘟喝了半碗烧酒。

几个长工打赌，有的以为金凤今天不会哭，有的又说会哭，还说看那一双水汪汪的眼睛就是会哭的相。正乱着，院中另外那几个扎轿子的也来到厨房，人一多话更乱了。

贵生见人多话多，独自走到仓库边小屋子里去。见有只草鞋还未完工，就坐下来搓草编草鞋。心里实在有点儿乱，不知道怎么好。身边还有十六块钱，紧紧的压在腰板上。他无头无绪想起一些事情。三斤粉条，两丈官青布，一个猪头，有什么用？五斛桐子送到姚家油坊去打油，外国人大船大炮到海里打大仗，要的是桐油。卖纸客人做眉弄眼，"易求无价宝，难得有情郎"，有情郎就来了。四老爷一个月玩八个辫子货，还说妇人身上白得像灰面，无一点意思。你个做官的！……

看看天已快夜了。

院子里人声嘈杂,吹唢呐的大约已经喝个六分醉,把唢呐从厨房吹起,一直吹到外边大院子里去。且听人喊燃火把放炮动身。两面铜锣镗镗的响着,好像在说,我们走,我们走,我们快走!不一会儿,一队人马果然就出了围子向南走去了。去了许久还可听到接亲队伍傍着小山坡边走去时那一点唢呐呜咽声音。贵生过厨房去看看,只见几个女的正在预备汤果。鸭毛伯伯见贵生就说:"贵生,我还以为你也去了。帮我个忙挑几担水罢。等会儿还要水用。"

贵生担起水桶一声不响走出去。院子里烧了几堆油柴,正屋里还点了蜡烛,挂了块红。住在围子里的佃户人家妇女小孩都站在院子里,等新人来看热闹。贵生挑水走捷径必从大门出进,却宁愿绕路,从后门走。到井边挑了七担水,看看水平了缸,才歇手过灶边去烘草鞋。

阴阳生排八字女的属鼠,宜天断黑后进门,为免得与家中人不合,凡家中命分上属大猫小猫到轿子进门时都得躲开。鸭毛伯伯本来应当去打发轿子接人的。既得回避,因此估计新人快要进围子时,就邀贵生往后面竹园子去看白菜萝卜,一面走一面谈话。

"贵生,一切真有个命定,勉强不来。看相的说邓通是饿死的相,皇帝不服气,送他一座铜山,让他自己造钱,到后还是饿死。城里王财主,原本挑担子卖饺饵[1]营生,气运来了,住身在那个小庙里,墙倒坍了,两夫妇差点儿压死,待到两人从泥灰里爬出来一看,原来墙里有两坛银子,从此就起了家……不是命是什么!桥头上那杂货铺小丫头,谁料到会作我们围子里的人?五爷是读书人,懂科学,平时什么都不相信,除了洋鬼子看病,照什么'挨挨试试'光,此外都不相信。上次进城一输又是两千,被四爷把心说活了。四爷说:'五爷,你玩不得了,手气痞,再玩还是输。找个

---

[1] 即饺子。

"原汤货"来冲一冲运气看,保准好。城里那些毛母鸡,谁不知道用猪肠子灌鸡血,到时假充黄花女。乡下有的是人,你想想看。'五爷认真了,凑巧就看上了那杂货铺女儿,一说就成,不是命是什么。"

贵生一脚踹到一个烂笋瓜上头,滑了一下,轻轻的骂自己:"鬼打岔,眼睛不认货!"

鸭毛伯伯以为话是骂杜老板女儿,就说:"这倒是认货不认人!"

鸭毛伯伯接着又说:"贵生,说真话,我看杂货铺杜老板和那丫头先前对你倒很有心,旁观者清,当局者迷,你还不明白。其实只要你好意思亲口提一声,天大的事定了。天上野鸭子各处飞,捞到手的就是菜,二十八宿闹昆阳,阵势排好了,先下手为强,后下手遭殃。你不先下手,怪不得人!"

贵生说:"鸭毛伯伯,你说的是笑话。"

鸭毛伯伯说:"不是笑话!一切是命,半点不由人。十天以前,我相信那小丫头还只打量你同她俩在桥头推磨打豆腐!"说的当真不是笑话,不过说到这里,为了人事无常,鸭毛伯伯却不由得不笑起来了。

两人正向竹园坎上走去,上了坎,远远已听到唢呐呜呜咽咽的声音,且听到爆竹声,就知道新人的轿子来了。围子里也骤然显得热闹起来。火炬都点燃了,人声杂遝(tà)[1]。一些应当避开的长工,都说说笑笑跑到后面竹园来,有的还毛猴一样爬上大南竹去眺望,看人马进了围子没有。

唢呐越来越近,院子里人声杂乱起来了,大家知道花轿已进营盘大门,一些人先虽怕冲犯,这时也顾不得了,都赶过去看热闹。

三声大炮放过后,唢呐吹"天地交泰",拜天地祖宗,行见面礼,一会儿唢呐吹完了,火把陆续熄了,鸭毛伯伯知道人已进门,事已完毕,拉了贵生回厨房去,一面告那些拿火把的人小心火烛。厨房里许多人都在解包

---

[1] 即杂沓,意为杂乱。

封，数红纸包封里的赏钱，争着倒热水到木盆里洗脚，一面说起先前一时过溪口接人，杜老板发亲时如何慌张的笑话。且说杜老板和毛伙一定都醉倒了，免得想起女儿今晚上事情难受。鸭毛伯伯重新给年青人倒酒，把桌面摆好，十几个年青长工坐定时，才发现贵生已溜了。

  半夜里，五爷正在雕花板床上细麻布帐子里拥了新人做梦，忽然围子里所有的狗都狂叫起来。鸭毛伯伯起身一看，天角一片红，远处起了火。估计方向远近，当在溪口边上。一会儿有人急忙跑到围子里来报信，才知道桥头杂货铺烧了，同时贵生房子也走了水。一把火两处烧，十分蹊跷，详细情形一点不明白。

  鸭毛伯伯匆匆忙忙跑去看火，先到桥头，火正壮旺，桥边大青树也着了火，人只能站在远处看。杜老板和癞子是在火里还是走开了，一时不能明白。于是又赶过贵生处去，到火场近边时，见有好些人围着看火，谁也不见贵生，人是烧死了还是走了，说不清楚。鸭毛用一根长竹子向火里搅了一阵，鼻子尽嗅着，人在火里不在火里，还是弄不出所以然。人老成精，他心中明白这件事，火是怎么起的，一定有个原因。转围子时，半路上正碰着五爷和那新姨。五爷说："人烧坏了吗？"

  鸭毛伯伯结结巴巴的说："这是命，五爷，这是命。"回头见金凤正哭着，心中却说："丫头，做小老婆不开心？回去一索子吊死了吧，哭什么？"

  几人依然向起火处跑去。

一九三七年三月作，五月改作——北平
（选自《主妇集》）

边城　沈从文小说菁华

丈夫

导读： 这篇小说情节简单，但人物刻画生动，情绪描写准确。在小说里，"丈夫"不仅仅是一个人物，更是一种身份。这个人物一出场，他的身份就是残缺的。在沈从文不动声色交代的大背景下，"丈夫"的探妻之行注定充满了无法言说的无奈与屈辱。水保查船、官爷酒后撒酒疯，这些本是妓船的日常，但是因为"丈夫"的到来有了不一样的味道，具备了情感深度。丈夫的情绪高低起伏，内心波涛汹涌。每一个微小的事件，对他都是一种刺激和羞辱。他心里有火，但无从发泄，顶多就是扔掉柴火，无数次地想着要"转去"。"妻子"不是妻子，"丈夫"不是丈夫，他们又能怎么办呢？

有人说，这篇小说揭露了旧时代的社会经济制度对人性的伤害；也有人说，这篇小说揭示了"城市对农村的掠夺"。贾平凹在《极花》的研讨会上曾经说过："城市抢走了乡村的女人。"希望你在阅读后提出自己的见解。

　　落了春雨，一共有七天，河水涨大了。
　　河中涨了水，平常时节泊在河滩的烟船妓船，离岸极近，船皆系在吊脚楼下的支柱上。

在四海春茶馆楼上喝茶的闲汉子,伏身在临河一面窗口,可以望到对河的宝塔"烟雨红桃"好景致,也可以知道船上妇人陪客烧烟的情形。因为那么近,上下都方便,有喊熟人的声音,从上面或从下面喊叫,到后是互相见到了,谈话了,取了亲昵样子,骂着野话粗话,于是楼上人会了茶钱,从湿而发臭的甬道走去,从那些肮脏地方走到船上了。

上了船,花钱半元到五块,随心所欲吃烟睡觉,同妇人毫无拘束的放肆取乐。

船上人,她们把这件事也像其余地方一样称呼,这叫做"生意"。她们都是做生意而来的。在名分上,那名称与别的工作同样,既不与道德相冲突,也并不违反健康。她们从乡下来,从那些种田挖园的人家,离了乡村,离了石磨同小牛,离了那年青而强健的丈夫,跟随到一个熟人,就来到这船上做生意了。做了生意,慢慢的变成为城市里人,慢慢的与乡村离远,慢慢的学会了一些只有城市里才需要的恶德,于是这妇人就毁了。但那毁,是慢慢的,因为需要一些日子,所以谁也不去注意了。而且也仍然不缺少在任何情形下还依然会好好的保留着那乡村纯朴气质的妇人,所以在市的小河妓船上,决不会缺少年青女子的来路。

事情非常简单,一个不亟亟于生养孩子的妇人,到了城市,能够每月把从城市里两个晚上所得的钱,送给那留在乡下诚实耐劳种田为生的丈夫处去,在那方面就可以过了好日子,名分不失,利益存在,所以许多年青的丈夫,在娶妻以后,把妻送出来,自己留在家中耕田种地安分过日子,也竟是极其平常的事。

这种丈夫,到什么时候,想及那在船上做生意的年青的媳妇,或逢年过节,照规矩要见见媳妇的面了,自己便换了一身浆洗干净的衣服,腰带上挂了那个工作时常不离口的短烟袋,背了整箩整篓的红薯糍粑之类,赶到市上来,像访远亲一样,从码头第一号船上问起,一直到认出自己女人所在的船上为止。问明白了,到了船上,小心小心的把一双布鞋放到舱外护板上,把带来的东西交给了女人,一面便用着吃惊的眼睛,搜索女人的全身。这时节,女人在丈夫眼下自然已完全不同了。

大而油光的发髻,用小镊子扯成的细细眉毛,脸上的白粉同绯红胭脂,以及那城市里人神气派头,城市里人的衣裳,都一定使从乡下来的丈夫感到极大的惊讶,有点手足无措。那呆相是女人很容易清楚的。女人到后开了口,或者问:"那次五块钱得了么?"或者问:"我们那对猪养儿子了没有?"女人说话时口音自然也完全不同了,变成像城市里做太太的大方自由,完全不是在乡下做媳妇的神气了。

听女人问到钱,问到家乡豢养的猪,这作丈夫的看出自己做主人的身分,并不在这船上失去,看出这城里奶奶还不完全忘记乡下,胆子大了一点,慢慢的摸出烟管同火镰。第二次惊讶,是烟管忽然被女人夺去,即刻在那粗而厚大的掌握里,塞了一支哈德门香烟的缘故。吃惊也仍然是暂时的事,于是这做丈夫的,一面吸烟一面谈话,……

到了晚上,吃过晚饭,仍然在吸那有新鲜趣味的香烟。来了客,一个船主或一个商人,穿生牛皮长统靴子,抱兜一角露出粗而发亮的银链,喝过一肚子烧酒,摇摇荡荡的上了船。一上船就大声的嚷,那洪大而含胡的声音,那势派,都使这作丈夫的想起了村长同乡绅那些大人物的威风,于是这丈夫不必指点,也就知道怯生生的往后舱钻去,躲到那后梢舱上去低低的喘气,一面把含在口上那支卷烟摘下来,毫无目的的眺望河中暮景。夜把河上改变了,岸上河上已经全是灯火,这丈夫到这时节一定要想起家里的鸡同小猪,仿佛那些小小东西才是自己的朋友,仿佛那些才是亲人,如今与妻接近,与家庭却离得很远,淡淡的寂寞袭上了身,他愿意转去了。

当真转去没有?不。三十里路路上有豺狗,有野猫,有查夜的放哨的团丁,全是不好惹的东西,转去自然做不到。船上的大娘自然还得留他上三元宫看夜戏,到四海春去喝清茶,并且既然到了市上,大街上的灯同城市中的人更不可不去看看。于是留下了,坐到后舱看河中景致,等候大娘的空暇。到后要上岸了，就由小阳桥上扳篷架到船头；玩过后，仍然由那旧地方转到船上，小心小心使声音放轻，省得留在舱里躺到床上烧烟的人发怒。

到要睡觉的时候，城里起了更，西梁山上的更鼓冬冬响了一会儿，悄悄的从板缝里看看客人还不走，丈夫没有什么话可说，就在梢舱上新棉絮里一个人睡了。半夜里，或者已睡着，或者还在胡思乱想，那媳妇抽空爬过了后舱，问是不是想吃一点糖。本来非常欢喜口含冰糖的脾气，是做媳妇的记得清楚明白，所以即或说已经睡觉，已经吃过，也仍然还是塞了一小片冰糖在口里。媳妇用着略略抱怨自己那种神气走去了，丈夫把冰糖含在口里，正像仅仅为了这一点理由，就得原谅媳妇的行为，尽她在前舱陪客，自己也仍然很和平的睡觉了。

这样的丈夫在黄庄多着，那里出强健女子同忠厚男人。地方实在太穷了，一点点收成照例要被上面的人拿去一大半，手足贴地的乡下人，任你如何勤省耐劳的干做，一年中四分之一时间，即或用红薯叶子拌和糠灰充饥，总还不容易对付下去。地方虽在山中，离大河码头只三十里，由于习惯，女子出乡讨生活，男人通明白这做生意的一切利益。他懂事，女子名分上仍然归他，养得儿子归他，有了钱，也总有一部分归他。

那些船排列在河下，一个陌生人，数来数去是永远无法数清的。明白这数目，而且明白那秩序，记忆得出每一个船与摇船人样子，是五区一个老水保。

水保是个独眼睛的人。这独眼就据说在年青时节因殴斗杀过一个水上恶人，因为杀人，同时也就被人把眼睛抠瞎了。但两只眼睛不能分明的，他一只眼睛却办到了。一个河里都由他管事。他的权力在这些小船上，比一个中国的皇帝、总统在地面上的权力还统一集中。

涨了河水，水保比平时似乎忙多了。由于责任，他得各处去看看。是不是有些船上做父母的上了岸，小孩子在哭奶了。是不是有些船上在吵架，需要排难解纷。是不是有些船因照料无人，有溜去的危险。在今天，这位大爷，并且要到各处去调查一些从岸上发生影响到了水面的事情。岸上这几天来发生三次小抢案，据公安局那方面人说，是凡地上小缝小罅都找寻到了，还是毫无痕迹。地上小缝小罅都亏那些体面的在职人员找过，于是水保的责任便到了。他得了通知，就是那些说谎话的公安局办事处通知，要他到半夜会同水面武装警察上船去搜索"歹人"。

水保得到这个消息时是上半天。一个整白天他要做许多事。他要先尽一些从平日受人款待好酒好肉而来的义务了，于是沿了河岸，从第一号船起始，每个船上去谈谈话。他得先调查一下，问问这船上是不是留容得有不端正的外乡人。

做水保的人照例是水上一霸，凡是属于水面上的事他无有不知。这人本来就是一个吃水上饭的人，是立于法律同官府对面，按照习惯被官吏来利用，处治这水上一切的。但人一上了年纪，世界成天变，变去变来这人有了钱，成过家，喝点酒，生儿育女，生活安舒，这人慢慢的转成一个和平正直的人了。在职务上帮助了官府，在感情上却亲近了船家。在这些情形上面他建设了一个道德的模范。他受人尊敬不下于官，却不让人害怕讨厌。他做了河船上许多妓女的干爹。由于这些社会习惯的联系，他的行为处事是靠在水上人一边的。

他这时正从一个木跳板上跃到一只新油漆过的"花船"头，那船位置在较清静的一家莲子铺吊脚楼下。他认得这只船归谁管，一上船就喊"七丫头"。

没有声音。年青的女人不见出来，年老的掌班也不见出来。老年人很懂事情，以为或者是大白天有年青男子上船做呆事，就站在船头眺望，等了一会儿。

过一阵他又喊了两声，又喊伯妈，喊五多；五多是船上的小毛头，年纪十二岁,人很瘦,声音尖锐,平时大人上了岸就守船,买东西煮饭,常常挨打,爱哭,过一会儿又唱起小调来。但是喊过五多后,也仍然得不到结果。因为听到舱里又似乎实在有声音,像人出气,不像全上了岸,也不像全在做梦。水保就钩身窥觑舱口,向暗处询问是谁在里面。

里面还是不作答。

水保有点生气了,大声的问:"你是哪一个?"

里面一个很生疏的男子声音,又虚又怯回答说:"是我。"接着又说,"都上岸去了。"

"都上岸了么?"

"上岸了。她们……"

好像单单是这样答应,还深恐开罪了来人,这时觉得有一点义务要尽了,这男子于是从暗处爬出来,在舱口,小心小心扳到篷架,非常拘束的望到来人。

先是望到那一对峨然巍巍似乎是为柿油涂过的猪皮靴子,上去一点是一个赭色柔软麂皮抱兜,再上去是一双回环抱着的毛手,满是青筋黄毛,手上有颗其大无比的黄金戒指,再上去才是一块正方形像是无数橘子皮拼合而成的脸膛。这男子,明白这是有身分的主顾了,就学到城市里人说话,说:"大爷,您请里面坐坐,她们就回来。"

从那说话的声音,以及干浆衣服的风味上,这水保一望就明白这个人是才从乡下来的种田人。本来女人不在就想走,但年青人忽然使他发生了兴味,他留着了。

"你从什么地方来的?"他问他,为了不使人拘束,水保取的是做父亲的和平样子,望到这年青人,"我认不得你。"

他想了一下,好像也并不认得客人,就回答:"我昨天来的。"

"乡下麦子抽穗了没有?"

"麦子吗?水碾子前我们那麦子,哈,我们那猪,哈,我们那……"

这个人,像是忽然明白了答非所问,记起了自己是同一个有身分的城里人说话,不应当说"我们",不应当说我们"水碾子"同"猪",把字眼用错,所以再也接不下去了。

因为不说话,他就怯怯的望到水保笑,他要人了解他,原谅他——他是个正派人,并不敢有意张三拿四。

水保是懂这个意思的。且在这对话中,明白这是船上人的亲戚了,他问年青人:"老七到什么地方去了,什么时候可以回来?"

这时节,这年青人答语小心了。他仍然说:"是昨天来的。"他又告水保,他"昨天晚上来的"。末了才说,老七同掌班、五多上岸烧香去了,要他守船。因为守船必得把守船身分说出,他还告给了水保,他是老七的"汉子"。

因为老七平常喊水保都喊干爹,这干爹第一次认识了女婿,不必挽留,再说了几句,不到一会儿,两人皆爬进舱中了。

舱中有个小小床铺,床上有锦绸同红色印花洋布铺盖,折叠得整整齐齐。来客照规矩应当坐在床沿。光线从舱口来,所以在外面以为舱中极黑,在里面却一切分明。

年青人为客找烟卷,找自来火,毛脚毛手打翻了身边一个贮栗子的小坛子,圆而发乌金光泽的板栗在薄明的船舱里各处滚去,年青人各处用手去捕捉,仍然放到小坛中去,也不知道应当请客人吃点东西。但客人却毫不客气,从舱板上把栗子拾起咬破了吃,且说这风干的栗子真好。

"这个很好,你不欢喜么?"因为水保见到主人并不剥栗子吃。

"我欢喜。这是我屋后栗树上长的。去年结了好多,乖乖的从刺球里爆出来,我欢喜。"他笑了,近于提到自己儿子模样,很高兴说这个话。

"这样大栗子不容易得到。"

"我一个一个选出来的。"

"你选?"

"是的，因为老七欢喜吃这个，我才留下来。"

"你们那里可有猴栗？"

"什么猴栗？"

水保就把故事所说的"猴子在大山上住，被人辱骂时，抛下拳大栗子打人。人想这栗子，就故意去山下骂丑话，预备捡栗子。"——说给乡下人听。

因为栗子，正苦无话可说的年青人，得到同情他的人了。他就告水保另外属于栗子的种种事情。他知道的乡下问题可多咧。于是他说到地名"栗坳"的新闻。又说到一种栗木作成的犁具如何结实合用。这人是太需要说到这些了。昨天来一晚上都有客人吃酒烧酒，把自己关闭在小船后梢，同五多说话，五多睡得成死猪。今天一早上，本来应当有机会同媳妇谈到乡下事情了，女人又说要上岸过七里桥烧香，派他一个人守船。坐到船上等了半天，还不见人回，到后梢去看河上景致，一切新奇不同，全只给自己发闷。先一时，正睡在舱里，就想这满江大水若到乡下涨，鱼梁上不知道应当有多少鲤鱼上梁！把鱼捉来时，用柳条穿鳃到太阳下去晒，正计算到那数目，总算不清楚。忽然客人来到船上，似乎一切鱼都争着跳进水中去了。

来了客人，且在神气上看出来人是并不拒绝这些谈话的，所以这年青人，凡是预备到同自己媳妇在枕边诉说的各样事情，这时得到了一个好机会，都拿来同水保谈了。

他告给水保许多乡下情形，说到小猪捣乱的脾气，叫小猪名字是"乖乖"，又说到新由石匠整治过的那副石磨，顺便告给了一个石匠的笑话。又说到一把失去了多久的镰刀，一把水保梦想不到的小镰刀，他说：

"你瞧，奇怪不奇怪？我赌咒我各处都找到了。我们的床下，门枋上，仓角里，什么不找到？它躲了。躲猫猫一样，不见了。我为这件事骂过老七。老七哭过。可还是不见。鬼打岩，蒙蒙眼，原来它躲在屋梁上饭箩里！

半年躲在饭箩里!它吃饭!一身锈得像生疮。这东西多狡猾!我说这个你明白我没有?怎么会到饭箩里半年?那是一只做样子的东西,挂到斗窗上。我记起那事了,是我削楔子,手上刮了皮,流了血,生了大气,赌气把刀一丢。……到水上磨了半天,还不错,仍然能吃肉,你一不小心,就得流血。我还不曾同老七说到这个,她不会忘记那哭得伤心的一回事。找到了,哈哈,真找到了。"

"找到它就好了。"

"是的,得到了它那是好的。因为我总疑心这东西是老七掉到溪里,不好意思说明。我知道她不骗我了。我明白了。我知道她受了冤屈,因为我说过:'找不出么?那我就要打人!'我并不曾动过手。可是生气时也真吓人。她哭了半夜!"

"你不是用得着它割草么?"

"嗨,哪里,用处多咧。是小镰刀,那么精巧,你怎么说是割草?那是削一点薯皮,刮刮箫:这些这些用的。小得很,值三百钱,钢火妙极了。我们都应当有这样一把刀放到身边,不明白么?"

水保说:"明白明白:都应当有一把,我懂你这个话。"

他以为水保当真是懂的,什么也说到了,甚至于希望明年来一个小宝宝,这样只合宜于同自己的媳妇睡到一个枕头上商量的话也说到了。年青人毫无拘束的还加上许多粗话蠢话。说了半天,水保起身要走了,他才记起问客人贵姓。

"大爷,您贵姓?留一个片子到这里,我好回话。"

"不用不用。你只告她有这么一个大个儿到过船上,穿这样大靴子。告她晚上不要接客,我要来。"

"不要接客,您要来?"

"就是这样说,我一定要来的。我还要请你喝酒。我们是朋友。"

"我们是朋友,是朋友。"

水保用他那大而肥厚的手掌，拍了一下年青人的肩膊，从船头上岸，走到别一个船上去了。

在水保走后，年青人就一面等候一面猜想这个大汉子是谁。他还是第一次同这样尊贵的人物谈话。他不会忘记这很好的印象的。人家今天不仅是同他谈话，还喊他做朋友，答应请他喝酒！他猜想这人一定是老七的"熟客"。他猜想老七一定得了这人许多钱。他忽然觉得愉快，感到要唱一个歌了，就轻轻的唱了一首山歌。用四溪人体裁，他唱的是"水涨了，鲤鱼上梁，大的有大草鞋那么大，小的有小草鞋那么小"。

但是等了一会儿还不见老七回来，一个鬼也不回来，他又想起那大汉子的丰采言谈了。他记起那一双靴子，闪闪发光，以为不是极好的山柿油涂到上面，是不会如此体面好看的。他记起那黄而发沉的戒子，说不分明那将值多少钱，一点不明白那宝贝为什么如此可爱。他记起那伟人点头同发言，一个督抚的派头，一个军长的身分——这是老七的财神！他于是又唱了一首歌。用杨村人不庄重口吻，唱的是"山坳的团总烧炭，山脚的地保爬灰；爬灰红薯才肥，烧炭脸庞发黑"。

到午时，各处船上都已有人烧饭了。湿柴烧不燃，烟子各处窜，使人流泪打嚏，柴烟平铺到水面时如薄绸。听到河街馆子里大师傅用铲子敲打锅边的声音，听到邻船上白菜落锅的声音，老七还不见回来。可是船上烧湿柴的本领年青人还没有学到，小钢灶总是冷冷的不发吼。做了半天还是无结果，只有把它放下一个办法了。

应当吃饭时候不得饭吃，人饿了，坐到小凳上敲打舱板，他仍然得想一点事情。一个不安分的估计在心上滋长了。正似乎为装满了钱钞便极其骄傲模样的抱兜，在他眼下再现时，把原有的和平已失去了。一个用酒糟同红血所捏成的橘皮红色四方脸，也是极其讨厌的神气，保留到印象上。并且，要记忆有什么用？他记忆得到那嘱咐，是当到一个丈夫面前说的！

"今晚上不要接客,我要来。"该死的话,是那么不客气的从那吃红薯的大口里说出!为什么要说这个?有什么理由要说这个?……

胡想使他心上增加了愤怒,饥饿重复揪着了这愤怒的心,便有一些原始人就不缺少的情绪,在这个年青简单的人情绪中长大不已。

他不能再唱一首歌了。喉咙为妒嫉所扼,唱不出什么歌。他不能再有什么快乐。按照一个种田人的脾气,他想到明天就要回家。

有了脾气再来烧火,自然更不行了,于是把所有的柴全丢到河里去了。

"雷打你这柴!要你到洋里海里去!"

但那柴是在两三丈以外,便被别个船上的人捞起了的。那船上人似乎一切都准备好了,正等待一点从河面漂流而来的湿柴,把柴捞上,即刻就见到用废缆一段引火,且即刻满船发烟,火就带着小小爆裂声音燃好了。看到这一切,新的愤怒使年青人感到羞辱,他想不必等待人回船就要走路。

在街尾遇到女人同小毛头五多两个人,正牵了手说着笑着走来。五多手上拿得有一把胡琴,崭新的样子,这是做梦也不曾遇到的一件家伙!

"你走哪里去?"

"我——要回去。"

"要你看船船也不看,要回去。什么人得罪了你,这样小气?"

"我要回去,你让我回去。"

"回到船上去!"

看看媳妇,样子比说话还硬劲。并且看到那一张胡琴,明知道这是特别买来给他的,所以再不能坚持,摸了摸自己发烧的额角,幽幽的说"回去也好,回去也好",就跟了媳妇的身后跑转船上。

掌班大娘也赶来了,原来提了一副猪肺,好像东西只是乘便偷来的,深恐被人追上带到衙门里去。所以跑得颧骨发了红,喘气不止。大娘一上船,女人在舱中就喊:

"大娘,你瞧,我家汉子想走!"

"谁说的,戏都不看就走!"

"我们到街口碰到他,他生气样子,一定是怪我们不早回来。"

"那是我的错;是菩萨的错;是屠户的错。我不该同屠户为一个钱吵闹半天,屠户不该肺里灌这样多水。"

"是我的错。"陪男子在舱里的女人,这样说了一句话,坐下了。对面是男子汉。她于是有意的在把衣服解换时,露出极风情的红绫胸褡。胸褡上绣了"鸳鸯戏荷"。

男子觑着,不说话。有说不出的什么东西,在血里窜着涌着。

在后梢,听到大娘同五多谈着柴米。

"怎么我们的柴都被谁偷去了!"

"米是谁淘好的?"

"一定是火烧不燃。……姐夫是乡下人,只会烧松香。"

"我们不是昨天才解散一捆柴么?"

"都完了。"

"去前面搬一捆,不要说了。"

"姐夫只知道淘米!"

听到这些话的年青汉子,一句话不说,静静的坐在舱里,望到那一把新买来的胡琴。

女人说:"弦都配好了,试拉拉看。"

先是不作声,到后把琴搁在膝上,查看松香。调琴时,生疏的音从指间流出,拉琴人便快乐的微笑了。

不到一会儿,满舱是烟,男子被女人喊出去,仍然把琴拿到外面去,站在船头调弦。

到后吃中饭时,五多说:

"姐夫,你回头拉'孟姜女哭长城',我唱。"

"我不会拉。"

"我听说你拉得很好,你骗我谎我。"

"我不骗你。"

大娘说:"我听老七说你拉得好,所以到庙里,一见这琴,我就想起你才说就为姐夫买回去吧。是运气,烂贱就买来了。这到乡里一块钱还恐怕买不到,不是么?"

"是的。值多少钱?"

"一吊六。他们都说值得!"

五多说:"谁说值得?"

大娘很生气的说:"毛丫头,谁说不值得?你知道什么!撕你的嘴!"

因为这琴是从一个卖琴熟人手上拿来,一个钱不花,听到大娘的谎话,五多分辩,大娘就骂五多,老七却笑了。男子以为这是笑人娘不懂事,所以也在一旁干笑。

男子先把饭吃完,就动手拉琴,新琴声音又清又亮,五多高兴到得意忘形,放下碗筷唱将起来,被大娘结结实实打了一筷子头,才忙着吃饭、收碗、洗锅子。

到了晚上,前舱盖了篷,男子拉琴,五多唱歌,老七也唱歌,美孚灯罩子有红纸剪成的遮光帽,全舱灯光红红的如办大喜事,年青人在热闹中像过年,心上开了花。可是过不久,有兵士从河街过身,喝得烂醉,听到这声音了。

两个醉鬼踉踉跄跄到了船边,两手全是污泥,用手扳船,口含胡桃那么混混胡胡的嚷叫:

"什么人唱,报上名来!唱得好,赏一个五百。不听到么?老子赏你五百!"

里面琴声戛然而止,沉静了。

醉鬼用脚不住踢船,蓬蓬蓬发出钝而沉闷的声音,且想推篷,搜索不到篷盖接榫处,于是又叫嚷:"不要赏么?装聋,装哑?什么人敢在这里作乐?我怕谁?皇帝我也不怕。大爷,我怕皇帝我不是人!我们军长师长,都是混账王八蛋!是皮蛋鸡蛋,寡了的臭蛋!我才不怕。"

另一个喉咙发沙的说道:

"出来拖老子上船!"

且即刻听到用石头打船篷,大声的辱骂祖宗。一船人都吓慌了。大娘忙把灯扭小一点,走出去推篷,男子听到那汹汹声气,夹了胡琴就往后舱钻去。不一会儿,醉人已经进到前舱了。且听到问:"是什么人在此唱歌作乐,把拉琴的抓来再给老子唱一个歌。"

大娘不敢作声,老七也无主意了,两个酒疯子就大声的骂人。

"臭货,喊龟子出来,跟老子拉琴,赏一千!英雄盖世的曹孟德也不会这样大方!我赏一千,一千个红薯,快来,不出来我烧掉你们这只船!听着没有,老东西!?赶快,莫让老子们生了气,灯笼子认不得人?"

"大爷,这是我们自己家几个人玩玩,不是外人……"

"不!不!不!你不中吃。你老了,皱皮柑!快叫拉琴的来!杂种!我要拉琴,我要自己唱!"一面说一面便站起身来,想向后舱去搜寻。大娘弄慌了,把口张大合不拢去。老七急中生智,拖着那醉鬼的手,醉人懂到这意思,又坐下了。"好的,妙的,老子出得起钱,老子今天晚上要到这里睡觉!孤王酒醉在桃花宫,韩素梅生来好貌容……"

这一个在老七左边躺下去后,另一个不说什么,也在右边躺了下去。

年青人听到前舱仿佛安静了一会儿,在隔壁轻轻的喊大娘。正感到一种侮辱的大娘,悄悄爬过去,男子还不大分明是什么事情,问大娘:

"什么事情?"

"营上的副爷,醉了,像猫,等一会儿就得走。"

"要走才行。我忘记告你们了,今天有一个大方脸人来,好像大官,吩咐过我,他晚上要来,不许留客。"

"是脚上穿大皮靴子,说话像打锣么?"

"是的,是的。他手上还有一个大金戒子。"

"那是老七干爹。他今早上来过的么?"

"来过的。他说了半天话才走,吃过些干栗子。"

"他说些什么?"

"他说一定要来,一定莫留客,……还说一定要请我喝酒。"

大娘想想,来做什么?难道是水保自己要来歇夜?难道是老对老,水保注意到……想不通,一个老鸨虽一切丑事做成习惯,什么也不至于红脸,但被人说到"不中吃"时,是多少感到一种羞辱的。她悄悄的回到前舱,看前舱新事情不成样子,扁了扁瘪嘴,骂了一声猪狗,终归又转到后舱来了。

"怎么?"

"不怎么。"

"怎么,他们走了?"

"不怎么,他们睡了。"

"睡了?"

大娘虽不看清楚这时男子的脸色,但她很懂这语气,就说:"姐夫,你难得上城来,我们可以上岸玩去。今夜三元宫夜戏,我请你坐高台子,是'秋胡三戏结发妻'。"

男子摇头不语。

兵士胡闹一阵走后,五多大娘老七都在前舱灯光下说笑,说那兵士的醉态。男子留在后舱不出来。大娘到门边喊过了二次,不答应,不明白这脾气从什么地方发生。大娘回头就来检查那四张票子的花纹,因为她已经认得出票子的真假了。票子倒是真的,她在灯光下指点给老七看那些记号,那些花，且放到鼻子上嗅嗅，说这个一定是清真馆子里找出来的，因为有牛油味道。

五多第二次又走过去："姐夫，姐夫，他们走了，我们来把那个唱完，我们还得……"

女人老七像是想到了什么心事，拉着了五多，不许她说话。

一切沉默了。男子在后舱先还是正用手指扣琴弦，作小小声音，这时手也离开那弦索了。

三个女人都听到从河街上飘来的锣鼓唢呐声音，河街上一个做生意人办喜事，客来贺喜，大唱堂戏，一定有一整夜热闹。

过了一会儿，老七一个人轻脚轻手爬到后舱去，但即刻又回来了。

大娘问："怎么了？"

老七摇摇头，叹了一口气。

先以为水保恐怕不会来的，所以大家仍然睡了觉，大娘老七五多三个人在前舱，只把男子放到后面。

查船的在半夜时，由水保领来了，水面鸦雀无声，四个全副武装警察守在船头，水保同巡官晃着手电筒进到前舱。这时大娘已把灯捻明了，她经验多，懂得这不是大事情。老七披了衣坐在床上，喊干爹，喊巡官老爷，要五多倒茶。五多还睡意迷蒙，只想到梦里在乡下摘三月莓。

男子被大娘摇醒揪出来，看到水保，看到一个穿黑制服的大人物，吓得不能说话，不晓得有什么严重事情发生。

那巡官装成很有威风的神气开了口："这是什么人？"

水保代为答应："老七的汉子，才从乡下来走亲戚。"

老七说道："老爷，他昨天才来的。"

巡官看了一会儿男子，又看了一会儿女人，仿佛看出水保的话不是谎话，就不再说话了，随意在前舱各处翻翻。待注意到那个贮风干栗子的小坛子时，水保便抓了一大把栗子塞到巡官那件体面制服的大口袋里去，巡官只是笑，也不说什么。

一伙人一会儿就走到另一船上去了。大娘刚要盖篷，一个警察回来传话：

"大娘，大娘，你告老七，巡官要回来过细考察她一下，你懂不懂？"

大娘说："就来么？"

"查完夜就来。"

"当真吗？"

"我什么时候同你这老婊子说过谎？"

大娘很欢喜的样子，使男子很奇怪，因为他不明白为什么巡官还要回来考察老七。但这时节望到老七睡起的样子，上半晚的气已经没有了，他愿意讲和，愿意同她在床上说点家常私话，商量件事情，就傍床沿坐定不动。

大娘像是明白男子的心事，明白男子的欲望，也明白他不懂事，故只同老七打知会："巡官就要来的！"

老七咬着嘴唇不作声，半天发痴。

男子一早起来就要走路，沉默的一句话不说，端整了自己的草鞋，找到了自己的烟袋。一切归一了，就坐到那矮床边沿，像是有话说又说不出口。

老七问他："你不是昨晚上答应过干爹，今天到他家中吃中饭吗？"

"……"摇摇头，不作答。

"人家特意为你办了酒席，好意思不领情？"

"……"

"戏也不看看么？"

"……"

"满天红的荤油包子,到半日才上笼,那是你欢喜的包子。"

"……"

一定要走了,老七很为难,走出船头呆了一会儿,回身从荷包里掏出昨晚上那兵士给的票子来,点了一下数,一共四张,捏成一把塞到男子左手心里去。男子无话说,老七似乎懂到那意思了:"大娘,你拿那三张也把我。"大娘将钱取出,老七又把这钱塞到男子右手心里去。

男子摇摇头,把票子撒到地下去,两只大而粗的手掌捂着脸孔,像小孩子那样莫名其妙的哭了起来。

五多同大娘看情形不好,一齐逃到后舱去了。五多心想这真是怪事,那么大的人会哭,好笑。可是她并不笑。她站在船后梢舱,看见挂在梢舱顶梁上的胡琴,很愿意唱一个歌,可是不知为什么也总唱不出声音来。

水保来船上请远客吃酒,只有大娘同五多在船上。问到时,才明白两夫妇一早都回转乡下去了。

一九三〇年四月作于吴淞

(选自《沈从文子集》)

边城　沈从文小说菁华

绅士的太太

导读：这篇小说是以都市生活为题材的小说，揭露了上流社会的腐朽堕落与人性的丧失。从情节上看，绅士太太与绅士之间的婚姻是上流社会中典型的无感婚姻，仅仅靠着面子上过得去来维持，没有丝毫感情可言，突出了上流社会的虚伪和冷漠。从绅士太太的偷情和爱财，又暴露了上流社会的堕落与空虚。从文章语言表达上看，小说的语言简洁明快。全文未提及任何人的姓名，只用"绅士太太""绅士""三姨太""大少爷"这样的代指，体现出这些肮脏龌龊的现象是上流社会的一面镜子。正如沈从文在开篇时所说："我不是写几个可以用你们石头打他的妇人，我是为你们高等人造一面镜子。"这种现象不是特指某一家庭，而是整个上流社会的共同现象，沈从文表达了对上流社会的批判与失望。

我不是写几个可以用你们石头打他的妇人，我是为你们高等人造一面镜子。

他们的家庭

一个曾经被人用各样尊敬的称呼加在名字上面的主人,国会议员,罗汉,猪仔,金刚,后来又是总统府顾问,参议,于是一事不作,成为有钱的老爷了。

人是读过书,很干练的人,在议会时还极其雄强,常常疾声厉色的与政敌论辩,一言不合就祭起一个墨盒飞到主席台上去,又常常做一点政治文章到《金刚月刊》上去发表。现在还只四十五岁。四十多岁就关门闭户做绅士,是因为什么缘故,很少有人明白的。

一般绅士为了娱悦自己,多数念点佛,学会静坐,会打太极拳,能谈相法,懂鉴赏金石书画。另外的事情,就是喝一点酒,打打牌。这个绅士是并不把自己生活放在例外的地位上去的,凡是一切绅士的坏德性他都不缺少。

一栋自置的房子,门外有古槐一株,金红大门,有上马石安置在门外边。(因为无马可上,那石头,成为小贩卖冰糖葫芦憩息的地方了。)门内有门房,有小黑花哈巴狗。门房手上弄着两个核桃,又会舞石槌,哈巴狗成天寂寞无事可作,就蹲到门边看街。房子是两个院落的大小套房子,客厅里有柔软的沙发,有地毯,有写字台,壁上有名人字画,红木长桌上有古董玩器,同时也有打牌用的一切零件东西。太太房中有小小宫灯,有大铜床,高镜台,细绢长条的仕女画,极精致的大衣橱。僻处有乱七八糟的衣服,有用不着的旧式洋伞草帽,以及女人的空花皮鞋。

绅士有一个年纪不大的妻,有四个聪明伶俐的儿女。妻曾经被人称赞过为美人,儿女都长得体面干净。因为这完全家庭,这主人,培养到这逸乐安全生活中,再无更好的理由拒绝自己的发胖了。

绅士渐渐胖下来,走路时肚子总先走到,坐在家中无话可说时就打呼

睡觉，吃东西食量极大，谈话时声音滞呆。太太是习惯了，完全不感觉到这些情形是好笑的。用人则因为凡是有钱的老爷天南地北差不多都是这个样子，也就毫不引起惊讶了。对于绅士发生兴味的，只有绅士的儿子，那个第三的少爷，看到爹爹的肚子同那神气，总要发笑的问，这里面是些什么东西。绅士记得苏东坡故事，就告给儿子，这是"满腹经纶"。儿子不明白意思，请太太代为说明，遇到太太兴致不恶的时节，太太就告给儿子说这是"宝贝"，若脾气不好，不愿意在这些空事情上唠叨，就大声喊奶妈，问奶妈为什么尽少爷牙痛，为什么尽少爷头上长疙瘩。

少爷大一点是懂事多了的，只爱吃零碎，不欢喜谈空话，所以做母亲的总是欢喜大儿子。大少爷因为吃零碎太多，长年脸庞黄黄的，见人不欢喜说话，读书聪明，只是非常爱玩，九岁时就知道坐到桌子边看牌，十岁就会"挑土"，为母亲拿牌，绅士同他太太都以为这小孩将来一定极其有成就。

绅士的太太，为绅士养了四个儿子，还极其白嫩，保留到女人的美丽，从用人眼睛估计下来，总还不上三十岁。其实三十二岁，因为结婚是二十多，现在大少爷已经十岁了。绅士的儿子大的十岁，小的三岁，家里按照北京做官人家的规矩，每一个小孩请娘姨一人，另外还有车夫，门房，厨子，做针线的，抹窗子扫地的，一共十一个下人。家里常常有客来打牌，男女都有。把桌子摆好，人上了桌子，四只白手争到在桌上洗牌，抱引小少爷的娘姨就站到客人背后看牌。待到太太说："娘姨，你是看少爷的，怎么尽呆到这里？"这三河县老乡亲才像记起了自己职务，把少爷抱出外面大街，看送丧事人家大块头吹唢呐打鼓打锣去了。引少爷的娘姨，厨子和车夫，虽不必站在桌边看谁输赢，总而言之是知道到了晚上，汽车包车把客人接走以后，太太就要把人喊在一处，为这些下等人分派赏号的。得了赏号，这些人就按照身分，把钱用到各方面去。厨子照例也欢喜打一点牌，门房能够喝酒，车夫有女人，娘姨们各个还有瘦瘦的挨饿的儿子，同到一事不作的丈夫，留在乡下，靠到得钱吃饼过日子。太太有时输了，不大高兴，大家就不作声，不敢讨论到这数目，也不敢在这数目上作那种荒唐打算。因为若是第二次太太又输，手气坏，这赏号分给用人的，不是钱，将只是一些辱骂了。实在说来，使主人生气的事情也太多了，这些真是完全吃闲饭的东西，一天什么事也不作，什么也不能弄得清楚，这样人多，还是胡胡涂涂，有客来了，喊人摆桌子也找不到，每一个人又都懂得到分钱时，不忘记伸手。太太是常常这样生气骂人的，用人从不会接嘴应声，人人都明白骂一会儿，就会有别的事情岔开。回头不是客来就是太太到别处去做客。太太事情多，不会骂得很久，并且不是输了很多的钱也不会使太太生气，所以每个下人都懂得做下人的规矩，对于太太非常恭敬。

　　太太是很爱儿子的，小孩子哭了病了，一面忙着打电话请医生，一面就骂娘姨，因为一个娘姨若照料得尽职，像自己儿子一样，照例小孩子是不大应当害病爱哭的。可是做母亲的除了有时把几个小孩子打扮得齐全，引带小孩子上公园吃点心看花以外，自己小孩子是不常同母亲接近的。另外时节母亲事情都像太多了，母亲常常有客，常常做客，平时又有许多机会同绅士吵嘴斗气，小孩子看到母亲这样子，好像也不大愿意亲近这母亲了。有时顶小的少爷，一定得跟到母亲做客，总得太太装成生气的样子骂人，于是娘姨才能把少爷抱走。

　　绅士为什么也缺少这涵养，一定得同太太吵闹给下人懂到这习惯？是并不溢出平常绅士家庭组织以外的理由。一点点钱，一次做客不曾添制新衣，更多次数的，是一种绅士们总不缺少的暧昧行为。太太从绅士的马褂袋子里发现了一条女人用的小小手巾，从朋友处听到了点谣言，从娘姨告诉中知道了些秘密，从汽车夫处知道了些秘密。或者，一直到了床上，发现了什么，都得在一个机会中把事情扩大，于是骂一阵，嚷一阵，有眼睛的就流眼泪，有善于说谎赌咒的口的也就分辩，发誓，于是本来预备出去做客也就不去了，本来预备睡觉也睡不成了。哭了一会儿的太太，若是不甘示弱，或遇到绅士恰恰有别的事情在心上，不能采取最好的手段赔礼，太太就一人出去，到别的人家做客去了。绅士羞惭在心，又不无小小愤怒，也就不即过问太太的去处。生了气的太太，还是过相熟的亲戚家打牌，因为有牌在手上，纵有气，也不是对于人的气了。过一天，或者吵闹是白天，到了晚上，绅士一定各处熟人家打电话，问太太在不在。有时太太记得到这行为，正义在自己身边，不愿意讲和，就总预先嘱咐那家主人，告给绅士并不在这里。有时则虽嘱咐了主人，遇到公馆来电话时，主人知道是绅士想讲和了，总仍然告给了太太的所在地方，于是到后绅士就来了，装作毫无其事的神气，问太太输赢。若旁人说赢了，绅士不必多说什么，只站在身后看牌，到满圈，绅士一定就把太太接回家了。若听到人说输了呢，绅士懂得自己应做的事，是从皮包里甩一百八十的票子，一面放到太太跟前去，一面挽了袖子自告奋勇，为太太扳本。既然加了股份，太太已经愿意讲和，且当到主人面子，不好太不近人情，自然站起来让坐给绅士。绅士见有了转机，虽很欢喜的把大屁股贴到太太坐得热巴巴的椅子上去，仍然不忘记说："莫走莫走，我要你帮忙，不然这些太太们要欺骗我这近视眼！"那种十分得体的趣话，主人也仿佛很懂事，听到这些话总是打哈哈笑，太太再不好意思走开，到满圈，两夫妇也仍然就回家了。遇到各处电话打过，太太的行动还不明白时节，主人照例问汽车夫，照例汽车夫受过太太的吩咐，只说太太并不让他知道去处，是要他送到市场就下了车的。绅士于是就坐了汽车各家去找寻太太。每到一个熟人的家里，那家公馆里仆人，都不以为奇怪，公馆中主人，姨太太，都是自己才讲和不久，也懂得这些事情，男主人照例袒护绅士，女主人照例袒护太太，同这绅士来谈话。走到第二家，第三家，有时是第七家，太太才找着。有时找了一会儿，绅士新的气愤在心上慢慢滋长，不愿意再跑路了，吼着要回家，或索性到那使太太出走的什么家中去玩了一趟，回到家中躺在柔软的大椅上吸烟打盹。这方面一坚持，太太那方面看看无消息，有点软弱惶恐了。或者就使那家主人打电话回家来，作为第三者转圜，使绅士来接；或者由女主人伴送太太回家，且用着所有绅士们太太的权利，当到太太把绅士教训一顿。绅士虽不大高兴，既然见到太太归来了，而且伴回来的又正说不定就是在另一时方便中也开了些无害于事的玩笑过的女人，到这时节，利用到机会，把太太支使走开，主客相对会心的一笑，大而肥厚的柔软多脂的手掌，把和事老小小的善于搅牌也善于做别的有趣行为的手捏定，用人不在客厅，一个有教养的绅士，总得对于特意来做和事老的人有所答谢，一面无声的最谨慎的做了些使和事老忍不住笑的行为，一面又柔声的喊着太太的小名，用"有客在怎么不出来"这一类正义相责。太太本来就先服了输，这时又正当到来客，再不好坚持，就出来了。走出来后，谈了一些空话，因为有了一主一客，只须再来两个就是一桌，绅士望到客人做了一个会心的微笑，赶忙去打电话邀人。坐在家里发闷的女人正多，自然不到半点钟，这一家的客厅里，又有四只洁白的手同几个放光的钻戒在桌上唏唎哗唎乱着了。

　　关于这种家庭战争，由太太这一面过失而起衅，由太太这一面错误来出发，这事是不是也有过？也有过。不过男子到底是男子，一个绅士，学会了别的时候以前，先就学会了对这方面的让步，所以除了有时无可如何才把这一手拿出来抵制太太，平常时节是总以避免这冲突为是的。因为绅士明白每一个绅士太太，都在一种习惯下，养成了一种趣味，这趣味有些人家是在相互默契情形下维持到和平的，有些人家又因此使绅士得了自由的机会。总而言之，太太们这种好奇的趣味，是可以使绅士阶级把一些友谊僚谊更坚固起来的，因这事实绅士们装聋装哑过着和平恬静的日子，也就大有其人了。这绅士太太，既缺少这样把柄给丈夫拿到，所以这太太比其余公馆的太太更使绅士尊敬畏惧了。

另外一个绅士的家庭

因为做客,绅士太太到西城一个熟人家中去。

也是一个绅士,有姨太太三位,儿女成群。大女儿在著名教会大学念书,小女儿在小学念书,有钱有势,儿子才从美国留学回来,即刻就要去新京教育部做事。绅士太太一到这人家,无论如何也有牌打,因为没有外来客,这个家中也总是一桌牌。小姐从学校放学回来,争着为母亲替手,大少爷还在候船,也常常站到庶母后面,间或把手从隙处插过去,抢去一张牌,大声的吼着,把牌掷到桌上去。绅士是因为疯瘫,躺到客厅一角藤椅上哼,到晚饭上桌时,才扶到桌边来吃饭的。绅士太太是到这样一个人家来打牌的。

到了那里,看到瘫子,用自己儿女的口气,同那个废物说话。

"伯伯,这几天不舒服一点吗?"

"好多了。谢谢你们那个橘子。"

"送小孩子的东西也要谢吗?伯伯吃不得酸的,我那里有人从上海带来的外国苹果,明天要人送点来。"

"不要送,我吃不得。××近来忙,都不过来。"

"成天同和尚来往。"

"和尚也有好的,会画会诗,谈话风雅,很难得。"

自己那个二姨太就笑了,因为她就同一个和尚有点熟。这太太是不谈诗画不讲风雅的,她只觉得和尚当真也有"好人",很可以无拘束的谈一些体己话,内中含意当然是不宜于公开的。

那从美利坚得过学位的大少爷,一个基督教徒,就说:

"凡是和尚都该杀头。"

绅士把眼睛一睁,对这种新派幼稚怪话表示不平。

"怎么,一开口就乱说!佛同基督有什么不同?不是都要度世救人吗?"

大少爷记起父亲是废物了,耶稣是怜悯老人的,立刻取了调和妥协的神气:"我说和尚不说佛。"

大姨太太说:"我不知道你们男人为什么都恨和尚。"

这少爷正想回话,听到外面客厅一角有电话铃响,就奔到那角上接电话去了。这里来客这位绅士太太就说:"伯伯,媳妇怎么样?"废物不作声,望到大小姐,因为大小姐在一点钟以前还才同爹爹吵过嘴。大小姐笑了。大小姐想到另外一件事,就笑了。

二姨太太说:"看到相片了,我们同大小姐到他房里翻出相片同信,大小姐读过笑得要不得。还有一个小小头发结子,不知是谁留下的,还有……"

三姨太太不知为什么红了脸,借故走出去了。

大小姐追出去:"三娘,婶婶来了,我们打牌!"

绅士太太也追出去,走到廊下,赶上大小姐:"慢走,毛丫头,我同你说。"

大小姐似乎早懂得所说的意思了,要绅士太太走过那大丁香树下去。两人坐到那小小绿色藤椅上去,互相望着对方白白的脸同黑黑的眼珠子。大小姐笑了,红了脸,伸手把绅士太太的手捏定。

"婶婶,莫逼我好吧。"

"逼你什么?你这丫头,那么聪明。你昨天装得使我认不出是谁了。我问你,到过那里几回了?"

"婶婶你到过几回?"

"我问你!"

"只到过三次,万千莫告给爹爹!"

"我先想不到是你。"

"我也不知道是婶婶。"

"输了赢了?"

"输了不多。姨姨输二千七百,把那个钻石戒指也换了,瞒到爹爹,不让他知道。"

"几姨?"

"就是三娘。"

三娘正在院中尖声唤大小姐,到后听到这边有人说话,也走到丁香花做成的花墙后面来了。见到了大小姐同绅士太太在一处,就说:"请上桌子,牌早摆好了。"

绅士太太说:"三娘,你手气不好,怎么输很多钱。"

这妇人是妓女出身,见过大场面,经过多少风雨,又特别聪明懂事,最会做媚眼,就对大小姐笑,好像说大小姐不该把这事告给外人。但这姨太太一望也就知道绅士太太不是外人了,所以说:"××去不得,一去就输,还是大小姐好。"又问,"太太你常到那里?"绅士太太就摇头,因为她到那里是并不为赌钱的,只是监察到绅士丈夫,这事不能同姨太太说,不能同大小姐说,所以含混过去了。

他们记起牌已摆上桌子了,从花下左边小廊走回内厅,见到大少爷在电话旁拿着耳机正说洋话,疙疙瘩瘩。大小姐听得懂是同女人说的话,就嘻嘻的笑,两个妇人皆莫名其妙,也好笑。

四个人哗喇哗喇洗牌,分配好了筹码,每人身边一个小红木茶几,上面摆纸烟,摆细料盖碗,泡好新毛尖茶。另外是小瓷盘子,放得有切成小片的美国橘子。四个人是主人绅士太太,客人绅士太太,二姨太太,大小姐。另外有人各人背后站站,谁家和了就很伶俐的伸出白白的手去讨钱,是"做梦"的三姨太太。废人因为不甘寂寞,要把所坐的活动椅子推出来,到厅子一端,一面让大姨太太捶背,一面同打牌人谈话。

大少爷打完电话,穿了笔挺新式洋服从客厅旁过身,听到牌声洗得热闹,本来预备出去有事情,也在牌桌边站定了。

"你们大学生也打牌?"

"为什么不能够陪妈陪婶婶?"

客人绅士太太就问大少爷:"春哥,外国有牌打没有?"

主人绅士太太笑了:"岂止有牌打,我们这位少爷还到美国××俱乐部做教师,那些洋人送他十块钱一点钟,要他指点!"

"当真是这样,我将来也到美国去。"

大小姐说:"要去,等我毕业了,我同婶婶一路去。我们可以……慢点慢点,一百二十副。妈你为什么不早打这张麻雀,我望这张牌望了老半天了。哈哈,一百二!"说了,女人把牌放在嘴边亲了那么一下,表示这天索同自己的感情。

母亲像是不服气样子,找别的岔子:"玉玉,怎么一个姑娘家那么野?跟谁学来这些野话?"

大小姐不作声,因为大少爷捏着她的膀子,要代一个庄,大小姐就嚷:"不行不行,人家才第一个上庄!"

大少爷到后坐到母亲位置上去,很热心的洗着牌,很热心的叫骰子,和了一牌四十副,才哼着美国学生所唱的歌走去了。

这一场牌一直打到晚上,到后又来了别的一个太太,二姨太让出了缺,仍然是五个人打下去。到晚饭时许多鸡鸭同许多精致小菜摆上了桌子,在非常光亮的电灯下,打牌人皆不必掉换位置,就仍然在原来座位上吃晚饭。废人也镶拢来了,问这个那个的输赢,吃了很多的鱼肉,添了三次白饭,还说近来厨子所做的菜总是不大合口味。因为在一钵鸡中发现了一只鸡脚没有把外皮剥去,就叫厨子来,骂了一些大人们照例骂人吃冤枉饭的话,说是怎么这东西还能待客,要把那鸡收回去。厨子把一个大瓷钵拿回到灶房,看看所有的好肉已经吃尽,也就不说什么话。回头上房喊再来点汤,于是又在那煨鸡缸里舀了一盆清汤送上去了。

吃过了晚饭,晚上的时间实在还长,大小姐明早八点钟就得到学校去上课，做母亲的把这个话提出来，在客人面前不大好意思同母亲作对，于是退了位，让三姨太太来补缺，四人重新上了场。不过大小姐站到母亲身后不动，一遇到有牌应当上手时，总忽然出人意外的飞快的把手从母亲肩上伸到桌中去，取着优美的姿势，把牌用手一摸，看也不看，嘘的一声又把牌掷到桌心去。母亲因为这代劳的无法拒绝，到后就只有让位了。

八点了，二少爷三小姐三少爷不忘记姐姐日里所答应的东道，选好了××主演的《妈妈趣史》电影，要大小姐陪到去做主人。恰恰一个大三元为三姨太太抢去单吊，非常生气，不愿意再打，就伴同一群弟妹坐了自己汽车到××去看电影去了。主人绅士太太仍然又上了桌子。

大少爷回来时，废物已回到卧房睡觉去了。大少爷站到三姨太太身后看牌，看了一会儿，走去了。三姨太太到后把牌让二姨太太打，说有一点事，也就走出了客厅。

于是客人绅士太太一面砌牌一面说："伯母，你真有福气。"

主人绅士太太说："吵闹极了，都像小孩子。"

另外来客也有五个小孩，就说："把他们都赶到学校去也好，我有三个是两个礼拜才许他们回来一次的。"这个妇人却料不到那个大儿子每星期到六国饭店跳舞两次。

"家里人多也好点。"

"我们大少爷过几天就要去南京，做什么'边事'，不知边些什么。"

"有几百一个月。"

"听说有三百三，三百三他哪里够，好歹是也可以找钱，不要老子养他了。"

"他们都说美国回来好，将来大小姐也应当去。"

"她说她不去美国，要去就去法国。法国女人就只会打扮，这丫头爱好。"

轮到绅士太太做梦赋闲了，站到红家身后看了一会儿，又站到瘾家身后看了一会儿，吃了些糖松子儿，又喝了口热茶。想出去方便一下，就从客厅出去，过东边小院子，过圆门，过长廊。那边偏院辛夷树开得花朵动人，在月光里把影子通通映在地下，非常有趣味。辛夷树那边是大少爷的书房，听到有人说话，引起了一点好奇，就走过那边窗下去，只听到一个极其熟悉的女人笑声，又听到说话，声音很小，像在某一种情形下有所争持。

"小心一点，……"

"你莫这样，我就……"

听了一会儿，绅士太太忽然明白这里是不适宜于站立的地方，脸上觉得发烧，悄悄的又走回到前面大院子来。月亮挂到天上，有极小的风吹送花香，内厅里不知是谁一个大牌和下了，只听到主客的嬉笑与搅牌的热闹声音。绅士太太想起了家里的老爷，忽然不高兴再在这里打牌了。

听到里面喊丫头，知道是在找人了，就进到内厅去，一句话不说，镶到主人绅士太太的空座上去补缺，把两只手放到牌里去乱和。

不到一会儿，三姨太太来了，悄静无声的，极其矜持的，站到另外那个绅士太太背后，把手搁到椅子靠背上，看大家发牌。

另外一个绅士太太，一面打下一张筒子，一面鼻子皱着，说："三娘，你真是使人要笑你，怎么晚上也擦得一身这样香。"

三姨太太不作声，微微的笑着，又走到客人绅士太太背后去。绅士太太回头去看三姨太太，这女人就笑，问赢了多少。绅士太太忽然懂得为什么这人的身上有浓烈的香味了，把牌也打错张了。

绅士太太说："外面月亮真好，我们打完这一牌，满圈后，出去看月亮。"

三姨太太似乎从这话中懂得一些事情，用白牙齿咬着自己的红嘴唇，离开了牌桌，默默的坐到较暗的一个沙发上，把自己隐藏到深软的靠背后去了。

一点新的事情

××公馆大少爷到东皇城根绅士家来看主人,主人不在家,绅士太太把来客让到客厅里新置大椅上去。

"昨天我以为婶婶会住在我家的,怎么又不打通夜?"

"我恐怕我们家里小孩子发烧要照应。"

"我还想打四圈,哪晓得婶婶赢了几个就走了。"

"哪里。你不去南京,我们明天又打。"

"今天就去也行,三娘总是一角。"

"三娘同……"绅士太太忽然说滑了口,把所要说的话都融在一个惊讶中,她望到这个整洁温雅的年青人呆着,两人互相皆为这一句话不能继续开口了。年青人狼狈到无所措置,低下了头去。

过了一会儿,大少爷发现了屋角的一具钢琴,得到了救济,就走过去用手按琴键,发出高低的散音。小孩子听到琴声,手拖娘姨来到客厅里,看奏琴。绅士太太把小孩子抱在手里,叫娘姨削几个梨子同苹果拿来,大少爷不敢问绅士太太,只逗着小孩,要孩子唱歌。

到后两人坐了汽车又到西城废物公馆去了。在车上,绅士太太很悔自己的失言,因为自己也还是年青人,对于这些事情,在一个二十六七岁的晚辈面前,做长辈的总是为一些属于生理上的种种,不能拿出长辈样子。这体面的年青人,则同样也因为这婶婶是年青女人,对于这暧昧情形有所窘迫,也感到无话可说了。车到半途,大少爷说:"婶婶,莫听他们谣言。"绅士太太就说:"你们年青人小心一点。"仍然不忘记那从窗下听来的一句话,绅士太太把这个说完时,自己觉得脸上发烧得很,因为两个人是并排坐得那么近,身体的温热皆互相感染,年青人,则从绅士太太方面的红脸,起了一种误会,他那聪明处到这时仿佛起了一个新的合理的注意,而且这注意也觉得正是救济自己一种方法。到了公馆，下车时，先走下去，伸手到车中，一只手也有意那么递过来，于是轻轻的一握，下了车，两人皆若为自己行为，感到了一个憧憬的展开扩大，互相会心的交换了一个微笑。

到了废物家，大少爷消失了，不多一会儿又同三娘出现了。绅士太太觉得这三娘今天特别对她亲切，在桌边站立，拿烟拿茶，剥果壳儿，两人望到时，就似乎有些要说而不必用口说出的话，从眼睛中流到对方心里去。绅士太太感到自己要做一个好人，要为人包瞒打算，要为人想法成全，要尽一些长辈所能尽的义务。这是为什么？因为从三娘的目光里，似乎得到一种极其诚恳的信托，这妇人，已经不能对于这件事不负责任了。

大小姐已经上坤范女子大学念书去了，少爷们也上学了，今天请了有两个另外的来客，所以三娘不上场。到绅士太太休息时，三娘就邀绅士太太到房里去，看新买的湘绣。两人刚走过院子，望见偏院里辛夷，开得如火红，一大树花灿烂夺目，两人皆不知忌讳，走到树下去看花。

"昨夜里月光下这花更美。"绅士太太在心上说着，微微的笑。

"我想不到还有人来看花！"三姨太太也这样想着，微微的笑。

书房里大少爷听到有人走路声音，忙问是谁。

绅士太太说："春哥，不出去么？"

"是婶婶吗？请进来坐坐。"

"太太就进去看看，他很有些好看的画片。"

于是两个妇人就进到这大少爷书房里，是个并不十分阔大的卧室，四壁裱得极新，小小的铜床，小小的桌子，四面都是书架，堆满了洋书，红绿面子印金字，大小不一，似乎才加以整理的神情，稍稍显得凌乱。床头一个花梨木柜橱里，放了些女人用的香料，一个高脚维多利亚式话匣子，上面一大册安置唱片的本子，本子上面一个橘子，橘子旁边一个烟斗。大少爷正在整理一个像小钟一类东西，那东西就搁到窗前桌上。

"有什么用处？"

"无线电盒子,最新从美国带回的,能够听上海的唱歌。"

"太太,大少爷带得一个小闹表,很有趣味。"

"哎呀,这样小,值几百?"

"一百多块美金,婶婶欢喜就送婶婶。"

"这怎么好意思,你只买得这样一个,我怎么好拿!"

"不要紧,婶婶拿去玩,还有一个小盒子。这种表只有美国一家专利,若是坏了,拿到中央表店去修理,不必花钱,因为世界各国凡是代卖这家钟表公司出品的,都可以修理。"

"你留着自己玩吧,我那边小孩子多,掉到地下可惜。"

"婶婶真是把我当外人。"

绅士太太无话可说。因为三姨太太已经把那个表放到绅士太太手心里,不许她再说话了。这女人,把人情接受了,望一望全房情景,像是在信托方面要说一句话,就表示大家可以开诚布公作商量了,就悄悄的说道:

"三娘,你听我说一句话,家里人多了,凡事也小心一点。"

三娘望到大少爷笑:"我们感谢太太,我们不会忘记太太对我们的好处。"

大少爷,这美貌有福的年轻人,无话可说,正翻看那一本日日放在床头的英文《圣经》,不作声,脸儿发着烧,越显得娇滴滴红白可爱,忽然站起来,对绅士太太作了三个揖,态度非常诚恳,用一个演剧家扮演哈孟雷特[1]的姿势,把绅士太太的左手拖着,极其激动的向绅士太太说道:

"婶婶的关心地方,我不会忘记到脑背后。"

绅士太太右手捏着那纽扣大的小表,左手被人拖着,也不缺少一个剧中人物的风度,谦虚的而又温和的说:"小孩子,知道婶婶不是妨碍你们年青人事情就行了,我为你们担心!我问你,什么时候过南京有船?"

---

[1] 即哈姆雷特。

"我不想去,并不是没有船。"

"母亲也瞒到?"

"母亲只知道我不想去,不知道为什么事情。她也不愿意我就走,所以帮着瞒到老瘫子说是船受检查,极不方便。"

绅士太太望望这年青侄儿,又望望年青的姨太太,笑了:"真是一对玉合子。"

三娘不好意思,也咪的笑了:"太太,今夜去××试试赌运,他们那里主人还会做很好的点心,特别制的,不知尝过没有?"

"我不欢喜大数目,一百两百又好像拿不出手——春哥,美国有赌博的?"

"法国美国都有,我不知道这里近来也有了,以前我不听到说过。婶婶也熟悉那个吗?"

"我是悄悄的去看你的叔叔。我装得像妈子那样戴一副墨眼镜,谁也不认识。有一次我站到我们胖子桌对面,他也看不出是我。"

"三娘,今天晚上我们去看看,婶婶莫打牌了。假装有事要回去,我们一道去。"

三姨太也这样说:"我们一道去。到那里去我告给太太巧方法扎七。"

事情就是这样定妥了。

到了晚上约莫八点左右,绅士太太不愿打牌了,同废物谈了一会儿话,邀三娘送她回去,大少爷正有事想过东城,搭乘了绅士太太的汽车,三人一道儿走。汽车过长安街,一直走,到哈德门大街了,再一直走,汽车夫懂事,把车向右转,因为计算今天又可以得十块钱特别赏赐,所以乐极了,把车也开快了许多。

三人到××,留在一个特别室中喝茶休息,预备吃特制点心。三姨太太悄悄同大少爷说了几句话,扑了一会儿和粉,对穿衣镜整理了一会儿头发,说点心一时不会做来,先要去试试气运,拿了皮夹想走。

绅士太太说:"三娘你就慌到输!"

大少爷说:"三娘是不怕输的,顶爽利,莫把皮夹也换筹码输去才好。"

三姨太走下楼去后,小房中只剩下两个人。两人说了一会儿空话,年青人记起了日里的事情,记起同三姨太商量得很好了的事情,感到游移不定,点心送来了。

"婶婶吃一杯酒好不好?"

"不吃酒。"

"吃一小杯。"

"那就吃甜的。"

"三娘也总是欢喜甜酒。"

当差的拿酒去了,因为一个方便,大少爷走到绅士太太身后去取烟,把手触了她的肩。在那方,明白这是有意,感到可笑,也仍然感到小小动摇,因为这贵人记起日里在车上的情形,且记起昨晚上在窗下窃听的情形,显得拘束,又显得烦懑了,就说:

"我要回去,你们在这里吧。"

"为什么忙?"

"为什么我到这里来?"

"我要同婶婶说一句话,又怕骂。"

"什么话?"

"婶婶样子像琴雪芳。"

"说瞎话,我是戏子吗?"

"是三娘说的,说美得很。"

"三娘顶会说空话。"虽然这么答着,侧面正是一个镜台,这绅士太太,不知不觉把脸一侧,望到镜中自己的白脸长眉,温和的笑了。

男子低声的蕴藉的笑着,半天不说话。

绅士太太忽然想到了什么的神情,对着了大少爷:"我不懂你们年青人做些什么鬼计。"

"姊姊是我们的恩人，我……"那只手，取了攻势，伸过去时，受了阻碍。

女人听这话不对头，见来势不雅，正想生气，站在长辈身分上教训这年青人一顿，拿酒的厮役已经在门外轻轻的啄门，两人距离忽然又远了。

把点心吃完，到后两人用小小起花高脚玻璃杯子，吃甜味橘子酒。三姨太太回来了，把皮夹掷到桌上，坐到床边去。

绅士太太问："输了多少？"

三娘不作答，拿起皮夹欢欢喜喜掏出那小小的精巧红色牙膏筹码数着，一面做报告，一五一十，除开本，赢了五百三。

"我应当分三成，因为不是我陪你们来，你一定还要输。"绅士太太当笑话说着。

大少爷就附和到这话说："当真姊姊应当有一半，你们就用这个做本，两人合份，到后再结算。"

"全归太太也不要紧，我们下楼去，现在热闹了点，张家大姑娘同到张七老爷都来了，×总理的三小姐也在场，五次输一千五，骄傲极了，越输人越好看。"

"我可不下去，我不欢喜让她知道我在这里赌钱。"

"大少爷？"

"我也不去，我陪姊姊坐坐，三娘你去吧，到十一点我们回去。"

"……你莫走！"三姨太还是笑笑的走了。

回到家中，皮夹中多了一个小表，多了四百块钱，见到老爷在客厅中沙发上打盹，就骂用人，为什么不喊老爷去睡。当差的就说，才有客到这里谈话，刚走不久，问老爷睡不睡觉，说还要读一点书，等太太回来再叫他，所以不敢喊叫。绅士见到太太回了家，大声的叱娘姨，惊醒了。

"回来了，太太！到什么人家打牌这么晚？"

绅士太太装成生气的样子，就说："运气坏极了，又输一百五。"

绅士正恐怕太太追问到别的事，或者从别的地方探听到了关于他的消息，贼人心虚，看到太太那神气，知道可以用钱调和了，就告给绅士太太明天可以还账。且安慰太太，输不要紧。又同太太谈各个熟人太太的牌术和那属于打牌的品德。这贵人日里还不到一个饭店里同一个女人鬼混过一次，待到太太问他白天做些什么事时，他就说到佛学会念经，因为今天是开化老和尚讲《楞严》日子。若是往日，绅士太太一定得诈绅士一阵，不是说杨老太太到过佛学会，就是说听说开化和尚已经上天津，绅士照例也就得做戏一样，赌一个小咒，事情才能和平了结，解衣上床。今晚上因为赢了钱，且得了一个小小金表，自己又正说着谎话，所以也就不再追究谈《楞严》谈到第几章那类事了。

两人回到卧室，太太把皮夹子收到自己小小的保险箱里去。绅士作为毫不注意的神气，一面弯腰低头解松绑裤管的带子，一面低声的摹仿梅畹华[1]老板的《天女散花》摇板，用节奏调和到呼吸。

到后把汗衣剥下，那个满腹经纶的尊贵肚子因为换衣的原因，在太太眼下，用着骄傲凌人的态度，挺然展露于灯光下，暗褐色的下垂的大肚，中缝一行长长的柔软的黑毛，刺目的呈一种图案调子。太太从这方面得到了一个联想，告绅士，今天西城××公馆才从美国回来不久的大少爷来看过他，不久就得过南京去。

绅士点点头："这是一个得过哲学硕士的有作为的年青人，废物有这样一个儿子，自己将来不出山，也就不妨事了。"

绅士太太想到别的事情，就笑，这时也已经把袍子脱去，夹袄脱去，鞋袜脱去，站在床边，对镜用首巾包头，预备上床了。绅士从太太高硕微

---

1 即梅兰芳。

胖的身材上，在心上展开了一幅美人出浴图，且哗哗的隔房浴室便桶的流水声，也仿佛是日里的浴室情景，就用鼻音做出亵声，告太太小心不要着凉。

更新的事情

约有三天后，××秘密俱乐部的小房子里又有这三个人在吃点心。那三娘又赢了三百多块钱，分给了绅士太太一半。这次绅士太太可在场了，先是输了一些，到后大少爷把姊姊邀上楼去，三姨太太不到一会儿就追上来，说是天红得到五百，把所输的收回，反赢三百多。绅士太太同大少爷除了称赞运气，并不说及其他事情。

绅士太太对于他们的事更显得关切，到废物公馆时，总借故到三姨太太房中去盘旋。打牌人多，也总是同三娘合手，两股均分，输赢各半。

星期日另外一个人家客厅里红木小方桌旁，有西城××公馆大小姐，有绅士太太，大小姐不明奥妙，问绅士太太，知不知道三娘近来的手气。

"姊姊不知道么？我听人说她输了五百。"

"输五百吗？我一点不明白。"

"我听人说的，她们看到她输。"

"我不相信，三娘太聪明了，心眼玲珑，最会看风色，我以为她扳了本。"

大小姐因为抓牌就不说话了，绅士太太记到这个话，虽然当真不大相信，可是对于那两次事情，有点小小怀疑起来了。到后新来了两个客，主人提议再拼成一桌，绅士太太主张把三娘接来。电话说不来，有小事，今

天少陪了。绅士太太把耳机要过身边来,捏了话机,用着动情的亲昵调子:

"三娘,快来,我在这里!"

那边说了一句什么话,这边就说:"好好,你快来,我们打过四圈再说。"

说是有事的三姨太太,得到绅士太太的嘱咐,仍然答应就来,四个人都拿这事情当笑话说着,但都不明白这友谊的基础建筑到些什么关系上面。

不到一会儿,三娘的汽车就在这人家公馆大门边停住了。客来了,桌子摆在小客厅,三娘不即去,就来在绅士太太身后。

"太太赢了,我们仍然平分,好不好?"

"好,你去吧,人家等得太久,张三太快要生气了。"

三娘去后,大小姐问绅士太太:

"这几天婶婶同三娘到什么地方打牌。"

绅士太太摇头喊:"五万碰,不要忙!"

休息时,三娘扯了绅士太太走到廊下去,悄悄的告她,大少爷要请太太到××去吃饭。绅士太太记起了大小姐先前说的话,问三娘。

"三娘,你这几天又到××去过吗?"

"哪里,我这两天门都不出。"

"我听谁说你输了些钱。"

"什么人说的?"

"没有这回事就没有这回事,我好像听谁提到。"

三娘把小小美丽嘴唇抿了一会儿,莞尔而笑,拍着绅士太太肩膊:"太太,我谎你,我又到过××,稍稍输了一点小数目。我猜这一定是宋太太说的。"

绅士太太本来听到三娘说不曾到过××,以为这是大小姐或者明白她们赢了钱,故有意探询,也就罢了。谁知三姨太太又说当真到过,这不是谎话的谎话,使她不能不对于前两天的赌博生出疑心了。她这时因为不好同三娘说破，以为另外可去问问大少爷，就忙为解释，说是听人说过，也记不起是谁了。她们到后都换了一个谈话方向，改口说到花。一树迎春颜色黄澄澄地像碎金缀在枝头上，在晚风中摇摆，姿态绝美，三娘折了一小枝，替绅士太太插到衣襟上去。

"太太，你真是美人，我一看到你，就嫌自己肮脏卑俗。"

"你太会说话了。我是中年人了，哪里敌得过你们年青太太们，一身像奶酥抟（tuán）[1]成的。"

到了晚上，两人借故有事要走，把两桌牌拼成一桌。大小姐似乎稍稍奇怪，然而这也管不了许多。这位小姐对于牌的感情太好了，依旧上了桌子摸风，这两人就坐了汽车到大陆饭店去了。大陆饭店那方面一个房间里，大少爷早在那里等候了许久，人来了，极其欢喜。三娘把大少爷扯到身边，咬着耳朵说了两句话，大少爷望到绅士太太只点头微笑。两个人不久就走到隔壁房间去了，房里剩下绅士太太一个人。襟边的黄花掉落到地下，因为拾花，想起了日里三娘的称誉，回头去照镜子。照了好一会儿，又用手抹着自己头上光光的柔软的头发，顾影自怜，这女人稍稍觉得有点烦恼，从生理方面有一些意识模糊的对绅士的反抗，想站起身来走过去，看两个人在商量些什么事情。

推开那门，见到大少爷坐在大椅上，三娘坐大少爷腿上，把头聚在一处。绅士太太不待说话，心中起着惊讶，赶忙缩回来了，仍然坐到现处，就听到两人在隔壁的笑声。一会儿，三娘走过房中来了，一只手藏在身后，头发乱乱的，脸红红的，一只手伏在绅士太太肩上，悄悄的说。

"太太，要看我前回说那个东西没有？"

"这事你怎么当真？"

"不是说笑话，这里有一份。"

---

[1] 把东西揉弄成球形。

"真是丑事情。"

三娘不再作声,把藏在身后那只手拿定的一个折子放到绅士太太面前,翻开了第一页。于是第二页,第三页,……两人相对低笑,不防大少爷,轻脚轻手,已经走到背后站定许久了。

…………

回家去,绅士太太向绅士说头痛不舒服,要绅士到书房去睡。

一年以后

绅士太太为绅士生养了第五个少爷,寄拜给废物三姨太太作干儿子。做干妈的三娘送了许多礼物给小孩。绅士家请满月酒,客厅卧房皆摆了牌。小孩子们各穿了新衣服,由娘姨带领,来到这里做客。绅士家一面举行汤饼宴,一面接亲家母过门。头一天是女客,废物不甘寂寞也接过来了。废物在客厅里一角,躺在那由公馆抬来的轿椅中,一面听太太们打牌嚷笑,一面同绅士谈天,讲到佛学中的果报,以及一切古今事情。按照一个绅士身分,采取了一个废人的感想,对于人心世道,莫不有所议及。绅士同废人说一阵,又各处走去,周旋到年青太太中间,这里看看,那里玩玩,怪有趣味。院子中小客人哭了,就叹气,大声喊娘姨,叫取果子糖来款待小客人。因为女主人不大方便,不能出外走动,干妈收拾得袅袅婷婷,风流俏俊,代行主人的职务,也像绅士一样忙着一切。绅士却充满一种怜爱心情,争着抢着担当。

到了晚上,客人散尽,娘姨把各房间打扫收拾清楚,绅士走到太太房中去,忙了一整天,有点疲倦了,就坐到太太床边,低低的叹了一声气。

看到桌上一大堆红绿礼物,看到镜台边干妈送来的大金锁同金寿星,想起那妇人飘逸潇洒风度,非常怜惜似的同太太说:

"今天干妈真累了,忙了一天!"

绅士太太不作声,要绅士轻说点,莫惊吵了后房的小孩。

似乎因为是最幼的孩子,这孩子使母亲特别关心,虽然请得有一个奶娘,孩子的床就安置在自己房后小间。绅士也极其爱悦这小小生命的嫩芽。正像是因为这小孩的存在,母亲同父亲互相也都不大欢喜在小事上寻隙吵闹,家庭也变成非常和平了。

因为这孩子是西城废物公馆三姨太太的干儿子,从此以后,三娘有一个最好的理由来到东城绅士公馆了。因这贵人的过从,从此以后,绅士也常常有理由同自己太太讨论到这干亲家母的为人,不犯忌讳了。

有一天,绅士从别处得到了一个消息,拿来告给了太太。

"我听到人说西城废物公馆的大少爷,有人做媒。"

太太略略惊讶,注意的问:"是谁?"

两人在这件事情上说了一阵,绅士也不去注意到太太的神气,不知为什么,因为谈到消息,这绅士记起另外一种荒唐消息,就咕咕的笑个不止。

太太问:"笑什么?"

绅士还是笑,并不作答。

太太有点生气样子。其时正为小孩子剪裁一个小小绸胸巾,就放下了剪刀,一定要绅士说出。

绅士仍然笑着,过了好一会儿,才嚅嚅滞滞的说:"太太,我听到有笑话,说那大少爷和……有点……"

绅士太太愕然了,把头偏向一边,惊讶而又惶恐的问:"怎么,你说什么!?"

"我是听人说的,好像我们小孩子的……"

"怎么,说什么?你们男子的口!"

绅士望到太太脸上突然变了颜色,料不到这事情会有这样吓人,就忙分辩说:"这是谣言,我知道!"

绅士太太简直要哭了。

绅士赶忙匆匆促促的分辩说:"是谣言,我是知道的!我只听说我们的孩子的干妈三娘,特别同那大少爷谈得合式,听到人这样说过,我也不相信。"

绅士太太放了一口气,才明白谣言所说的原是孩子的干妈,对于自己先前的态度忽然感到悔恨,且非常感到丈夫的可恼了,就骂绅士,以为真是一个堕落的老无耻,那么大一把年纪的人了,又不是年轻小孩子,不拘到什么地方,听到一点毫无根据的谰言,就拿来嚼咀。且说:

"一个绅士都不讲身分,亏得你们念佛经,这些话拿去随便说,拔舌地狱不知怎么容得下你们这些人!"

绅士听到这教训,一面是心中先就并不缺少对于那干亲家母的一切憧憬,把太太这义正辞严的言语,嵌到肥心上去后,就不免感到了一点羞惭。见到太太样子还很难看,这尊贵的人,照老例,做戏一样赔了礼,说一点别的空话,搭搭讪讪走到书房继续做阿难伽叶传记的研究去了。

绅士太太好好保留到先前一刻的情形,保留到自己的惊,保留到丈夫的谦和,以及那些前后言语给她的动摇。这女人,再把另外一些时节一些事情追究了一下,觉得全身忽然软弱起来,发着抖,再想支持到先前在绅士跟前的生气倔强,已经是万万办不到了。于是她就哭了,伏在那尚未完成的小孩子的胸巾上面,非常伤心的哭了。

悄悄溜到门边的绅士,看到太太那情形,还以为这是因为自己失去绅士身分的责难,以及物伤其类的痛苦,才使太太这样伤心,万分羞惭的转到书房去,想了半天主意,才想出一个计策来;不让太太知道,出了门雇街车到一个亲戚家里去,只说太太为别的事使气,想一个老太太装作不知道到他家里,邀她往公园去散散。把计策办妥当后,这绅士又才忙忙的回转家中，仍然去书房坐下，拿一本陶渊明的诗来读。读了半天，听到客来了，到上房去了，又听到太太喊叫拿东西。过了一会儿又听到叫预备车子。来客同太太出去以后，绅士走到天井中，看看天气，天气非常好。好像很觉得寂寞，就走到上面房里去。看到一块还未剪裁成就的绸子，湿得像从水中浸过，绅士良心极其难过，本待乘到这机会，可以到一个相好的妇人处去玩玩，也下了决心，不再出门了。

绅士太太回来时，问用人，老爷什么时候出去，什么时候回来。用人回答太太，老爷并不出门，在书房中读书，一个人吃的晚饭。太太忙到书房去，望着老爷正跪在佛像前念经。站到门边许久，绅士把经念完了，回头才看到太太。两人皆有所内恧（nù），都愿好好的讲了和，都愿意得到对方谅解。绅士太太极其温柔的走到老爷身边去。

"怎么一个人在家中？我以为你到傅家吃酒去了。"

绅士看到太太神气，是讲和的情形，就做着只有绅士才会做出的笑样子，问到什么地方去玩了来。明白是到公园了，就又问到公园什么馆子吃的晚饭，人多不多，碰到什么熟人没有。两人于是很虚伪又很诚实的谈到公园的一切，白鹤，鹿，花坛下围棋的林老头儿，四如轩的水饺子，说了半天，太太还不走去。

"累了，早睡一点吧。"

"你呢？"

"我念了五遍经，近来念经真有了点奇迹，念完了神清气爽。"

听着这样谎话的绅士太太，容忍着，不去加以照例的笑谑，沉默了一阵，一个人走到上房去了。绅士在书房中，正想起傅家一个婢女打破茶碗的故事，一面脱去袜子，娘姨走来了，静静的怯怯的说："老爷，太太请您老人家。"绅士点点头，娘姨退出去了，绅士不知为什么缘故，很觉得好笑，在心中搅起了些消失了多年的做新郎的情绪，跋上鞋，略显得匆促的向上房走去。

第二天，三娘来看孩子，绅士正想出门，在院子里迎面遇到了。想起前一天传说种种，绅士红着脸，笑着，敷衍着，一溜烟走了。三娘是也来告给绅士太太关于大少爷的婚事消息的，说了半天，后来接到别处电话，邀约打牌，绅士太太却回绝了。

两个人在家中密谈了一些时候，小孩子不知为什么哭了，绅士太太叫把小孩子抱来。小孩子一到母亲面前就停止了啼哭，望到这干妈，小小的伶精的黑眼仁，好像因为要认清楚这女人那么注意集中到三娘的脸。三娘把孩子抱在手上，哄着喝着：

"小东西，你认得我！不许哭！再哭你爹爹会丢了你！世界上男人都心坏，只想骗女人，你长大了，可要孝顺你妈妈！"

绅士太太不知为什么原因，小孩子一不哭泣，又教奶妈快把孩子抱去了。

一九二九年作

（选自《沈从文子集》）

边城 沈从文小说菁华

都市一妇人

导读：这篇小说讲述了一个漂亮女子的爱情故事。小说的女主人公虽然历经坎坷，遭受了爱的痛苦，但是她终究追求到了真挚的爱情，最后还在爱情的幸福中死去。她的一生就像一颗流星，在夜空中闪亮而后坠落，活出了自己苦苦追求的人生。对于这个女子，沈从文无疑是赞美的。赞美她率真的报复，赞美她拼命掌控自己的命运，赞美她那颗敏感脆弱又强大的心。

（一）

一九三〇年我住在武昌，因为我有个作军官的老弟，那时节也正来到武汉，办理些关于他们师部军械的公事，从他那方面我认识了好些少壮有为的军人。其中有个年龄已在五十左右的老军校，同我谈话时比较其余年青人更容易了解一点，我的兄弟走后，我同这老军校还继续过从，极其投契。这是一个品德学问在军官中都极其稀有罕见的人物,说到才具和资格,这种人作一军长而有余。但时代风气正奖励到一种恶德,执权者需要投机迎合比需要学识德性的机会较多,故这个老军校命运,就只许他在那种散职上,用一个少将参议名义,向清乡督办公署,按月领一份数目不多不少的薪俸,消磨他闲散的日子。有时候我们谈到这件事情时,常常替他不平,免不了要说几句年青人有血气的粗话,他就望到我微笑。"一个军人欢喜《庄子》,你想想,除了当参议以外,还有什么更适当的事务可作?"他那种安于其位与世无争的性格,以及高尚洒脱可爱处,一部《庄子》同一瓶白酒,对于他都多少发生了些影响。

这少将独身住在汉口,我却住在武昌,我们住处间隔了一条长年是黄色急流的大江。有时我过江去看他,两人就一同到一个四川馆子去吃干烧鲫鱼。有时他过江来看我,谈话忘了时候,无法再过江了,就留在我那里住下。我们便一面吃酒,一面继续那个未尽的谈话,听到了蛇山上驻军号兵天明时练习喇叭的声音,两人方横横的和衣睡去。

有一次我过江去为一个同乡送行,在五码头各个小火轮趸船上,找寻那个朋友不着,后来在一趸船上却遇到了这少将,正在趸船客舱里,同一个妇人说话。妇人身边堆了许多皮箱行李,照情形看来,他也是到此送行的。送走的是一男一女,男的大致只二十三四岁,一个长得英俊挺拔十分体面的青年,身穿灰色袍子,但那副身材,那种神气,一望而知这青年应是在军营中混过的人物。青年沉默的站在那里,微微的笑着,细心的听着在他面前的少将同女人说话。女人年纪仿佛已经过了三十岁,穿着十分得体,华贵而不俗气,年龄虽略长了一点,风度尚极动人,且说话时常常微笑,态度秀媚而不失其为高贵。这两人从年龄上估计既不大像母子,从身分上看去,又不大像夫妇,我以为或者是这少将的亲戚,当时因为他们正在谈话,上船的人十分拥挤,少将既没有见到我,我就也不大方便过去同他说话。我各处找寻了一下同乡,还没有见到,就上了码头,在江边马路上等候到少将。

半点钟后，船已开行了，送客的陆续散尽了，我还见到这少将站在趸船头上，把手向空中乱挥，且下了趸船在泥滩上追了几步，船上那两个人也把白手巾挥着。船已去了一会儿，他才走上江边马路。我望到他把头低着从跳板上走来，像是对于他的朋友此行有所惋惜的神气。

于是我们见到了，我就告给他，我也是来送一个朋友的，且已经见到了他许久，因为不想妨碍他们的谈话，所以不曾招呼他一声。他听我说已经看见了那男子和妇人，就用责备我的口气说：

"你这讲礼貌的人，真是当面错过了一种好机会！你这书呆子，怎么不叫我一声？我若早见到你就好了。见到你，我当为你们介绍一下！你应当悔恨你过分小心处，在今天已经作了一件错事，因为你若果能同刚才那女人谈谈，你就会明白你冒失一点也有一种冒失的好处。你得承认那是一个华丽少见的妇人，这个妇人她正想认识你！至于那个男子，他同你弟弟是要好的朋友，他更需要认识你！可惜他的眼睛看不清楚你的面目了，但握到你的手，听你说的话，也一定能够给他极大的快乐！"

我才明白那青年男子沉默微笑的理由了。我说："那体面男子是一个瞎子吗？"朋友承认了。我说："那美丽妇人是瞎子的太太吗？"朋友又承认了。

因为听到少将所说，又记起了这两夫妇保留到我印象上那副高贵模样，我当真悔恨我失去的那点机会了。我当时有点生自己的气，不再说话，同少将穿越了江边大路，走向法租界的九江路，过了一会儿，我才追问到船上那两个人从什么地方来，到什么地方去，以及其他旁的许多事情。原来男子是湘南××一个大地主的儿子，在广东黄埔军校时，同我的兄弟在一队里生活过一些日子，女人则从前一些日子曾出过大名，现在人已老了，把旧的生活结束到这新的婚姻上，正预备一同返乡下去，打发此后的日子，以后恐不容易再见到了。少将说到这件事情时，夹了好些轻微叹息在内。我问他为什么那样一个年青人眼睛会瞎去,是不是受下那军人无意识的内战所赐,他只答复我"这是去年的事情"。在他言语神色之间,好像还有许多话一时不能说到,又好像在那里有所计划,有所隐讳,不欲此时同我提到。结果他却说:"这是一个很不近人情的故事。"但在平常谈话之间,少将所谓不近人情故事,我听到的已经很多,并且常常没有觉得怎么十分不近人情处,故这时也不很注意,就没有追问下去。过××路一戏院门前时,碰到了我一个同乡,我们三个人就为别一件事情,把船上两个人忘却了。

回到武昌时,我想起了今天船上那一对夫妇,那个女人在另一时我似乎还在什么地方看到过,总想不出在北京还是在上海。因为忘不掉少将所说的这两夫妇对于我的未识面的友谊,且知道这机会错过去后,将来除了我亲自到湘南去拜访他们时,已无从在另外什么机会上可以见到,故更为所错过的机会十分着恼。

过了两天是星期,学校方面无事情可作,天气极好,想过江去寻找少将过汉阳,同他参观兵工厂。在过江的渡轮上,许多人望着当天的报纸,谈论到一只轮船失事的新闻,我买了份本地报纸,第一眼就看到了"仙桃"失事的电报。我糊涂了。"这只船不正是前天开走的那只吗?"赶忙把关于那只船失事的另一详细记载看看,明白了我的记忆完全不至于错误,的的确确就是前天开行的一只,且明白了全船四百七十九个人,在措手不及情形下,完全皆沉到水中去,一个也没有救起。这意外消息打击到我的感觉,使我头脑发胀发眩,心中十分难过,却不能向身边任何人说一句话。我于是重新又买了另外一份报纸,看看所记载的这一件事,是不是还有不同的消息。新买那份报纸,把本国军舰目击那只船倾覆情形的无线电消息,也登载出来,人船俱尽,一切业已完全证实了。

我自然仍得渡江过汉口去,找寻我那个少将朋友!我得告知他这件事情,我还有许多话要问他,我要那么一个年高有德善于解脱人生幻灭的人,用言语帮助到我，因为我觉得这件事使我受了一种不可忍受的打击。我心中十分悲哀，却不知我损失的是些什么。

上了岸，在路上我就很糊涂的想到："假如我前天没有过江，也没有见到这两个人，也没有听到少将所说的一番话，我不会那么难受罢。"可是人事是不可推测的，我同这两人似乎已经相熟，且俨然早就成为最好的朋友了。

到了少将住处以后，才知道他已出去许久了。我在他那里，等了一会儿，留下了一个字条，又糊糊涂涂在街上走了几条马路。到后忽然又想："莫非他早已得到了消息，跑到我那儿去了？"于是才渡江回我的住处。回到住处，果然就见到了少将，见到他后我显得又快乐又忧愁。这人见了我递给他的报纸，就把我手紧紧的揿（qìn）住握了许久。我们一句话都不说，我们简直互相对看的勇气也失掉了，因为我们都知道了这件事情，用不着再说了。

可是我的朋友到后来笑了，若果我的听觉是并不很坏的，我实在还听到他轻轻的在说："死了是好的，这收场不恶。"我很觉得奇异，由于他的意外态度，引起了我说话的勇气。我问他这是怎么一回事。怎么一回事？只有天知道！这件事可以去追究它的证据和根源，可以明白那些沉到水底去的人，他们的期望，他们的打算，应当受什么一种裁判，才算是最公正的裁判，这当真只有天知道了！

二

一九二七年左右时节，××师以一个最好的模范军誉，驻防到×地方的事,这名誉直到一九三○年还为人所称道。某一天师部来了四个年青男子,拿了他们军事学校教育长的介绍信,来谒见师长。这会见的事指派到参谋处来,一个上校参谋主任代替了师长,对于几个年青人的来意,口头上询问了一番,又从过去经验上各加以一种无拘束的思想学识的检察,到后来,四人之中三个皆委充中尉连副,分发到营上去了,其余一个就用上尉名义,留下在参谋处服务。这青年从大学校脱身而转到军校,对军事有了深的信仰,如其余许多年轻大学生一样,抱了牺牲决心而改图,出身膏腴,脸白身长,体魄壮健,思想正确,从相人术方法上看来,是一个具有毅力与正直的灵魂极合于理想的军人。年青人在时代兴味中,有他自己哲学同观念,即在革命队伍里,大众同志之间,见解也不免常常发生分歧,引起争持。即或是错误,但那种诚实无伪的纯洁处,正显得这种年青人灵魂的完美无疵。到了参谋处服务以后,不久他就同一些同志,为了意见不合,发了几次热诚的辩论。忍耐,诚实,服从,尽职,这些美德一个下级军官所不可缺少的,在这年青人方面皆完全无缺,再加上那种可以说是华贵的气度,使他在一般年青人之间,乃如群鸡中一只白鹤,超拔挺特,独立高举。

这年青人的日常办事程序,应受初来时节所见到的那个参谋主任的一切指导。这上校年纪约有五十岁左右,一定有了什么错误,这实在是安顿到大学校去应分比安顿在军队里还相宜的人物。这上校日本士官学校初期毕业的头衔,限制了他对于事业选择的自由,所以一面读了不少中国旧书,一面还得同一些军人混在一处。天生一种最难得的好性情,就因为这性情,与人不同,与军人身分不称,多少同学同事皆向上高升,作省长督办去了,他还是在这个过去作过他学生现在身充师长的同乡人部队里,认真克己的守着他的参谋职务。

为时不久,在这个年青人同老军官中间,便发生了一种极了解的友谊了,这友谊是维持在互相极端尊敬上面的。两人年份上相差约三十岁,却因为智慧与性格有一致契合处，故成了忘年之交。那年长的一个，能够喝很多的酒，常常到一个名为"老兵"的俱乐部去，喝那种高贵的白铁米酒。这俱乐部定名为"老兵"，来的却大多数是些当地的高级军人。这些将军，这些伟人，有些已退了伍，不再作事，有些身居闲曹，事情不多，或是上了点儿年纪，欢喜喝一杯酒，谈谈笑话，打打不成其为赌博的小数目扑克，大都觉得这是一个极相宜的地方。尤其是那些年纪较大一点儿的人物，他们光荣的过去，他们当前的娱乐，自然而然都使他们向这个地方走来，离开了这个地方，就没有更好的更合乎军人身分的去处了。

这地方虽属于高级军人所有，提倡发起这个俱乐部的，实为一个由行伍而出身的老将军，故取名为老兵俱乐部。老兵俱乐部在××还是一个极有名的地方，因为里面不谈政治，注重正当娱乐，娱乐中凡包含了不道德的行为，也不能容许存在。还有一样最合理的规矩，便是女子不能涉足。当初发起人是很得军界信仰的人，主张在这俱乐部里不许女人插足，那意思不外乎以为女人常是祸水，对军人特别不相宜。这意见经其他几个人赞同，到后便成为规则了。由于规则的实行，如同军纪一样，毫不含糊，故这俱乐部在××地方倒很维持到一点令誉。这令誉恰恰就是其他那些用俱乐部名义组织的团体所缺少的东西。

不过到后来，因为使这俱乐部更道德一点，却有一个上校董事，主张用一个妇人来主持一切。当时把这个提议送到董事会时，那上校的确用的是"道德"名义，到后来这提议很希奇的通过了，且即刻就有一个中年妇人来到俱乐部了。据闻其中还保留到一种秘密，便是来到这里主持俱乐部的妇人，原来就是那个老兵将军的情妇。某将军死后，十分贫穷，妇人毫无着落，上校知道这件事，要大家想法来帮助那个妇人，妇人拒绝了金钱的接受，所以大家商量想了这样一种办法。但这种事知道的人皆在隐讳中，仅仅几个年老军官明白一切。妇人年龄已在三十五岁左右，尚保存一种少年风度，性情端静明慧，来到老兵俱乐部以后，几个老年将军，皆对这妇人十分尊敬客气,因此其余来此的人,也猜想得出,这妇人一定同一个极有身分的军人有点古怪关系,但却不明白这妇人便是老兵俱乐部第一个发起人的外妇。

×师上校参谋主任,对于这妇人过去一切,知道得却应比别的老军人更多一点。他就是那个向俱乐部董事会提议的人,老兵将军生时是他最好的朋友,老兵将军死时,便委托到他照料过这个秘密的情妇。

这妇人在民国初年间,曾出没于北京上层贵族社交界中。她是一个小家碧玉,生小聪明,像貌俏丽,随了母亲往来于旗人贵家,以穿扎珠花、缝衣绣花为生。后来不知如何到了一个老外交家的宅中去,被收留下来作了养女,完全变更了她的生活与命运,到了那里以后,过了些外人无从追究的日子,学了些华贵气派,染了些骄奢不负责任的习惯。按照聪明早熟女子当然的结果,没有经过养父的同意,她就嫁给了一个在外交部办事的年青科长。这男子娶她也是没有得到家中同意的。两人都年青美貌,正如一对璧人,结了婚后,曾很狂热的过了些日子。到后男子事情掉了,两人过上海去,在上海又住了些日子,用了许多从别处借来的钱。那年青男子不是傻子,他起初把女人看成天仙,无事不遵命照办,到上海后,负了一笔大债,而且他慢慢看出了女人的弱点,慢慢的想到为个女人同家中那方面决裂实在只有傻子才做的事,于是,在某次小小争持上,拂袖而去,从此不再见面了。他到哪儿去了呢?女人是不知道的,可是瞧到女人此后生活看来,这男子是走得很聪明,并不十分错误的。但男子也许是自杀了,因为女子当时并不疑心他有必须走去的理由,且此后任何方面也从不见过这个男子的名姓。自从同住的男子走后,经济的来源断绝了。民国初年间的上海地方住的全是商人,还没有以社交花[1]名义活动的女子,她那时只二十岁,自然的想法回到北京去,自然的同那个养父忏悔讲和,此后生活

---

[1] 交际花。

才有办法。因此先寄信过北京去,报告一切,向养父承认了一切过去的错误,希望老外交家给她一点恩惠,仍然许她回来。老外交家接到信后,即刻寄了五百块钱,要她回转北京,一回北京,在老人面前流点委屈的眼泪,说些引咎自责的话,自然又恢复一年前的情形了。

但女人是那么年青,又那么寂寞,先前那个丈夫,很明显的既不曾正式结婚,就没有拘束她行动的权利,为时不久,她就又被养父一个年约四十岁左右的朋友引诱了去。那朋友背了老外交家,同这女子发生了不正当的关系。女子那么狂热爱着这中年绅士,但当那个男子在议会中被××拉入名流内阁,发表为阁员之一后,却正式同军阀××姨妹订了婚,这一边还仍然继续到一种暧昧的往来。女人明白了,十分伤心,便坦白的告给了养父一切被欺骗的经过。由于老外交家的质问,那绅士承认了一切,却希望用妾滕的位置处置到女子,因为这绅士是知道女人根柢,以及在这一家的暧昧身分的。由于虚荣与必然的习惯,女人既很爱这个绅士,没有拒绝这种提议,不久以后就作了总长的姨太太。

曹锟事议会贿案发觉时,牵连了多少名人要人,×总长逃到上海去了。一家过上海以后,×总长二姨太太进了门,一个真实从妓院中训练出来的人物,女子在名分上无位置,在实际上又来了一个敌人,而且还有更坏的,就是为时不久,丈夫在上海被北京政府派来的人,刺死在饭店里。

老外交家那时已过德国考察去了。命运启示到她,为的是去找一个宽广一些的世界,可以自由行动,不再给那些男子的糟蹋,却应当在某种事上去糟蹋一下男子,她同那个新来的姨太太,发生了极好的友谊,依从那个妓女出身妇人的劝告,两人各得了一笔数目可观的款项,脱离了原来的地位。两人独自在上海单独生活下来,实际上,她就做了妓女。她的容貌和本能都适合于这个职业,加之她那种从上流阶级学来的气度,用到社会上去,恰恰是平常妓女所缺少的,所以她很有些成就。在她那个事业上,她得到了丰富的享乐,也给了许多人以享乐。上海的大腹买办,带了大鼻白脸的洋东家,在她这里可以得到东方贵族的印象回去。她让那些对她有所羡慕有所倾心的人,献上他最后的燔(fán)祭,为她破产为她自杀的,也很有一些人。她带了一种复仇的满足,很奢侈很恣肆的过了一些日子,在这些日子中,她成了上海地方北里名花之王。"男子是只配作踏脚石,在那份职务上才能使他们幸福,也才能使他们规矩的。"这话她常常说到,她的哲学是从她所接近的那第一个男子以下的所有男子经验而来的。当她想得到某一人,或愚弄某一人时,她便显得极其热情,终必如愿以偿。但她到后厌烦了,一下就甩了手,也不回过头去看看。她如此过了将近十年。在这时期里,她因为对于她的事业太兴奋了一点,还有,就是在某一些情形中,似乎由于缺少了点节制,得了一种意义含混的恶病,在病院里住了好些日子。经过一段长期治疗,等到病好了点,出院以后,她明白她当前的事情应计划一下,是不是重新来立门户,还照样走原来的一条路。她感到了许多困难,无论什么职业的活动,停顿一次之后,都是如此的。时代风气正在那里时时有所变革,每一种新的风气,皆在那里把一些旧的淘汰,把一些新的举起,在她那一门事业上也并不缺少这种推移。更糟处,是她的病已把几个较亲切的人物吓远,而她又实在快老了。她已经有了三十余岁,旧习气皆不许她把场面缩小,她的此后来源却已完全没有把握,照这样情形下去,将来生活一定十分黯淡。

她踌躇了一些日子,决意离开了上海,到长江中部的×镇去,试试她的命运。那里她知道有的是大商人同大傻子,两者之中,她还可以得到机会,较从容的选取其一,自由的把终身交付与他,结束了这青春时代的狂热,安静消磨下半生日子。她的希望却因为到了×镇以后事业意外的顺手而把它搁下了,为了大商人与大傻子以外,还有大军人拜倒这妇人的脚下,她的暮年打算,暂时不得不抛弃了。

人世幸福照例是孪生的,忧患也并不单独存在。在生活中我们常会为一只不能目睹的手所颠覆,也常会为一种不能意想的妒嫉所陷害。一切的境遇稍有头绪，一切刚在恢复时，一个大傻子同一个军籍中人，在她住处弄出了流血命案，这命案牵累到她，使她在一个军人法庭，受了严格的质问。这审判主席便是那个老兵将军，在她的供词里，她稍稍提到一点过去诡奇不经的命运。

命案结束后，这老兵将军成了她妆台旁一位服侍体贴的仆人。经过不久时期，她却成了老兵将军的秘密别室。倦于风尘的感觉，使她性情发生了很大的变化。若这种改变是不足为奇的，则简直可以说她完全变了。在她这方面看来，老兵将军虽然人老了一点，却是在上一次命案上帮得有忙的人；在老兵将军方面，则似乎全为了怜悯而作这件事。老兵将军按月给她一笔足支开销的用费，一面又用那个正直节欲的人格，唤起了她点近于宗教的感情。当老兵将军过××作军长时，她也跟了过去，另外住到一个很少有人知道的地方。老兵将军生时，有两年的日子，她很可以说极规矩也极幸福。可是××事变发生，老兵将军死去了。她一定会这样问过自己："为什么我不愿弃去的人，总先把我弃下？"这自然是命运！这命运不由得不使她重新来思索一下她自己此后的事情！

她为了一点预感，或者她看得出应当在某一时还得一个男子来补这个丈夫的空缺。但这个妇人外表虽然还并不失去引人注意的魔力，心情因为经过多少爱情的蹂躏，实在已经十分衰老不堪磨折了。她需要休息，需要安静，还需要一种节欲的母性的温柔厚道的生活。至于其他华丽的幻想，已不能使她发生兴味，十年来她已饱餍那种生活，而且十分厌倦了。

因此一来，她到了老兵俱乐部。新的职务恰恰同她的性情相合，处置一切铺排一切原是她的长处。虽在这俱乐部里，同一般老将校常在一处，她的行为是贞洁的。他们之间皆互相保持到尊敬，没有亵渎的情操，使他们发生其他事故。

这一面到这时应当结束一下，因为她是在一种极有规则的朴素生活中，打发了一堆日子的。可是有一天，那个上校把他的少年体面朋友邀到老兵俱乐部去了,等到那上校稍稍感觉到这件事情作错了时,已经来不及了。

　　还只是那个上尉阶级的朋友,来到××二十天左右,×师的参谋主任,把他朋友邀进了老兵俱乐部。这俱乐部来往的大多数是上了点年纪的人物,少年军官既吓怕到上级军官,又实在无什么趣味,很少有见到那么英拔不群的年青人来此。两人在俱乐部大厅僻静的角隅上,喝着最高贵的白铁酒同某种甜酒,说到些革命以来年青人思想行为所受的影响。那时节图书间有两个人在阅览报纸,大厅里有些年老军人在那里打牌,听到笑声同数筹码的声音以外,还没有什么人来此。两人喝了一会儿,只见一个女人,穿了件灰色绸缎青皮作边缘的宽博袍子,披着略长的黑色光滑头发,手里拿了一束红花走过小餐厅去。那上校见了女人,忙站起身来打着招呼。女人也望到这边两个人了,点了一下头,一个微笑从那张俊俏的小小嘴角漾开去,到脸上同眼角散开了。那种尊贵的神气,使人想起这只有一个名角在台上时才有那么动人的丰仪。

　　那个青年上尉,显然为这种壮观的华贵的形体引起了惊讶,当他老友注意到了他,同他说第一句话时,他的矜持失常处,是不能隐瞒到他的老友那双眼睛的。

　　上校将杯略举,望到年青人把眉毛稍稍一挤,做了一个记号,意思像是要说:"年青人,小心一点,凡是使你眼睛放光的,就常常能使你中毒,应当明白这点点!"

　　可是另一个有一点可笑的预感,却在那上校心中蕴蓄着,还同时混合了点轻微的妒嫉,他想到:"也许,一个快要熄灭了的火把,同一个不曾点过的火把并在一处,会放出极大的光来。"这想象是离奇的,他就笑了。

　　过一刻,女人从原来那个门边过来了,拉着一处窗口的帷幕,指点给一个穿白衣的侍者,嘱咐到侍者好些话,且向这一边望着。这顾盼从上尉看来,却是那么尊贵的、多情的。

　　"上校,日里好,公事不多罢。"

被称作上校的那一个说:"一切如原来样子,不好也不坏。'受人尊敬的星子,天保佑你,长是那么快乐,那么美丽。'"后面两句话是这个人引用了几句书上话语的,因为那是一个绅士对贵妇的致白,应当显得谦逊而谄媚的,所以他也站了起来,把头低了一下。

女人就笑了。"上校是一个诗人,应当到大会场中去读××的诗,受群众的鼓掌!"

"一切荣誉皆不如你一句称赞的话。"

"真是一个在这种地方不容易见到的有学问的军官。"

"谢谢奖语,因为从你这儿听来的话,即或是完全恶骂,也使人不易忘掉,觉得幸福。"

女人一面走到这边来,一面注目望到年青上尉,口上却说:"难道上校愿意人称为'有严峻风格的某参谋'吗?"

"不,严峻我是不配的,因为严峻也是一种天才。天才的身分,不是人人可以学到的!"

"那么有学问的上校,今天是请客了罢?"女人还是望到那个上尉,似乎因为极其陌生,"这位同志好像不到过这里。"

上校对他朋友看看,回答了女人:"我应当来介绍介绍:这是我一个朋友,……郑同志,……这是老兵俱乐部主持人,××小姐。"两个被介绍过了的皆在微笑中把头点点。这介绍是那么得体的,但也似乎近于多余的,因为爱神并不先问清楚人的姓名,才射出那一箭。

那上校接着还说了两句谑不伤雅的笑话,意思想使大家自由一点,放肆一点,同时也许就自然一点。

女人望到上校微微的笑了一下,仿佛在说着:"上校,你这个朋友漂亮得很。"

但上校心里却俨然正回答着:"你咧,也是漂亮的。我担心你的漂亮是能发生危险的,而我朋友漂亮却能产生愚蠢的。"自然这些话他是不会说出口的。

女人以为年青军人是一个学生了，很随便的问："是不是骑兵学校的？"

上校说："怎么，难道我带了马夫来到这个地方吗？聪明绝顶的人，不要嘲笑这个没有严峻风度的军人到这样子！"

女人在这种笑话中，重新用那双很大的危险的眼睛，检察了一下桌前的上尉，那时节恰恰那个年青人也抬起头来，由于一点力量所制服，年青人在眼光相接以后，腼腆的垂了头，把目光逃遁了。女人快乐得如小孩子一样的说："明白了，明白了，一个新从军校出来的人物，这派头我记起来了。"

"一个军校学生，的确是有一种派头吗？"上校说时望到一下他的朋友，似乎要看出那个特点所在。

女人说："一个小孩子害羞的派头！"

不知为什么原因，那上校却感到一点不祥兆象，已在开始扩大，以为女人的言语十分危险，此后不很容易安置。女人是见过无数日月星辰的人，在两个军人面前，那么随便洒脱，却不让一个生人看来觉得可以狎侮，加之，年龄已到了三十四五，应当不会给那年青朋友什么难堪。但女人即或自己不知自己的危险，便应当明白一个对女人缺少经验的年青人，自持的能力却不怎么济事，很容易为她那点力量所迷惑。可是有什么方法，不让那个火炬接近这个火炬呢？他记起了，从老兵将军方面听来的女人过去的命运，他自己掉过头去苦笑了一下，把一切看开了。

但女人似乎还有其他事情等着，说了几句话却走了。

上校见到他的年青朋友，沉默着没有话说，他明白那个原因，且明白他的朋友是不愿意这时有谁来提到女人的，故一时也不曾作声。可是那年青朋友，并不为他所猜想的那么做作，却坦白的向他老朋友说："这女人真不坏，应当用充满了鲜花的房间安顿她，应当在一种使一切年青人的头都为她而低下的生活里生活，为什么却放到这里来作女掌柜？"

上校不好怎么样告给他朋友女人所有过去的历史。不好说女人在十六年前就早已如何被人逢迎，过了些热闹日子，更不好将女人目前又为什么才来到这地方，说给年青人知道，只把话说到别方面去："人家看得出你军校出身的，我倒分不出什么。"

那年青上尉稍稍沉默了一下，像是在努力回想先一刻的某种情景，后来就问：

"这女人那双眼睛，我好像很熟悉。"

上校装作不大注意的样子，为他朋友倒了一杯甜酒，心里想说："凡是男子对于他所中意的眼睛，总是那么说的。再者，这双眼睛，也许在五六年前出名的图画杂志上，就常常可以看到！"

后来谈了些别的话，年青人不知不觉尽望到女人去处那一方，上校那时已多喝了两杯，成见慢慢在酒力下解除了，轻轻的向他朋友说：

"女人老了真是悲剧。"他指的是一般女人而言，却想试试看他的朋友是不是已注意到了先一时女人的年龄。

"这话我可不大同意。一个美人即或到了五十岁，也仍是一个美人！"

这大胆的论理，略略激动了那个上校一点自尊心，就不知不觉怀了点近于恶意的感情，带了挑拨的神气，同他的年青朋友说："先前那个，她怎么样？她的聪明同她的美丽极相称……你以为……"

年青上尉现出年青人初次在一个好女子面前所受的委屈，被人指问是不是爱那个女子，把话说回来了。"我不高兴那种太……的女子的。"他说了谎，就因为爱情本身也是一种精巧的谎话。

上校说："不然，这实在是一个希见的创作，如果我是一个年青人，我或许将向她说：'老板，你真美！把你那双为上帝精心创造的手臂给了我罢。我的口为爱情而焦渴，把那张小小的樱桃小口给了我，让我从那里得到一点甘露罢。'……"

这笑话，在另一时应当使人大笑，这时节从年青上尉嘴角，却只见到一个微哂（shěn）记号。他以为上校醉了，胡乱说着，而他自己，却从这个笑话里，生了自己一点点小气。

上校见到他年青朋友的情形，而且明白那种理由，所以把话说过后笑了一会儿。

"郑同志，好兄弟，我明白你。你刚才被人轻视了，心上难过，是不是？不要那么小气罢。一个有希望有精力的人，不能够在女子方面太苛刻。人家说你是小孩子。你可真……不要生气，不要分辩；拿破仑的事业不是分辩可以成功的，他给我们的是真实的历史。让我问你句话，你说罢，你过去爱过或现在爱过没有？"

年青上尉脸红了一会儿，并不作答。

"为什么用红脸来答复我？"

"我红脸吗？"

"你不红脸的，是不是？一个堂堂军人原无红脸事情。可是，许多年青人见了体面妇人都红过脸的。那种红脸等于说：别撩我，我投降了！但我要你明白，投降也不是容易事，因为世界上尽有不收容俘虏的女人。至于你，你自然是一个体面俘虏！"

年青上尉看得出他的老友醉了，不好怎么样解释，只说："我并不想投降到这个女人面前，还没有一个女人可以俘虏我。"

"吓，吓，好的，好的。"上校把大拇指翘起，咧咧嘴，做成"佩服高明同意高见"的神气，不再说什么话。等一会儿又说："是那么的，女人是那么的。不过世界上假若有些女人还值得我们去作俘虏时，想方设法极勇敢的去投降，也并不是坏事。你不承认吗？一个好军人，在国难临身时，很勇敢的去打仗，但在另一时，很勇敢的去投降，不见得是可笑的！"

说着，女人恰恰又出来了，上校很亲昵的把手招着，请求女人过来：

"来来，受人尊敬的主人，过来同我们谈谈。我正同这位体面朋友谈到俘虏，你一定高兴听听这个。"

女人已换了件紫色长袍,像是预备出去的模样,见上校同她说话,就一面走近桌边,一面说:"什么俘虏?"女人虽那么问着,却仿佛已明白那个意义了,就望到年青上尉说:"凡是将军都爱讨论俘虏,因为这上面可以显出他们的功勋,是不是?"

年青上尉并不隐避那个问题的真实:"不是,我们指的是那些为女人低头的……"

女人站在桌旁不即坐下,注意的听着,同时又微笑着,等到上尉话说完后,似乎极同意的点着头:"是的,我明白了。原来这些将军常常说到的俘虏,只是这种意思!女人有那么大能力吗?我倒不相信。我自己是一个女人,倒不知道被人这样重视。我想来或者有许多聪明体面女子,懂得到她自己的魔力。一定有那种人。也有这种人,如像上校所说'勇敢投降'的。"

把话说完后,她坐到上校这一方,为的是好对了年青上尉的面说话。上校已喝了几杯,但他还明白一切事情,他懂得女人说话的意思,也懂得朋友所说的意思,这意思虽然都是隐藏的、不露的,且常常和那正在提到的话相反的。

女人走后,上校望到他的年青朋友,眼睛中正闪耀一种光辉,他懂得那种光辉,是为什么而燃烧为什么而发亮的。回到师部时,同那个年青上尉分了手,他想起未来的事情,不知为什么觉得有点发愁。平常他并不那么为别的事情挂心,对于今天的事可不大放心得下。或者,他把酒吃多了一点也未可知。他睡后,就梦到那个老兵将军,同那个女人,像一对新婚夫妇,两人正想上火车去,醒来时间已夜了。

一个平常人,活下地时他就十分平常,到老以后,一直死去,也不会遇到什么惊心骇目的事情。这种庸人也有他自己的好处,他的生活自己是很满意的。他没有幻想,不信奇迹,他照例在他那种沾沾自喜无热无光生命里十分幸福。另外一种人恰恰相反。他也许希望安定,羡慕平庸,但他却永远得不到它。一个一切品德境遇完美的人,却常常在爱情上有了缺口。一个命里注定旅行一生的人,在梦中他也只见到旅馆的牌子,同轮船火车。"把老兵俱乐部那一个同师部参谋处服务这一个,像两把火炬并在一起,看看是不是燃得更好点。"当这种想象还正在那个参谋主任心中并不十分认真那么打算时,上帝或魔鬼,两者必有其一,却先同意了这件事,让那次晤谈,在两个人印象上保留下一点拭擦不去的东西。这东西培养到一个相当时间的距离上,使各人在那点印象上扩大了对方的人格。这是自然的,生疏能增加爱情,寂寞能培养爱情,两人那么生疏,却又那么寂寞,各人看到对面最好的一点,在想象中发育了那种可爱的影子,于是,老兵俱乐部的主持人,离开了她退隐的事业,跑到上尉住处,重新休息到一个少壮热情的年青人胸怀里去,让那两条结实多力的臂膀,把她拥抱得如一个处女,于是她便带着狂热羞怯的感觉,作了年青人的情妇了。

当那个参谋上校从他朋友辞职呈文上,知道了这件事情时,他笑着走到他年青朋友新的住处去,用一个伯父的神气,嘲谑到他自己那么说:"这事我没有同意神却先同意了,让我来补救我的过失罢。"他为这两个人证了婚,请这两个人吃了酒,还另外为他的年青朋友介绍了一个工作,让这一对新人过武汉去。

"日子在那些有爱情的生活里照例过得是极快的,"少将对我说,"虽然我住在××,实在得过了他们很多的信,也给他们写了许多信。我从他们两人合写的信上,知道他们生活过得极好,我于是十分快乐,为了那个女子,为了她那种天生丽质十余年来所受的灾难,到中年后却遇到了那么一个年青、诚实、富有、一切完美无疵的男子,这份从折磨里取偿的报酬,使我相信了一些平时我决不相信的命运。

"女人把上尉看得同神话中的王子,女人近来的生活,使我把过去一时所担心的都忘掉了。至于那个没有同老友商量就作了这件冒险事情的上尉呢?不必他来信说到,我也相信,在他的生活里,所得到的体贴与柔情,应当比作驸马还幸福一点。因为照我想来,一个年纪十九岁的公主,在爱情上,在身体上,所能给男子的幸福,会比那个三十五岁的女人更好更多点,这理由我还找寻不出的。"

可是这个神话里的王子,在武汉地方,一个夜里,却忽然被人把眼睛用药揉坏了。这意外不幸事件的来源,从别的方面探听是毫无结果的。有些人以为由于妒嫉,有些人又以为由于另一种切齿。女人则听到这消息后晕去过几次。把那个不幸者抬到天主堂医院以后,请了好几个专家来诊治,皆因为所中的毒极猛,瞳仁完全已失了它的能力。得到这消息,最先赶到武汉去的,便是那个上校。上校见到他的朋友,躺在床上,毫无痛苦,但已经完全无从认识在他身边的人。女人则坐到一旁,连日为忧愁与疲倦所累,显得清瘦了许多。那时正当八点左右,本地的报纸送到医院来了,因为那几天××正发生事情,长沙更见得危迫,故我看了报纸,就把报纸摊开看了一下。要闻栏里无什么大事足堪注意,在社会新闻栏内,却见到一条记载,正是年青上尉所受的无妄之灾一线可以追索的光明,报纸载:"九江捉得了一个行使毒药的人,只须用少许自行秘密制的药末,就可以使人双眼失明。说者谓从此或可追究出本市所传闻之某上尉被人暗算失明案。"上校见到了这条新闻,欢喜得踊跃不已,赶忙告给失明的年青朋友。可是不知为什么,女人正坐在一旁调理到冷罨(yǎn)纱布,忽然把瓷盘掉到地下,脸色全变了。不过在这报纸消息前,谁都十分吃惊,所以上校当时并没有觉得她神色的惨怛(dá)不宁处,另外还潜伏了别的惊讶。

武汉眼科医生,向女人宣布了这年青上尉,两只眼睛除了向施术者寻觅解药,已无可希望恢复原来的状态。女人却安慰到她的朋友,只告他这里医生已感到束手,上海还应当有较好医生,可以希望有方法能够复元。两人于是过上海去了。

整整的诊治了半年,结果就只是花了很多的钱还是得不到小小结果。两夫妇把上海眼科医生全问过了,皆不能在手术上有何效果。至于谋害者一方面的线索,时间一久自然更模糊了。两人听到大连有一个医生极好,又跑到大连住了两个月,还是毫无办法。

那双眼睛看来已绝对不能重见天日,两人决计回家了。他们从大连回到上海,转到武汉。又见到了那个老友,那个上校。那时节,上校已升任了少将一年零三个月。

三

上面那个故事,少将把它说完时,便接着问我:"你想想,这是不是一个离奇的事情?尤其是那女人,……"

我说:"为什么眼睛会为一点药粉弄坏?为什么药粉会揉到这多力如虎的青年人眼睛中去?为什么近世医学对那点药物的来源同性质,也不能发现它的秘密?"

"这谁明白?但照我最近听到一个广西军官说的话看来,瑶人用草木制成的毒药,它的力量是可惊的,一点点可以死人,一点点也可以失明。这朋友所受的毒,我疑心就是那方面得来的东西。因为汉口方面,直到这时还可以买到那古怪的野蛮的宝物。至于为什么被人暗算,你试想想,你不妨从较近的几个人去……"

我实在就想不出什么人来。因为这上尉我并不熟悉,也不大明白他的生活。

少将在我耳边轻轻的说:"你为什么不疑心那个女人,因为爱她的男子,因为自己的渐渐老去,恐怕又复被弃,作出这件事情?"

我望到那少将许久说话不出,我这朋友的猜想,使我说话滞住了。"怎么，你以为会……"

少将大声的说："为什么不会？最初那一次，我在医院中念报纸上新闻时，我清清楚楚，看到她把手上的东西掉到地下去，神气惊惶失措。三天前在太平洋饭店见到了他们，我又无意中把我在汉口听人说'可以从某处买瑶人毒药'的话告给两夫妇时，女人脸即刻变了色，虽勉强支持到，不至于即刻晕去，我却看得出'毒药'这两个字同她如何有关系了。一个有了爱的人，什么都作得出，至于这个女人，她作这件事，是更合理而近情的！"

我不能对我朋友的话加上什么抗议，因为一个军人照例不会说谎，而这个军人却更不至于说谎的。我虽然始终不大相信这件事情，就因为我只见到这个妇人一面。可是为什么这妇人给我的印象，总是那么新鲜，那么有力，一年来还不消灭？也许我所见到的妇人，都只像一只蚱蜢，一粒甲虫，生来小小的，伶便的，无思无虑的。大多数把气派较大，生活较宽，性格较强，都看成一种罪恶。到了春天或秋天，都能按照时季换上它们颜色不同的衣服，都会快乐而自足的在阳光下过它们的日子，都知道选择有利于己有媚于己的雄性交尾；但这些女子，不是极平庸，就是极下贱，没有什么灵魂，也没有什么个性。我看到的蚱蜢同甲虫，数量可太多了一点，应当向什么方向走去，才可以遇到一种稍稍特别点的东西，使回忆可以润泽光辉到这生命所必经的过去呢？

那个妇人如一个光华炫目的流星，本体已向不可知的一个方向流去毁灭多日了，在我眼前只那一瞥，保留到我的印象上，就似乎比许多女人活到世界上还更真实一点。

一九三二年春暮作

（选自《都市一妇人》）

边城　沈从文小说菁华

会明

导读：这篇小说刻画了一个"守旧"而缺乏自我认知的旧军人形象——会明。因为这个六月没有士兵因战事而伤亡、腐烂，会明对此感到欣慰。会明在喂鸡的过程中体会到了幸福的感觉。从盲目地热衷于战争转变为"非战主义"者，会明感到了觉醒的快乐。会明的心灵世界从单一走向丰富，他的生命变得更加丰满。沈从文在会明的身上寄托了对混沌的农村生活的留恋。

排班站第一，点名最后才喊到，这是会明。这个人所在的世界，是没有什么精彩的世界。一些铁锅、一些大箩筐、一些米袋、一些干柴，把他的生命消磨了卅年。他在这些东西中把人变成了平凡人中的平凡人。他以前是个农民，辛亥革命后，改了业。改业后，他在部队中做的是火夫。在云南某军某师一个部队中烧火，担水，挑担子走长路，除此以外没有别的事情可做。

他样子是那么的——

身高四尺八寸。长手长脚长脸，脸上那个鼻子分量也比他人的长大沉重。长脸的下部分，生了一片毛胡子，本来长得像野草，因为剪除，所以不能下垂，却横横的蔓延发展成为一片了。

这品貌，若与身分相称，他应当是一个将军。若把胡子也作为将军必需条件之一时，这个人的胡子，还有两个将军的好处的。许多人，在另外一时，因为身上或头上一点点东西出众，于是从平凡中跃起，成为一时代中要人，原是很平常的事情；相书上就常常把历史上许多名王将相说起过的。这人却似乎正因为这些品貌上的特长，把一生毁了。

他现在是陆军第四十七团三十三连一个火夫。提起三十三连，很容易使人同时记起洪宪帝制时代，国民军讨袁时在黔、湘边界一带的血战。事情已过去十年了。那时会明是火夫，无事时烧饭炒菜；战事一起则运输子弹，随连长奔跑。一直到这时，他还仍然在原有位置上任职，一个火夫应做的事他没有不做，他的名分上的收入，也仍然并不与其余火夫两样。

如今的三十三连，全连中只剩余会明一人同一面旗帜，十年前参预过革命战争，这革命的三十三连俨然只是为他一人而有了。旗在会明身上谨谨慎慎的缠裹着，会明则在火夫的职位上按照规矩做着粗重肮脏的杂务，便是本连的新长官，也仿佛把这一连过去历史忘掉多久了。

野心的扩张，若与人本身成正比，会明有作司令的希望。然而主持这人类生存的，俨然是有一个人，用手来支配一切，有时因高兴的缘故，常常把一个人赋与了特别夸张的体魄，却又在这峨然巍然的躯干上安置一颗平庸的心。会明便是如此被处置的一个人：他一面发育到使人见来生出近于对神鬼的敬畏，一面却天真如小狗，忠厚驯良如母牛。若有人想在这人生活上，找出那偃蹇运涩的根源，这天真同和善，就是其所以使这个人永远是火夫的一种极正当理由。在躯体上他是一个火夫，在心术上他是一个好人。人好时，就不免常有人拿来当呆子惹。被惹时，他在一种大度心情中，看不出可发怒的理由。但这不容易动火的性格，在另一意义上，却仿佛人人都比他聪明十分，所以他只有永远当火夫了。

任何军队中，总不缺少四肢短小如猢狲、同时又不缺少如猢狲聪明的那类同伴。有了这样同伴,会明便显得更呆相更元气了。这一类人一开始,随后是全连一百零八个好汉,在为军阀流血之余,人人把他当呆子看待,用各样绰号称呼他,用各样工作磨难他,渐渐的,使他把世界对于呆子的待遇一一尝到了。没有办法,他便自然而然也越来越与聪明离远了。

从讨袁到如今整十年。十年来,世界许多事情都变了样子,成千成百马弁、流氓都做了大官;在别人看来,他只长进了他的呆处,除此以外完全无变动。他正像一株极容易生长的大叶杨,生到这世界地面上,一切的风雨寒暑,不能摧残它,却反而促成它的坚实长大。他把一切戏弄放在脑后,眼前所望所想只是一幅阔大的树林,树林中没有会说笑话的军法,没有爱标致的中尉,没有勋章,没有钱,此外嘲笑同小气也没有。树林印象是从都督蔡锷一次训话所造成。这树林,所指的是中国边境,或者竟可以说是外洋,在这好像很远很远的地方,军队为保卫国家驻了营,作着一种伟大事业,一面垦辟荒地,生产粮食,一面保卫边防。

在那种地方,照会明想来,也应当有过年过节,也放哨,也打枪放炮,也有草烟吃,但仿佛总不是目下军营中的情形。那种生活在什么时候就出现,怎么样就出现,问及他时是无结论的。或者问他,为什么这件事比升官发财有意义,他也说不分明。他还不忘记都督尚说过"把你的军旗插到堡上去"那一句话。军旗在他身上是有一面的,他所以好好保留下来,就是相信有一天用得着这东西。到了那一日,他是预备照都督所说的办法做去的。他欢喜他的上司,崇拜他,不是由于威风,只是由于简朴,像一个人不像一个官。袁世凯要做皇帝,就是这个人,告百姓说"中华民国再不应当有皇帝坐金銮宝殿欺压人",大家就把老袁推翻了。

被人谥作"呆",那一面宝藏的军旗,和那无根无蒂的理想,都有一部分责任了。他似乎也明白,到近来,因此旗子事情从不和人提起。他那伟大的想望,除供自己玩味以外,也不和另外人道及了。

因为打倒军阀,打倒反革命,三十三连被调到湖北黄州前线。

这时所说的，就是他上了前线的情形。

打仗并不是可怕的事情。民国以来在中国当兵，不拘如何胆小，都不免在一年中有到前线去的机会。这火夫，有了十多年内战的经验，这十多年来，是中国做官的在这新世纪别无所为、只成天互相战争的时代。新时代的纪录，是流一些愚人的血，升一些聪明人的官。他看到的事情太多，死人算不了什么大事。若他有机会知道"君子远庖厨"一类话，他将成天嘲笑读"子曰"的人说的"怜悯"是怎么一回事了。流汗、挨饿，以至于流血、腐烂，这生活，在军队以外的"子曰"配说同情吗？他不为同情，不为国家迁都或政府的统一——他和许多人差不多一样，只为"冲上前去就可以发三个月的津贴"，这呆子，他当真随了好些样子很聪明的官冲上前去了。

到前线后他的职务还是火夫。他预备在职分上仍然参预这场热闹事情。他老早就编好了草鞋三双。还有绳子、铁饭碗、成束的草烟，都预备得完完全全。他另外还添制了一个火镰，钢火很好，是用了大价钱向一个卖柴人匀来的。他算定这热闹快来了。望到那些运输辎重的车辆，很沉重的从身边过去时，车辆深深的埋在泥沙里，他就呐喊，笑那拉车的马无用。他在开向前方的路上，肩上的重量有时不下一百二十斤，但是他还一路唱歌。一歇息，就大喉咙说话。

军队两方还无接触的事，队伍以连为单位分驻各处，三十三连被分驻在一小山边。他同平时一样，挑水、洗菜、煮饭，每样事都是他作，凡是出气力事他总有份。事情作过后，司务长兴豪时，在那过于触目了的大个儿体格上面，加以地道的嘲弄，把他喊作"枪靶"，他就只做着一个火夫照例在上司面前的微笑，低声发问："连长，什么时候动手？"为什么动手他却不问。因为上司早已说过许多次，自然是"打倒军阀"，才有战事，不必问也知道。其实他的上司的上司，也就是一个军阀。这个人，有些地方他已不全呆了。

驻到前线三天，一切却无动静。这事情仿佛和自己太有关系了，他成天总想念到这件事。白天累了，草堆里一倒就睡死，可是忽然在半夜醒来时，他的耳朵就像为枪声引起了注意才醒的。他到这时节已不能再睡了。他就想，或者这时候前哨已有命令到了？或者有夜袭的事发生了？或者有些地方已动了手，用马刀互相乱砍，用枪刺互相乱刺？他打了一个冷战，爬起身来，悄悄的走出去望了一望帐篷外的天气，同时望到守哨的兵士鹄立在前面，或者是肩上扛了枪来回的走。他不愿意惊动了这人，又似乎不能不同这人说一句话，就咳嗽，递了一个知会。他的咳嗽是无人不知道的，自然守哨的人即刻就明白是会明了。到这时，遇守哨人是个爱玩笑的呢，就必定故意的说"口号！"他在无论何时是不至于把本晚上口号忘去的。但他答应的却是"火夫会明"。军队中口号不同是自然的事，然而这个人的口号却永远是"火大会明"四个字。把口号问过，无妨了，就走近哨兵身边。他总显着很小心的神气问："大爷，小哥子，怎么样，没有事情么？""没有。"答应着这样话的哨兵，走动了。"我好像听见枪声。""会明你在做梦。""我醒了很久。""说鬼话。"问答应当小住了，这个人于是又张耳凝神听听远处。然而稍过一会儿，总仍然又要说："听，听，兄弟，好像有点不同，你不注意到么？"假若答的还是"没有"，他就像顽固的孩子气的小声说："我疑心是有，我听到马嘶。"那答的就说："这是你出气。"被骂了后，仍然像是放心不下，还是要说。……或者，另外又谈一点关于战事死人数目的统计，以及生死争夺中的轶闻。这火夫，直到不得回答，身上也有点感觉发冷，到后看看天，天上全是大小星子，看不出什么变化，就又好好的钻进帐篷去了。

战事对于他也可以说是有利益的，因为在任何一次行动中，他总得到一些疲倦与饥渴，同一些紧张的欢喜。就是逃亡、退却，看到那种毫无秩序的纠纷，可笑的慌张，怕人的沉闷，都仿佛在他是有所得的。然而他期待前线的接触，却又并不因为这些事。他总以为既然是预备要打，两者已经准备好了，那么趁早就动手，天气合宜，人的精神也较好。他还记得去年在鄂西的那回事情，时间正是五黄六月，人一倒下，气还不断，糜烂处就发了臭；再过一天，全身就有小蛆虫爬行。死去的头脸发紫，胀大如斗，肚腹肿高，不几天就爆裂开来。一个军人，自己的生死虽应当置之度外，可是死后那么难看，那么发出恶臭，流水生蛆，虽然是"敌人"，还在另一时用枪拟过自己的头作靶子，究竟也是不很有意思的事！如今天气显然一天比一天热了，再不打，过一会儿，真就免不了要像去年情形了。

为了那太难看、太不和鼻子相宜的六月情形，他愿意动手的命令即刻就下。

然而前线的光景，却不能如会明所希望的变化。先是已有消息令大队在××集中，到集中以后，局面反而和平了许多，又像是前途还有一线光明希望了。

这和平，倘若当真成了事实，真是一件使他不大高兴的事情。单是为他准备战事起后那种服务的梦，这战争的开端，只顾把日子延长下去，已就是许多人觉得是不可忍受的一件事了。当兵的人人都并不喜欢打内战。但都期望从战事中得到一种解决：打赢了，就奏凯；败了，退下。总而言之，一到冲突，真的和平也就很快了。至于两方支持原来地位下来呢，在军人看来却感到十分无聊。他和他们心情都差不多，就是死活都以即刻解决为妙。维持原防，不进不退，那是不行的。谁也明白六月天气这么下去真不行！

会明对于战事自然还有另外一种打算。他实在愿意要打就打起来，似乎每打一仗，便与他从前所想的军人到国境边沿去屯边卫国的事实走近一步了，于是他在白天，逢人就问究竟是要什么时候开火。他那种关心好像一开火后就可以擢升营长。可是这事谁也不清楚，谁也不能作决定的回答。人人就想知道这一件事，然而照例在命令到此以前，把连长算在内，军人是谁也无权过问这日子的。看样子，非要在此过六月不可了。

五天后,还没动静。

十五天后,一切还是同过去的几天一样情形。

一连十多天不见变动,他对于夜里的事渐渐不大关心了。遇到半夜醒来出帐篷解溲(sǒu)[1],同哨兵谈话的次数也渐渐少了。

去他们驻防处不远有一个小村落,这村落因为地形平敞的原故,没有争夺的必要,所以不驻一兵。然而住在村落中的乡下人,却早已全数被迫迁往深山中去了。数日来,看看情形不甚紧张,渐渐的,日前迁往深山的乡下人,就有很多悄悄的仍然回到村中看视他们的田园的。又有些乡下人,敢拿鸡蛋之类陈列在荒凉的村前大路旁,来同这些副爷冒险做生意的。

会明为了火夫的本分,在开火以前,除了提防被俘虏,是仍然可以随时各处走动的。村中已经有了人做生意,他就常常到村子里去。他每天走几次,一面是代连上的弟兄采买一点东西,一面是找个把乡下上年纪的农民谈一谈话。而且村中更有使他欢喜的,是那本地种的小叶烟,颜色黄的简直是金子,味道又不坏。既然不开火,烟总是要吸的,有了本地烟,则返回原防时,那原有三束草烟还是原来不动,所得好处的确已不少了。所以他虽然不把开火的事情忘却,但每天到村中去谈谈话,尽村中人款待一点很可珍贵的草烟,也像这日子仍然可以过得去了。

村子里还有烧酒,从地窖里取出的陈货。他酒量并不大,但喝一小杯也令人心情欢畅。

他一到了那村落里,就把谈话的人找到了,因为那满嘴胡子,已证明这是一个有话好商量的朋友。别人总愿意知道他胡子的来处。这好人,就很风光的说及十年前的故事。把话说滑了口,有时也不免小小吹了一点无害于事的牛皮,譬如本来只见过都督蔡锷两次,他说顺了口,就说是五次。然而说过这样话的他,比听的人先把这话就忘记了到脑后,自然也不算是

---

[1] 大小便。

罪过了。当他提起蔡锷时,说到那伟人的声音颜色,说到那伟人的精神,他于是记起了腰间那面旗子,他就想了一想,又用小眼睛仔细老成的望了一望对方人的颜色。本来这一村,这时留下的全是有了些年纪的人,因为望到对方人眼睛是完全诚实的眼睛,他笑了。他随后做的事是把腰间缠的小小三角旗取了下来。"看,我这个家伙!"看的人眼睛露出吃惊的神气,他得意了。"看,这是他送给我们的,他说:'嗨,老兄,勇敢点,不要怕,插到那个地方去!'你明白插到哪个地方去吗?很高很高的地方!"听的人自然是摇头,而且有愿意明白"他"是谁,以及插到什么地方去的意思。他就慢慢的一面含着烟管,一面说老故事。听这话的人,于是也仿佛到了那个地方,看到这一群勇敢的军人,在插定旗子下面生活,旗子一角被风吹得拨拨作响的情形。若不是怕连长罚在烈日下立正,这个人,为了使这乡下人印象更明确一点,早已在这村落中一个土阜上面把旗子竖起,让这面旗子当真来在风中拨拨作响了。有时候,他人也许还问到"这是到日本到英国?"他就告他们"不拘哪一国,总之,不是湖南省,也不是四川省"。他想到那种一望无涯的树林,那里和中国南京、武汉已很远很远,以为大概不是英国,总就是日本国边边上。

至于俄国呢,他不敢说。因为那里可怕,军队中照例是不许说起这个国名的。究竟有什么可怕?他一点也不知道。

就好像是因为这种慷慨的谈论,他和这村落中人很快就建立了一种极好的友谊。有一次,他忽然得到一个人赠送的一只母鸡,带回了帐篷。那送鸡的人,告他这鸡每天会从拉屎的地方掉下一个大卵来,他把鸡双手捧回时,就用一个无用处的白木子弹箱安置了它,到第二天一早,果然木箱中多了一个鸡卵。他把鸡卵取去好好的收藏了,喂了鸡一些饭粒,等候第二个鸡卵,第三天果然又是一个。当他把鸡卵取到手时,便对那母鸡做着"我佩服你"的神气。那母鸡也极懂事,应下的卵从不悭吝过一次。

鸡卵每天增加一枚,他每天抱母鸡到村子里尽公鸡轻薄一次。他渐渐为一种新的生产兴味所牵引,把战事的一切忘却了。

自从产业上有了一只母鸡以后,这个人,很有些事情,已近于一个做母亲人才需要的细心了。他同别人讨论这只鸡时,也像一个母亲和人谈论儿女一样的。他夜间做梦,就梦到不论走到什么地方去,总有二十只小鸡旋绕脚边吱吱的叫,好像叫他做"外公"。梦醒来,仍然是凝神听,所注意的已经不是枪声。他担心有人偷取鸡卵,有野猫拖鸡。

鸡卵到后当真已积到二十枚。

会明除了公事以外,多了些私事。预备孵小鸡,他各处找东找西,仿佛做父亲的人着忙看儿子从母亲大肚中卸出。对于那孵卵的母鸡,他也从"我佩服你"的态度上转到"请耐耐烦烦"的神情,似乎非常礼貌客气了。

日子在他的期待中,在其他人的胡闹中,在这世界上另一地方许多人的咒骂歌唱中,又糟蹋四五十天了。小鸡从薄薄的蛋壳里出到日光下,一身嫩黄乳白的茸毛,啁啾的叫喊,把会明欢喜到快成疯子。如果这时他被派的地方,就是平时神往的地方,他能把这一笼小鸡带去,即或别无其他人作伴,也将很勤快的一个人在那里竖旗子住下了。

知道他有了一窝小鸡,本连上小兵,就成天有人来看他的小鸡。还有那爱小意思的兵士,就有向他讨取的事情发生了。对于这件事情,他用的是一种慷慨态度,毫不悭吝的就答应了人,却附下个条件,虽然指派定这鸡归谁那鸡归谁,却统统仍然由他管理。他在每只小鸡身上作了个不同记号,却把它们一视同仁的喂养下来。他走到任何帐篷里去,都有机会告给旁人小鸡近来如何情形,因为每一个帐篷里面总有一个人向他要过小鸡。

白天有太阳,他就把鸡雏同母鸡从木箱中倒出来,尽这母子在帐篷附近玩,自己却赤了膊子咬着烟管看鸡玩,或者举起斧头劈柴,把新劈的柴堆成一座一座空心宝塔。眼看鸡群绕着柴堆打转,老鹰在天上飞时,母鸡十分机警的带着小鸡逃到柴塔中去的情形,他十分高兴。

遇到进村里去时,他便把这笼鸡也带去。他预备给原来的主人看看,像那人是他的亲家。小鸡雏的健康活泼,从那旧主人口中得到一些动人的称赞后,他就非常荣耀骄傲的含着短烟管微笑,还极谦虚的说:"这完全是鸡好,它太懂事了,它太乖巧了。"为此一来,则仿佛这光荣对于旧主人仍然有份。旧主人觉悟到这个,就笑笑,会明不免感动到眼角噙了两粒热泪。

"大爷,你们是不打仗了吗?"

"唔,命令不下来。"

"还没听到什么消息吗?"

"或者是六月要打的。"

"若是要打,怎么样?"这老人意思所指,是这一窝鸡雏的下落。

会明也懂到这个意思了,就说:"这是连上一众所有的。"他且把某只小鸡属于某一个人——指点给那乡下人看。"要打罢,也得带它们到火线上去。它们不会受惊的。你不相信吗?我从前带过一匹猫,是乌云盖雪,一身乌黑,肚皮和四个爪子却白蒙蒙的,这猫和我们在壕沟中过了两个月,换了好些地方。"

"猫不怕炮火么?"

"它像人,胆子尽管小,到了那里就不知道怕!"

"我听说外国狗也打仗!"

"是吧,狗也能打仗吧。好些狗比人还聪明。我亲眼看过一只狗,有小牛大,拉小车子。"他把大拇指竖起,"哪,这个。可是究竟还是一只狗。"

虽然说着猫呀、狗呀的过去的事情,看样子,为了这一群鸡雏发育或教育,会明已渐渐的倾向于"非战主义"者一面,也是很显然的事实了。

白日里,还同着鸡雏旧主人说过这类话的会明,返到帐篷中时,坐在鸡箱边吸烟,正幻想着这些鸡各已长大,飞到帐篷顶上打架的情形,有人来传消息了。人从连长处来,站在门口,说这一连已得到命令,今晚上就应当退却。会明跑出去将那人一把拉着了:"嗨,你说谎!"来人望了望是会明,不理会呆子,用力把身挣脱,走到别一帐篷前去了。他没有追这人,却一直向连长帐篷那一方跑去。

在连长帐篷前,遇到了他的顶头上司。

"连长,这是正经话吗?"

"什么话是正经话?会明呆子,你就从来不说过什么正经话。"

"我听到他们说我们就要……"他把大舌头伸伸。

连长不作声。这火夫,已经跑得气息发喘,见连长不说话,从连长的肩膊上望过去,注意到正有人在帐篷里面收拾东西,卷军用地图,拆电话。他抿抿嘴唇,好像表示"你不说我也知道,凡事瞒不了我",很得意的跑了回去,整理他的鸡笼去了。

和议的局势成熟,一切作头脑的讲了和,地盘分派妥当,照例约好各把军队撤退二十里,各处骂人标语全扯去,于是"天下太平"了。会明的财产上多一个木箱,多一个鸡的家庭。他们队伍撤回原防时,会明的伙食担上一端加上还不曾开始用过的三束草烟叶,另一端就加上那些小儿女。本来应当见到血,见到糜碎的肢体,见到腐烂的肚肠的,没有一人不这样想!但料不到的是这样开了一次玩笑,一切的忙碌,一切精力的耗费,一切悲壮的预期,结果太平无事,等于儿戏。

在前线,会明是火夫,回到原防,会明仍然也是火夫。不打仗,他仿佛觉得去那大树林涯还很远,插旗子到堡子上,望到这一面旗子被风吹得拨拨作响的日子,一时还无希望证实。但他喂鸡,很细心的料理它们。多余的草烟至少能对付四十天。一切说来他是很幸福的。六月来了,天气好热!这一连人幸好没有一个腐烂。会明望到这些兄弟呆呆的微笑时,那微笑的意义,没有一个人明白。再过些日子,秋老虎一过,那些小鸡就会扇着无毛翅膀,学着叫"勾勾喽"了。一切说来他是很幸福的,满意的。

作于一九二九年夏

(选自《沈从文甲集》)

边城　沈从文小说菁华

泥涂

导读： 这篇小说描绘了20世纪二三十年代湘西底层人民饱受天花之苦又得不到政府救助的苦难生活。小说中的人们，先是遇到了孩子们出天花的情况，因为贫穷、落后、没有足够的医疗条件，孩子们出了天花得不到及时的治疗，连喝口水缓缓病症都是难以做到的事情。然而在这种情况下，被驱赶到北区生活的人们，还要忍受大公司挖水沟放水造成的灾难，屋子全部浸泡在水中。他们想解决困难，试图去找政府说理，最终无功而返。当天夜里，又发生了火灾，他们的屋子也被烧了。常常给大家写写抄抄、组织大家找政府讨说法的张师爷也为了救困在火灾中的孩子死去了。更多出天花的孩子相继死去，侥幸活下来的只能偷偷躲进破庙，艰难地维持生活。这篇小说，有对处在水深火热中的人们的悲悯与同情，更有对麻木不仁的政府的斥责和批判。

　　长江中部一个市镇上，十月某日落小雨的天气，在边街上一家小小当铺里，敝旧肮脏铺柜下面，站了三个瘦小下贱妇人，各在那里同柜台上人争论价钱。其中一个为了一件五毛钱的交易，五分钱数目上有了争执，不能把生意说好，举起一只细瘦的手臂，很敏捷攫过了伙计从柜台上抛下的一包旧衣,狠狠的望了另外两个妇人一眼,做出一种决心的神气,很匆遽的走了出去。可是这妇人快要走到门边时,又怯怯的回过头来,向柜台上人说:

"大先生,加一毛都不行吗?"

"不行!你别走,出了门,回头来五毛也不要。"

妇人听到这句话,本来已拿这些东西走过好几个小押铺,出的价钱都不能超过五毛,一出门,恐怕回来时当真就不要了,所以神气便有点软弱了。她站在那个门边小屏风角上,迟疑了一下,十分忧郁的说:"人家一定要六毛钱用,不是买米煮饭,是买药救命!"

柜台上几个朝奉恶意的低低的笑着。因为凡是当衣服的人,全不缺少一种值得哀怜的理由,近来后街一带天花流行,当东西的都说买药,所以更可笑了。

这样一来妇人似乎生了气,走出了门,可是即刻就回来,趑趄回到柜台前了。一会儿重新把手举起那个邋遢包裹,柜上那一面,却并不即伸出手来接受那个肮脏的包袱。还得先说好了条件,"五毛,多一个不要",答应了,到后才把那个包裹接了过去,重新在柜台上解开,轻轻的抖着那两件旧衣,口中唱着一种平常人永远听不分明的报告。再过一会儿,就从上面掷来一张棉纸做成的当票,同一封铜子。妇人把当票茫无所知的看了一下,放到汗衣上贴胸小口袋里后,才接过铜子来,坐到窗下一条长凳上,数那五角钱折好的铜子。来回数了三次,把钱弄清楚了,又在那凳上慢慢的包好,才叹了一口气,走出了门。

一出当铺的门,望望天空细雨已经越落越大了。她记起刚才在当铺柜台边时,地下有几张不知谁人丢下的破报纸,就又重新走回去,拾取了那报纸,把报纸搭盖着头同肩部防雨,才向距边街当铺十二家一条小弄子里走去。

××的边街位置在 × 城 × ×市的北方,去本市新近开辟的第四号大柏油路约一里又三分之一，去老城墙不到半里。××的地方因为年来外国商人资本的流入，市面发展有出人意外的速度，商埠因为扩张，渐渐有由南向北移去的样子，所以边街附近那几条街，情形也就成天不同。但边街因太同本地人名为"白墙的花园"那个专为关闭下贱的非法的人类牢狱接近，所以商埠的发展，到了某某街以后，就转而移向东方走去。因为东方多空地，离开牢狱较远，那地方原是许多很卑湿的地方，平时住下无数卑贱的为天所弃的人畜。到后，这地方都被官家把地圈定，按亩卖给了当地财主团，各处都分段插了标识。过不久，就有人从大河运了无数泥沙同笨重石头，预备填平这些地方。又过一些日子，就在那些地方建筑了无数房子了。至于原来住东城卑湿地面草棚里的人呢，除了少数年富力强适宜于工作的，留下来充当小工外，其余老幼男女，自然就到了全被驱逐赶走的时候了。他们有的向更东一方挪移。有些便移过了比较可以方便一点的北区，过着谁也想象不到的日子。北区因为这些分子的搀入，自然也仿佛热闹了，乱糟糟的，各处空地都搭了棚子，各处破庙里都填满了人，各处当街的灶头，屠桌上，铺柜上，一到夜里，都有许多无处可栖身的人，争先占据一片地方，裹在破絮里，蜷伏成一团，闭了两只失神憔悴的眼睛，度过一个遥遥的寒夜。

这里虽同××市是一片土地，却因为各样原因，仿佛被弃样子，独立的成为一区。许多住过××市南区及新辟地段住宅区的人，若非特别事情到过这里，仿佛就不会相信×城还有这样一些地方。

九月来，在这些仿照地狱铺排的区域里，一阵干燥，一阵霪雨，便照例不知从何处而来的流行病，许多人家小孩子都传染着天花。这病如一阵风，向各处人家稠密的方面卷去，每一家有小孩子的，都不免有一个患者，各处都可看到一些人，用红纸遮盖着头部，各处看到肿胀发紫的脸儿，各处看到小小的棺木。百善堂的小棺木，到后来被这个区域贫人领用完了。直到善堂棺木领完后，天花还不曾停止流行，街头成天有人用小篮儿或破席，包裹了小小的尸身向市外送去。每天早上，公厕所或那种较空阔地方，或人家铺柜门前，总可以发现那种死去不久、全身发胀崩裂、失去了原来人形、不知什么人弃下的小小尸骸。

地方聪明的当局，关于这类下贱龌龊病症的救济办法，除了接受一个明事绅董的提议，把边街尽头，通往市区繁盛区的街口，各站了一些巡警，禁止抱了小孩出街以外，就什么也不曾做。照习惯边街有善堂的公医院，同善堂的施药施棺木处，一切救济就都是这个善堂。但棺木到某一时也没有了。同时这上帝用污秽来扫灭一切污秽的怪病，却从小孩转到了大人方面。一切人都只盼望刮风，因为按照一种无知的传说，这种从地狱带来的病，医药也只能救济那些不该死的人，但若刮了一阵风，那些散播天花小鬼，是可以为一阵大风而刮去，终于渐渐平复的。

这收拾一切的风，应当在什么时候才来？上帝在这里是不存在的，这地方既然为天所弃，风应当从哪儿吹来？自然的，大家都盼望着这奇怪的风，可是多数人在希望中就都先死去了。天气近了深秋，节季已不同了，落了好多天小雨，气候改变了一些，这传染病势力好像也稍稍小了一些。

那个用报纸作帽、在人家屋檐下走着的妇人，这时已走过了名为小街的一个地方，进了一个低低的用一些破旧洋磁脸盆、无用的木片、一些断砖，以及许多想象不到的废物作成屋顶的小屋子里。一进去时，因为里边暗了一点，踹了一脚水，吓了一跳，就嘶声叫唤着睡在床上的病人。

"四容，四容，怎么屋里水都满了，你不知道吗？"

卧倒在也算是床的一块旧旧的不知从何处抬来的门扇上的病人，正在发热口渴，这时听到家中人已回来了，十分快乐，就从那个脏絮的一头，发出低弱的回声。"娘，你回来了，给我水喝！"孩子声音那么低弱，摇动着妇人的感情，妇人把下唇咬着，抑制着自己。

但妇人似乎生了一点气，站到门口："你喝多少水呀！我问你。我们屋子里全是水了，你不知道吗？"

"我听到后面有人嚷闹,说大通公司挖沟放了水,我听到他们骂人,可不知是谁骂人。"

妇人不理病人,匆匆走到屋后去了。到了后面,便看到有许多人正在用家伙就地挖泥壅堤。因为附近过分低了一点,连日雨水已汇积成小湖,有灌到这些小小屋子里的趋势。今天却由于附近的工厂里放出积水,那些水都流向这个低处来,所以许多人家即刻都进水了。

这时许多人在合作情形下,用一些家伙从水里挖起泥来,就地堆成小堤。一些从天花中逃出了生命的孩子,疾病同饥饿折磨到他们的顽健,皆痴痴的站在高处,看他们家里人作事。

妇人问一个脸上痘瘢还未脱尽正在那里掘沟的男子,她喊他祖贵,问他这是怎么一回事。那男子正为了这事有点生气,说:"怎么一回事,只有天晓得!我们房屋明天会都在水里!"

妇人说:"你家也进水了吗?"

男子说:"可以网鱼了!"

妇人说:"别的方法都没有了吗?"

那男子就笑了。"什么方法?"那时正把一铲泥铲起向小堤上抛去,"就是这个,劳动神圣。"

另外远一点一个妇人站在水边发愁,就告四容母亲说:"有人已经告局里去了。"那妇人意思,以为局里必定很公道,即刻就有办法的。

"告局里,他们就正想借这件事赶我们!"那男子一面说,一面走过去,把手中的一把铲子向水中捞着一个竹筒,"局里人都是强盗!他们只会骗我们、骂我们、诬赖我们,他们只差一件事还不曾做,就是放火烧我们的房子。"

有人就说:"莫乱说!"

那有痘瘢的祖贵说:"区长若肯说真话,他会详详细细告你一切!"

妇人说:"区长说他捐薪水发棉衣,一到十月就要办这件事!"

"谁得他的棉衣?每个区长都这样说,还有更好听更聪明的话!他那么说了,下一次又好派人来排家敛钱,要我们送他的匾。上次为区长登报,出两百钱,张家小九子告我们说,报上还看到我的名字。鬼晓得,名字上了报有什么好处,算什么事!"

另外一个正在搬取泥土、阻拦积水到他屋旁的老年人搭话说:"为什么没有好处?我出一百钱,我就没有名字!许多人出一百钱都无名字!"

那祖贵望老年人露出怜悯的微笑:"你要报上有名字吗?花园里每次砍一个人,就有一个名字在报上……"

妇人喊那个站在水边发愁的女人,问:"是谁去告局里?"那女人说:"帮人写信的张师爷,他说,他去局里报告,要局里派人来看看。他做事是特别热心的。"

那挖泥土脸有痘瘢的男子就说:"他去报告,一面报告这件事,一面就去陪巡长烧烟,讨烟灰吃。"

那发愁的妇人因为不大同意这句话,就分辩说:"什么烧烟?张师爷是好人!他帮你们写信,要过谁一个钱没有?他那兄弟死了,自己背过××去,回来时眼泪未干,什么人说,张师爷,做好事,给我写个禀帖,他就不好意思拒绝别人的请求!"

祖贵说:"那有什么用处?谁不承认他是好人?可是人好有什么用处?况且他帮你做点事,自己并不忘记他自己的身分。他同谁都说他是一个上士,是个军籍中人,现在命运不好,被革命的把地位革掉了。他到这里就因为他觉得比你们高贵,比你们身分高一层,可怜你们,处处帮你们的忙。他向你们借钱,借一个就还一个。可是一发瘾了,这条曲蟮,除了到巡长处讨烟灰吃以外,就没有什么去处!"

"可是巡长看得起他,局里人全看得起他!"

"你说巡长送他的烟灰是不是?"

"他是读书人。"

"他是读书人？丢读书人的丑！"这男子复又自言自语似的说："他算不得读书人！读书人都无耻，我看不起读书人。因为他们认得几个字，就想得出许多方法欺侮我们，迫害我们，哄我们，骗我们。我恨他们……"

那发愁女人心想："你跟谁学来的这些空话？"忙把手指塞到耳朵，把头乱摇，因为听到的话好像很不近情，且很危险。她明白祖贵一说到这些时就有许多话，一时不能停止，谁也管不了他。她于是望望天气，天空中的小雨还在落。她似乎重新记起了自己应发愁的事情，觉得到此辩嘴无意思了，就拉了一下披在肩上的一片旧麻布，跳过了一道小沟，钻进自己那小屋子里去了。

这时远远的，正有一个妇人在屋里悠悠的哭着，一定的，什么充满了水的小屋里，一个下贱的生命又断气了。在水边的一些人，即刻就知道了是谁家的孩子去了世。因为这些人，平常时节决不会有什么烟子从屋中出来。家中有了病人，即或如何穷，平时没有饭吃，也照习惯得预备一点落气纸钱，到什么时节病人落气时，就在床边焚烧起来，小小的屋子自然即刻满了青烟，这烟与妇人哭声便一同溢出门外，一些好事的或平时相熟的人，就都走过去探望去了。

这时节妇人记起自己家中那个病人要水喝了，忙匆匆回到自己屋里去，因为地下水已把土泡松了，一不小心，便滑了一下，把搁到架上一个空镔铁盒子碰落了地，哗啷啷的响着，手中那一封铜子也打散到水里了。

床上那病人叹着气，衰弱的问着："娘，你怎么了？"

妇人懊恼的从水里爬起："见了鬼！"她不即捡钱，把手在身上擦着，伸到一堆破絮里去摸病人的额部，走过水缸边去舀水，但又记起病人喝冷水不好，就说："四容，你莫喝冷水，等一等我烧水喝。"

病人似乎不甚清醒，只含含糊糊说一些旁的话。

妇人于是蹲到床边水里，摸那打散了的一封铜子，摸了半天，居然完全得到了。又数了两回，才用一块破布包好了，放到病人的床头席垫下，

重新用那双湿湿的手去抚摸病人的头额。

"娘,口干得很,你舀点冷水给我喝喝吧,我心上发烧!"

妇人一句话不说,拿了一个罐子走出去了,到另外一个正在烧水的人家,讨了些温水,拿回来给病人。病人得到水,即刻就全喝了。把水喝过一会儿后,病人清醒了许多,就问这时已到了什么时候,是不是要夜了。妇人傍在床边,把头上的报纸取下来,好好的折成一方,压到床下去,没有什么话说。她正在打量着一件事情,就是刚才到当铺得的那五毛钱,是应当拿去买药,还是留下来买米?她心中计算到一切,钱只那么一点点,应做的事却太多了,因此不能决定应做什么。

那病人把水喝过以后,想坐起来,妇人就扶了他起来,不许他下床,因为床下这时已经全是水了。

妇人见孩子的痛苦样子,就问他:"四容,你说真话,好了一点没有?"

"好多了。娘你急什么?我们的命在天上,不在自己手上。"

"我看你今天烧得更厉害。"

"谁知道?"病人说着,想起先一时的梦,就柔弱的笑了,"我先一会儿好像吃了很多桃子同梨,这几天什么地方会有桃子?"

妇人说:"你想吃桃子吗?"

"我想吃橘子。"

"这两天好像有橘子上市了。"

"我想到的很多,不是当真要吃的。我梦到很多我们买不起的东西!我梦里看到多少好东西呀!我看到大鱼,三尺长的大鱼,从鸡笼里跳出来,这是什么兆头? ——天知道,我莫非会要死了!"

妇人听说要死了,心里有一点儿纷乱,却忙说:"鱼自然是有余有剩。……"

这时那个门口,有一个过路的相熟妇人,拖着哑哑的声音向里面人发问:"刘娘,刘娘,怎么,你在家吗?孩子好一点了吗?"

"好一点,谢谢你。我这屋子里全是水了,你不坐坐吗?"

"不坐喔,我家里也是水!今天你怎么不过花园?我在窑货铺碰到七叔,他问你,多久不见你了。他要你去,有事情要你做。"

"七叔孩子不好了吗?"

"你说是第几的?第二的好了,第四的第五的早埋了。"

那病人听到外面的话,就问妇人:"娘,怎么,七叔孩子死了吗?"妇人赶快走到门外边去,向那个停顿在门口的女人摇手,要她不要再说。

不一会儿,这妇人就离了病人,过本地人大家都叫它作"白墙的花园"的监牢那边去,在监牢外一条街上,一家卖烟的小屋前,便遇着了专司这个监牢买物送饭各样杂琐事情的七叔。这是一个秃头红脸小身材的老年人,在监狱里作了十四年的小事,讨了一个疯瘫的妻,女人什么事都不能作,却睡在床上为他生养了五个儿女。到了把第五个小孩,养到不必再吃奶时,妇人却似乎尽了那种天派给她做人的一分责任,没有什么理由再留到这个世界上,就在一场小小的寒热症上死掉了。这秃头七叔,哭了一场,把妇人从床上抬进棺木里,伴着白木棺材送出了郊外,因此白天就到牢里去为那些地狱中人跑腿,代为当当东西,买买物件,打听一下消息,传递一些信件,从那些事务上得到一点点钱。晚上就回来同五个孩子在一张大床铺上睡觉,把最小的那一个放到自己最近的一边。白天出去做事时,命令大孩子管照小孩子。有时几个较大的孩子,为了看一件热闹事情争着跑出去了,把最小的一个丢到家里,无人照料,各处乱拉屎拉尿,哭一阵,无一个人理会,到后哭倦了,于是就随便倒在什么地方睡着了。

这秃头父亲因为挂念到几个幼小的孩子,常常白天回去看看,有时就抱了最小那一个到狱中去,站到栅栏边同那些犯人玩玩。这秃头同本街人皆称为刘娘的妇人,原有一点亲戚关系,所以妇人也有机会常常在牢狱走动走动,凡有犯人请托秃头做的事,秃头忙不过来时,就由妇人去作。照例如当点东西,或买买别的吃用物品,妇人因为到底是一个妇人,很耐烦的去讲价钱，很小心的去选择适当的货物，所以更能得到狱中的信任与喜悦。她还会缝补一点衣服，或者在一块布手巾上用麻线扣一朵花，或者在腰带上打很好的结子，就从这牢狱方面得到一种生活的凭藉，以及生存的意义。有时这些犯人中，有被判决开释出去了，或者被判决处了死刑，犯人的遗物，却常常留着话，把来送给秃头同妇人。没有留着话说，自然归看狱管班。但看狱管班，却仍然常常要妇人代为把好的拿去当铺换钱，坏一点的送给妇人作为报酬。

因为本地天花的流行，各家都有了病人，一个在学剃头的孩子四容，平时顽健如小马，成天随了他的师傅，肩挑竖有小小朱红旗竿的担子，到各处小地方去剃头，忽然也害了这脏病。这寡妇服侍到儿子，忙到过公医院去讨发表药，忙到过药王宫去求神，忙到一切事情，所以好一些日子，不曾过花园那边去。

就是那么几天，多少人家的小孩子都给收拾了。

妇人见到了秃头七叔，就走过去喊"七叔"，秃头望着妇人，看看妇人的神气，以为孩子死了。秃头说："怎么，四容孩子丢了吗？"妇人说："没有。我听人说小五小四，……"

秃头略略显出慌张："你来，到我家坐坐，我同你说话。"

秃头就烟馆门前摊子上的香火，吸燃了一根纸烟，端整了一下头皮上那顶旧毡帽，匆匆的向前走后。妇人不好说什么话，心里也乱乱的，就跟着秃头走去。秃头一面走一面心里就想，死了两个还有三个，谁说不是那个母亲可怜小孩子活下受罪，父亲照料受折磨，才接回去两个？

妇人到秃头家里去，谈了一阵死的病的一切事情，把秃头嘱咐代向万盛去当的银镯钏同戒指，袖到身上后，就辞了秃头，过后街去。把事办妥后又到狱里去找秃头，交给钱同当票，又为另一个犯人买些东西，事情作完回家时，天已快夜了。那时四容已睡着了，就把所得脚步钱从摊子上买来的两个大橘子，给放在四容床边，等候他醒来，看是不是好了一点。

四容醒时同他妈说,后面水荡里,撬泥巴拦水的,有人发现了一个小尸首。不知是谁抛入河里的,大家先嚷了半天。妇人说:"管他是谁的,埋了就完了。"说了就告给四容,"买得了两个橘子,什么时候想吃就吃。"四容吃了一个橘子,却说:"今天想吃点饼,不知吃不吃得。"妇人想,痘落了浆怎么不能吃,不能吃饼又吃什么?

过后听到门前有打小锣的过身,妇人赶忙从病人枕下取了些钱,走出去买当夜饭吃的切饼同烧薯。回来时,把一衣兜吃的东西都向床上抛去,一面笑着一面扯脱脚下浸湿透了的两只鞋,预备爬到床上吃夜饭。四容见到他娘发笑,不知为什么事,就问他的娘,出去碰到了谁。妇人说:"不碰到谁。我笑祖贵,白天挖沟泄水时,一面挖泥一面骂张师爷,这时两人在摊子边吃饼喝酒,又同张师爷争到会钞,可是两个人原来都是记帐[1]。"

"他们都能记帐!"

"他日有钱时又不放赖,为什么不可以记帐?"

"祖贵病好了吗?"

"什么病会打倒他呢?谁也打不倒他,他躺到床上六天,喝一点水,仍然好了。"

"他会法术。他那样子是会法术的神气。"

"哪里!他是一个强硬的人!人一强硬还怕谁。"

"张师爷也是好人,他一见了我,就说要教我认字。我说我不想当师爷,还是莫认字吧。他不答应,以为我一定得认识点字才对。他要我拜他做老师,说懂得书,那是再尊贵没有了。"

"认字自然是好。他成天帮人的忙,祖贵骂他,口口声声说要把他头闷到水里去,淹得他发昏,他就从不生气!这是一个极好的人,因为人太好,命才那么坏!"

---

1 旧同"账"。

"他们是一文一武,若……可以辅佐真命天子!"

"说鬼话,你乱说这些话,要割你的嘴!"

"是我师傅说的。"

"你师傅那么乱说,什么时候,就会用自己的剃刀,割他自己的嘴。"

母子两人吃着切饼,喝着水,说着各样的话,黑夜便来了,黑夜把各处角隅慢慢的完全占领后,一切都消失了。

在同一地方,另外一些小屋子里,一定也还有那种能够在小灶里塞上一点湿柴,升起晚餐烟火的人家,湿柴毕毕剥剥的在灶肚中燃着,满屋便窜着呛人的烟子。屋中人,借着灶口的火光,或另一小小的油灯光明,向那个黑色的锅里,倒下一碗鱼内脏或一把辣子,于是辛辣的气味同烟雾混合,屋中人打着喷嚏,把脸掉向一边去,过一时,他们照规矩,也仍然那么一家人同在一处,在湿湿的地上,站着或蹲着,在黑暗中把一个日子一顿晚饭打发了。

第二天一大清早,强梁的祖贵,就同那个在任何时节、任何场合里,总不忘记自己是一个上士身分的张师爷,依照晚上两人商量好的办法,拿一张白纸,一块砚台,一支笔,挨家来查看,看水是不是已浸进了屋子。又问讯这家主人,说明不必出一个钱,只写上一个名字,画个押,把请愿禀帖送到区里去,同时举代表过工厂去,要求莫再放水,看大家愿不愿意。这些事自然是谁都愿意的。虽然都明白区里不大管这些事情,可是禀告了一下,好像将来出什么事情就有话说了。

说到推代表,除了要祖贵同张师爷一文一武,谁还敢单独出场。平常时节什么事就得这两个人,如今自然还是现成的,毫无异议,非两人去不行!可是那个文的,对于这一次事情,却说要几个女的同去,一定会顺利一点。他在这件事上还不忘记加一个雅谑,引经据典,证明"娘子军到任何地方都不可少"。因为这件事同为了禀帖上的措词,他几乎被祖贵骂了一百句野话,可是他仍然坚持到这个主张。他以为无论如何代表要几个女的，措词则为"恳予俯赐大舜之仁"，才能感动别人。祖贵虽然一面骂他一面举起拳头恐吓他，可是后来还是一切照他的主张办去，因为他那种热心，祖贵有时也不好意思不服他了。

当两人走到四容家门口时，张师爷就哑哑的喊着：

"刘娘，刘娘，在家么？"

妇人正坐在床上盘算一件值几百钱的事情，望到地下的水发愁，听听有熟人声音了，就说："在家，做什么？"因为不打量要人进屋里来，于是又说，"对不起，我家里全是水了！"祖贵说："就是为水这一件事，写一个名字，等一会儿到厂里去。"

妇人知道是要拚[1]钱写禀帖，来的是祖贵，不能推辞，便问："祖贵，一家派多少钱？"

"不要钱，你出来吧，我们说说。"

妇人于是出来了，站到门外，用手拉着那破旧的衣襟，望到张师爷那种认真神气好笑。那上士说："我们都快成鱼了，人家把我们这样欺侮可不行！这是民国，五族平等，这样来可不行！"

妇人常常听到这个人口上说这些话，可不甚明白他的意思所在，也顺口打哈哈说："那是的，五族共和，这样来可不行！"

"我们要求我们做人的权利，我们要向他们总理说话。"

"你昨天不是到区里说了吗？"

这上士，不好意思说昨天到区长处说话时，被区长恐吓的种种情形了，就嗫嗫嚅嚅向旁人申诉似的，说是"一切总是道理，不讲道理，国家也治不好"。

站在路中泥水里的祖贵，见这人又在说空话了，就说："什么治国平天下？大家去一趟，要他们想一个办法，讲道理，自然好了，不讲道理，自

---

[1] 旧同拚。

己想法对付!"

妇人说:"要去我们全去,我不怕他们!"

那上士说:"就是要大家去的,刘娘你就做个代表好了。"

什么是代表妇人也不明白,只听说是去厂里区里的事,为的是大家的房子,所以当下就答应了。两个人于是把名字写上,约好等一会儿过祖贵家取齐,两个人又过另一家说话去了。

请愿的团体一共是十三个公民所组成,张师爷同祖贵充当领袖。大家集合成群先过警察所去,站到警察所门前,托传达送请愿禀帖进去。等了大半天,还无什么消息。等了许久大家都有点慌了,不知是回去还尽是等在这里好。祖贵出主意,要师爷一个人进去看看。这个人,明白这是公众的意见,便把身上那件旧棉外套整理了一下,口中念念有词,拟定了要说的话。传达原是认识他的人,见他想进去,就让他进去了。

进去一会儿,这人脸上喜洋洋的走出来了。因为昨天他一个人来说时,区长还说再来说就派人捉了他,把他捆绑起来喂一嘴马粪。今天恰逢区长高兴,居然把事情办好了。他出来时手中拿得有一个区长的手谕,到了外边,就念区长的手谕给大家听:

"代表所呈已悉,仰各回家,安心勿躁,静候调查,此谕。"

大家这时面面相觑,似乎把应作事情已作完了,都预备散去,另一个人就说:"大家慢点,我们要张师爷再代表我们进去一趟,请他们这时就派一个人跟我们去看看。我们别的不要,只要看看我们的住处就行!"

祖贵以为要这边去看看,不如要厂里派人看看。倒是请一个巡士同我们过厂里说说为好。

师爷用不着大家催促,即刻又自告奋勇进去了,不一会儿,就有一个值班的警察,一路同师爷说话一路走出来。一群人围拢去,师爷把祖贵抓过一旁,轻轻的说:"先到厂里去说话,再看我们那个。"

过一阵,一些人就拥了巡警到××铁厂门外了。守门的拿了愿书进去，且让随来的巡警同祖贵张师爷三人到门房里去坐。祖贵却不愿意，仍然站到外面同大家候着。这厂里大坪原来就满是积水，像一个湖没有泄处。一会儿那个守门人出来了，手里仍然拿着那个愿书，说："监督看过了，要你们回去。"

祖贵说："不行，我们不能那么回去。劳驾再帮我们送上去，我们要会当事的谈话！"

张师爷说："我们十三个代表要见你们监督！"

那个守门的有点为难了，就同随来的巡士说："办不好！这是天的责任，你瞧我们坪里的水多深！"

巡士说："天的责任，我们院子里也是多深的水。"

妇人刘娘便说："谁说是天的罪过？你们这边不挖沟放水，水也不会全流过去。"

另一个女人自言自语的又说："今天再放水，我们什么都完了！"

那守门的心里想："你们什么都完了？你们原本有什么？"

祖贵逼到要守门的再把愿书送进去一次，请他们回话，巡士也帮同说话，守门的无可如何，就又沿了墙边干处走到里面去了。不多久，即见到那个守门人，跟着一个穿长衣的高人出来。这人中等办事员模样，走路气概堂堂的，手中就拿着刚送进去的愿书，脸上显出十分不高兴的神气，慢慢的低着头走出来。到了门前，就问："有什么事一定要来说话？"那种说话的派头同说话时的神气，就使大家都有点怕。

这人见无一个人答话，就问守门人，那个愿书是不是他们要他拿进去的。祖贵咬咬嘴皮，按捺到自己的火性，走过去了一点，站近那个办事人身边，声音重重的说："先生，这是我们请他拿进去的。"

那穿长衣人估计了祖贵一眼，很鄙夷的说："你们要怎么样？"

祖贵说："你是经理是监督？"

"我是督察，什么事同我说就行！"

"我们要请求这边莫再放水过去,话都在帖子上头!"

穿长衣的人就重新看了一下手上那个愿书的内容,头也不愿意抬起,只说:"一十三个代表啊,好!可是这不是我们的事情,公司不是自来水公司!天气那么糟,只能怪天气,只能怪天气!"

"我们请求这边不要再放水就行了!"

"水是一个活动东西,它自己会流,那是无办法的事情!"

张师爷就说:"这边昨天掘沟,故意把水灌过去。"

那人有点生气神气了:"什么故意灌你们。莫非这样一来,还会变成谋财害命的大事不成?"

那人一眼望到巡警了,又对着巡警冷笑着说:"这算什么事情?谋财害命,可不是一件小事情,你们区里会晓得的!杨巡官前天到这儿来,和我们监督喝茅台酒,就说……"

祖贵皱着眉头截断了那人的言语:"怎么啦!我们不是来此放赖的,先生。我们请你们这里派人去看看。这里有的是人,只要去看看,就明白我们的意思了。这位巡警是我们请来的,杨巡官到不到这里不是我们的事情。我们要的是公道,不要别的!"

"什么是公道!厂里并没有对你们不公道!"

"我们说,不能放水灌我们的房子,就只这一件事,很不公道。"

"谁打量灌你们的房子?"

"不是想不想,不是有意无意,你不要说那种看不起我们的刻薄话。我们都很穷,当然不是谋财害命。我们可不会诬赖人。你们自然不是谋财害命的人,可是不应该使我们在那点点小地方也站不住脚!"

代表中另一个就嗫着嘴说:"我们缴了租钱,每月都缴,一个不能短少!"

"你租钱缴给谁?"

"缴给谁吗?……"那人因无话可说,嗫嚅着,望到祖贵。

那长衣人说:"这租钱又不是我姓某的得到,你们同区里说好了!"

祖贵十分厌烦的说:"喂,够了,这话请您驾不要说了。我们不是来同您驾骂娘的,我们来请求你们不要再放水!你们若还愿意知道因为你们昨天掘沟放水出去,使我们那些猪狗窝儿所受的影响,你不妨派个人去看看,你们不高兴作这件事,以为十分麻烦,那一切拉倒。"

那长衣人说:"这原不是我们的事,你们向区里说去,要区里救济好了。"

"我们并不要你们救济,我们只要公道!"

"什么公道不公道?你们去区里说吧。"

祖贵说:"您驾这样子,派人看看也不愿意了,是不是?"

那人因为祖贵的气势凌人,眼睛里估了一个数目,冷冷的说:"代表,你那么凶干吗?"

"你说干吗,难道你要捉我不成?"

"你是故意来捣乱的!"

"怎么,捣乱,你说谁?"这强人十分生气,就想伸手去抓那个人的领子。那人知道自己不是当前一个的对手,便重复的说:"这是捣乱,这是捣乱。"一面赶忙退到水边去。大家用力拉着祖贵,只担心他同厂里人打起架来。

两人忽然吵起来了。因为祖贵声音很高,且想走拢去揍这个办事人一顿,里面听到吵骂,有人匆匆跑出来了。来的是一个胖子,背后还跟得有几个闲人,只问什么事什么事。先前那个人就快快的诉说着,张师爷也乱乱的分辩着。祖贵睨了这新跑出的人一眼,看看身分似乎比先来的人强,以为一定讲道理多了,就走近胖子,指到一群人说:

"这是十三个代表,我们从小街派来的,有一点事到这里来。因为你们这边放水。我们房子全浸水了。我们来请你们这边派一个人同到这位巡士去看看,再请求这边莫再放水过去,这一点点事情罢了。我们不是来这里吵嘴的。"

那人只瞥了祖贵一眼,就把高个儿手中的愿书,拿到眼边看了一下,向原先吵嘴的人问:"就是这一点儿事吗?"那人回答说:"就是这事情。"

胖子装模作样的骂着那人:"这点点事情,也值得让这些乌七八糟的人到公司大门前来大吵大闹,成个什么规矩!"

张师爷说:"我们不是来吵闹,我们来讲道理!"

那胖子极不屑的望到卑琐的上士身上那件脏军衣,正要说"什么道理"这样一句话,祖贵一把拉开了上士:"我们要说明白,这里是一位见证,"说时他指到区里随来的一位巡警,"他见到我们一切行为,他亲眼看到!"

那胖子向祖贵说:"我听到你们!这里不是你们胡闹的地方!你们到区里说去!你只管禀告区里。"这人说了就叫站在身旁另一个人,要他取一个片子,跟这些人到区里去见区长。一面回过头来问那个巡警:"杨巡官下班了没有?"显然的,是要这巡警知道站在面前同他说话的人,是同他们上司有交情,同时且带得有要那班代表听明白的意思。接着又告给先前那个高人,不要同他们再吵。

祖贵只是冷笑,等那胖子铺排完了,就说:"这是怎么?你们这样对付我们,这就是你们的道理!上区里打官事,决定了没有?"

那胖子不理不睬,自己走进去了。大家都不知道怎么说好,互相对望着。

张师爷想走过去说话,祖贵把这上士领口拉着,朝门外一送,向大家扫了一眼:"走,妈的!咱们回去!什么都不要说了!不要公道!"

大家见到祖贵已走,都怯怯的,无可奈何的,跟到背后走了。

一出了大门,张师爷就嚷着,聊以自慰的神气说着各种气愤大话,要报仇,要烧房子,要这样那样。可是大家都知道这是他的脾气,绝对不会做出这种吓人的事情。到了小街时,女人中有人望到区里巡警,跟着在后面来的,就问祖贵,是不是要请巡警挨家去看看。祖贵把代表打发走了,同张师爷带了巡警各处去看看,一句话不说,看了一阵,那巡警就回区里回话去了。

请愿的事很明白是完全失败了。大家都耽搁了半天事情。妇人回到家里,看看屋中的水,似乎又涨多了一点。走到屋后去看看,屋后昨天大家合挖的那条沟，把水虽然挡住了，可是若果今天厂里再放水，就完全无用了。四容那时已睡着了。本来今天预备买药，这时看看四容睡得很好，又打量不买药，留下钱来作别的用处。因为屋中水太多，作什么事都不方便，这妇人就想找个什么东西，把水舀去，再撒点灰土，一定好点。各处找寻的结果，得了一块旧镔铁皮，便蹲到门前把水舀着。做了半天，脚也蹲木了，还似乎不行。后来有人来到，站到门前告她，张师爷还想到区里去要求公道，祖贵要打他，两人现在正吵着。还说早上全是师爷出的主意，向那些人请什么愿，祖贵始终就不大赞同，只说大家齐心来挖一条大沟到城边去，水就不会再过来了。……

妇人因为四容的病好像很有了一点儿转机，夜间她就仍然打量到所得的那五毛钱，是不是必须要照到医生所说的话，拿去买药。又想天气快冷了，四容病一好，同师傅上街做生意，身上也得穿厚一点。同时记起日里同祖贵他们到厂里吵架情形，总迷迷糊糊睡得不大好，做了一些怪梦，梦到许多对待穷人不合理的希奇事情，且似乎同谁吵了半天，赌了许多咒，总永远分解不清楚。

不知如何，妇人忽然惊醒了，就听到有人在屋后水荡边乱嚷乱叫。起先当是水涨大了，什么人家小屋被水浸透弄坍了，心里忡忡的，以为无论在什么时候，自己头上这一块房顶，也一定会猛然坍下来，把自己同四容压在下面。这时悄悄的伸手去捏四容的脚，四容恰恰也醒了，问到他妈，是谁在喊叫。只听到门前有人蹚水跑过去，哗哗的响着。随后又是两个人蹚水跑过去。于是听到远处声音很乱，且夹杂有狗叫，有别的声音，正似乎出了什么大事一样。妇人心里想：难道涨大水了吗？又想，莫非是什么人家失了火吧？爬起一看，屋角都为另一种光映照得亮堂堂的，可不正是失火！这时别一个人家也有人起身了，且有人在门前说话。妇人慌慌张张，披了衣服，顾不到屋中的水，赤了脚去开门，同那些正在说话的人搭话，问是什么地方。

那时天已经发白了，起来的人多了。许多人都向厂里那方面街上跑去。

只听人说失了火失了火,各人都糊里糊涂,不知道究竟在什么地方,什么人家。只见天的一边发着红光,仿佛平常日头出来的气派,看来很近,其实还隔得很远。大家都估计着,无论如何也是在后街那一方面。天空大堆大堆的火焰向上卷去,那时正有一点儿风,风卷着火,摧拉着,毁灭着,夹杂着一切声音。妇人毫无目的也跟着别的人向起火的那方面走去,想明白究竟。路上只听到有向回头走的人,说是花园起了火。又说所有的犯人都逃走了。又说衙门的守备队,把后街每一条街口都守着了,不让一个人过去,过去就杀,已有四个人被杀掉了。

妇人一面走一面心里划算,这可糟了,七叔一家莫会完全烧死了!她心里十分着急,因为在花园那一方面,她还放的有些小债,这些债是预备四容讨媳妇用的。狱里起了火,人都烧死了,这些帐目自然也全完了。

再走过去一点,跑回来的人都说,不能过去了,那边路口已有人把守,谁也不能通过,争着过去说不定就开枪。因此许多怀了好奇心同怀了其他希望的闲人,都扫了兴。有些在先很高兴走出门的,这时记起自己门还未关好,妇人们记起家中出痘疹的儿子,上年纪的想起了自己的腰脊骨风痛,络绎走来,又陆续的回去了。虽然听到说不能通过仍然想走到尽头看看的,还有不少人。妇人同这些人就涌近去花园不远的花园前街弄口,挤过许多人前面去,才看到守备队把枪都上了刺刀,横撒着在手上,不许人冲过去。街上只见许多人搬着东西奔走,许多挑水的人匆匆忙忙的跑。但因为地方较近,街又转了弯,反而不明白火在什么地方了。

不知是谁,找得了道士做法事用的铜锣,胡乱的在街上敲着,一直向守备队方面冲过来,向小街奔去,一面走一面尽喊:"挑水去,挑水去,一百钱担,一百钱担!"听到这话,许多人知道发财的时候快到了,都忙着跑回去找水桶,大家拥挤着,践踏着,且同时追随到这打锣人身后跑着吼着,纷乱得不能想象。

妇人仍然站到墙下看这些人。看了一会儿,见有人挑水来,守备兵让他过去了。她心里挂着七叔家几个小孩子,不知火烧出街了有多远,前街房子是不是也着了火,就昏昏的也跟挑水的人跑,打量胡混过去。兵士见了却不让她过去,到后大声的嚷着,且用手比着,因为看她是女人,终于得到许可挤过去了。进了前街,才知道火就正是在七叔住处附近燃着,救火人挑了水随便乱倒,泼得满街是水,有些人心里吓慌了,抱了一块木板或一张椅子乱窜。有些人火头还离他家很远,就拿了杠子乱戳屋檐。她慢慢的走拢去了一点,想逼近那边去,一个男子见到了,嘶声的喊着,拉着她往回头路上跑去。也不让她说话,不管她要做些什么事,糊糊涂涂被拉到街口,那为大火所惊吓而发癎[1]的男子却走了。

　　她仍然是糊糊涂涂,挤出了那条小街。这时离开了火场已很远了,看到有许多妇人守着一点点从烟中火中抢出的行李,坐在街沿恣意的哭泣。看到许多人在搬移东西。一切都毫无秩序,一切都乱七八糟。天已渐渐大明了,且听到有人说火不是从花园起的,狱中现时还不曾着火,烧的全是花园前街的房子。另外又听到兵士也说狱中没有失火,火离狱中还远。她这时似乎才觉得自己是赤着两只脚。忽然想起在此无益,四容在家中会急坏了,就跑回小街屋里去。

　　四容因为他母亲跑出去了半天,只听到外面人嚷失火,想下地出外看看,地下又全是水,正在十分着急,妇人回来了,天也大亮了。母子两人皆念着七叔一窝小孩,不知是不是全烧死了,还是只留下老的一个。过一会儿有人从门外过身,一路骂着笑着,声音很像祖贵,妇人就隔了门忙喊祖贵。跑出去看,就正看到那强徒。头上包了一块帕头,全身湿漉漉灰甫甫的,脸上也全是烟子,失去了原来的人形。耳边还有一线血,沿脸颊一直流下。一望而知,这个人是才从失火那边救火回来的。

　　妇人说:"祖贵你伤了!"

---

[1] 同"痫"。

那男子就笑着:"什么伤了病了,你们女人就是这样的,出不了一点儿事。"

"烧了多少呢?还在烧吗?"

"不要紧,不再会烧了。"

"我想打听一下,管监里送饭的秃头七叔家里怎么了?"

"完了,从宋家烟馆起,一直到边街第四弄财神庙,全完事了。"

"哎哟,要命!"妇人低声的嚷着,也不再听结果,一返身回到自己屋里,就在水中套上那两只破鞋,嘱咐了四容不许下床,就出门向失火前街跑去。祖贵本来已走过去,快要进他自己屋子,见妇人出来,知道她一定是去找熟人了,就喊叫妇人,告给她,要找谁,可以到岳庙去,许多人逃出来都坐在岳庙两廊下。

到了岳庙门前,一个人从人丛中挤出拉着她膀子,原来正是秃头七叔。秃头带她过去一点,看到几个孩子都躺在一堆棉絮上发痴,较小的一个已因为过分疲倦睡着了。

妇人安心了。"哎哟,天保佑,我以为你们烧成炭了。"

那秃头乱了半天,把一点铺陈行李同几个孩子从烟里抱出来,自己一切东西都烧掉了,还发痫似的极力帮助别人抢救物件,照料到那些逃难的女人小孩。天明后,火势已塌下去了,他还不知道,尽来去嚷着,要看热闹的帮忙,尽管喊水,自己又拿了长长的叉子,打别人的屋瓦,且逼到火边去,走到很危险的墙下去,扒那些悬在半空燃着的椽皮。到后经人拉着他,问到他几个孩子是不是救出来了,他才像是憬然明白他所有全烧光了,方赶忙跑回岳庙去看孩子。这时见到妇人关心的神气,反而笑了。秃头说:

"真是天保佑,都还是活的。可是我屯的那点米,同那些……"

这时旁边一堆絮里一个妇人,忽然幽幽的哭起来了,原来手上抱着的孩子,刚出痘疹免浆,因骤然火起一吓,跑出来又为风一吹,孩子这时抱在手中断气了。许多原来哭了多久的,因惊吓而发了痴的,为这一哭都给愣着了。大家都呆呆望着这妇人,俨然忘了自己的一身所遭遇的不幸。

妇人认得她是花园前街铜匠的女人,因走过去看看,怯怯的摸了一下那搁在铜匠妇人手上的孩子:"周氏,一切是命,算了,你铜匠?"

另外一个人就替铜匠妇人说:"铜匠过江口好些日子了,后天才会回来。"

又是另外一个人却争着说:"铜匠昨天回来了,现在还忙着挑水,帮别人救房子。"

又一个说:"浇一百石水也是空的,全烧掉了!"这人一面说,一面想起自己失掉了的六岁女儿,呱的就哭了,站起来就跑出去了。另外的人都望到这妇人后身摇着头(重新记起自己的遭遇),叹息着,诅咒着,埋怨着。

旋即有一个男子,从岳庙门前匆匆跑过去,有一女人见到了,认得是那个铜匠,就锐声喊着"铜匠师傅",那男人就进来了。那年青男子头上似乎受了点伤,用布扎着,布也浸湿了。铜匠妇人见了丈夫,把死去了的小孩交给他,像小孩子一样纵横的流泪,铜匠见了,生气似的皱着眉头:"死了就算事,你哭什么?"妇人像是深怕铜匠会把小孩掷去,忙又把尸身抢过来,坐到一破絮上,低下头兀自流泪。

那时有人看到这样子,送了一些纸钱过来,为在面前燃着。

铜匠把地下当路的一个破碗捡拾了一下,又想走去,旁边就有一个妇人说:"铜匠,你哄哄周氏,要她莫哭。你得讨一副匣子,把小东西装好才是事!"

四容的妈忙自告奋勇说:"我帮你去讨匣子,我这就去。"说着,又走到秃头七叔几个小孩子身旁,在那肮脏小脸上,很亲切的各拍了一下,就匆匆的走了。

到善堂时无一个人,管事的还不曾来,守门的又看热闹去了,就坐在大门前那张长凳上等候。等了多久,守门的回来了,说一定得管事的打条子,过东兴厚厂子里去领,因为这边已经没有顶小的了。说是就拿一口稍微大一点的也行,但看门的作不了主,仍然一定得等管事先生来。

一会儿,另外又来了两个男子,也似乎才从火场跑来领棺材的,妇人认识其中一个,就问那人"是谁家的孩子"。那人说:"不是一个小孩子,是一个大人大孩子,——小街上的张师爷!"

妇人听着吓了一跳:"怎么,是张师爷?我前天晚上还看到他同祖贵喝酒,昨天还同祖贵在厂里说话,回来几乎骂了半夜,怎么会死了?"

"你昨天看到,我今天还看到!他救人,救小孩子,救鸡救猫,自己什么都没有,见火起了,手忙脚乱帮到别人助热闹,跑来跑去同疯狗一样。告他不要白跑了,一面骂人一面还指挥!告他不要太勇敢了,就骂人无用。可是不久一砖头就打闷了,抬回去一会儿,喔,完事了。"

那守门的说:"那是因为烟馆失火,他不忘恩义,重友谊!"

妇人正要说"天不应当把他弄死",看到祖贵也匆匆的跑来了,这人一来就问管事的来了没有,守门的告他还没来。他望到妇人,问妇人见不见到秃头,妇人问他来做什么,才晓得他也是来为张师爷要棺木的。

妇人说:"怎么张师爷这样一个好人,会死得这样快?"

那强硬的人说:"怎么这样一个人不死的这样快?"

妇人说:"天不应当——"

那强硬的人扁了一下嘴唇:"天不应当的多着咧。"因为提到这些,心里有点暴躁,随又向守门人说:"大爷,你去请管事的快来才好!还有你们这里那个瘦个儿,不是住在这里吗?"

那守门的不即作答,先来的两个人中一个就说:"祖贵,你回去看看吧,区长派人来验看,你会说话点,要回话!我们就在这儿等候吧。"

"区长派人来看,管他妈的。若是区长自己来看,张师爷他会爬起来,笑眯眯的告他的伤处,因为他们要好,死了也会重生!若是派人来,让他看去,他们不会疑心我们谋财害命!"

这人虽然那么说着,可是仍然先走了。妇人心想,"这人十砖头也打不死",想着不由得不苦笑。

又等了许久,善堂管事的才来了,一面进来,一面拍着肚子同一个生意人说到这一场大火的事情,在那一边他就听到打死一个姓张的事情了,所以一见有人在此等候,说是为那死人领棺木,就要守门的去后殿看,一面开他那厢房的办事处的门,一面问来领棺木的人,死人叫什么名字,多大年岁,住什么地方。其中一个就说:"名字叫张师爷。"

想不到那管事的就姓章,所以很不平的问着:"怎么,谁是什么张师爷李师爷?"

那人就说:"大家都叫他作张师爷。"

管事的于是当真生气了:"这里的棺材就没有为什么师爷预备的,一片手掌大的板子也没有!你同保甲去说吧。我们这里不办师爷的差,这是为贫穷人做善事的机关!"

这管事因为生气了,到后还说:"你要他自己来吧,我要见见这师爷!"

那陪同善堂管事来的商人,明白是"师爷"两个字,触犯了活的师爷的忌讳了,就从旁打圆场说:"不是那么说,他们一定弄不明白。大家因为常常要这个人写点信,做点笔墨事情,所以都师爷师爷的叫他。您就写张三领棺材一口得了,写李四也行,这人活时是一个又随便又洒脱的人,死了也应是一个和气的鬼,不会在死后不承认用一个张三名义领一副匣子的!"

管事经此一说,就什么话也不能说了,只好翻开簿子,打开墨盒,从他那一排三支的笔架上,抓了他那小绿颖花杆尖笔记帐。到后就轮到四容的妈来了,一问到这妇人,死的是一岁的孩子,那管事就偏过头去,很为难似的把头左右摆着,说这边剩下几副棺材,全不是为这种小孩预备的。又自言自语的说,小孩子顶好还是到什么地方去找一提篮,提出去,又轻松,又方便。妇人听到这管事代出主意,又求了一阵,仍然说一时没有小棺材。心中苦辣辣的,不敢再说什么,只好走回岳庙去报告这件事情。

到了岳庙,铜匠妇人已不哭了,两夫妇已把小孩尸身收拾停妥了,只等候到棺木,听妇人说善堂不肯作这好事,铜匠就说:"不要了,等会儿抱去埋了就完了。"可是他那女人听到这话,正吃到米粉,就又哭了。

妇人见秃头已无住处了,本想要几个孩子到她家去,又恐怕四容的病害了人家的孩子,不好启齿,就只问秃头七叔,预备就在这庙里还是过别处去。秃头七叔说等一会儿要到花园去看,那边看守所有间房子,所长许他搬,他就搬过去,不许搬,就住到这廊下,大家人多也很热闹。妇人因为一面还挂到家中四容,就回去了。到了家里,想起死了的张师爷,活时人很好,就走过去看看。他那尸身区里人已来验看过了,熟人已把他抬进棺木去了。所谓棺木,就是四块毛板拼了两头的一个长匣子,因为这匣子短了一点,只好把这英雄的腿膝略略曲着。旁边站了一些人,都悄悄静静的不说话。那时祖贵正在那里用钉锤敲打四角,从那个空罅,还看到这个上士的一角破旧军服。这棺木是露天摆在那水荡边的,前面不知谁焚了一小堆纸钱,还有火在那里燃着。棺木头上摆了一个缺碗,里面照规矩装上一个煎鸡子,一点水饭。当祖贵把棺木四隅钉好,抬起头来时,望到大家却可怜的笑着。他站在当中,把另外几个人拉在一块,编成一排,对到那搁在卑湿地上的白木匣子。

"来,这个体面人物完事了,大家同他打一个招呼。我的师爷,好好的躺下去,让肥蛆来收拾你。不要出来吓我们的小孩子,也不要再来同我们说你那做上士时上司看得起你的故事了,也不要再来同我争到会钞了,也不必再来帮我们出主意了,也不必尽想帮助别人,自己却常常挨饿了。如今你是同别人一样,不必说话,不必吃饭,也不必为朋友熟人当差,总而言之叫作完事了!"

这样说着,这硬汉也仍然不免为悲哀把喉咙扼住了,就不再说什么,只擤擤鼻子,挺挺腰肢,走到水边去了。大家当此情形都觉得有点悲惨,但大家却互相望着,不知道该说点什么,慢慢的就都散去了。

妇人看看水荡的水已消去很多,大致救火的人,已从这地方挑了很多的水去了。她记起自己住处的情形，就赶回去，仍然蹲到屋中，用那块镔铁皮舀地下的水，舀了半天把水居然舀尽了，又到空灶里撮了些草灰，将灰撒到湿的地上去。

下午妇人又跑岳庙去，看看有些人已把东西搬走了，有些人却就到廊下摊开了铺陈，用席子隔开自己所占据的一点地方，大有预备长久住下的样子。还有些人已在平地支了锅灶，煮饭炒菜，一家人蹲到地下等待吃饭。那铜匠一家已不知移到什么地方去了。秃头七叔正在运东西过花园新找的那住处去。妇人就为他提了些家伙，伴着三个孩子一同过花园去。把秃头住处铺排了一下，又为那些犯人买了些东西，缝补了些东西，且同那些人说了一会儿这场大火发生的种种。大家都听到牢狱后面教场上有猪叫，知道本街赶明儿谢火神一定又要杀猪，凡是救火的都有一份猪肉，就有人托妇人回去时，向那些分得了肉却舍不得吃的人家，把钱收买那些肉，明早送到花园这边来。

妇人回去时，天又快夜了。远远的就听到打锣，以为一定是失火那边他们记起了这个好人，为了救助别人的失火而死，有人帮张师爷叫了道士起水开路了，一面走着一面还心里想，这个人死得还排场，死后还能那么热闹。且悬想到若果不是那边有人想起这件事，就一定是祖贵闹来的。可是再过去一点，才晓得一切全估计错了，原来打锣的还隔得远啦。妇人站到屋后望着，水荡边的白木匣子，在黑暗里还剩有一个轮廓，水面微微的放着光，冷清极了，那里一个人也没有！

她站了一会儿，想起死人的样子，想起白天祖贵说的话，打了一个冷噤，悄悄的溜进自己屋子里去了。

一九三二年一月作毕

（选自《如蕤集》）

边城　沈从文小说菁华

如蕤

导读：这篇小说也是以都市生活为题材的作品。沈从文通过描写都市生活的腐化堕落揭示了都市自然人性的丧失。小说主人公如蕤有花一样的容颜，有浪漫的气质，多才多艺且出身名门。她的生活看似非常完美，可是她却无法体会最真实最简单的爱情。如蕤是聪慧的，她轻而易举地发现身边的男子都是一个模子里刻出来的：平凡无奇，连其中所谓的领袖人物也都是大家依着各自共同的特点标榜出来的。她怀揣着左拉笔下贵妇人的偏执，甚至想要得到强暴的爱，想象被粗鲁、野蛮占有的快乐。然而，当她心目中的男孩子终于对她说出"我爱你"的时候，她却发现自己并不真的爱他。如蕤发现他们彼此格格不入，她选择了带着自己对爱情的幻想转身离去。沈从文通过如蕤梦幻般的爱情和不被理解的转身写出了城市上流社会知识女性内心的空虚寂寞，以及她们灵魂深处的脆弱。

（秋天，仿佛春天的秋天。）

协和医院里三楼甬道上，一个头戴白帽身穿白色长袍的年轻看护，手托小小白瓷盆子，匆匆忙忙从东边回廊走向西去。到楼梯边时，一个招呼声止住了她的脚步。

从二楼上来了一个女人，在宽阔之字形楼梯上盘旋，身穿绿色长袍，手中拿着一个最时新的朱红皮夹，使人一看有"绿肥红瘦"感觉。这女人有一双长长的腿子，上楼时便显得十分轻盈。年纪大约有了二十七八，由于装饰合法，又仿佛可以把她岁数减轻一些。但靥额之间，时间对于这个人所作的记号，却不能倚赖人为的方法加以遮饰。便是那写在口角眉目间的微笑，风度中也已经带有一种佳人迟暮的调子。

她不能说是十分美丽，但眉眼却秀气不俗，气派又大方又尊贵。身体长得修短合度，所穿的衣服又非常称身，且正因为那点"绿肥红瘦"的暮春风度，使人在第一面后，就留下一个不易忘掉的良好印象。

这个月以来她因为每天按时来院中看一病人，同那看护已十分熟悉，如今在楼梯边见到了看护，故招呼着，随即快步跑上楼了。

她向那看护又亲切又温柔的说：

"夏小姐，好呀！"

那看护含笑望望喊她的人手中的朱红皮夹。

"如蕤小姐，您好！"

"夏小姐，医生说病人什么时候出院？"

"曾先生说过一礼拜好些，可是梅先生自己，上半天却说今天想走。"

"今天就走吗？"

"他那么说的。"

穿绿衣的不作声，把皮夹从右手递过左手。

穿白衣的看护仿佛明白那是什么意思，便接着说：

"曾先生说不行。他不签字，梅先生就不能出院。"

甬道上西端某处病房里门开了，一个穿白衣剃光头的男子，露出半个身子，向甬道中的看护喊：

"密司夏，快一点来！"

那看护轻轻的说："我偏不快来！"用眉目作了一个不高兴的表示，就匆匆的走去了。

如蕤小姐站在楼梯边一阵子，还不即走，看到一个年青圆脸女孩，手中执了一把浅蓝色的花，搀扶了一个青年优美的男子，慢慢的走下楼去。男子显得久病新瘥（chài）的样子，脸色苍白，面作笑容，女孩则脸上光辉红润，极其愉快。

一双美丽灵活的眼睛，随着那两个下楼人在之字形宽阔楼梯上转着，到后那俩影不见了，为楼口屏风掩着消灭了。这美丽的眼睛便停顿在楼梯边棕草垫上，那是一朵细小的蓝花。

"把我拾起来，我名字叫'勿忘我草'。"

她弯下腰把它拾起来。

一张猪肝色的扁脸，从肩膊边擦过去。一个毛子军人把一双碧眼似乎很情欲的望着这女人一会儿，她仿佛感到了侮辱，匆匆的就走了。

不到一会儿，三楼三百十七号病房外，就有只戴着灰色丝织手套的纤手，轻轻的叩着门。里面并无声音，但她仍然轻轻的推开了那房门。门开后，她见到那个病人正披了白色睡衣，对窗外望，把背向着门，似乎正在想到某样事情，或为某种景物堕入玄思，故来了客人，却全不注意。

她轻轻的把门掩上，轻轻的走近那病人身边，且轻轻的说：
"我来了。"

病人把头掉回，便笑了。

"我正想到为什么秋天来得那么快。你看窗外那株杨柳。"

穿绿衣的听到这句话，似乎忽然中了一击，心中刺了一下。装作病人所说的话与彼全无关系的神气，温柔的笑着。

"少想些，秋来了，你认识它就得了，并不需要你想它。"

"不想它，能认识它吗？"

女人于是轻轻的略带解嘲的神气那么说：

"譬如人，有些人你认识她就并不必去想她！"

"坐下来，不要这样说吧。这是如蕤小姐说话的风格，昨天不是早已说好不许这样吗？"

病人把如蕤小姐拉在一张有靠手的椅子旁坐下，便站在她面前，捏着那两只手不放：

"你为什么知道我不正在念你？"

女人嘴唇略张，绽出两排白色小贝，披着优美卷发的头略歪，做出的神气，正像一个小姑娘常作的神气。

病人说：

"你真像小孩子。"

"我像小孩子吗？"

"你是小孩子！"

"那么，你是个大人了。"

"可是我今年还只二十二岁。"

"但你有些方面，真是个二十二岁的大人。"

"你是不是说我世故？"

"我说我不如你那么……"

"得了。"病人走过窗边去，背过了女人，眉头轻微蹙了一下。回过头来时就说："我想出院了，医生不让我走。"

女人说："忙什么？"随即又说，"我见到那看护，她也说曾医生以为你还不能出去。"

"我心里躁得很。我还有许多事……"

"你好些没有？睡得好不好？"

病人听到这种询问，似乎从询问上引起了些另一时另一事不愉快的印象，反问女人：

"你什么时候动身？"

女人不即回答，抬起头把一双水汪汪的眼睛望着病人，望了一会儿，柔弱无力的垂下去,轻轻的透了一口气,自言自语的说:"什么时候动身?"

病人明白那是什么原因,就说:

"不走也好!北京的八月,无处景物不美。并且你不是说等我好了,出了院,就陪我过西山去住半个月吗?那边山上树叶极美,我欢喜那些树木。你若走了,我一个人可不想到那边去。你为什么要走?"

女的把头低着,带着伤感气氛说:"我为什么要走?我真不知道!"

病人说:

"我想起你一首诗来了。那首名为《季蕤之谜》的诗,我记得你那么……"若说下去,他不知道应当说的是"寂寞"还是"多情善感",于是他换了口气向女人说:"外边一定很冷了,你怎么不穿紫衣?"

女人装作不曾听到这句话,无力地扭着自己那两只手套,到后又问:"你出了院,预备上山不预备上山?"

病人似乎想起了这一个月来病中的一切,心中柔和了,悄然说道:"你不走,你同我上山,不很好么?你又一定要走。"

"我一定要走,是的,我要走。"

"我要你陪我!"

"你并不要我陪你!"

"但你知道,……"

"但你……"

什么话也不必说了,两人皆为一件事喑哑了。

她爱他,他明白的,他不爱她,她也明白的。问题就在这里,三年来各人的地位还依然如故,并不改变多少。

他们年龄相差约七岁。一片时间隔着这两个人的友谊,使他们不能不停顿到某一层薄幕前面。两人皆互相望着另外一个心上的脉络,却常常黯然无声的呆着,无从把那个人的臂膊张开,让另一个无力地任性地卧到那一个臂膊里去。

（夏天，热人闷人倦人的夏天。）

三年前，南国××暑期海滨学术演讲会上，聚集五十个年青女人，七十个年青男子，用帐幕在海边度暑期生活。这些年青男女皆从各大学而来，上午齐集在林荫里与临时搭盖的席棚里，听北平来的名教授讲学，下午则过海边浴场作海水浴，到了晚上，则自由演剧，放映电影，以及小组谈话会、跳舞会，同时分头举行。海边沙上与小山头，且常燃有营火，焚烧柴堆，为海上荡舟人与入山迷失归途的人指示营幕所在地。

女子中有个杰出的人物。××总长庶出的女儿，岭南大学二年级学生。这女子既品学粹美，相貌尤其艳丽。游泳，骑马，划船，击球，无不精通超人一等。且为人既活泼异常，又无轻狂佻野习气。待人接物，温柔亲切，故为全个团体所倾心。其中尤以一个青年教授，一个中年教授，两人异常崇拜这个女子。但在当时，这女孩子对于一切殷勤，似乎皆不甚措意。俨然这人自觉应永远为众人所倾心，永远属于众人，不能尽一人所独占，故个人仍独来独往，不曾被任何爱情所软化。

当她发觉了男子中即或年纪到了四十五岁，还想在自己身边装作天真烂漫的神气，认为妨碍到她自己自由时，就抛开了男子们，常常带领了几个年幼的女孩，驾了白色小船，向海中驶去。在一群女孩中间她处处像个母亲，照料得众人极其周到，但当几人在砂滩上胡闹时，则最顽皮最天真的也仍然推她。

她能独唱独舞。

她穿着任何颜色任何质料的衣服，皆十分相称，坏的并不显出俗气，好的也不显出奢华。

她说话时声音引人注意，使人快乐。

她不独使男子倾倒，所有女子也无一不十分爱她。

但这就是一个谜，这为上帝特别关切的女孩子，将来应当属谁？

就因为这个谜，集会中便有许多男子皆发着痴，心中思索着，苦恼着。

林荫里，砂滩上，帐幕旁，大清早有人默默的单独的踱着躺着，黄昏里也同样如此。大家皆明白"一切路皆可以走近罗马"那句格言，却不明白有什么方法，可以把这颗心傍近这女人的心。"一切美丽皆使人痴呆"，故这美丽的女孩，本身所到处，自然便有这些事情发生，同时也将发生些旁的使男子们皆显得可怜可笑的事情。

她明白这些，她却不表示意见。

她仍然超越于人类痴妄以上，又快乐又健康的打发每个日子。

她欢喜散步，海滨潮落后，露出一块赭色砂滩，齐平如茵褥，比茵褥复更柔和。脚所践履处，皆起微凹，分明地印出脚掌或脚跟美丽痕迹。这砂滩常常便印上了一行她的脚迹。许多年青学生，在无数脚迹中皆辨识得出这种特别脚迹，一颗心追数着留在砂滩上那点东西，直至潮水来到，洗去了那东西时，方能离开。

每天潮水的来去，又正似乎是特别为洗去那砂上其他纵横凌乱的践履记号，让这女孩子脚迹最先印到这长砂上。

海边的潮水涨落因月而异。有时恰在中午夜半，有时又恰在天明黄昏。

有一天，日头尚未从海中升起，潮水已退，淡白微青的天空，还嵌了疏疏的几颗白星，海边小山皆还包裹在银红色晓雾里，大有睡犹未醒的样子。沿海小小散步石道上，矗立在轻雾中的电灯白柱，尚有灯光如星子，苍白着脸儿。

她照常穿了那身轻便的衣服，披了一件薄绒背心，持了一条白竹鞭子，钻出了帐幕，走向海边去。晨光熹微中大海那么温柔，一切万物皆那么温柔，她饱饱的吸了几口海上的空气，便起始沿了尚有湿气与随处还留着绿色海藻的长滩，向日头出处的东方走去。

她轻轻的啸着，因为海也正在轻轻的啸着。她又轻轻的唱着，因为海边山脚豆田里，有初醒的雀鸟也正在轻轻的唱着。

有些银色的雾，流动在沿海山上，与大海水面上。

这些美丽的东西会不会到人的心头上?

望到这些雾她便笑着。她记起蒙在她心头上一张薄薄的人事网子。她昨天黄昏时,曾同一个女伴,坐到海边一个岩石上,听海涛呜咽,波浪一个接着一个撞碎在岩石下。那女孩子年纪不过十七岁,爱了一个牧师的儿子,那牧师儿子却以为她是小孩子,一切打算皆由于小孩子的糊涂天真,全不近于事实所许可。那牧师儿子伤了她的心。她便一一诉说着。且说他若再只把她当小孩,她就预备自杀给他看。问那女孩子:"自杀了,他会明白么?除了自杀难道就没有别的办法让他明白吗?而且,是不是当真爱他?爱他即或是真的,这人究竟有什么好处?"那女孩沉默了许久,昂起头带着羞涩的眼光,却回答说:"我自己也不知道这是怎么回事。他所有好处在别个男孩子品性中似乎都可以发现,我爱他似乎就只是他不理我那分骄傲处。我爱那点骄傲。"当时她以为这女孩子真正是小孩子。

但现在给她有了一个反省的机会。她不了解这女孩子的感情,如今却极力来求索这感情的起点与终点。

爱她的人可太多了,她却不爱他们。她觉得一切爱皆平凡得很,许多人皆在她面前见得又可怜又好笑。许多人皆因为爱了她把他自己灵魂,感情,言语,行为,某种定型弄走了样子。譬如大风,百凡草木皆为这风而摇动,在暴风下无一草木能够坚凝静止,毫不动摇。她的美丽也如大风。可是她希望的正是永远皆不动摇的大树,在她面前昂然的立定,不至于为她那点美丽所征服。她找寻这种树,却始终没有发现。

她想:"海边不会有这种树。若需要这种树,应当向深山中去找寻。"

的的确确,都市中人是全为一个都市教育与都市趣味所同化,一切女子的灵魂,皆从一个模子里印就,一切男子的灵魂,又皆从另一模子中印出,个性与特性是不易存在,领袖标准是在共通所理解的榜样中产生的。一切皆显得又庸俗又平凡,一切皆转成为商品形式。便是人类的恋爱,没有恋爱时那分观念,有了恋爱时那分打算,也正在商人手中转着,千篇一律,毫不出奇。

海边没有一株稍稍倔强的树,也无一个稍稍倔强的人。为她倾倒的人虽多,却皆在同样情形下露出蠢相,做出同样的事情。世故一些的先是借些别的原因同在一处,其次就失去了人的样子,变成一只狗了。年纪轻些的,则就只知写出那种又粗卤又笨拙的信,爱了就谦卑谄媚,装模作样,眼看到自己所作的糊涂样子,还不能够引动女人,既不知道如何改善方法,便作出更可笑的表示,或要自杀,或说请你好好防备,如何如何。一切爱不是极其愚蠢,就是极其下流,故她把这些爱看得一钱不值了。

真没有一个稍稍可爱的男子。

她厌倦了那些成为公式的男子,与成为公式的爱情。她忽然想起那个女孩口中的牧师儿子。她为自己倏然而来飘然而逝的某种好奇意识所吸引,吃了点惊。她望望天空,一颗流星正划空而逝,于是轻轻的轻轻的自言自语说道:"逝去的,也就完事了。"

但记忆中那颗流星,还闪着悦目的光辉。"强一些,方有光辉!"她微笑了,因为她自觉是极强的。然而在意识之外,就潜伏了一种欲望,这欲望是隐秘的,方向暧昧的。

左拉在他的某篇小说上,曾提及一个贞静的女人,拒绝了所有向她献媚输诚的一群青年绅士,逃到一个小乡村后,却坦然尽一个粗卤的农夫,在冒昧中吻了她的嘴唇同手足。骄傲的妇人厌倦轻视了一切柔情,却能在强暴中得到快感。

她记起了左拉那篇小说。那作品中从前所不能理解的,现在完全理解了。倘若有那么凑巧的遭遇,她也将如故事所说,毫不拒绝的躺到那金黄色稻草积上去。固执的热情,疯狂的爱,火焰燃烧了自己后还把另外一个也烧死,这爱情方是爱情!

但什么地方有这种农夫?所有农夫皆大半饿死了。这里则面前只是一片砂,一片海。

民族衰老了,为本能推动而作成的野蛮事,也不会再发生了。都市中所流行的,只是为小小利益而出的造谣中伤,与为稍大利益而出的暗杀诱捕。恋爱则只是一群阉鸡似的男子,各处扮演着丑角喜剧。

她想起十个以上的丑角,温习这些自作多情的男子各种不得体的爱情,不愉快的印象。

她走着,重复又想着那个不识面的牧师儿子。这男子,十七岁的女子还只想为他自杀哩,骄傲的人!

流星,就是骑了这流星,也应当把这种男子找到,看他的骄傲,如何消失到温柔雅致体贴亲切的友谊应对里。她记着先前一时那颗流星。

日光出来了,烧红了半天。海面一片银色,为薄雾所包裹。

早日正在融解这种薄雾。清风吹人衣袂如新秋样子。

薄雾渐渐融解了,海面光波耀目,如平敷水银一片,不可逼视。

炫目的海需要日光,炫目的生活也需要类乎日光的一种东西。这东西在青年绅士中既不易发现,就应当注意另外一处!

当天那集会里应当有她主演的一个戏剧,时间将届时,各处找寻这个人,皆不能见到。有人疑心她或在海边出了事,海边却毫无征兆可得。于是有人又以可笑的测度,说她或者走了,离开这里了,因此赴她独自占据的小帐幕中去寻觅,一点简单行李虽依然在帐幕里,却有个小小字条贴在撑柱上,只说:"我不高兴再留到这里,我走了。大家还是快乐的打发这个假期吧。"大家方明白这人当真走了。

也像一颗流星,流星虽然长逝了,在人人心中,却留下一个光辉夺目的记号。那件事在那个消夏会中成为一群人谈论的中心,但无一个人明白这标致出众的女人,为什么忽然独自走去。

日头出自东方,她便向东方注意,坐了法国邮船向中国东部海岸走去。她想找寻使她生活放光同时他本身也放光的一种东西。她到了属于北国的东方另一海滨。

那里有各地方来的各样人,有久住南洋带了椰子气味的美国水兵,有身着宽博衣裳的三岛倭人,有流离异国的北俄,有庞然大腹由国内各处跑来的商人政客,有……

她并不需要明白这些。她住到一个滨海旅馆中后,每日皆默默的躺到海滩白沙上大伞下,眺望着大海太空的明蓝。她正在用北海风光,洗去留在心上的南海厌人印象。她在休息。她在等待。

有时赁了一匹白马,到山上各处跑去,或过无人海浴处,沿了潮汐退尽的砂滩上跑去。有时又一人独自坐在一只小艇内,慢慢的摇着小桨,把船划到离岸远到三里五里的海中,尽那只小艇在一汪盐水中漂流荡漾。

陌生地方陌生的人群,却并不使她感到孤寂。在清静无扰孤独生活中,她有了一个同伴,就是她自己的心。

当她躺在砂上时,她对于自然与对于本性,皆似乎多认识了一些。她看一切,听一切,分析一切,皆似乎比先前明澈一些。

尤其使她愉快的,便是到了这地方来,若干游客中,似乎并无一个人明白她是谁。虽仿佛有若干双陌生的眼睛,每日皆可在砂滩中无意相碰,她且料想到,这些眼睛或者还常常在很远处与隐避处注视到她,但却并无什么麻烦。一个女子即或如何厌烦男子,在意识中,也仍然常常有把这种由于自己美丽使男子现出种种蠢相的印象,作为一种秘密悦乐的时节。我们固然不能欢喜一个嗜酒的人,但一个文学者笔下的酒徒,却并不使我们看来皱眉。这世界上,也正有若干种为美所倾倒的人类可怜悯的姿态,玩味起来令人微笑!

划船是她所擅长的运动,青岛的海面早晚尤宜于轻舟浮泛。有一天她独自又驾了那白色小艇,打着两桨,沿海向东驶去。

东方为日头所出的地方,也应当有光明热烈如日头的东西等待在那边。可是所等待的是什么?

在东方除了两个远在十哩以外金字塔形的岛屿以外,就只一片为日光镀上银色的大海。这大海上午是银色，下午则成为蓝色，放出蓝宝石的光辉。一片空阔的海，使人幻想无边的海。

东边一点，还有两个海湾，也有砂滩，可以作海水浴，游人却异常稀少。

她把船慢慢的划去，想到了第三个海湾时为止。她欢喜从船上看海边景物。她欢喜如此寂寞地玩着，就因她早为热闹弄疲倦了。

当船摇到离开浴场约两哩，将近第三海湾，接近名为太平角的山岨时，海上云物奇幻无方，为了看云，忘了其他事情。

盛夏的东海，海上有两种稀奇的境界，一是自海面升起的阵云，白雾似的成团成饼从海上涌起，包裹了大山与一切建筑；一是空中的云彩，五色相渲，尤以早晨的粉红细云与黄昏前绿色片云为美丽。至于中午则白云嵌镶于明蓝天空，特多变化，无可仿佛，又另外有一番惊人好处。

她看的是白云。

到后夏季的骤雨到了，夹以雷声电闪，向海面逼来。海面因之咆哮起来，各处是白色波帽，一切皆如正为一只人目难于瞧见的巨手所翻腾，所搅动。她匆忙中把船向近岸处尽力划去。她向一个临海岩壁下划去。她以为在那方面当容易寻觅一个安全地方。

那一带岩石的海岸，却正连续着有屋大的波浪，向岩石撞去，成为白沫。船若傍近，即不能不与一切同归于尽。

船离岩壁尚远，就倾覆了，她被波浪卷入水中后，便奋力泅着。

头上是骤雨与吓人的雷声，身边是黑色愤怒的海，她心想："这不是一个坏经验！"她毫不畏怯，以为自己的能力足支持下去，不会有什么不幸。她仍然快乐的向前泅去。

她忽然记起岩壁下海面的情形，若有船只，尚可停泊，若属空手，恐怕无上岸处，故重复向海中泅去，再看看方向，观察向某一方泅去，可以省事一些，方便一些。

她觉得她应当向东泅去，就可在第二海湾背风的一面上岸。

她大约还应泅半哩。她估计她自己能力到岸有剩余，因此毫不忙乱。

但到离岸只有二百米左右时，她的气力已不济事了，身体为大浪所摇撼，她感觉疲倦，以为不能拢岸，行将沉入海底了。

她被波浪推动着。

她把方向弄迷糊了，本应当再向东泅去，忽又转向南边一点泅去。再向南泅去，她便将为浪带走，摔碎到岩石上。

当她在海面挣扎中，忽被一只强而有力的手攫住头发，带她向海岸边泅去时，她知道她已得了救助，她手脚仍然能够拍水分水，口中却喑哑无言，到了岸时便昏迷了。那人把她抱上了岸，尽她俯伏着倒出了些咸水，后来便让她卧下，蹲在她身边抚摩着手心。

她慢慢的清楚了。张开两只眼睛，便看到一个黑脸长身青年俯伏在她身边。她记起了前一时在水中种种情形，便向那身边陌生男子孱弱的笑着，作的是感谢的微笑。她明白这就是救她出险的男子。她想起来一下，男子却把手摇着，制止了她。男子也微笑着，也感谢似的微笑着，因为他显然在这件事情上得到了最大的快乐。

她闭上眼睛时，就看到一颗流星，两颗流星。这是流星还是一个男孩子纯洁清明的眼睛呢？

她迷糊着。

重新把眼睛睁开时，那陌生青年男子因避嫌已站远了一些了。她伸出手去招呼他。且让他握着那只无力的手。于是两人皆微笑着。一句"感谢"的话语融解成为这种微笑，两人皆觉得感谢。

年青人似乎还刚满二十岁，健全宽阔的胸脯，发育完美的四肢，尖尖的脸，长长的眉毛，悬胆垂直的鼻头，带着羞怯似的美丽嘴唇，无一不见得青春的力与美丽。

行雨早过了。她望着那男子身后天空，正挂着一条长虹。女人说：

"先生,这一切真美丽!"

那男子笑了,也点头说:

"是的,太美丽了。"

"谢谢您。没有您来带我一手,我这时一定沉到海底,再不能看到这种好景致了。为什么我在海中你会见到?"

"我也划了一只小船来的,我看看云彩,知道快要落雨了,准备把船泊近岸边去。但我见到你的白船,我从草帽上知道你是个小姐,我想告你一下,又不知道如何呼喊你。到后雨来了,我眼看着你把船尽力向岸边划来,大声告你不能向那边岩壁下划去,你却听不到。我见你把船向岩边靠拢,知道小船非翻不可,果然一会儿就翻了,我方从那边跳下来找你。"

"你冒了险作这件事,是不是?"

男子笑着,承认了自己的行为。

"你因为看清楚我是个女人,才那么勇敢从悬岩上跃下把我救起,是不是?"

那男子羞怯似的摇着头,表示承认也同时表示否认。

"现在我们已经成为朋友了,请告我些你自己的事情吧。我希望多知道些,譬如说,你住在什么地方?在什么学校念书?家里有些什么人,家中人谁对你最好,谁最有趣?你欢喜读的书是哪几本?"

"我姓梅,……"

"得了,好朋友是用不着明白这些的。这对我们友谊毫无用处。你且告我,你能够在这一汪咸水里尽你那手足之力,泅得多远?"

"我就从不疲倦过。"

"你欢喜划船吗?"

"我有时也讨厌这些船。"

"你常常是那么一个人把船划到海中玩着吗?"

"我只是一个人。"

"我到过南方。你见不见到过南方的大棕榈树同凤尾草?"

"我在黑龙江黑壤中长大的。"

"那么你到过北平城了。"

"我在北平城受的中学教育。"

"你不讨厌北平吗?"

"我欢喜北平。"

"我也欢喜北平。"

"北平很好。"

"但我看得出你同别的人欢喜北平不同。别人以为北平一切是旧的,一切皆可爱。你必定以为北平罩在头上那块天,踏在脚下那片地,四面八方卷起黄尘的那阵风,一些无边无际那种雪,莫不带点儿野气。你是个有野性的人,故欢喜它,是不是?"

这精巧的阿谀使年青男子十分愉快。他说:

"是的,我当真那么欢喜北平,我欢喜那种明朗粗豪风光。"

女子注意到面前男子的眉目口鼻,心中想说:"这是个小雏儿,不济事,一点点温柔就会把这男子灵魂高举起来!你并不欢喜粗野,对于你最合适的,恐怕还是柔情!"

但这小雏儿虽天真却不俗气。她不讨厌他。她向他说:

"你傍我这边坐下来,我们再来谈谈一点别的问题,会不会妨碍你?你怕我吗?"

青年人无话可说,只好微带腼腆站近了一点,又把手遮着额部,眺望海中远处,吃惊似的喊着:

"我们的船并不在海中,一定还在岩壁附近。"

他们所在的地方,已接近砂滩,为一个小阜上,却被树林隔着了视线,左边既不能见着岩壁,右边也看不到砂滩,只是前面一片海在脚下展开。年青男子走过左边去,不见什么,又走过右边去,女人那只白色小艇正斜斜的翻卧在砂滩上,赶忙跑回来告给女人。

女的口上说"船坏了并不碍事",心中却想着:"应当有比这小船儿更坚固结实的'小船',容载这个心,向宽泛无边的人海中摇去!"她看看面前,却正泊着一只理想的小船。强健的胳膊,强健的灵魂,一切皆还不曾为人事所脏污。如若有所得的微笑着,她几乎是本能地感到了他们的未来一切。

她觉得自己是美丽的,且明白在面前一个人眼光中,她几乎是太美丽了。她明白他曾又怯又贪注意过她的身体每一部分。她有些羞恶,但她却不怕他,也不厌烦他。

他毫无可疑,只是一个大学一年生,一切兴味同观念,就是对女人的一分知识,也不会离开那一年级生的限制。他读书并不多,对于人生的认识有限,他慢慢的在学习都市中人的生活,他也会成为庸碌而无个性的城市中人。她初初看他,好像全不俗气,多谈了几句话,就明白凡是高级中学所输给学生的那分坏处,这个人也完全得到他应得的一分。但不知怎么样的稀奇原因,这带着乡下人气分的男子,单是那点野处单纯处,使她总觉得比绅士有意思些。他并不十分聪明,但初生小犊似的,天下事什么都不怕的勇气,仿佛虽不使他聪明,却将令他伟大。真是的,这孩子可以伟大起来!

她问他:

"你每天洗海水浴吗?"

他点着头。她又问:

"你什么时候离开这海滨?"

"我自己也不知道。"

"自己应当知道自己。想怎么样就怎么样,你难道不想么?"

"我想也没有用处。"

"你这是小孩子说法,还是老头子说法?小孩子,相信爸爸,因为家中

人管束着他,可以那么说。老头子相信上帝,因为一切事皆以为上帝早有安排,故常常也不去过分折磨自己情感。你……"

女的说到这里时,她眼看着身边那一个有一分害羞的神气,她就不再说下去了。她估计得出他不是个老头子。她笑了。

那男子为了有人提说到小孩与老人,意思正像请他自行挑选,他便不得不说出下面的话:

"我跟了我爸爸来的。我爸爸在××部里作参事,有人请我们上崂山去,我在山上住了两天厌倦了,独自跑回来了,爸爸还在山上做诗!"

"你爸爸会做诗吗?"

"他是诗人,他同梁任公夏××曾……"

"啊,你是××先生的少爷吗?"

"你认识我爸爸吗?"

"在××讲演时我见过一次,我认得他,他不认识我。"

"你愿不愿意告给我……"

女的想起了自己来此,本不愿意另外还有人知道她的打算了,她极不愿意人家知道她是××总长的小姐,她尤其不愿意想傍近她的男子,知道她是个百万遗产的承继人。现在被问到时,她一时不易回答,就把手摇着,且笑着,不许男的询问。且说:

"崂山好地方,你不欢喜吗?"

"我怕寂寞。"

"寂寞也有寂寞的好处,它使人明白许多平常所不明白的事情。但不是年青人需要的,人年纪轻轻的时节,只要的是热闹生活,不会在寂寞中发现什么的。"

"你样子像南方人,言语像北方人。"

"我的感情呢,什么都不像。"

"我似乎在什么地方看过你。"

"这是句绅士说的话。绅士看到什么女人,想同她要好一点时,就那么说,其实他们在过去任何一时皆并不见到。他那句话意思也不过是说'我同你熟了'或'看你使人舒服'罢了。你是不是这意思?"

男的有点羞怯了,把手去抓取身边小石子,奋力向海中掷去,要说什么又不好说,不敢说。其实他记忆若好一点,就能够说得出他在某种画报上看到过她的相片。但他如今一时却想不起。女的希望他活泼点,自由点,于是又说:

"我们应当成为很好的朋友,你说,我是怎么样一种人?"

男的说:

"我不知道你是怎么样身分的人,但你实在是个美人!"

听到这种不文雅的赞美,女的却并不感觉怎样难堪。其实他不必说出来,她就知道她的美丽早已把这孩子眼目迷乱了。这时她正躺着,四肢匀称柔和,她穿的原是一件浴衣,浴衣外面再罩了一件白色薄绸短裰。这短裰落水时已弄湿,紧紧的贴着身体,各处襞皱着。她这时便坐了起来,开始脱去那件短裰,拧去了水,晾到身边有太阳处去。短裰脱掉后,这女人发育合度的肩背与手臂,以及那个紧束在浴衣中典型的胸脯,皆收入了男子的眼底。

男子重新拾起了一粒石子,奋力向海中抛去,仿佛那么一来,把一点引起妄想的东西同时也就抛入了海中。他说:"得把它摔得极远极远,我会作这件事!"但石子多着,他能摔尽吗?

女的脱掉短裰后,站起来活动了一下四肢,也拾起了一粒石子向海中摔去,成绩似乎并不出色,女的便解嘲一般说道:

"这种事我不成,这是小孩子作的事!"

两人想起了那只搁在浅滩上的小船,便一同跑下去看船,从水中拉起搁到砂上,且坐在那船边玩。玩得正好,男的忽向先前两人所在的小阜上跑去,过一会儿,才又见他跑回来,原来他为的是去拿女人那件短裰,把短褂拿来时晾到船边,直到这时,两人似乎才注意到男子身上所穿的衣服,不是入水的衣服。这男孩子把船从浴场方面绕过炮台摇来时,本不预备到水中去,故穿的是一件白色翻领衬衫,一件黄色短裤。当时因为匆忙援救女子,故从岩壁上直向海中跳下,后来虽离了险境,女子苏醒了,只顾同她谈话,把自己全身也忘记了。

若干时以来,湿衣在身上还裹着,这时女子才说:

"你衣全湿了,不好受吧。"

"不碍事。"

"你不脱下衣拧拧吗?"

"不碍事,晒晒就干了。"

男子一面用木枝画着砂土,一面同女子谈了很多的话。他告给她,关于他自己过去未来的事情,或者说得太多了些,把不必说到的也说到了,故后来女人就问他是不是还想下海中去游泳一阵。他说他可以把小船送她回到惠泉浴场去,她却告他不必那么费事,因为她的船是旅馆的,走到前面去告给巡警一声,就不再需要照料了。她自己正想坐车回去。

其实她只是因为同这男子太接近了,无从认清这男子。她想让他走后,再来细细玩味一下这件凑巧的奇遇。

她爬上小阜去,眼看到那男孩子上了船,把船摇着离开了海岸后,这方面摇着手,那方面也摇着手,到后船转过峭壁不见了,她方重新躺下,甜甜的睡了一阵。

他们第二天又在浴场中见了面。

他们第三天又把船沿海摇去,停泊在浴人稀少的长砂旁小湾里,在原来树林里玩了半天。分别时,那女孩子心想:"这倒是很好的,他似乎还不知道说爱谁,但处处见得他爱我!"她用的是快乐与游戏心情,引导这个男孩子的感情到了一个最可信托的地位。她忘了这事情的危险。弄火的照例也就只因为火的美丽,忘了一切灼手的机会。

那男孩子呢，他欢喜她。他在她面前时，又活泼，又年青，离开她时，便诸事毫无意绪。他心乱了。他还不会向她说"他爱了她"，他并不清楚什么是爱。

她明白他是不会如何来说明那点心中烦乱的爱情的，她觉得这些方面美丽处，永远在心上构成一条五色的虹。

但两人在凑巧中成了朋友，却仍然在另一凑巧中发生了点误会，终于又离开了。

（一个极长的冬天。）

那年秋天他转入了北平的工业大学理科。她也到了北平入了燕京大学的文科二年级。

他们仍然见了面。她成了往日在南海之滨所见到的一个十七岁女孩子，非得到那个男孩子不成了。

她爱了他。他却因为明白了她是一个官僚的女子，且从一些不可为据的传闻上，得到这个女人一些故事，他便尽避着她。

年龄同时形成两人间一重隔阂，女人却在意外情形中成为一个失恋者。在各样冷淡中她仍然保持到她那分真诚。至于他呢，还只是一个二十一岁的孩子，气概太强了点，太单纯了点，只想在化学中将来能有一分成就，对于国家有所贡献。这点单纯处使他对于恋爱看得与平常男子不同了。事实上他还是个小孩子，有了信仰，就不要恋爱了。

如此在一堆无多精彩的连续而来的日子中，打发了将近一千个日子。两人只在一分亲切友谊里自重的过下去。

到后却终于决裂了。女人既已毕了业，且在那个学校研究院过了一年，他也毕业了。她明白这件事应当有一个结束，她便告给他，她已预备过法国去。那男的只是用三年来已成习惯的态度，对于她所说的话表示同意，他到后却告她，他只想到上海一家化工厂做助理技师，积了钱再出国读书。

她告他只要他想读书,她愿意他把她当个好朋友,让她借给他一笔钱。他就说他并不想这样读书,这种读书毫无意思。

他们另外还说了别的,这骄傲美丽的男子,差不多全照上面语气答复女子。

她到后便什么话也不说,只预备走了。

他恰好于这时节在实验室中了毒。

后来入了医院,成为协和医院病房中一位常住者,病房中病人床边那张小椅子上,便常常坐了那个女子。

人在病中性情总温柔了些。

他们每天温习三年前那海上一切,这一片在各人印象中的海,颜色鲜明,但两人相顾,却都不像从前那么天真了。这病对于女人给了许多机会,使女人的柔情在各种小事上,让那个躺在白色被单里的病人,明白它,领会它。

(春天,有雪微融的春天。不,黄叶作证,这不是春天!)

一辆汽车停顿在西山饭店前门土地上,出来了一个男子,一个硕长俊美的男子,一个女人,一个穿了绿色丝质长袍的女人,两人看了三楼一间明亮的房间。一会儿,汽车上的行李,一个黄衣箱,一个黑色打字机小箱,从楼下搬来时,女人告给穿制服的仆役,嘱告汽车夫,等一点钟就要下山。

过了一点钟后,那辆汽车在八里庄坦平官道上向城中跑去时,却只是一辆空车。

…………

将近黄昏时,男子拥了薄呢大衣,伴同女人立定在旅馆屋顶石栏杆边,望一抹轻雾流动于山下平田远村间,天上有赪霞如女人脸辅,天空东北方角隅里,现出一粒星星,一切皆如梦境。旅馆前面是上八大处的大道,山道上正有两个身穿中学生制服的女孩子,同一个穿翻领衬衣黄色短裤的男子,向旅馆看门人询问上山过某处的道路。一望而知,这些年青人都是从城中结伴上山来旅行的。

女人看看身旁久病新瘥的男子,轻轻的透了口气。

去旅馆大约半里远近,有一个小小山阜,阜上种的全是洋槐,那树林浴在夕阳中,黄色的叶子更耀人眼目。男子似乎对这小阜发生了兴味,向女人说:

"我们到那边去看看好不好?"

女人望了一望他的脸儿,便轻轻的说:

"你不是应当休息吗?"

"我欢喜那个小山。"男的说,"这山似乎是我们的……"

"你不能太累!"女的虽那么说,却侧过了身,让男的先走。

"我精神好极了,我们去玩玩,回来好吃饭。"

两人不久就到了那山阜树林。这里一切恰恰同数年前的海滨地方一样,两人走进树林时,皆有所惊讶,不约而同急促的举步穿过树林,仿佛树林尽处,即是那片变化无方的大海。但到了树林尽头处,方明白前面不是大海,却只是一个私人的坟地。女的一见坟地,为之一怔,站着发了痴。男的却不注意到这坟地,只愉快的笑着。因为更远处,夕阳把大地上一切皆镀了金色,奇景当前,有不可形容的瑰丽。

男子似乎走得太急促了一些,已微微作喘,把手递给女子后,便问女子这地方像不像一个两人十分熟悉的地方。她听着这个询问时,轻微的透了一口气,勉强笑着,用这个微笑掩饰了自己的感情。

"回忆使人年青了许多。"男的自言自语的说着。

但那女的却在心中回答着:"一个人用回忆来生活,显见得这人生活也只剩下些残余渣滓了。"

晚风轻轻的刷着槐树,黄色叶子一片一片落在两人身上与脚边,男子心中既极快乐,故意作成感慨似的说:

"夏天过了,春天在夏天的前面,继着夏天而来的是秋天。多美丽的秋天!"

他说着,同时又把眼睛望着有了秋意的女人的眼、眉、口、鼻。她的确是美丽的,但一望而知这种美丽不是繁花压枝的三月,却是黄叶藉地的八月。但他现在觉得她特别可爱,觉得那点妩媚处,却使她超越了时间的限制,变成永远天真可爱,永远动人吸人的好处了。他想起了几年来两人间的关系,如何交织了眼泪与微笑。他想起她因爱他而发生的种种事情,他想起自己,几年来如何被爱,却只是初初看来好像故意逃避,其实说来则只漫无理性的拒绝,便带了三分羞惭,把一只手向女人伸去,两人握着了手,眼睛对着眼睛时,他便抱歉似的轻轻的说:

"我快乐得很。我感谢你。"

女人笑了。瞳子湿湿的,放出晶莹的光。一面愉快的笑,一面似乎也正孤寂的有所思索,就在那两句话上,玩味了许久,也就正是把自己嵌入过去一切日子里去。

过了一会儿,女人说:

"我也快乐得很。"

"我觉得你年青了许多,比我在山东那个海边见你时还年青。"

"当真吗?"

"你看我的眼睛,你看看,你就明白你的美丽,如何反映在一个男子惊讶上!"

"但你过去从不为什么美丽所惊讶,也不为什么温柔所屈服。"

"我这样说过吗?"

"虽不这样说过,却有这样事实。"

他傍近了她,把另一只手轻轻的搭上她的肩部,且把头靠近她鬓边去。

"我想起我自己糊涂处,十分羞惭。"

她把脸掉过去,遮饰了自己的悲哀,却轻轻的说道:

"看,下面的村子多美!……"

男子同一个小孩子一样,走过她面前去,搜索她的脸,她便把头低下去,不再说话。他想拥抱她,她却向前跑了。前面便是那个不知姓氏的坟园短墙,她站在那里不动,他赶上前去把她两只手捏得紧紧的,脸对着脸,两人皆无话可说。两人皆似乎触着一样东西,喑哑了,不能用口再说什么了。

女的把一只白白的手抚摩着男的脸颊同胳膊:"冷不冷?夜了,我们回去。"男的不说什么,只把那只手拖过嘴边吻着。

两人默默的走回去。

到旅馆后,男的似乎还兴奋,躺在一张靠背椅上,女的则站在他的身边,带着亲切的神气,把手去摸男子的额部,且轻轻的问他:

"累不累?头昏不昏?"

男的便仰起头颅,看到女人的白脸,作将近第五十次带着又固执又孩气的模样说:

"我爱你。"

女的笑说:

"不爱既不必用口说我就明白,爱也无须乎用口说。"

男的说:

"还生我的气吗?"

女的说:

"生你什么气?生气有什么用处?"

两人后来在煤油灯下吃了晚饭。饭吃过后,女的便照医生所嘱咐的把两种药水混合到一个小瓶子里,轻轻的摇了一会儿,再倒出到白瓷杯子里去。

服过了药,男的躺在床上,女的便坐在床边,同他来谈说一切过去事情。

两人谈到过去在海边分手那点误会时,男的向女的说:

"……你不是说过让我另外给你一个机会,证明你是个什么样的人吗?我问你,究竟是什么样的机会?"

女的不说什么,站起了一下,又重复坐下去,把脸贴到男的脸边去。男的只觉得香气醉人,似乎平时从不闻过这种香味。

第二天早上约莫八点钟,男的醒来时,房中不见女人,枕头边有个小小信封,一个外面并不署名,一拈到手中却知道有信件在里面的白色封套。撕去了那个信封的纸皮,里面果然有一张写了字的白纸,信上写着:

不知为什么,我总觉得走了较好,为了我的快乐,为了不委屈我自己的感情,我就走了。莫想起一切过去有所痛苦,过去既成为过去,也值不得把感情放在那上面去受折磨。你本来就不明白我的。我所希望的,几年来为这点愿心经验一切痛苦,也只是要你明白我。现在你既然已明白我,而且爱了我,为了把我们生命解释得更美一些,我走了,当然比我同你住下去较好的。

你的药已配好,到时照医生嘱咐按时服药,服后安安静静的睡觉。学做个男子,学做个你自己平时以为是男子的模样,不必大惊小怪,不必让旅馆中知道什么。

希望你能照往常一样,不必担心我的事情。我并不是为了增加你的想念而走的。我只觉得我们事情业已有了一个着落,我应当走,我就走了。

愿天保佑你

如蕤留

把信看完后,他赶忙揿床边电铃。听差来了,他手中还捏着那个信,躺在床上。本想询问那听差的,同房女人什么时候下的山,但一看到听差,却不作声,只把头示意,要他仍然出去。听差拉上了门出去后,他伸手去攫取那个药瓶,药瓶中的白汁,被振荡时便发着小小泡沫。

他望着这些泡沫在振荡静止以后就消灭了,便继续摇着。他爱她,且觉得真爱了她。

一九三三年六月作于青岛

(选自《如蕤集》)

边城　沈从文小说菁华

八骏图

　　导读：小说以沈从文在青岛大学所居的一栋大学教授们的宿舍楼为写作背景，小说的主要人物与叙述者是小说家达士先生。在与未婚妻瑗瑗的通信中，达士先生描述了包括物理学家、生物学家、哲学家、汉史专家、六朝文学史专家在内的七位教授的性压抑。达士先生以精神健康者自居，他决定为同事们诊断病症。不料，在学期结束即将南下与未婚妻团聚的时候，达士先生却被一个漂亮女人的一封短信和留在沙滩上的一行字迹吸引，临时决定留下来。小说的结尾颇具反讽色彩——"这个自命为医治人类灵魂的医生，的确已害了一点儿很蹊跷的病。这病离开海，不易痊愈的，应当用海来治疗。"

　　这篇小说里的八骏是什么呢？是八个青年才俊，还是八匹马？让我们带着这些问题慢慢读来。

　　"先生，您第一次来青岛看海吗？"
　　"先生，您要到海边去玩，从草坪走去，穿过那片树林子，就是海。"
　　"先生，您想远远的看海，瞧，草坪西边，走过那个树林子——那是加拿大杨树，那是银杏树，从那个银杏树夹道上山，山头可以看海。"

"先生，他们说，青岛海同一切海都不同，比中国各地方海美丽。比北戴河呢，强过一百倍。您不到过北戴河吗？那里海水是清的，浑的？"

"先生，今天七月五号，还有五天学校才上课。上了课，您们就忙了，应当先看看海。"

青岛住宅区××山上，一座白色小楼房，楼下一个光线充足的房间里，到地不过五十分钟的达士先生，正靠近窗前眺望窗外的景致。看房子的听差，一面为来客收拾房子，整理被褥，一面就同来客攀谈。这种谈话很显然的是这个听差希望客人对他得到一个好印象的。第一回开口，见达士先生笑笑不理会。顺眼一看，瞅着房中那口小皮箱上面贴的那个黄色大轮船商标，觉悟达士先生是出过洋的人物了，因此就换口气，要来客注意青岛的海。达士先生还是笑笑的不说什么，那听差于是解嘲似的说，青岛的海与其他地方的海如何不同，它很神秘，很不易懂。

分内事情作完后，这听差搓着两只手，站在房门边说："先生，您叫我，您就按那个铃。我名王大福，他们都叫我老王。先生，我的话您懂不懂？"

达士先生直到这个时候方开口说话："谢谢你，老王。你说话我全听得懂。"

"先生，我看过一本书，学校朱先生写的，名叫《投海》，有意思。"这听差老王那么很得意的说着，笑眯眯的走了。天知道，这是一本什么书。

听差出门后，达士先生便坐在窗前书桌边，开始给他那个远在两千里外的美丽未婚妻写信。

瑗瑗：我到青岛了。来到了这里，一切真同家中一样。请放心，这里吃的住的全预备好好的！这里有个照料房子的听差，样子还不十分讨人厌，很欢喜说话，且欢喜在说话时使用一些新名词，一些与他生活不大相称的新名词。这听差真可以说是个"准知识阶级"，他刚刚离开我的房间。在房间帮我料理行李时,就为青岛的海,说了许多好话。照我的猜想,这个人也许从前是个海滨旅馆的茶房。他那派头很像一个大旅馆的茶房。他一定知道许多故事,记着许多故事。(真是我需要的一只母牛!)我想当他作一册活字典,在这里两个月把他翻个透熟。

我窗口正望着海,那东西,真有点迷惑人!可是你放心,我不会跳到海里去的。假若到这里久一点,认识了它,了解了它,我可不敢说了。不过我若一不小心失足掉到海里去了,我一定还将努力向岸边泅来,因为那时我心想起你,我不会让海把我攫住,却尽你一个人孤孤单单。

达士先生打量捕捉一点窗外景物到信纸上,寄给远地那个人看看,停住了笔,抬起头来时窗外野景便朗然入目。草坪树林与远海,衬托得如一幅动人的画。达士先生于是又继续写道:

我房子的小窗口正对着一片草坪,那是经过一种精密的设计,用人工料理得如一块美丽毯子的草坪。上面点缀了一些不知名的黄色花草,远远望去,那些花简直是绣在上面。我想起家中客厅里你作的那个小垫子。草坪尽头有个白杨林,据听差说那是加拿大种白杨林。林尽头便是一片大海,颜色仿佛时时刻刻都在那里变化:先前看看是条深蓝色缎带,这个时节却正如一块银子。

达士先生还想引用两句诗,说明这远海与天地的光色。一抬头,便见着草坪里有个黄色点子,恰恰镶嵌在全草坪最需要一点黄色的地方。那是一个穿着浅黄颜色袍子女人的身影。那女人正预备通过草坪向海边走去,随即消失在白杨树林里不见了。人俨然走入海里去了。

没有一句诗能说明阳光下那种一刹而逝的微妙感印。

达士先生于是把寄给未婚妻的第一个信,用下面几句话作了结束:

> 学校离我住处不算远,估计只有一里路,上课时,还得上一个小小山头,通过一个长长的槐树夹道。山路上正开着野花,颜色黄澄澄的如金子。我欢喜那种不知名的黄花。

达士先生下火车时上午×点二十分。到地把住处安排好了,写完信,就过学校教务处去接洽,同教务长商量暑期学校十二个钟头讲演的分配方法。事很简便的办完了,就独自一人跑到海滨一个小餐馆吃了一顿很好的午饭。回到住处时,已是下午×点了。便又起始给那个未婚妻写信,报告半天中经过的事情。

> 瑗瑗:我已经过教务处把我那十二个讲演时间排定了。所有时间皆在上午十点前。有八个讲演,讨论的问题,全是我在北京学校教过的那些东西,我不用预备就可以把它讲得很好。另外我还担任四点钟现代中国文学,两点钟讨论几个现代中国小说家所代表的倾向。你想象得出,这些问题我上堂同他们讨论时,一定能够引起他们的兴味。今天五号,过五天方能够开学。
>
> 我应当照我们约好的办法,白天除了上堂上图书馆,或到海边去散步以外,就来把所见所闻一一告给你。我要努力这样作。我一定使你每天可以接到我一封信,这信上有个我,与我在此所见社会的种种,小米大的事也不会瞒你。
>
> 我现在住处是一座外表很可观的楼房。这原是学校特别为几个远地聘来的教授布置的。住在这个房子里一共有八个人,其余七个人我皆不相熟。这里住的有物理学家教授甲,生物学家教授乙,道德哲学

家教授丙,汉史专家教授丁,以及六朝文学史专家教授戊等等。这些名流我还不曾见面,过几天我会把他们的神气一一告诉你。

我预备明天到校长家去,我明天将到他那儿吃午饭。我猜想得到,这人一见我就会说:"怎么样?还可……?应当邀你那个来海边看看!我要你来这里不是害相思病,原就只是让你休息休息,看看海。一个人看海,也许会跌到海里去给大鱼咬掉的!"瑷瑷,你说,我应如何回答这个人。

下车时我在车站外边站了一会儿,无意中就见到一种贴在阅报牌上面的报纸。那报纸登载着关于我们的消息。说我们两人快要到青岛来结婚。还有许多事是我们自己不知道的,也居然一行一行的上了版,印出给大家看了。那个作编辑的转述关于我的流行传说时,居然还附加着一个动人的标题,"欢迎周达士先生"。我真害怕这种欢迎。我担心一会儿就会有人来找我。我应当有个什么方法,同一切麻烦离远些,方有时间给你写信。你试想想看,假若我这时正坐在桌边写信,一个不速之客居然进了我的屋子里,猝然发问:"达士先生,你又在写什么恋爱小说!你一共写了多少?是不是每个故事都是真的?都有意义?"这询问真使人受窘!我自然没有什么可回答。然而一到第二天,他们仍然会写出许多我料想不到的事情!他们会说:达士先生亲口对记者说的。事实呢,他也许就从没见过我。

达士先生离开××时,与他的未婚妻瑷瑷说定,每天写一个信回××。但初到青岛第一天,他就写了三个信。第三个信写成,预备叫听差老王丢进学校邮筒里去时,天已经快夜了。

达士先生在住处窗边享受来到青岛以后第一个黄昏。一面眺望窗外的草坪,——那草坪正被海上夕照烘成一片浅紫色。那种古怪色泽引起他一点回忆。

想起另外某一时，仿佛也有那么一片紫色在眼底炫耀。那是几张紫色的信笺，不会记错。

他打开箱子，从衣箱底取出一个厚厚的杂记本子，就窗前余光向那个书本寻觅一件东西。这上面保留了这个人一部分过去的生命。翻了一阵，果然的，一个"七月五日"标的记事被他找出来了。

七月五日

一切都近于多余。因为我走到任何一处皆将为回忆所围困。新的有什么可以把我从泥淖里拉出？这世界没有"新"，连烦恼也是很旧了的东西。

读完这个，有一点茫然自失。大致身体为长途折磨疲倦了，需要一会儿休息。

可是达士先生一颗心却正准备到一个旧的环境里散散步。他重新去念着那个二年前七月五日寄给南京的×的一个信稿。那个原信是用暗紫色纸张写的，那个信发出时，也正是那么一个悦人眼目的黄昏。

然而人类事情常常有其相左的地方，上帝同意的人不同意，人同意的命运又不同意。×终于怀着一点儿悲痛，嫁给一个会计师了。×作了另外一个人的太太后，知道达士先生尚在无望无助中遣送岁月，便来信问达士先生，是不是要她作点什么事，为他效点劳。达士先生便写了个信，意在告给×，莫用过去那点幻想折磨她自己。

×，你信我已见到了，一切我都懂。一切不是人力所能安排的，我们才莫过分去勉强。我希望我们皆多有一分理知，能够解去爱与憎的缠缚。

听说你是很柔顺贞静作了一个人的太太,这消息使熟人极快乐。……死去了的人,死去了的日子,死去了的事,假若还能折磨人,都不应当留在人心上来受折磨;所以不是一个善忘的人企想"幸福",最先应当学习的就是善忘。我近来正在一种逃遁中生活,希望从一切记忆围困中逃遁。与其尽回忆把自己弄得十分软弱,还不如保留一个未来的希望较好。

谢谢您在来信上提到那些故事,恰恰正是我讨厌一切写下的故事的时节。一个人应当去生活,不应当尽去想象生活!若故事真如您称赞的那么好,也不过只证明这个拿笔的人,很愿意去一切生活里生活,因为无用无能,方转而来虐待那一只手罢了。

您可以写小说,因为很明显的事,您是个能够把文章写得比许多人还好的女子。若没有这点自信力,就应当听一个朋友忠厚老实的意见。家庭生活一切过得极有条理,拿笔本不是必需的事。为你自己设想可不必拿笔,为了读者,你不能不拿笔了。中国还需要这种人,忘了自己的得失成败,来做一点事情。

我不久或过××来,我想看看那"我极爱她她可毫不理我"的女孩子。三年来我一切完了。我看看她,若一切还依然那么沉闷,预备回乡下去过日子,再不想麻烦人了。我应当保持一种沉默,到乡下生活十年。把最重要的一段日子费去。

再过两年我会不会那么活着?

一切人事皆在时间下不断的发生变化。第一,这个×去年病死了。第二,那个女孩子如今已成达士先生的未婚妻。第三,达士先生现在已不大看得懂那点日记与那个旧信上面所有的情绪。

他心想:人这种东西够古怪了,谁能相信过去,谁能知道未来?旧的,我们忘掉它。一定的,有人把一切旧的皆已忘掉了,却剩下某时某地一个人微笑的影子还不能够忘去。新的,我们以为是对的,我们想保有它,但谁能在这个人间保有什么?

在时间对照下,达士先生有点茫然自失的样子。先是在窗边痴着,到后来笑了。目前各事仿佛已安排对了。一个人应知足,应安分。天慢慢的黑下来,一切那么静。

瑗瑗:

暑期学校按期开了学。在校长欢迎宴席上,他似庄似谐把远道来此讲学的称为"千里马";一则是人人皆赫赫大名,二则是不怕路远。假若我们全是千里马,我们现在住处,便应当称为"马房"了!

我意思同校长稍稍不同。我以为几个人所住的房子,应当称为"天然疗养院"才能名实相副。你信不信,这里的人从医学观点看来,皆好像有一点病。(在这里我真有个医生资格!)我不是说过我应当极力逃避那些麻烦我的人吗?可是,结果相反,三天以来同住的七个人,有六个人已同我很熟悉了。我有时与他们中一个两个出去散步,有时他们又到我屋子里来谈天,在短短时期中我们便发生了很好的友谊。教授丁、丙、乙、戊,尤其同我要好。便因为这种友谊,我诊断他们都是病人。我说的一点不错,这不是笑话。这些教授中至少有两个人还有点儿疯狂,便是教授乙同教授丙。

我很觉得高兴,到这里认识了这些人,从这些专家方面,学了许多应学的东西。这些专家年龄有的已经五十四岁,有的还只三十左右。正仿佛他们一生所有的只是专门知识,这些知识有的同"历史"或"公式"不能分开,因此为人显得很庄严,很老成。但这就同人性有点冲突,有点不大自然。一个不到三十岁的小说作家,年龄同事业,从这些专家看来,大约应当属于"浪漫派"。正因为他们是"古典派",所以对我这个"浪漫派"发生了兴味,发生了友谊。我相信我同他们

的谈话,一面在检察他们的健康,一面也就解除了他们的"意结"。这些专家有的儿女已到大学三年级,早在学校里给同学写情书谈恋爱了,然而本人的心,真还是天真烂漫。这些人虽富于学识,却不曾享受过什么人生。便是一种心灵上的欲望,也被抑制着,堵塞着。我从这儿得到一点珍贵知识,原来十多年大家叫喊着"恋爱自由"这个名词,这些过渡人物所受的刺激,以及在这种刺激之下,藏了多少悲剧,这悲剧又如何普遍存在。

瑗瑗,你以为我说的太过分了是不是。我将把这些可尊敬的朋友神气,一个一个慢慢的写出来给你看。

达士

教授甲把达士先生请到他房里去喝茶谈天,房中布置在达士先生脑中留下那么一些印象:

房中小桌上放了张全家福的照片,六个胖孩子围绕了夫妇两人。太太似乎很肥胖。

白麻布蚊帐里有个白布枕头,上面绣着一点蓝花。枕旁放了一个旧式扣花抱兜。一部《疑雨集》,一部《五百家香艳诗》。大白麻布蚊帐里挂一幅半裸体的香烟广告美女画。

窗台上放了个红色保肾丸小瓶子,一个鱼肝油瓶子,一贴头痛膏。

教授乙同达士先生到海边去散步。一队穿着新式浴衣的青年女子迎面而来,擦身走过。教授乙回身看了一下几个女子的后身,便开口说:

"真希奇,这些女子,好像天生就什么事都不必做,就只那么玩下去,你说是不是?"

"……"

"上海女子全像不怕冷。"

"……"

"宝隆医院的看护,十六元一月,新新公司的卖货员,四十块钱一月。假若她们并不存心抱独身主义,在货台边相攸的机会,你觉不觉得比病房中机会要多一些?"

"……"

"我不了解刘半农的意思,女子文理学院的学生全笑他。"

走到砂滩尽头时,两人便越马路到了跑马场。场中正有人调马。达士先生想同教授乙穿过跑马场,由公园到山上去。教授乙发表他的意见,认为那条路太远,海滩边潮水尽退,倒不如湿砂上走走有意思些。于是两人仍回到海滩边。

达士先生说:

"你怎不同夫人一块来?家里在河南,在北京?"

"……"

"小孩子读书实在也麻烦,三个都在南开吗?"

"……"

"家乡无土匪倒好。从不回家,其实把太太接出来也不怎么费事;怎么不接出来?"

"……"

"那也很好,一个人过独身生活,实在可以说是洒脱,方便。但是,有时候不寂寞吗?"

"……"

"你觉得上海比北京好?奇怪。一个二十来岁的人,若想胡闹,应当称赞上海。若想念书,除了北京往哪里走。你觉得上海可以——"

那一队青年女子,恰好又从浴场南端走回来。其中一个穿着件红色浴衣,身材丰满高长,风度异常动人。赤着两只脚,经过处,湿砂上便留下一列美丽的脚印。教授乙低下头去,从女人一个脚印上拾起一枚闪放珍珠光泽的小小蚌螺壳,用手指轻轻的很情欲的拂拭着壳上粘附的砂子。

"达士先生,你瞧,海边这个东西真美丽。"

达士先生不说什么,只是微笑着,把头掉向海天一方,眺望着天际白帆与烟雾。

道德哲学教授丙,从住处附近山中散步回到宿舍,差役老王在门前交给他一个红喜帖:"先生,有酒喝!"教授丙看看喜帖是上海×先生寄来的,过达士先生房中谈闲天时,就说起×先生。

"达士先生,您写小说我有个故事给您写。民国十二年,我在杭州××大学教书,与×先生同事。这个人您一定闻名已久。这是个从五四运动以来有戏剧性过了好一阵热闹日子的人物!这×先生当时住在西湖边上,租了两间小房子,与一个姓囗的爱人同住。各自占据一个房间,各自有一铺床。两人日里共同吃饭,共同散步,共同作事读书,只是晚上不共同睡觉。据说这个叫作'精神恋爱'。×先生为了阐发这种精神恋爱的好处,同时还著了一本书,解释它,提倡它。性行为在社会引起纠纷既然特别多,性道德又是许多学者极热烈高兴讨论的问题。当时倘若有只公鸡,在母鸡身边,还能作出一种无动于中的阉鸡样子,也会为青年学者注意。至于一个公人,能够如此,自然更引人注意,成为了不起的一件大事了。社会本是那么一个凡事皆浮在表面上的社会,因此×先生在他那分生活上,便自然有一种伟大的感觉,日子过得仿佛很充实。分析一下,也不过是佛教不净观,与儒家贞操说两种鬼在那里作祟罢了。

"有朋友问×先生,你们过日子怪清闲,家里若有个小孩,不热闹些吗?×先生把那朋友看得很不在眼似的说,嗨,先生,你真不了解我。我们恋爱哪里像一般人那种兽性;你真是——有眼不识泰山。你没看过我那本书吗?他随即送了那朋友一本书。

"到后丈母娘从四川省远远的跑来了，两夫妇不得不让出一间屋子给丈母娘住。两人把两铺床移到一个房中去，并排放下。另一朋友知道了这件事，就问他，×先生如今主张会变了吧？×先生听到这种话，非常生气的说，哼，你把我当成畜生！从此不再同那个朋友来往。

"过了一年，那丈母娘感觉生活太清闲，那么过日子下去实在有点寂寞，希望作外祖母了。同两夫妇一面吃饭，一面便用说笑话口气发表意见，以为家中有个小孩子，麻烦些同时也一定可以热闹些。两夫妇不待老母亲把话说完，同声齐嚷起来：娘，你真是无办法。怎不看看我们那本书？两夫妇皆把丈母娘当成老顽固，看来很可怜。以为不受过高等教育的人，除了想儿女为她养孩子含饴弄孙以外，真再也没有什么高尚理想可言！

"再过一阵，女的害了病，害了一种因贫血而起的某种病。×先生陪她到医生处去诊病。医生原认识两人，在病状报告单上称女的为×太太，两夫妇皆不高兴，勒令医生另换一纸片，改为□小姐。医生一看病人，已知道了病因所在，是在一对理想主义者，为了那点违反人性的理想把身体弄糟了。要它好，简便得很，发展兽性自然会好！医生有作医生的义务，就老老实实把意见告给×先生。×先生听完，一句话不说，拉了女的就走。女的还不明白是怎么回事。×先生说，这家伙简直是一个流氓，一个疯子，哪里配作医生。后来且同别人说，这医生太不正经，一定靠卖春药替人堕胎讨生活。我要上衙门去告他。公家应当用法律取缔这种坏蛋，不许他公然在社会上存在，方是道理。

"于是女人改医生服中药，贝母当归煎剂吃了无数，延缓半年，终于死去了。×先生在女的坟头立了一个纪念碑，石上刻字：我们的恋爱，是神圣纯洁的恋爱！当时的社会是不大吝惜同情的，自然承认了这件事。凡朋友们不同意这件事的，×先生就觉得这朋友很卑鄙污浊，不了解人间恋爱可以作到如何神圣纯洁与美丽，永远不再同那个朋友往来。

"今天我却接到这个喜帖，才知道原来×先生八月里在上海又要同上海交际花结婚了，有意思。潮流不同了，现在一定不再坚持那个了。"

达士先生听完了这个故事，微笑着问教授丙：

"丙先生，我问您，您的恋爱观怎么样？"

教授丙把那个红喜帖折叠成一个老猪头。

"我没有恋爱观。我是个老人了，这些事应当是儿女们的玩意儿了。"

达士先生房中墙壁上挂了个希腊爱神照片，教授丙负手看了又看，好像想从那大理石雕像上凹下处凸出处寻觅些什么，发现些什么。到把目光离开相片时，忽然发问：

"达士先生，您班上有个×××，是不是？"

"真有这样一个人。您怎么认识她？这个女孩子真是班上顶美……"

"她是我的内侄女。"

"哦，您们是亲戚！"

"这孩子还聪敏，书读得不坏。"说着，教授丙把视线再度移到墙头那个照片上去，心不在焉的问道："达士先生，这照片是从希腊人的雕刻照下的吗？"这种询问似乎不必回答，达士先生很明白。

达士先生心想："丙先生倒有眼睛，认识美。"不由得不来一个会心微笑。

两人于是同时皆有一个苗条圆熟的女孩子影子，在印象中晃着。

教授丁邀约达士先生到海边去坐船。乳白色的小游艇，支持了白色三角形小帆，顺着微风，向作宝石蓝颜色镜平放光的海面滑去。天气明朗而温柔。海浪轻轻的拍着船头和船舷，船身略侧，向前滑去时轻盈得如同一只掠水的小燕儿。海天尽头有一点淡紫色烟子。天空正有白鸟三五，从容向远海飞去。这点光景恰恰像达士先生另外一个记载里的情形。便是那只船，也如当前的这只船。有一点儿稍稍不同，就是坐在达士先生对面的一个人，不是医生，却换了一个哲学教授丁。

两人把船绕着小青岛去。讨论着当年若墨医生与达士先生尚未讨论结果的那个问题,——女人,一个永远不能结束定论的议题!

教授丁说:

"大概每个人皆应当有一种辖治,才能像一个人。不管受神的,受鬼的,受法律的,受医生的,受金钱的,受名誉的,受牙痛的,受脚气的,必需有一点从外而来或由内而发的限制,人才能够像一个人。一个不受任何拘束的人,表面看来极其自由,其实他做什么也不成功。因为他不是个人。他无拘束,同时也就不会有多少气力。

"我现在若一点儿不受拘束,一切欲望皆苦不了我,一切人事我不管,这决不是个好现象。我有时想着就害怕。我明白,我自己居然能够活下去,还得感谢社会给我那一点拘束。若果没有它,我就自杀了。

"若墨医生同我在这只小船上的座位虽相差不多,我们又同样还不结婚。可是,他讨厌女人,他说:一个女人在你身边时折磨你的身体,离开你身边时又折磨你的灵魂。女子是一个诗人想象的上帝,是一个浪子官能的上帝。他口上尽管讨厌女人,不久却把一个双料上帝弄到家中作了太太,在裙子下讨生活了。我一切恰恰同他相反。我对女人,许多女人皆发生兴味。那些肥的,瘦的,有点儿装模作样或是势利浅浮的,似乎只因为她们是女子,有女子的好处,也有女子的弱点,我就永远不讨厌她们。我不能说出若墨医生那种警句,却比他更了解女子。许多讨厌女子的人,皆在很随便情形下同一个女子结了婚。我呢,我欢喜许多女人,对女人永远倾心,我却再也不会同一个女人结婚。

"照我的哲学崇虚论来说,我早就应当自杀了。然而到今天还不自杀,就亏得这个世界上尚有一些女人。这些女人我皆很爱着她们。我在那种想象荒唐中疯人似的爱着她们。其中有一个我尤其倾心,但我却极力制止我自己的行为,始终不让她知道我爱她。我若让她知道了,她也许就会嫁给我。我不预备这一着。我逃避这一着。我只想等到她有了四十岁,把那点女人极重要的光彩大部分已失去时,我再去告她,她失去了的,在我心上还好好的存在。我为的是爱她,为的是很爱她,总觉得单是得到了她还不成,我便尽她去嫁给一个明明白白一切皆不如我的人,使她同那男子在一处消磨尽这个美丽生命。到了她本身已衰老时,我的爱一定还新鲜而活泼。"

"您觉得怎么样,达士先生?"

达士先生有他的意见:

"您的打算还仍然同若墨医生差不多。您并不是在那里创造哲学,不过是在那里被哲学创造罢了。您同许多人一样,放远期账,表示远见与大胆,且以为将来必可对本翻利。但是您的账放得太远了,我为您担心。这种投资我并无反对理由,因为各人有各人耗费生命的权利和自由,这正同我打量投海,觉得投海是一种幸福时,您不便干涉一样。不过我若是个女人,对于您的计划,可并无多少兴味。您虽有哲学,却缺少常识。您以为您到了那个年龄,脑子还能像如今这样充满幻想,且以为女子到了四十岁,也还会如十八岁时那么多情善感。这真是胡涂。我敢说您必输到这上面。您若有兴味去看一本关于××的书籍,您会觉得您那哲学必需加以小小修改了。您爱她,得给她。这是自然的道理。您爱她,使她归您,这还不够,因为时间威胁到您的爱,便想违反人类生命的秩序,而且说这一切是为女人着想。我看看,这同束身缠脚一样,不大自然,有点残忍。"

"你以为这个事太不近情,是不是?我们每一个人皆可听凭自己意志建筑一座礼拜堂,供奉自己所信仰的那个上帝。我所造的神龛,我认为是世界上最美丽的神龛。这事由你看来,这么办耗费也许大一点。可是恋爱原本就是一种奢侈的行为。这世界正因为吝啬的人太多了,所以凡事总做不好。我觉得吝啬原邻于愚蠢。一个人想把自己人格放光,照耀蓝空,眩人眼目如金星,愚蠢人决做不出。"

"您想这么作是中了戏剧的毒。您能这么作可以说是很有演剧的天才。我承认您的聪明。"

"你说对了,我是在演剧。很大胆的把角色安排下来,我期待的就正是在全剧进行中很出众,然而近人情,到重要时忽然一转,尤其惊人。"

达士先生说:

"说得对。一个人若真想把自己全生活放在热闹紧张场面上发展,放在一种变态的不自然的方法中去发展,从一个艺术家眼里看来,没有反对的道理。一切艺术原皆不容许平凡。不过仍然用演戏取譬,你想不想到时间太久了一点,您那个女角,能不能支持得下去?世界上尽有许多女人在某一小时具有为诗人与浪子拜倒那个上帝的完美,但决不能持久。您承认她们到某一时会把生命光彩失去,却不想想一个表面失去了光彩的女人,还剩下一些什么东西。"

"那你意思怎么样?"

"爱她,得到她。爱她,一切给她。"

"爱她,如何能长久得到她?一切给她,什么是我?若没有我,怎么爱她?"

达士先生知道教授戊是个结了婚后一年又离婚的人,想明白他对于这件事的意见同感想。下面是教授戊的答案:

女人,多古怪的一种生物!你若说:"我的神,我的王后,你瞧,我如何崇拜你!让莎士比亚的胸襟为一个女人而碎罢,同我来接一个吻!"好辞令。可是那地方若不是戏台,却只是一个客厅呢?你将听到一种不大自然的声音(她们照例演戏时还比较自然),她们回答你说:"不成,我并不爱你。"好,这事也就那么完结了。许多男子就那么离开了他的爱人,男的当然便算作失恋。过后这男子事业若不大如意,名誉若不大好,这些女人将那么想:"我幸好不曾上当。"但是,另外某种男子,也不想作莎士比亚,说不出那么雅致动人的话语。他要的只是机会。机会许可他傍近那个女子身边时,他什么空话都不必说,就默默的吻了女人一下。这女子在惊慌失措中,也许一伸手就打了他一个耳光。然而男子不作声,却索性抱了女子,在那小小嘴唇上吻个一分钟。他始终没有说话,不为行为加以解释。他知道这时节本人不在议会,也不在课室,他只在作一件事!结果,沉默了。女人想:"他已吻过我了。"同时她还知道了接吻对于她毫无什么损失。到后,她成了他的妻子。这男人同她过日子过得好,她十年内就为他养了一大群孩子,自己变成一个中年胖妇人;男子不好,她会解说:这是命。

是的,女人也有女人的好处。我明白她们那些好处。上帝创造她们时并不十分马虎,既给她们一个精致柔软的身体,又给她们一种知足知趣的性情,而且更有意思,就是同时还给她们创造一大群自作多情又痴又笨的男子,因此有恋爱小说,有诗歌,有失恋自杀,有——结果便是女人在社会上居然占据一种特殊地位,仿佛凡事皆少不了女人。

我以为这种安排有一点错误。从我本身起始,想把女人的影响,女人的牵制,尤其是同过家庭生活那种无趣味的牵制,在摆脱得开时乘早摆脱开。我就这样离了婚。

达士先生向草坪望着:"老王,草坪中那黄花叫什么名?"

老王不曾听到这句话,不作声。低头作事。

达士先生又说:"老王,那个从草坪里走来看庚先生的女人是什么人?"

听差老王一面收拾书桌一面也举目从窗口望去:"××女子中学教书先生。长得很好,是不是?"说着,又把手向楼上指指,轻声的说,"快了,快了。"那意思似乎在说两人快要订婚,快要结婚。

达士先生微笑着:"快什么了?"

达士先生书桌上有本老舍作的小说,老王随手翻了那么一下:"先生,这是老舍作的,你借我这本书看看好不好?怎么这本书名叫《离婚》?"

达士先生好像很生气的说:

"怎么不叫《离婚》?我问你,老王。"

楼上电铃忽响，大约住楼上的教授庚，也在窗口望见了经草坪里通过向寄宿舍走来的女人了，呼唤听差预备一点茶。

一个从××寄过青岛的信——

达士先生：

你给我为历史学者教授辛画的那个小影，我已见到了。你一定把它放大了点。你说到他向你说的话，真不大像他平时为人。可是我相信你画他时一定很忠实。你那支笔可以担保你的观察正确。这个速写同你给其他先生们的速写一样各自有一种风格，有一种跃然纸上的动人风格，我读他时非常高兴。不过我希望你……因为你应当记得着，你把那些速写寄给什么人。教授辛简直是个疯子。

你不说宿舍里一共有八个人吗？怎么始终不告给我第七个是谁。你难道半个月以来还不同他相熟？照我想来这一定也有点原因。好好的告给我。

天保佑你。

瑗瑗

达士先生每当关着房门，记录这些专家的风度与性格到一个本子上去时，便发生一种感想："没有我这个医生，这些人会不会发疯？"其实这些人永远不会发疯，那是很明白的。并且发不发疯也并非他注意的事情，他还有许多必需注意的事。

他同情他们，可怜他们。因为他自以为是个身心健康的人。他预备好好的来把这些人物安排在一个剧本里，这自以为医治人类灵魂的医生，还将为他们指示出一条道路,就是凡不能安身立命的中年人,应勇敢走去的那条道路。他把这件事,描写得极有趣味的寄给那个未婚妻去看。

但这个医生既感觉在为人类尽一种神圣的义务,发现了七个同事中有六个心灵皆不健全,便自然引起了注意另外那一个健康人的兴味。事情说来希奇,另外那个人竟似乎与他"无缘"。那人的住处,恰好正在达士先生所住房间的楼上,从××大学欢迎宴会的机会中,那人因同达士先生座位相近,×校长短短的介绍,他知道那是经济学者教授庚。除此以外,就不能再找机会使两人成为朋友了。两人不能相熟自然有个原因。

达士先生早已发现了,原来这个人精神方面极健康,七个人中只有他当真不害什么病。这件事得从另外一个人来证明,就是有一个美丽女子常常来到寄宿舍,拜访经济学者庚。

有时两人在房子里盘桓,有时两人就在窗外那个银杏树夹道上散步。那来客看样子约有二十五六岁,同时看来也可以说只有二十来岁。身材面貌皆在中人以上。最使人不容易忘记,就是一双诗人常说"能说话能听话"的那种眼睛。也便是这一双眼睛,因此使人估计她的年龄,容易发生错误。

这女人既常常来到宿舍,且到来以后,从不闻一点声息,仿佛两人只是默默的对坐着。看情形,两个人感情很好。达士先生既注意到这两个人,又无从与他们相熟,因此在某一时节,便稍稍滥用一个作家的特权,于一瞥之间从女人所得的印象里,想象到这个女子的出身与性格,以及目前同教授庚的关系。

这女子或毕业于北平故都的国立大学,所学的是历史,对诗词具有兴味,因此词章知识不下于历史知识。

这女子在家庭中或为长女。家中一定是个绅士门阀,家庭教育良好,中学教育也极好。从×大学历史系毕业后,就来到××女子中学教书,每星期约教十八点钟课,收入约一百元左右,在学校中很受同事与学生敬爱,初来时,且间或还会有一个冒险的,不大知趣的山东籍国文教员,给她一种不甚得体的殷勤。然而那一种端静自重的外表,却制止了这男子野心的扩张。还有个更重要的原因,便是北京方面每天皆有一个信给她,这件事从学校同事看来,便是"有了主子"的证明,或是一个情人,或是一个好友,便因为这通信,把许多人的幻想消灭了。这种信从上礼拜起始不再寄来,原来那个写信人教授庚已到了青岛,不必再写什么信了。

这女人从不放声大笑,不高声说话,有时与教授庚一同出门,也静静的走去,除了脚步声音便毫无声响。教授庚与女人的沉默,证明两人正爱着,而且贴骨贴肉如火如荼的爱着。惟有在这种症候中,两个人才能够如此沉静。

女人的特点是一双眼睛,它仿佛总时时刻刻在警告人,提醒人。你看她,它似乎就在说:"您小心一点,不要那么看我。"一个熟人在她面前说了点放肆话,有了点不庄重行动,它也不过那么看看。这种眼光能制止你行为的过分,同时又俨然在奖励你手足的撒野。它可以使俏皮角色诚实稳重,不敢胡来乱为,也能使老实人发生幻想,贪图进取。它仿佛永远有一种羞怯之光;这个光既代表贞洁,同时也就充满了情欲。

由于好奇,或由于与好奇差不多的原因,达士先生愿意有那么一个机会,多知道一点点这两人的关系。因为照他的观察来说,这两人关系一定不大平常,其中有问题,有故事。再则女的那一分沉静实在吸引着他,使他觉得非多知道她一点不可。而且仿佛那女人的眼光,在达士先生脑子里,已经起了那么一种感觉:"先生,我知道你是谁。我不讨厌你。到我身边来,认识我,崇拜我,你不是个胡涂人,你明白,这个情形是命定的,非人力所能抗拒的。"这是一种挑战,一种沉默的挑战。然而达士先生却无所谓。他不过有点儿好奇罢了。

那时节，正是国内许多刊物把达士先生恋爱故事加以种种渲染，引起许多人发生兴味的时节。这个女人必知道达士先生是个什么人，知道达士先生行将同谁结婚，还知道许多达士先生也不知道的事，就是那种失去真实性的某一种铺排的极其动人的谣言。

达士先生来到青岛的一切见闻，皆告诉给那个未婚妻，上面事情同一点感想，却保留在一个日记本子上。

达士先生有时独自在大草坪散步，或从银杏夹道上山去看海，有三四次皆与那个经济学者一对碰头。这种不期而遇也可以说是什么人有意安排的。相互之间虽只随随便便那么点一点头各自走开，然而在无形中却增加了一种好印象。当达士先生从那个女人眼睛里再看出一点点东西时，他逃避了那一双稍稍有点危险的眼睛，散步时走得更远了一点。

他心想："这真有点好笑。若在一年前，一定的，目前的事会使我害一种很厉害的病。可是现在不碍事了。生活有了免疫性，那种令人见寒作热的病全不至于上身了。"他觉得他的逃避，却只是在那里想方设法使别人不至于害那种病。因为那个女人原不宜于害病，那个教授庚，能够不害那一种病，自然更好。

可是每种人事原来皆俨然被一只看不见的手所安排。一切事皆在凑巧中发生，一切事皆在意外情形下变动。××学校的暑期学校演讲行将结束时，某一天，达士先生忽然得到一个不具名的简短信件，上面只写着这样两句话：

学校快结束了，舍得离开海吗？（一个人）

一个什么人？真有点离奇可笑。

这个怪信送到达士先生手边时，凭经验，可以看出写这个信的人是谁。这是一颗发抖的心同一只发抖的手，一面很羞怯，又一面在狡猾的微笑，把信写好亲自付邮的。不管这个人是谁,不管这信写得如何简单,不管写这个信的人如何措辞,达士先生皆明白那种来信表示的意义。达士先生照例不声不响,把那种来信搁在一个大封套里。一切如常,不觉得幸福也不觉得骄傲。间或也不免感到一点轻微惆怅。且因为自己那分冷静,到了明知是谁以后,表面上还不注意,仿佛多少总辜负了面前那年青女孩子一分热情,一分友谊。可是这仍然不能给他如何影响。假若沉静是他分内的行为,他始终还保持那分沉静。达士先生的态度,应当由人类那个习惯负一点责。应当由那个拘束人类行为,不许向高尚纯洁发展,制止人类幻想,不许超越实际世界,一个有势力的名辞负点责。达士先生是个订过婚的人。在"道德"名分下,把爱情的门锁闭,把另外女子的一切友谊拒绝了。

得到那个短信时,达士先生看了看,以为这一定又是一个什么自作多情的女孩子写来的。手中拈着这个信,一面想起宿舍中六个可怜的同事,心中不由得不侵入一点忧郁。"要它的,它不来;不要的,它偏来。"这便是人生?他于是轻轻的自言自语说:"不走,又怎么样?一个真正古典派,难道还会成一个病人?便不走,也不至于害病!"的确,就因事留下来,纵不走,他也不至于害病的。他有经验,有把握,是个不怕什么魔鬼诱惑的人。另外一时他就站过地狱边沿,也不目眩,不发晕。当时那个女子,却是个使人值得向地狱深阱跃下的女子。他有时自然也把这种近于挑战的来信,当成青年女孩子一种大胆妄为的感情的游戏,为了训练这些大胆妄为的女孩子,他以为不作理会是一种极好的处置。

瑗瑗:

> 我今天晚车回××达

达士先生把一个简短电报亲自送到电报局拍发后,看看时间还只五点钟。行期既已定妥,在青岛勾留算是最后一天了。记起教授乙那个神气,记起海边那种蚌壳。当达士先生把教授乙在海边拾蚌壳的一件事情告给瑗瑗时,回信就说:"不要忘记,回来时也为我带一点点蚌壳来。我想看看那个东西!"

达士先生出了电报局,因此便向海边走去。

到了海水浴场,潮水方退,除了几个骑马会的外国人骑着黑马在岸边奔跑外,就只有两个看守浴场工人在那里收拾游船,打扫砂地。达士先生沿着海滩走去,低着头寻觅这种在白砂中闪放珍珠光的美丽蚌壳。想起教授乙拾蚌壳那副神气,觉得好笑。快要走到东端时,忽然发现湿沙上有谁用手杖斜斜的划着两行字迹,走过去看看,只见砂上那么写着:

这个世界也有人不了解海,不知爱海。也有人了解海,不敢爱海。

达士先生想想那个意思,笑了。他是个辨别笔迹的专家,认识那个字迹,懂得那个意义。看看潮水的印痕,便知道留下这种玩意儿的人,还刚刚离此不久。这倒有点古怪。难道这人就知道达士先生今天一早上会来海边,恰好先来这里留下这两行字迹?还是这人每天皆来到海边,写么两行字,期望有一天会给达士先生见到?不管如何,这方式显然的是在大胆妄为以外,还很机伶狡猾的,达士先生皱眉头看了一会儿,就走开了。一面仍然低头走去,一面便保护自己似的想道:"鬼聪明,你还是要失败的。你太年轻了,不知道一个人害过了某种病,就永远不至于再传染了!你真聪明,你这点聪明将来会使你在另外一件事情上成就一件大事业,但在如今这件事情上,应当承认自己赌输了!这事不是你的错误,是命运。你迟了一年。……"然而不知不觉,却面着大海一方,轻轻的舒了一口气。

不了解海,不爱海,是的。了解海,不敢爱海,是不是?

他一面走一面口中便轻轻数着:"是——不是?不是——是?"

忽然间,砂地上一件新东西使他愣住了。那是一对眼睛,在湿砂上画好的一对美丽眼睛。旁边还那么写着:"瞧我,你认识我!"是的,那是谁,达士先生认识得很清楚的。

一个爬砂工人用一把平头铲沿着海岸走来,走过达士先生身边时,达士先生赶着问:"慢点走,我问你,你知不知道这是谁画的?"说完他把手指着那些骑马的人。那工人却纠正他的错误,手指着山边一堵浅黄色建筑物:"哪,女先生画的!"

"你亲眼看见是个女先生画的?"

工人看看达士先生,不大高兴似的说:"我怎不眼见?"

那工人说完,扬扬长长的走了。

达士先生在那砂地上一对眼睛前站立了一分钟,仍然把眉头略微皱了那么一下,沉默的沿海走去了。海面有微风皱着细浪。达士先生弯腰拾起了一把海砂向海中抛去。"狡猾东西,去了吧。"

十点二十分达士先生回到了宿舍。

听差老王从学校把车票取来,告给达士先生,晚上十一点二十五分开车,十点半上车不迟。

到了晚上十点钟,那听差来问达士先生,是不是要他把行李先送上车站去。就便还给达士先生借的那本《离婚》。达士先生会心微笑的拿起那本书来翻阅,却给听差一个电报稿,要他到电报局去拍发。那电报说:

  瑗瑗:我害了点小病,今天不能回来了。我想在海边多住三天;病会好的。 达士

一件真实事情,这个自命为医治人类灵魂的医生,的确已害了一点儿很蹊跷的病。这病离开海,不易痊愈的,应当用海来治疗。

一九三五年夏作

(选自《八骏图》)

© 中南博集天卷文化传媒有限公司。本书版权受法律保护。未经权利人许可，任何人不得以任何方式使用本书包括正文、插图、封面、版式等任何部分内容，违者将受到法律制裁。

图书在版编目（CIP）数据

边城：沈从文小说菁华 / 沈从文著 . — 长沙：湖南文艺出版社，2013.8（2021.10 重印）
ISBN 978-7-5404-6262-8

Ⅰ. ①边… Ⅱ. ①沈… Ⅲ. ①短篇小说—小说集—中国—现代②中篇小说—小说集—中国—现代 Ⅳ. ①I246.7

中国版本图书馆 CIP 数据核字（2013）第 128895 号

上架建议：青少年阅读·经典名著

BIANCHENG: SHEN CONGWEN XIAOSHUO JINGHUA
边城：沈从文小说菁华

作　　者：	沈从文
总审订人：	梁　捷
执行主编：	徐　淳
本册主编：	徐　淳
出 版 人：	刘清华
责任编辑：	薛　健　刘诗哲
监　　制：	邢越超
策划编辑：	王　维
特约编辑：	王　屿
营销支持：	文刀刀　周　茜
装　　帧：	利　锐
出　　版：	湖南文艺出版社
	（长沙市雨花区东二环一段 508 号　邮编：410014）
网　　址：	www.hnwy.net
印　　刷：	北京中科印刷有限公司
经　　销：	新华书店
开　　本：	880mm×1270mm　1/32
字　　数：	307 千字
印　　张：	11.5
版　　次：	2013 年 8 月第 1 版
印　　次：	2021 年 10 月第 8 次印刷
书　　号：	ISBN 978-7-5404-6262-8
定　　价：	42.00 元

若有质量问题，请致电质量监督电话：010-59096394
团购电话：010-59320018